아쿠타가와 류노스케 작품 선집

담배와 악마

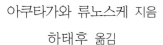

아쿠타가와 류노스케 지음

하태후 옮김

박문사

아쿠타가와 류노스케 작품 선집 芥川龍之介作品選集

담배와 악마
煙草と悪魔

초 판 인 쇄	2019년 2월 08일
초 판 발 행	2019년 2월 15일
지 은 이	아쿠타가와 류노스케(芥川龍之介)
옮 긴 이	하태후(河泰厚)
발 행 인	윤석현
발 행 처	도서출판 박문사
책 임 편 집	안지윤
등 록 번 호	제2009-11호
우 편 주 소	서울시 도봉구 우이천로 353 성주빌딩 3층
대 표 전 화	02) 992-3253
전 송	02) 991-1285
홈 페 이 지	http://jnc.jncbms.co.kr
전 자 우 편	bakmunsa@hanmail.net

ⓒ 하태후 2019 Printed in KOREA.

ISBN 979-11-89292-25-6   03830   정가 19,000원

차례

01 담배와 악마   9
      煙草と悪魔

02 오가타 료사이 상신서   20
      尾形了斎覚え書

03 방랑하는 유대인   27
      さまよへる猶太人

04 악마   37
      悪魔

05 봉교인奉教人의 죽음   40
      奉教人の死

06 루시헤루   55
      るしへる

07 사종문邪宗門   63
      邪宗門

08 기리시토호로 상인전上人傳   130
      きりしとほろ上人伝

09 주리아노 기치스케   150
      じゆりあの・吉助

10 검은 옷의 성모   155
      黒衣聖母

차례

11 남경의 그리스도   163
南京の基督

12 신들의 미소   180
神神の微笑

13 보은기   196
報恩記

14 나가사키 소품   220
長崎小品

15 오긴   226
おぎん

16 오시노   235
おしの

17 이토조 상신서   243
糸女覚え書

18 유혹   256
誘惑

19 서방의 사람   277
西方の人

20 속 서방의 사람   304
続西方の人

■해설 아쿠타가와 류노스케와 그리스도교   320

머리말

　일본문학을 공부한 사람이 할 수 있는 최선의 일이라면 무엇일까? 나는 스스럼없이 문학작품의 번역이라고 말하고 싶다. 일본문학을 공부하여 작품의 평론이나 연구에 큰 성과를 낼 수 없는 것은 아니지만, 대부분의 경우에 이러한 작업은 일본의 평론가나 학자에 의해서 이미 많이 평론되고 연구되어 있음을 볼 수 있다. 간혹 외국인 중에서 일본인이 간과한 새로운 시각으로 작품을 평가할 수는 있겠지만, 그것은 그리 흔한 일이 아니다.

　이보다는 일본문학을 잘 번역함으로, 그 작품이 우리나라 사람들에게 널리 읽혀서, 일본과 일본인을 추상적으로 생각하는 것이 아니라, 구체적으로 알아가는 데에 일조하는 것이 일본문학을 공부한 보람이 아닐까 하고 항상 생각하여 왔다. 그런 의미에서 일전에 《아쿠타가와 류노스케 전집》 총 8권이 완역된 것은 매우 의미 있는 일이라고 생각한다.

그러나 전집을 모두 구입해서 읽기란 쉽지 않다. 특히 그리스도교인이 많은 우리나라에서는 아쿠타가와 류노스케의 그리스도교 작품만 모아서 번역하는 것도 필요하겠다는 생각을 이미 오래전부터 해 왔고, 그래서 나는 지난 2000년에 형설출판사를 통하여 아쿠타가와 류노스케의 그리스도교를 다룬 작품 20편을 모아 《西方의 사람》이라는 제목으로 출판을 하여, 호평을 받았으나, 이 책은 이미 오래 전에 절판이 되었다.

이 《西方의 사람》을 다시 검토해 보니, 약간의 오자와 탈자가 있을 뿐 아니라, 문장이 매끄럽지 못한 곳도 상당 부분 있었다. 그 당시에는 이 작품들을 연구한 《芥川龍之介の基督教思想》(東京 翰林書房, 1998)이 출판되어서, 이 책과 짝을 맞추려고 내가 조금 출판을 서둘렀기 때문이기도 하였다.

그 후 20년이 다 되어가는 시점에서, 《西方의 사람》을 새로이 번역하자고 마음먹었는데, 이번에 경일대학교로부터 연구년을 얻고, 고려대학교로부터 객원교수의 자격을 얻어, 시간이 허락되고, 자료를 충분히 구할 수 있어서 새로운 번역을 내놓게 되었다. 지면을 빌어 경일대학교와 고려대학교 〈글로벌일본연구원〉에 사의를 표하는 바이다.

번역은 해 놓은 후에 다시 읽어보면 더 적합한 말이 떠오르곤 한다. 그렇다고 언제까지나 그 작품만을 들고 있을 수도 없다. 번역이란 참으로 어려운 작업임에는 틀림없다. 문학작품 번역은 그 분야를 전공한 사람이 해야 되는 것이 아니라, 문학적 소양을 가진 사람이 해야 옳을 것이다. 그러나 지금 그런 형편이 안 되기 때문에 졸역이기는 하지만 내가 번역에 손댈 수밖에 없었다. 이런 미흡함을 보충하기 위하여 번역을 해놓고는 먼저 아내에게 읽혔다. 왜냐하면 아내는 일본문학과는 상관없는 사람이므로 선입견을 전혀 가지고 있지 않다. 또 박문사의 안지윤 과장도 표현상의 문제를 지적하고 고쳐주었다. 감사한 일이다.

바라기는 이《담배와 악마》를 읽는 독자가 이 졸역을 통하여 일본인이 무엇을 생각하고 있는가를 가감 없이 알았으면 하는 마음이다. 특히 그리스도교를 다룬 작품이기 때문에 그리스도교인 독자가 이 졸역을 읽고, 그리스도교가 가지고 있는 좋은 점과 나쁜 점을 잘 파악했으면 한다.

아쿠타가와 류노스케는 현재 인기작가가 아니기 때문에, 그렇게 독자가 많으리라고는 생각하지 않는다. 그럼에도 불구하고 책의 출판을 허락해주신 박문사 윤석현 대표께 감사의 말씀을 드린다.

2019년 2월, 경일대학교 연구실에서

하 태 후

담배와 악마

담배와 악마

담배는 원래 일본에 없었던 식물이다. 그럼 언제쯤 배에 실려 왔는가 하면 기록에 따라 연대가 일치하지 않는다. 어떤 경우는 게이초 연간年間이라 쓰여 있기도 하고, 또 어떤 경우는 덴몬 연간이라고 쓰여 있기도 하다. 하지만 1605년경에는 이미 재배가 여러 곳에서 행해지고 있었던 것 같다. 그것이 분로쿠 연간이 되면 '효과 없는 것 담배 금지령 엽전 유통령, 임금님 목소리에 돌팔이 의사'라고 하는 풍자시가 나올 정도로 흡연이 널리 유행하게 되었다.

그런데 이 담배가 누구 손에 의해 배에 실렸는가 하는 점은 역사가라면 누구라도 포르투갈 사람이나 스페인 사람이라고 대답한다. 하지만 그것이 반드시 유일한 답은 아니다. 그 외에도 하나 더 전설로 전해오는 답이 남아 있다. 그 전설에 의하면 담배는 악마가 어디에선가 가지고 온 것이라고 한다. 이 악마는 천주교 바테렌(아마 프란시스 신부)인가가 아득히 먼 일본에 데리고 왔다고 한다.

이렇게 말하면 그리스도교 종문宗門의 신자들은 그들의 바테렌을 모함한다고 나를 비난하려고 할는지 모른다. 하지만 내가 이렇게 말하게 된 것은 이것이 아무래도 사실로 생각되기 때문이다. 왜냐하면 서양의 신이 도래渡來함과 동시에 서양의 악마가 도래한다는 것——서양의 선이 수입됨과 동시에 서양의 악이 수입된다는 것은 지극히 당연한 일이기 때문이다.

그러나 그 악마가 실제 담배를 가지고 왔는지 아닌지 그것은 나도 보증할 수 없다. 우선 아나톨 프랑스가 쓴 책에 의하면 악마는 목서초木犀草의 꽃으로 어떤 사제를 유혹하려고 했던 일이 있었다고 한다. 그러니 담배를 일본에 가지고 왔다는 것도 반드시 거짓말이라고는 할 수 없다. 설령 그것이 거짓말이라고 해도 그 거짓말은 어떤 의미에서는 의외로 사실에 가까운 것일는지도 모른다.——나는 이런 생각으로 담배의 도래에 관한 전설을 여기에 써보기로 했다.

1549년, 악마는 프란시스 자비에르를 수행하는 선교사의 한 사람으로 둔갑해서 먼 바닷길을 건너 무사히 일본에 왔다. 이 선교사 한 사람으로 둔갑했다는 것은, 진짜인 그 남자기 마카오 항인가 어딘가에 상륙해 있던 동안에, 일행을 태운 흑선黑船이 그것도 모르고 출항해버렸기 때문이다. 그래서 그때까지 돛대에 꼬리를 휘감고 거꾸로 매달려 몰래 배 안의 동태를 살피고 있던 악마는 재빨리 그 남자의 모습으로 둔갑하여, 아침저녁으로 프란시스 신부에게 시중을 들게 되었다. 물론 닥터 파우스트를 찾아갈 때에는 붉은 외투를 입고 훌륭한 기사騎士로 둔갑할 정도의 도사이니 이러한 마술 정도는 아무것도 아니다.

그런데 일본에 와서 보니 서양에 있을 때에 마르코 폴로의 여행기에서 읽었던 것과 크게 그 모습이 달랐다. 우선 그 여행기에 의하면 나라 안에는 가는 곳마다 황금이 넘실거리는 것처럼 되어 있었는데 어디를 둘러보아도 그러한 풍경은 없다. 그렇다면 십자가를 손톱으로 문질러 금을 만들면 그것만으로도 꽤 유혹이 될 법하다. 그리고 일본인은 진주인지 무엇인지의 힘으로 기사회생起死回生하는 법을 체득體得하고 있다고 하지만, 이것도 마르코 폴로의 거짓말 같다. 이것이 거짓말이라면 여기저기 우물에 침을 뱉어 나쁜 병이라도 유행시키면 대부분의 인간은 괴로운 나머지 내세의 천국 따위는 잊어버린다.──프란시스 신부 뒤에 붙어서 기특하게 그 주위를 구경하고 걸으면서 악마는 몰래 이 같은 일을 생각하고 혼자서 회심의 미소를 짓고 있었다.

하지만 단지 여기에도 곤란한 일이 하나 있었다. 이것만은 정말 악마도 어쩔 도리가 없었다. 그것은 아직 프란시스 자비에르가 막 일본에 도착한 참이어서, 전도도 왕성하지 않았고, 그리스도교 신자도 생기지 않아 유혹할 상대가 한 사람도 없다는 사실이다. 이래서는 아무리 악마라도 적지 않게 당혹스러웠다. 우선 당장 지루한 시간을 어떻게 보내면 좋을지 몰랐다.

그래서 악마는 여러 가지로 궁리한 끝에 우선 원예라도 해서 시간을 보내자고 생각했다. 마침 서양을 떠날 때부터 여러 가지 잡다

한 식물 씨를 귀 구멍 속에 넣어 가지고 왔다. 땅은 근처의 밭이라도 빌리면 어려움은 없다. 게다가 프란시스 신부조차 그것은 더없이 좋다고 찬성했다. 물론 신부는 자신과 동행한 선교사 한 사람이 서양의 약용식물인지 무언지를 일본에 이식하려 한다고 생각했을 것이다.

악마는 재빨리 가래와 괭이를 빌려와서 길가의 밭을 끈질기게 갈기 시작했다.

마침 습기가 많은 봄의 시작이라서 자욱한 안개 밑으로는 멀리 절의 종이 '덩' 하고 졸리듯이 울려왔다. 그 종소리가 어찌나 편안한지, 듣기에 익숙한 서양 사원의 종소리처럼 날카롭게 '땡땡' 하고 정수리를 울리는 일은 없다.——하지만 이런 태평한 풍물 속에 있으면 틀림없이 악마도 기분이 편안하리라 생각하지만 결코 그런 것은 아니다.

그는 이 범종 소리를 한번 듣고는 성 바울 사원의 종소리를 듣는 것보다도 한층 더 불쾌하게 얼굴을 찡그리며 공연히 밭을 갈아재끼기 시작했다. 왜냐하면 이 태평스러운 종소리를 듣고, 이 따뜻한 햇볕을 쪼이고 있으면 이상하게 마음이 느슨해져 온다. 선을 행하고자 하는 생각도 들지 않음과 동시에 악을 행하고자 하는 생각도 들지 않게 된다. 그러면 모처럼 바다를 건너서 일본인을 유혹하러 온 보람이 없다.——손바닥에 물집이 없다고 이반의 여동생에게 야단을 맞을 만큼 노동을 싫어한 악마가 이렇게 정성을 들여 괭이를 쪼게 된 것은 자칫하면 몸에 파고들 도덕적 잠을 쫓아버리려고 필사적이 된 탓이다.

악마는 드디어 며칠 안에 밭갈이를 끝내고 귓속의 씨를 그 밭이랑에 심었다.

❖

그리고 몇 달이 지난 후에 악마가 심었던 씨앗은 봉오리를 내고 줄기를 뻗어 그 해 늦여름에는 폭이 넓은 녹색 잎이 밭의 흙을 남김 없이 덮어버렸다. 하지만 그 식물의 이름을 알고 있는 사람은 아무도 없었다. 프란시스 신부가 물을 때마저 악마는 배실 배실 웃을 뿐으로 아무 것도 대답하지 않고 입을 다물고 있었다.

그러던 중에 이 식물은 줄기 끝에 무성하게 꽃을 피웠다. 깔때기 모양을 한 엷은 보랏빛 꽃이다. 악마에게는 꽃이 핀 것이 고생을 했던 만큼 매우 기쁜 듯하다. 그래서 그는 아침저녁 미사를 마치고는 언제나 이 밭에 와서 여념 없이 배양에 힘썼다.

그러던 어느 날의 일, (이것은 프란시스 신부가 전도를 위해 수일간 여행을 떠난 부재중에 일어난 일이다.) 소장수 한 사람이 황소한 마리를 끌고 그 밭 옆을 지나고 있었다. 밭을 바라보니 보라색 꽃이 무리지어 있는 밭 울타리 가운데서 검은 승복에 창이 넓은 모자를 쓴 남만 선교사가 부지런히 잎에 붙어 있는 벌레를 잡고 있다. 소장수는 그 꽃이 너무 진기해서 아무 생각 없이 발을 멈추고 갓을 벗고는 정중히 그 선교사에게 말을 건넸다.

"여보세요. 신부님, 그 꽃은 뭡니까?"

선교사는 돌아보았다. 코가 낮고, 눈은 작은, 아무리 봐도 사람이 좋아 보이는 홍모紅毛의 서양인이다.

"이것 말입니까?"

"그렇습니다."

홍모의 서양인은 밭 울타리로 다가오면서 머리를 흔들었다. 그리고 능숙하지 않은 일본어로 말했다.

"죄송합니다만 이 이름만은 사람들에게 가르쳐 줄 수 없습니다."

"그래요? 그렇다면 프란시스님이 말해서는 안 된다고 하셨습니까?"

"아니, 그렇지 않습니다."

"그럼 가르쳐 주시지 않겠습니까? 저도 요즘은 프란시스님의 교화를 받고 가르침에 귀의하여 있으니까요."

소장수는 우쭐거리며 자신의 가슴을 가리켰다. 가슴을 쳐다보니 정말 작은 놋쇠 십자가가 햇빛에 번쩍이며 목에 걸려 있다. 그러자 그것이 눈부시었던지 선교사는 조금 얼굴을 찡그리면서 아래를 보더니 곧바로 또 전보다도 붙임성 있는 모습으로 농담인지 진담인지 모를 이런 말을 했다.

"그래도 안 됩니다. 이건 우리나라 법률에 사람들에게 말해서는 안 되는 걸로 되어 있으니까요. 그보다는 당신이 스스로 한번 맞춰 보십시오. 일본인은 현명하니까 꼭 알아맞힐 겁니다. 알아맞히면 이 밭에 피어 있는 것을 전부 당신께 드리지요."

소장수는 선교사가 자기를 조롱하고 있다고도 생각했을 것이다. 그는 볕에 그을린 얼굴에 미소를 띠면서 일부러 점잔빼며 고개를 갸우뚱거렸다.

"무엇일까요? 아무래도 금방 알 수는 없겠습니다만."

"아니, 오늘이 아니라도 좋습니다. 삼일 동안 잘 생각해서 오십시오. 누구에게 물어 와도 상관없습니다. 알아맞히면 이것을 전부 드리겠습니다. 그 외에도 포도주를 드릴까요, 아니면 지상 낙원 그림을 드릴까요?"

❖

소장수는 상대가 꽤 열심이라서 놀란 것 같다.

"그러면 맞히지 못하면 어떻게 됩니까?"

선교사는 모자를 뒤로 젖히고 손을 흔들며 웃었다. 소장수가 조금 의외라고 생각할 만큼 까마귀 같은 날카로운 목소리로 웃었다.

"맞히지 못하면 내가 당신에게 무언가 받아야지요. 내기입니다. 맞힐까 맞히지 못할까 내기입니다. 맞히면 이것을 전부 당신께 드릴 테니까요."

이렇게 말하는 동안 홍모의 서양인은 언제부터인가 또 붙임성 있는 목소리로 바뀌었다.

"좋습니다. 그러면 저도 큰 맘 먹고 무어라도 당신이 말씀하시는 것을 드리지요."

"무어라도 주십니까? 그 소라도?"

"이것으로도 괜찮다면 지금이라도 드리겠습니다."

소장수는 웃으면서 황소 이마를 쓰다듬었다. 그는 어디까지나 이를 사람 좋은 선교사의 농담이라고 생각하고 있었던 것 같다.

"그 대신 제가 이기면 이 꽃이 핀 식물을 받겠습니다."

"좋습니다. 좋습니다. 그러면 확실히 약속했습니다."

"확실히 약속합니다. 주 예수 그리스도의 이름으로 맹세합니다."

선교사는 이 말을 듣자 작은 눈을 반짝이며 두세 번 만족한 듯이 코를 킁킁거렸다. 그러고 나서 왼손으로 허리를 짚어 조금 몸을 뒤로 젖히고 오른손으로는 보라색 꽃을 만지면서,

"그럼 맞히지 못하면 당신의 몸과 혼을 받겠습니다."

이렇게 말하고 홍모의 서양인은 크게 오른손을 돌리면서 모자를 벗었다. 더부룩한 머리털 속에는 염소 뿔이 둘 자라고 있다. 소장수는 갑자기 얼굴색이 바뀌며 쥐고 있던 삿갓을 땅에 떨어뜨렸다. 햇빛이 가려진 탓일까. 밭의 꽃과 잎이 일시에 선명하던 빛을 잃었다. 소조차 무엇이 겁나는지 뿔을 낮추면서 땅울림 같은 소리로 신음하고 있다.

"내게 한 약속도 약속은 약속입니다. 내가 이름을 말할 수 없는 것을 가리키며 당신은 맹세했지요. 잊어서는 안 됩니다. 기한은 삼일이니까. 그럼 안녕."

사람을 바보 취급하는 것 같은 예의바른 태도로 이렇게 말하면서 악마는 일부러 소장수에게 정중하게 절을 했다.

소장수는 무심코 악마의 손에 놀아난 것을 후회했다. 이대로 가면 결국 저 '악마'에게 잡혀서 몸도 혼도 '꺼지지 않는 풀무 불'에 타지 않으면 안 된다. 그러면 지금까지 믿었던 종지宗旨도 버리게 되고, 영세를 받은 보람도 없어지고 만다.

그렇지만 주 예수 그리스도의 이름으로 맹세한 이상 한번 한 약속은 깰 수 없다. 물론 프란시스 신부라도 계신다면 또 어떻게 되겠지만, 마침 신부도 지금은 출타 중이시다. 그래서 그는 삼 일간 밤잠

도 자지 못하고 악마의 계략에 뒤통수를 칠 방법을 생각했다. 이 경우에는 어쨌든 이 식물의 이름을 아는 것 외에는 방법이 없다. 그러나 프란시스 신부조차 모르는 이름을 알 수 있는 사람이 어디에 있을까?

소장수는 드디어 약속한 날짜가 끝나는 날 밤에 황소를 끌고 살짝 선교사가 살고 있는 집 옆으로 숨어 들어갔다. 집은 밭과 나란하게 도로로 향해 있다. 가서 보니 선교사는 이미 곯아떨어져 버린 것 같고, 창문으로 새어나오는 빛조차 없다. 마침 달은 있지만 어렴풋이 흐린 밤이라서 쥐 죽은 듯 조용한 밭 여기저기에는 저 보랏빛 꽃이 불안하게 어둠 속에서 희미하게 보인다. 소장수는 불안해하면서 계책이 생각나서 겨우 여기까지 숨어 왔지만, 이 으슥한 광경을 보니 왠지 모르게 겁이 나서, 차라리 그대로 돌아가 버릴까 하는 생각도 들었다. 특히 저 문 뒤에는 염소와 같이 뿔이 있는 선교사가 지옥의 꿈에서라도 보고 있다고 생각하니 모처럼 내었던 용기도 기개 없이 꺾여버리고 만다. 그렇긴 하지만 몸과 혼을 '악마'의 손에 넘길 것을 생각하면 물론 약한 생각을 하고 있을 때가 아니다.

그래서 소장수는 동정녀 마리아의 가호를 빌면서 각오하고 미리 짜두었던 계획을 실행했다. 계획이라는 것은 별다른 것이 아니다.——끌고 온 소고삐를 풀고 엉덩이를 세게 내리치면서 밭에 힘껏 밀어 넣는 것이다.

소는 얻어맞은 엉덩이가 아파서 펄쩍 뛰면서 울타리를 부수고 밭을 밟아 짓뭉갰다. 뿔로 집 널빤지를 들이받은 일도 한두 번이 아니다. 게다가 발굽 소리와 우는 소리가 희미한 밤안개를 흔들어 엄청나게 사방으로 울려 퍼졌다. 그러자 문을 열고 얼굴을 내미는 것이 있었다. 어둡기 때문에 얼굴을 알 수는 없었지만 선교사로 둔갑한 악마가 틀림없다. 기분 탓일까, 머리 뿔은 밤눈에라도 확실하게 보였다.

"이 놈, 왜 내 담배 밭을 엉망으로 만드는 거야!"

악마는 손을 흔들면서 잠 오는 듯한 목소리로 소리쳤다. 갓 잠이 든 때, 방해가 부아를 나게 한 것이다.

그러나 밭 뒤에 숨어서 동태를 살피고 있던 소장수 귀에는 악마의 이 말이 하느님 목소리처럼 울려 퍼졌다.

"이 놈, 왜 내 담배 밭을 엉망으로 만드는 거야!"

그러고 나서 그 일은 모든 이 종류의 이야기처럼 지극히 원만하게 끝난다. 즉, 소장수는 순조롭게 담배라고 하는 이름을 알아맞혀서 악마의 허를 찔렀다. 그리하여 그 밭에 자라고 있는 담배를 전부 자기 것으로 만들었다고 하는 이야기이다.

그러나 나는 이전부터 이 전설에 보다 깊은 의미가 있지는 않은가 하고 생각한다. 왜냐하면 악마는 소장수의 육체와 영혼을 자기 것으로 할 수는 없었지만, 그 대신에 담배는 널리 일본 전국에 보급시킬 수 있었다. 그리고 보면 소장수의 구원이 한편으로는 타락을 동반하고 있는 것처럼, 악마의 실패도 한편으로는 성공을 동반하고 있는 것은 아닌가? 악마는 넘어져도 그냥은 일어나지 않는다. 유혹에 이겼다고 생각할 때도 인간은 의외로 지는 경우가 있지는 않은가?

그리고 말이 나온 김에 악마의 형편을 간단히 써 둔다. 그는 프랑시스 신부가 돌아옴과 동시에 신성한 펜타그라마의 위력에 의해 드디어 그 땅에서 쫓겨났다. 그러나 그 후에도 역시 선교사의 모습을 하고 여기저기를 유랑하면서 돌아다녔던 것 같다. 어떤 기록에 의하면 그는 남만사 성당 건립 이후 교토에도 자주 출몰했다고 한다. 마쓰나가 단조를 희롱했던 그 가신거사居士라는 남자가 이 악마라고 하는 설도 있는데, 이것은 라프카디오 헌 선생이 썼기 때문에 여기에서는 더 이상 언급하지 않기로 한다. 그러고 나서 도요토미, 도쿠가와 양씨의 천주교 금지령을 만나 처음 한 동안은 모습을 나타냈지만, 나중에는 완전히 일본에서 사라졌다.——기록은 대개 여기까지밖에 악마의 소식을 전하고 있지 않다. 단지 메이지 이후 다시 도래했던 그의 동정을 알 수 없는 것이 거듭거듭 유감이다.

■ 1916. 10. 21

02

오가타 료사이 상신서

이번에 저희 마을 내에서 기리시탄 종문宗門의 신도들이 사법邪法을 행하여 사람들의 눈을 어지럽힌 것에 대하여 제가 견문하였던 바를 일일이 당국에 보고해야 한다는 분부가 있었음을 잘 알고 있습니다.

말씀드리자면 금년 3월 7일, 이 마을의 농부 요사쿠의 미망인 시노라는 자가 저희 집에 찾아와서, 자기 딸 사토(금년 구세)가 큰 병에 걸려 있으니 진맥診脈을 해달라고 간곡히 부탁하였습니다.

이 시노로 말하자면 농부 소베에의 삼녀로, 십년쯤 전에 요사쿠와 혼인하여 사토를 얻었습니다만, 얼마 지나지 않아 남편을 잃었고, 이후로는 재혼도 하지 않고, 베짜기나 품팔이 등을 하여 그날그날 겨우 입에 풀칠하고 있는 자입니다. 하지만 어떤 마음의 변화가 있었던지, 요사쿠가 병사病死한 때부터 오로지 기리시탄 종문에 귀의하여, 이웃 마을의 신부 '노도리게'라고 하는 자에게 자주 왔다 갔다 하였기에, 마을에서는 이 신부의 첩이 되었다고 소문을 내는 사람도 있었습니다. 어쨌든 말썽이 끊이지 않아, 아버지 소베에를 비롯하여 형제자매 모두가 이리저리로 충고를 하였지만, 데우스 여래보다도 더 고마운 분은 없다고 하면서 조금도 수긍하지 않고, 조석으로 오로지 딸 사토와 함께 '구루스'라 일컫는 작은 십자가를 모신 본존本尊에만 예배하고, 남편 요사쿠의 묘에 참배하는 것마저도 게으름을 피우고 있는 실정으로, 지금은 친척과도 의절義絶하였고, 머지않아서는 마을 사람들도 마을에서 내보낼 것을 이따금 논의하고 있는 실정입니다.

이 같은 자이기에 거듭거듭 부탁을 하여도 저는 진맥할 수 없는 뜻을 전하였더니, 일단은 울며불며 집으로 돌아갔는데, 다음날 8일 다시 저희 집에 와서, "평생의 은혜로 생각할 터이니 부디 진맥해 주시기를 바랍니다."고 부탁하였습니다. 그러나 아무리 거절해도 듣지 않고, 결국은 저희 집 현관에서 엎드려 울며, "의사의 일은 사람의 병을 고치는 것이라고 생각합니다. 그런데 제 딸이 크게 병든 것을 듣고 내버려두는 것은 정말로 납득이 되지 않습니다."는 둥 원망하기에 제가 말하기를, "당신이 이야기하는 것 모두가 당연하지만, 내가 진맥할 수 없는 것도 전혀 그 이유가 없다고 말하기 어렵소. 왜냐하면 당신의 평소 품행이 참으로 바람직하지 못하고, 특히 나를 비롯한 마을 사람들이 신불神佛에 예배하는 것을 악마외도惡魔外道가 쓰인 행위라는 둥 자주 비방했던 것, 분명히 듣고 있소. 그런 정도결백正道潔白한 당신이 우리들 천마天魔에 홀린 자에게 지금 딸의 큰 병을 고쳐 달라고 하는 것은 무슨 까닭이오. 이 같은 것은 평소 당신이 신앙하는 데우스 여래에게 부탁하는 것이 당연하고, 만약 굳이 나에게 진맥을 바라는 이상에는 기리시탄 종문에 귀의는 금후 엄히 그만두어야 할 것이오. 이 점 납득 없이는 설령 의술은 인술이라고 하더라도 신불의 벌이 두려워 진맥은 아무쪼록 거절하겠소." 이같이 설득하자 시노도 또한 억지로 부탁하기는 어려웠던지 그대로 실망하고 집으로 돌아갔습니다.

다음날 9일은 새벽녘부터 큰비가 내려 마을 안에는 한동안 사람 통행도 끊어졌는데, 새벽 6시경에 시노가 우산도 쓰지 않고 물에 빠진 생쥐처럼 저희 집에 찾아와 또 진맥을 해 달라고 부탁하기에 제가 말하기를, "양반은 아니지만 두말하지는 않겠소. 그러니 딸의 목숨이든지 데우스 여래든지 어느 것 하나를 버리는 결단이 필요하다고 생각하오." 이처럼 일러주자 이번에는 시노가 광기狂氣가 서린 것 같이 되어, 제 앞에서 두세 번 절하고 또 손을 모아 빌기도 하면서, "이르신 말씀은 천만번 지당합니다. 하지만 기리시탄 종문의 가르침에는 한번 배교하면 제 혼과 몸은 공히 영영세세토록 멸망한다고 합니다. 부디 제 마음을 불쌍히 생각하여 주시고 이것만은 용서하여 주시기 바랍니다."고 목이 메도록 졸라댔습니다. 사종문邪宗門의 신도라고 하지만 부모 마음 다를 바가 없음에 다소 측은한 마음이 들었습니다만, 개인적인 정을 가지고 공도公道를 폐할 수 없는 것이 도리이기에 아무리 부탁해도 진맥하기 어렵다는 뜻을 강력히 이야기하였던 바, 시노가 정말로 무어라고 얘기할 수 없는 얼굴을 하고, 잠시 저의 얼굴을 빤히 쳐다보고 있다가, 갑자기 눈물을 주르르 흘리며 저의 발밑에서 절하고 모기 같은 소리로 무언가 이야기했습니다만,

때마침 내리던 빗소리 때문에 확실히 듣지 못하였고, 재차 들었던 바, 그렇다면 도리가 없으니 배교할 뜻을 명백히 하였습니다. 그러나 배교의 실증이 없으므로 증거를 대야할 것을 일러주었더니, 시노는 말없이 품속에서 '구루스'를 꺼내 현관 마루에 내어놓고 조용히 세 번 밟았습니다. 그때는 각별히 이성을 잃은 기색도 없고 눈물도 이미 마른 것 같이 생각되었습니다만, 발밑의 '구루스'를 바라보는 눈속에는 무언가 열병을 앓는 사람 같아 저희 집 하인들은 어쩐지 무서운 느낌이 들었다는 것입니다.

어쨌든 제가 요구하던 것도 이루어졌기에, 즉각 하인에게 약통을 짊어지우고 큰 빗속을 시노와 동행하여 시노의 집에 갔던 바, 극히 좁은 방에 사토 혼자서 남쪽으로 베개를 하고 누워 있었습니다. 몸에 열이 대단히 심하여 거의 제 정신이 아닌 것처럼 보였으며, 가련한 손으로 거듭거듭 허공에 십자를 긋고서는 연거푸 '하루레야'라고 하는 말을 비몽사몽간에 내뱉고는, 그때마다 기쁜 듯이 미소를 짓고 있었습니다. 이 '하루레야'라는 것은 기리시탄 종문의 염불로 종문 부처에게 찬송을 바치는 것이라고 시노가 이 구절을 베갯맡에서 울며불며 들려주었습니다. 그래서 재빨리 진맥하였더니 열병이 틀림없었고, 더욱이 손쓰기에는 이미 늦어 오늘 안에 목숨이 붙어 있을지 어떨지 의심치 않을 수 없었기에, 어찌할 도리 없이 이를 시노에게 들려주었던 바, 시노는 다시 미친 사람처럼 되어, "제가 믿음을 버린 연유는 딸의 생명을 구하고 싶은 일념 때문이었습니다. 그런 딸을 죽이면 그 보람은 만에 하나라도 없을 것입니다. 부디 데우스 여래에게 등을 돌린 제 아픈 마음을 참작하셔서 어떻게 하든지 딸의 생명을 건져 주십시오."라고 말하고는 저뿐만 아니라 저의 하인 발밑에도 절을 하며 끊임없이 부탁하였습니다만, 인력으로는 어떻게 할 수 없는 일이기에 부디 오해 없도록 타이르며 탕약 세 첩을 내어놓고, 때마침 비가 그쳤기에 돌아오고자 하였는데, 시노가 저의 소맷자락에 달라붙어 떨어지지 않고 무언가 말하고자 하는 기색으로 입술을 움직이기는 했으나 한마디도 하지 못하고 있던 중에 순식간에 얼굴색이 변하고 갑자기 그곳에서 기절하였습니다. 그런고로 저는 크게 놀랐고, 재빨리 하인들이 간호하여 시노는 겨우 정신을 차렸습니다만, 이제는 일어설 기력도 없이, "결국은 내가 생각이 모자라 딸의 목숨과 데우스 여래 둘 다 잃어버리는 꼴이 되었구나."라고 하염없이 쓰러져 슬피 울기에 이리저리 위로하려고 하여도 전혀 듣는 체도 하지 않았고, 더욱이 딸의 용태도 별 수 없어 보이기에, 하는 수 없이 다시 하인을 불러 바쁜 걸음으로 되돌아왔습니다.

그런데 그날 오후 2시가 지나서 촌장 쓰키고시 야자에몬님의 어머님을 진맥하러 갔는데, 시노의 딸이 죽었다는 사정과, 또 시노가 슬픈 나머지 결국 발광한 사정을 야자에몬님으로부터 들었습니다. 그 이야기에 의하면 사토가 목숨이 떨어진 것은 제가 진맥한 후 두 시간 사이로 보이며, 9시 40분경에는 시노가 이미 발광한 모습으로 딸의 시체를 끌어안고 소리 높여 무언가 남만어南蠻語로 경문經文을 외우고 있었다는 것입니다. 또 이것은 야자에몬님이 직접 보셨다 하며, 마을 사람 가에몬님, 도고님, 지에몬님 등도 이곳에 계셨기 때문에 명백한 사실임에 틀림없습니다.

이윽고 다음날 10일은 아침부터 가는 비가 왔습니다만, 8시 20분

부터는 봄 벼락이 쳤고 약간 개일 징조가 보였을 때,——촌향사村鄕士
야나세 긴주로님이 말을 보내셔서 진맥해 달라고 하는 전갈이 왔기
에, 저는 재빨리 말을 타고 집을 떠나 시노의 집 앞에 다다랐는데,
마을 사람들이 많이 둘러 서있고, 신부야, 기리시탄아 등등 욕을 퍼
붓고 있어서, 말을 타고 갈 수조차 없기에, 제가 말 위에서 집안의
모습을 들여다보았던 바, 시노가 집의 문을 열어젖힌 채 홍모인紅毛人
한 사람, 일본인 세 사람이 각각 법의法衣 같은 검은 옷을 입고, 손에
그 '구루스'와 향로 같은 것을 받치고, 입 맞추어 '하루레야', '하루레
야'라고 외치고 있었습니다. 뿐만 아니라 이 홍모인의 발밑에는 시노
가 머리를 흩뜨린 채로 딸 사토를 끌어안고서 실신한 것처럼 웅크리
고 있었습니다. 특히 제 눈을 놀라게 한 것은 사토가 양손으로 시노
의 목덜미를 꽉 껴안고 있었고, 어미 이름과 '하루레야'를 번갈아 천
진난만한 목소리로 부르고 있었던 것입니다. 워낙 멀리서 본 것이라
서 확실히 변별하기 어렵기는 하였지만, 사토의 혈색이 지극히 아름
답게 보였고, 가끔 어미의 목에서 손을 떼어 향로 같은 물건에서 피
어오르는 연기를 잡으려는 시늉을 하고 있었습니다. 그래서 저는 말
에서 내려 사토가 소생한 내력에 대해서 마을 사람들에게 자세히 물
어보았더니, 그 홍모의 신부 '노도리게'가 오늘 아침 선교사를 대동하
고 이웃 마을에서 시노의 집으로 와서, 시노의 참회를 들은 뒤에 일
동이 종문 부처에게 기도하고 또 향을 피우고 또 신수神水를 흩뿌리
는 등을 하였던 바, 시노의 광기가 저절로 가라앉았고, 사토도 곧 소
생하였다는 사정을 모두가 두려운 듯이 들려주었습니다. 예로부터
일단 목숨이 끊어진 후에 소생하였다는 병은 원래 적지는 않았다고

하더라도, 대부분은 주독酒毒에 빠지거나 장독瘴毒에 걸린 자뿐입니다. 사토와 같이 열병으로 죽은 자가 소생한 예는 아직 듣지 못한 바이오니, 기리시탄 종문이 사법인 것은 이 한 가지 일로서도 분명하고, 특히 신부가 이 마을에 올 때 봄 벼락이 끊임없이 친 것도 하늘이 그를 미워한 것이 아닌가 하고 생각합니다.

또 시노와 딸 사토는 당일 신부 '노도리게'와 동행하여 이웃마을로 이사한 경위, 또 지엔지 주지 닛관님의 조처로 시노의 집을 불태워 버린 경위는 이미 촌장 쓰가고시 야자에몬님이 아뢰었기에, 저는 제가 견문한 내용을 대충 위와 같이 말씀드립니다. 단 기록에 빠진 것은 후일 재차 서면으로 말씀 올릴 작정이며, 우선 저의 보고서는 이와 같습니다. 이상.

신년申年 3월 26일
이요노국 우와군 ——촌
의사 오가타 료사이

■ 1916. 12. 7

방랑하는 유대인

기독교 국가에는 어디라도 '방랑하는 유대인' 전설이 남아 있다. 이탈리아에도, 프랑스에도, 영국에도, 독일에도, 오스트리아에도, 스페인에도 이 전설이 전해지지 않은 나라는 하나도 없다. 따라서 옛날부터 이를 소재로 했던 예술 작품도 많다. 구스타브 도레의 그림은 물론, 유젠느 수우나 조지 크롤리도 이를 소설로 만들었다. 몽크 루이스의 저 유명한 소설 중에도 루시퍼랑 '피 흘리는 수녀'와 더불어 '방랑하는 유대인'이 나온 것으로 기억한다. 최근에는 피오나 마클레오드라 불렸던 윌리엄 사프가 이를 소재로 하여 무언지 모르지만 단편을 썼다.

그럼 '방랑하는 유대인'이 누구인가 하면, 이는 예수 그리스도의 저주를 받아 최후의 심판을 기다리면서 영원히 방랑을 계속하는 유대인을 말한다. 이름은 기록에 따라서 일정하지 않다. 혹은 카르타피루스라고 하고, 혹은 아하스페루스라고 하며, 혹은 부타데우스라고

하고, 혹은 또 이삭 라쿠에뎀이라고도 한다. 게다가 직업도 기록에
따라서 다르다. 예루살렘에 있는 산헤드린 문지기였다고 하는 사람
도 있고, 빌라도의 말단 직원이었다고 하는 사람도 있다. 아니, 그
중에는 구두장이였다고 하는 사람도 있다. 그러나 저주를 받게 된
원인에 대해서는 대체로 어느 기록이나 다름이 없다. 그는 골고다로
끌려가는 그리스도가 그의 집 대문에 서서 숨을 돌리려고 했을 때,
비정하게도 욕설을 퍼부은 데다가 심하게 후려치기까지 했다. 그때
그리스도에게서 들은 말, "가라고 하면 가지 않을 것도 아닌데…, 그
대신에 그대는 내가 돌아올 때까지 기다리고 있어라."고 하는 저주였
다. 그는 그 후 바울에게 세례를 주었던 인물인 아나니아스의 세례
를 받고 요셉이라는 이름을 받았다. 그러나 한번 받은 저주는 세상
멸망의 날이 올 때까지 풀리지 않는다. 실제로 그가 1721년 6월 22일
뮌헨 시에 나타났던 일은 호르마이엘의 수첩에 기록되어 있다.

　이것은 최근의 일이고, 멀리 문헌을 찾아 올라가면 그에 관한 기
록은 도처에서 발견된다. 그 중에서 가장 오래된 것은 아마 매튜 파
리스가 편찬한 세인트 알반스의 수도원 연대기에 나와 있는 기사記事
일 것이다. 그것에 의하면 대아르메니아 대승정大僧正이 세인트 알반
스를 방문하였을 때, 통역담당의 기사騎士가, 대승정은 아르메니아에
서 종종 '방랑하는 유대인'과 식탁을 함께한 일이 있다고 말했다고
한다. 다음으로는 플랑드르의 역사가 필립 무스키가 1242년에 쓴 운
문 연대기 중에도 같은 기사가 보인다. 그 때문에 13세기 이전에는
적어도 사람들의 이목을 끌 만큼 그가 유럽을 방랑하지는 않았던 것
같다. 그런데 1505년이 되면 보헤미아에서 코코드라고 하는 직공이

60년 전에 자기 조부가 묻어두었던 재물을 그의 도움을 빌어 발굴한 일이 일어났다. 그뿐만 아니다. 1547년에는 슈레스위히의 승정僧正 파울레 폰 아이첸이라는 남자가 함부르크의 교회에서 그가 기도하고 있는데 만났다. 그 이후 18세기 초에 이르기까지 그가 남북 유럽에 걸쳐 모습을 나타냈다고 하는 기록은 꽤 많다. 가장 명백한 경우만을 들어보아도 1575년에는 마드리드에 나타났고, 1599년에는 빈에 나타났으며, 1601년에는 루벡, 레벨, 크라카우 세 곳에 나타났다. 루돌프 보트레우스에 의하면, 1604년경에는 파리에 나타났던 일도 있었다는 것 같다. 그리고 나서 나움부르크와 브뤼셀을 거쳐 라이프치히를 방문하고, 1658년에는 스탠포드의 사무엘 보리스라 하는 폐병 환자에게 붉은 사루비아 잎 두 장에 블러드워트 잎 한 장을 맥주에 섞어서 마시면 건강을 회복한다고 하는 비법을 가르쳐 주었다고 한다. 덧붙여 앞에서 말했던 뮌헨을 거쳐 다시 영국에 들어가서 케임브리지와 옥스퍼드 교수들의 질문에 응답한 다음, 덴마크에서 스웨덴으로 가서 결국은 자취를 알 수 없게 되어 버렸다. 이후 지금까지 그의 소식은 묘연하다.

'방랑하는 유대인'이란 누구인가? 그는 과거에 어떤 역사를 가지고 있을까? 이 점에 관해서는 앞에서 서술한 바와 같이 그 대략大略은 밝혀냈다고 생각한다. 그러나 이것을 전하는 것만이 결코 나 자신의 목적은 아니다. 나는 이 전설적인 인물에 관해서 일찍이 자신이 품고 있던 두 가지 의문을 들고, 그 의문이 일전에 우연히 나 자신의 손으로 발견한 고문서에 의해 모두 해결된 사실을 공표하고 싶은 것이다. 그리고 그 고문서의 내용도 병행해서 여기에 공표하고 싶다. 우선 나 자신이 품고 있었던 두 가지 의문이란 무엇인가?

첫째 의문은 모두 사실의 문제이다. '방랑하는 유대인'은 거의 모든 기독교 국가에 모습을 나타냈다. 그렇다면 그가 일본에도 건너오지는 않았을까? 현대 일본은 잠시 제쳐두고 14세기 후반에 일본 서남부에서는 대부분 천주교를 받들고 있었다. 델베로의 비빌리오테크 오리엔탈을 보면 '방랑하는 유대인'은 16세기 초에 파디라가 이끄는 아라비아의 기병이 엘방 시를 무너뜨리러 들어갔을 때, 그 진중에서 나타나서, Allah alkubar(신은 위대하다)는 기도를 파디라와 함께 드렸다는 사실이 기록되어 있다. 이미 그는 '동방'에까지 발자취를 남겼다. 다이묘라고 불렸던 봉건시대의 귀족들이, 황금 십자가를 가슴에 걸고, 파테르 노스테르를 입 밖에 내는 일본에,——귀족 부인들이 산호 염주를 굴리며, 동정녀 마리아 앞에 무릎을 꿇는 일본에 그가 나타나지 않았다고 말하지는 못할 것이다. 더욱이 평범한 말로 하자면 당시의 일본인에게도 이미 그에 관한 전설이 '유리 기구'나 라베카와 마찬가지로 수입되었던 것은 아닐까?——하고 나 자신은 의심하고 있다.

둘째 의문은 첫째 의문과 비교하면 조금은 그 취지를 달리한다. '방랑하는 유대인'은 예수 그리스도를 모욕했기 때문에 영원히 지상을 방랑하지 않으면 안 되는 운명을 떠안게 되었다. 그러나 그리스도가 십자가에 달렸을 때, 그를 괴롭혔던 사람은 오직 이 유대인만이 아니다. 어떤 이는 그에 가시나무 관을 씌웠다. 어떤 이는 그에게 자색 옷을 입혔다. 또 어떤 이는 그 십자가 위에 'I. N. R. I.'라는 표찰을 달았다. 돌을 던지고 침을 뱉었던 사람은 아마 셀 수 없을 정도로 많음에 틀림없다. 그런데 왜 그 혼자 그리스도의 저주를 받았던가? 이 '왜'에는 어떤 해석을 내릴 수 있는가?──이것이 나의 둘째 의문이다.

나 자신은 수년 동안 이 두 가지 의문에 대해 하등의 실마리도 얻지 못하고 헛되이 동서의 고문서를 두루 읽고 있었다. 그러나 '방랑하는 유대인'을 다룬 문헌 수는 상당히 많다. 자신이 그것을 전부 독파하는 일은 적어도 일본에 있는 한 전적으로 불가능할 것이다. 그래서 나는 결국 이 의문에도 답할 수 없을 것이라는 생각이 들었다. 그런데 마침 이런 절망에 빠져 있던 작년 가을의 일이었다. 나는 최후의 시도로 히젠, 히고와 히라도, 아마쿠사 여러 섬을 돌아다니면서 고문서 수집에 몰두했던 결과, 우연히 손에 들어온 분로쿠 연간年間의 MSS. 중에서 마침내 '방랑하는 유대인'에 관한 전설을 발견할 수 있었다. 그 고문서의 감정, 그 외에 관해서는 지금 여기에 서술할 겨를이 없다. 단지 그것은 당시의 천주교도 한 사람이 들었던 이야기를 당시의 구어체로 그대로 써서 보관해 두었던 간단한 메모였다고 하는 것을 밝혀두기만 하면 될 것이다.

이 메모에 의하면 '방랑하는 유대인'은 히라도에서 규슈 본토로 건너가는 배 안에서 프란시스 자비에르와 만났다. 그때 자비에르는 '시메온 선교사 한 사람만을 데리고' 있었는데, 이 시메온의 입에서 당시의 모습이 신도들 사이에 전해지고, 그것이 또 점차로 여러 곳에 퍼져서, 드디어 몇 십 년 뒤에는 이를 기록하는 필자의 귀에도 들어오게 된 것이다. 만약 필자의 말을 그대로 신용한다면 '프란시스 신부가 방랑하는 유대인과 문답한 일'은 당시 천주교도들 사이에 유명한 이야기의 하나로, 종종 설교의 자료까지 되었던 것 같다. 나는 지금 이 메모의 내용을 대충 소개함과 동시에 두세 군데 원문을 인용하여 위의 의문을 풀었던 기쁨을 독자와 함께 맛보려고 한다.

먼저 기록은 그 배가 '선물로 갖가지 과일을 싣고' 있었다고 하고 있다. 따라서 계절은 아마 가을이었을 것이다. 이것은 뒤에 무화과 운운의 기사가 보이는데 비추어 보더라도 분명하다. 그리고 동승인은 없었던 것 같다. 시각은 한 낮이었다.──필자는 본문에 들어가기 전에 이것만 쓰고 있다. 따라서 만약 독자가 당시의 상황을 눈에 선하게 떠올리려고 한다면, 기록에 남아있는 이 장면에다가 고기비늘처럼 눈부신 태양 빛을 반사하는 해면과, 배에 쌓인 무화과나 석류 열매, 그리고 그 속에 앉아 열심히 이야기하고 있는 세 사람의 서양인을 독자 자신의 상상으로 그려보는 수밖에 없다. 왜냐하면 이것들을 생생하게 묘사하는 일은 단순한 학도의 한 사람인 나로서는 도저히 불가능한 일이기 때문이다.

하지만 만약 독자가 여기에 다소 곤란함을 느낀다면, 펙이라는 사람이 그의 저서, 《히스토리 오브 스탠포드》 중에 쓴 〈방랑하는 유대인〉의 복장을 여기에 조금 소개하는 것도 독자의 상상을 돕는데 어느 정도 효과가 있을지도 모르겠다. 펙은 이렇게 말했다. '그의 상의는 보라색이다. 그리고 허리까지 단추가 달려 있다. 바지도 같은 색으로 역시 낡지는 않은 것 같다. 양말은 새하얗지만 린네르인지 모직인지 알 수 없다. 그리고 수염도 머리카락도 모두 새하얗다. 손에는 하얀 지팡이를 가지고 있다.'──이는 앞에서 썼던 폐병을 앓던 사무엘 보리스가 직접 목격했던 것을 펙이 기록해 둔 것이다. 그래서 프란시스 자비에르가 만났을 때에 그는 아마 이와 유사한 복장을 하고 있었음에 틀림없다.

그런데 그가 '방랑하는 유대인'인지 어떻게 알 수 있었는가 하면 '신부가 기도하실 때 그도 공손하게 기도했기' 때문에 프란시스 신부가 말을 건넸다고 한다. 그런데 이야기를 해보니 아무래도 보통 인간은 아니었다. 말하는 것이나 말하는 모습이나 그때 동양에 떠돌던 모험가나 여행자와는 명백히 모습이 다르다. '인도와 서양의 어제오늘을 손바닥 들여다보듯이' 훤히 알고 있어서 '시메온 선교사는 물론 신부 자신마저 혀를 내두르셨다고 한다.' 그래서 '당신은 어디에 사는 사람인가 하고 물으면 사는 곳이 일정치 않은 유대인'이라고 대답했다. 그래서 신부도 처음에는 다소 이 남자의 진위를 의심하셨다. "사후의 천국을 걸고서도 맹세할 수 있는가?"라고 하자 상대가 '맹세한다고 하니 그때부터 신부도 마음을 터놓고 여러 가지 문답을 하셨다.'고 쓰여 있는데, 이 문답을 보면 최초의 부분은 단지 옛날에 있었던 사실을 물었을 뿐 종교상의 문제는 거의 하나도 건드리지 않았다.

그것이 우르술라 성녀와 일만 일천의 동정 소녀가 '순교'했던 이야기라든지, 패트릭 사도의 지옥 이야기를 거쳐, 점차로 오늘의 사도행전 중의 이야기로 이어지고, 드디어 주님 예수 그리스도가 골고다에서 십자가를 졌을 때의 이야기로 바뀌었다. 이 이야기로 옮겨가기 전에 신부가 실었던 무화과를 뱃사람들이 나누어서 '방랑하는 유대인'과 같이 먹었다는 기사도 있다. 앞에 계절을 언급했을 때 인용한 것이므로 여기에 다시 써두지만 물론 큰 의미가 있을 리 없다.——그런데 그 문답을 보면 대체로 다음과 같다.

신부: "주님 수난 때는 예루살렘에 있었나?"

'방랑하는 유대인': "확실히 눈앞에서 수난의 모습을 보았습니다. 원래 저는 요셉이라고 하는 자로 예루살렘에 사는 구두장이였습니다만, 그날은 주님이 빌라도님의 재판을 받으시자 곧바로 온 집안 식구를 문 앞에 불러 모으고 황송하게도 주님의 고난을 즐거워하며 바라보았습니다."

기록이 전하는 바에 의하면 그리스도는 '미친 것 같은 군중 속을', 바리새인과 제사장이 지켜보는 가운데 십자가를 등에 진 시골 사람의 뒤를 따라서 비틀거리며 걸어왔다. 어깨에는 자주색 옷을 걸치고 있었다. 이마에는 가시나무 관이 얹혀 있었다. 그리고 또 손과 발에는 채찍 자국과 찢어진 상처가 장미꽃처럼 빨갛게 남아 있다. 그러나 눈만은 보통 때와 조금도 변화가 없다. '평소처럼 푸르고 맑은 눈'은 괴로움도 즐거움도 초월한 이상한 표정을 띠고 있다.――이 모습은 '나사렛 목수 아들'의 교를 믿지 않는 요셉의 마음에도 이상한 인상을 주었다. 그의 말을 빌리면 '나도 주님의 눈을 볼 때는 왠지 모르게 그리운 마음이 들었다. 아마 죽은 형님과 눈이 닮았기 때문일 것이다.'

그 속에서 그리스도는 먼지와 땀범벅이 되어 때마침 지나가던 그의 문 앞에 발을 멈추고 한참 숨을 돌리려고 했다. 거기에는 가죽 띠를 띠고 일부러 손톱을 길게 한 바리새인도 있었고, 머리에 파란 분을 칠하고 나르드유 향기를 풍기는 창녀들도 있었다. 또는 로마 군인들이 가지고 있던 방패가 오른쪽에서나 왼쪽에서나 눈부시게 햇빛을 반사하고 있었는지도 모른다. 하지만 기록에는 '많은 사람들'이라고 쓰여 있다. 그리하여 요셉은 '많은 사람들 앞에서, 사제들에게 충성을 보이고 싶어서' 그리스도가 발을 멈춘 것을 보자 한손으로 아이를 안으면서 한손으로 '사람의 아들'의 어깨를 잡고 일부러 난폭하게 괴롭혔다.──'결국에는 십자가에 달려서 유유히 쉴 몸이 아니냐는 따위의 악담을 하고 게다가 손을 들어 후려치기까지 했다.'

　그러자 그리스도는 조용히 머리를 들고 나무라듯이 요셉을 바라보았다. 그가 죽은 형과 닮은 눈으로 엄숙히 뚫어지게 쳐다보았다. "가라고 하면 가지 않을 것도 아닌데…, 그 대신에 그대는 내가 돌아올 때까지 기다리고 있어라."──그리스도의 눈을 바라봄과 동시에 그는 이 같은 말이 열풍보다도 격렬하게 순간적으로 그의 마음을 불태울 듯한 기분이 들었다. 그리스도가 실제 이렇게 말하였는지 어떤지 그것은 그 자신도 확실히 모른다. 그러나 요셉은 '이 저주가 마음에 걸려서, 앉아있을 수도 서있을 수도 없는 형편'이 되었다. 손이 저절로 내려가고 마음속에 있던 증오가 저절로 사라지자 그는 아이를 안은 채 엉겁결에 길에 무릎을 꿇고 발톱이 벗겨져 있는 그리스도의 발에 쭈뼛쭈뼛 입술을 맞추려고 했다. 하지만 때는 늦었다. 그리스도는 병사들에게 밀려 이미 대여섯 걸음 그의 집 앞을 떠났다. 요셉은 망연자실하여 군중 속에 뒤섞인 주님의 자색 옷이 떠나가는 것을 바라보았다. 그리하여 그와 더불어 말할 수 없는 후회가 마음 깊은 데서 움직여오는 것을 의식했다. 그러나 누구 한사람 그를 동정하여 주는 사람은 없다. 그의 처자조차도 그의 이 행동을 그리스도에게 가시관을 씌우는 것과 같은 조롱이라고 해석했다. 하물며 길가 사람들이 재미있게 웃고 즐겼던 것은 무리가 없는 이야기다.──돌이라도 태울 듯한 예루살렘 햇볕 속에서, 자욱하게 이는 모래 먼지를 둘러쓰고, 요셉은 눈에 눈물을 흘리면서 팔에 안고 있던 아이를 이미 처에게 빼앗긴 것도 잊어버리고 언제까지나 무릎을 꿇은 채 움직이지 않았다.

'아무리 예루살렘이 넓다 하더라도 주님을 욕되게 한 죄를 알고 있는 사람은 나 혼자다. 죄를 알면 저주도 받는다. 죄를 죄로 생각하지 않는 사람에게는 하늘의 벌이 내리지 않는다. 말하자면 주님을 십자가에 매단 죄는 나 혼자 지는 것이다. 그러나 벌을 받으면 속죄도 있기에, 결국 주님의 구원을 받는 것도 나 혼자에 한할 것이다. 죄를 죄로 아는 사람에게는 무릇 벌과 속죄가 하나가 되어 하늘에서 내려올 것이다.'──'방랑하는 유대인'은 기록의 마지막에 이렇게 나의 둘째 의문에 답하고 있다. 이 답의 옳고 그름을 파고들 필요는 당분간 없다. 어쨌든 답을 얻은 것, 그것만으로 이미 자신을 만족시켜주었기 때문이다.

'방랑하는 유대인'에 관련하여 나의 의문에 대한 답을 동서의 고문서 중에서 발견한 사람이 있으면 나를 위해 가르침을 아끼지 말기를 간절히 희망한다. 또 나로서도 위와 같은 기술에 대하여 인용서를 들어서 조금 더 소논문의 체제를 완전하게 하고 싶지만, 공교롭게 그렇게 할 여백이 남아 있지 않다. 나 자신은 오직 여기에 '방랑하는 유대인'의 전기의 기원이 마태복음 제16장 28절과 마가복음 제9장 1절에 있다고 하는 베링그구드의 설을 들고서 우선 펜을 놓고자 한다.

■ 1917. 5. 10

악마

바테렌 '우르간'의 눈에는 다른 사람이 볼 수 없는 것까지도 보인다고 한다. 특히 인간을 유혹하러 오는 지옥의 악마 모습 등은 똑똑히 보인다고 하는,——'우르간'의 푸른 눈동자를 본 사람은 누구라도 이를 믿고 있는 듯하다. 적어도 남만사南蠻寺의 데우스 여래를 예배하는 교인들 사이에 이것은 의심의 여지가 없는 사실이라고 한다.

고사본이 전하는 바에 의하면, '우르간'은 오다 노부나가 앞에서 자신이 교토 장안에서 본 악마의 모습을 이야기한다. 악마는 인간의 얼굴과 박쥐의 날개와 염소의 다리를 가진 기괴한 작은 동물이다. '우르간'은 이 악마가 탑 구륜 위에서 손뼉을 치며 춤을 추고, 혹은 사각문四脚門 지붕 밑에서 햇빛이 두려워 웅크리고 있는 무서운 모습을 자주 보았다. 아니 그뿐 아니다. 어떤 때는 산사山寺의 법사 등에 들어붙어 있고, 어떤 때는 우리 집 마누라 머리카락에 매달려 있는 것을 보았다고 한다.

그러나 이들 악마 중에서 가장 우리에게 흥미가 있는 놈은 아무개 공주 가마 위에서 책상다리를 하고 있었다는 악마이다. 고사본의 작자는 이 악마의 이야기를 '우르간'의 풍유라고 해석한다.——노부나가가 언젠가 그 공주를 연모하여 무리하게 자기 뜻을 따르게 했다. 그러나 공주도 공주의 양친도 노부나가의 바람에 응하기를 기뻐하지 않았다. 그래서 '우르간'은 공주를 위해 문구를 악마에게 빌려 노부나가의 난폭함을 충고했다고 한다. 이 해석의 맞고 그름은 예로부터 지금까지 어느 것이나 해결이 쉽지 않다. 그와 동시에 또 우리에게는 어느 쪽이 옳던 상관이 없는 문제다.

'우르간'은 어느 날 저녁, 남만사 문전에서 이 공주의 가마 위에 한 마리 악마가 앉아 있는 것을 보았다. 그러나 이 악마는 다른 악마와 달리 구슬과 같이 아름다운 얼굴을 하고 있었다. 더욱이 팔짱을 낀 양손과 고개를 숙인 머리가 흡사 무슨 일인가를 깊이 고민하고 있는 것 같았다.

'우르간'은 공주를 걱정했다. 양친 모두 신실한 천주교 신자인 공주가 악마에게 홀렸다는 것은 예삿일이 아니라고 생각했다. 그래서 이 바테렌은 가마 옆에 다가가서 존귀한 십자가의 힘으로 쉽게 악마를 잡아버렸다. 그리고 악마를 남만사 경내로 목덜미 머리털을 잡아끌며 데리고 왔다.

경내에는 주 예수 그리스도의 화상畫像 앞에 연기를 내면서 촛불이 켜져 있다. '우르간'은 그 앞에 악마를 꿇어앉히고 왜 그가 공주 가마 위에 올라가 있었는지 그 연유를 엄히 따져 물었다.

"저는 저 공주를 타락시키려고 생각했습니다. 그러나 그와 동시에 타락시키고 싶지 않다고도 생각했습니다. 저 깨끗한 영혼을 본 놈이 어찌 그것을 지옥 불로 더럽히려는 생각이 들겠습니까? 저는 그 영혼을 더욱더 깨끗하고 어두움이 없게 하고 싶었습니다. 그러나 그렇게 생각하면 할수록 점점 타락시키고 싶은 마음도 들었습니다. 이 두 가지 마음 사이를 헤매며 저는 저 가마 위에서 곰곰이 제 운명을 생각하고 있었습니다. 만약 그렇지 않았다면 당신의 그림자를 보기가 무섭게 아마 땅 밑에라도 모습을 감추어 이런 쓰라림을 당하는 일은 피할 수 있었겠지요. 저희는 언제나 그렇습니다. 타락시키고 싶지 않은 것일수록 더 타락시키고 싶습니다. 이처럼 이상한 슬픔이 또 달리 있겠습니까? 저는 이 슬픔을 맛볼 때, 옛날에 보았던 천국의 찬란한 빛과 지금 보고 있는 지옥의 어두움이 제 작은 가슴속에 하나가 되어있는 느낌이 듭니다. 아무쪼록 이런 저를 불쌍히 여겨주십시오. 저는 외로워서 어쩔 줄 모르겠습니다."

아름다운 얼굴을 한 악마는 이렇게 말하고 눈물을 흘렸다.

고사본 전설은 이 악마의 형편을 자세히 밝히고 있지 않다. 그러나 그것은 우리와 어떤 관계가 있을 것이다. 우리가 이것을 읽을 때 단지 이렇게 소리치고 싶은 마음을 느끼기만 하면 된다.

'우르간'이여, 악마와 함께 우리를 불쌍히 여겨주소서. 우리에게도 또 이 같은 슬픔이 있소이다.

■ 1918. 6

봉교인奉教人의 죽음

설령 삼백세 나이를 먹고, 즐거움이 몸에 넘친다 하더라도, 미래의 영원하고 끝없는 즐거움에 비한다면 몽환夢幻과 같으니라.

— 게이초 역/Guia do Pecador

선의 길에 들어서고자 하는 자는 가르침에 깃들어 있는 불가사의한 감미甘味를 기억할 것이니라.

— 게이초 역/Imitatione Christi

1

지난날 일본 나가사키의 '산타 루치야'라 하는 '에케레시야(사원)'에 '로렌조'라 부르는 이 나라의 소년이 있었다. 이 소년은 어느 해 성탄절 밤, 이 '에케레시야' 출입구에 굶어 피곤에 지쳐 쓰러져 있던 것을, 예배하러 온 교인들이 거두어서, 그때부터 신부의 동정으로 사원에서 양육되었는데, 무슨 이유인지 그의 출신을 물으면 고향은 '하라이소(천국)', 아버지의 이름은 '데우스(천주)'라고 언제나 태연한 웃음으로 얼버무리고, 도무지 진실을 밝힌 일이 없다. 그러나 아버지 대로부터 '젠치요(이교도)'의 패거리가 아닌 것만은 손목에 낀 청옥의 '곤타쓰(염주)'를 보아도 알 수 있었다고 한다. 그러니 신부를 비롯하여 많은 '이루만' 일동(법형제)도 설마 이상한 사람은 아닐 것이라 생각하여 친밀하게 도와주었는데, 그 신심견고信心堅固함은 어린아이답지 않아, '스페리오레스(장로 일동)'가 혀를 내두를 정도여서, 모두 '로렌조'는 천동天童이 태어난 것이라고 하고, 언제 태어나고 누구의 아들인지 모르는 아이를 소홀히 하지 않고 애지중지 사랑할 뿐이었다.

또 이 '로렌조'는 얼굴 모양이 구슬과 같이 깨끗한데다 목소리도 여자처럼 부드러워 한층 사람들에게 연민을 느끼게 하였다. 그 중에서도 이 나라 '이루만'에 '시메온'이라 하는 자는 '로렌조'를 동생처럼 생각하여, '에케레시야' 출입 시에도 사이좋게 손을 꼭 잡고 있었다. 이 '시메온'은 원래 다이묘를 섬기던 상당한 가문의 사람 아닌가. 그러니까 키도 빼어나고 천성이 강하여, 신부가 '젠치요'들의 돌기와에 얻어맞는 것을 막아 준 일도 한두 번이 아니다. '시메온'이 '로렌조'와 의좋게 지내는 모습은 마치 비둘기에게 구애하는 독수리라고 할까, 혹은 '레바논' 산의 노송나무에 포도덩굴이 얽혀 꽃이 핀 것 같다고도 할 수 있다.

그런 동안에 삼년 남짓 세월은 마치 물 흐르듯 지나고, '로렌조'는 이윽고 성인식을 할 나이가 되었다. 그런데 그때 이상한 소문이 전해졌는데, 그것은 '산타 루치야'에서 멀지 않은 마을의 우산장이 집

딸이 '로렌조'와 친해졌다고 하는 것이다. 이 우산장이 노인도 천주의 가르침을 받는 사람이라서, 딸과 함께 '에케레시야'에 다니고 있었는데, 기도하는 중에도 딸은 향로를 늘어뜨린 '로렌조'의 모습에서 눈을 뗀 일이 없었다. 더욱이 '에케레시야' 출입 때는 머리를 예쁘게 하고 '로렌조'가 있는 쪽으로 쳐다보는 것은 정해진 일이었다. 그래서 자연히 교인들의 눈에 띄게 되고, 딸이 지나가는 길에 '로렌조'의 발을 밟았다고 하는 사람도 있고, 두 사람이 연애편지 주고받는 것을 확실히 보았다고 하는 사람도 나왔다고 한다.

그래서 신부도 그냥 내버려 둘 수 없다고 생각하였을 것이다. 어느 날 '로렌조'를 부르신 후 흰 콧수염을 깨물면서, "자네, 우산장이 딸과 이런저런 소문이 있다고 들었는데 설마 사실은 아니겠지? 어찌된 거냐?"고 부드럽게 물어보셨다. 그러나 '로렌조'는 단지 온순하게 머리를 흔들며 "그런 일은 절대 있을 리 없습니다."고 울먹이는 소리로 아니라고 반복하기만 하여, 신부도 어쩔 수 없이 고집을 꺾고, 나이도 그렇고 요즘의 신앙심도 그렇고 이렇게 말하는데 거짓은 없을 것이라고 생각했다.

그래서 일단 신부의 의심은 사라졌지만, '산타 루치야'에 오는 사람들 사이에는 쉽게 그런 소문이 끊어지는 것 같지 않았다. 그러니 형제처럼 지내고 있던 '시메온'의 염려 또한 남보다 갑절이 되었다. 처음에는 이 같은 음란한 일을 엄하게 문초하는 것이 그 자신도 민망하여, 대놓고 물어보는 일은 말할 것도 없고, '로렌조'의 얼굴마저 똑바로 볼 수 없을 정도였는데, 어느 날 '산타 루치야'의 뒷마당에서 '로렌조'에게 보내는 딸의 연애편지를 주운 것이 기화가 되어, 인기척이 없는 방에 혼자 있던 '로렌조' 앞에 그 편지를 들이대고 얼레고 달래고하여 여러 가지 추궁을 했다. 그러나 '로렌조'는 오직 아름다운 얼굴을 붉히며, "아가씨는 제게 마음을 두고 있다고 합니다만, 저는 편지를 받았을 뿐 어떤 말을 한 일도 없습니다."고 한다. 하지만 세상의 비방도 있어 '시메온'이 더욱 추궁했더니, '로렌조'는 외로운 듯한 눈으로 가만히 상대를 쳐다보고는, "내가 주님에게까지 거짓말을 할 것 같은 인간으로 보이는가 보다."라고 자책하듯 내뱉고는 마치 제비가 나르는 것처럼 그대로 방을 나가버렸다. 이렇게 듣고 보니 '시메온'도 자기의 의심 많은 것이 부끄러워지기도 하여 풀이 죽어 그 자리를 떠날까 하고 있었는데, 갑자기 뛰어 들어온 것은 소년 '로렌조'였다. 마치 날아와 눌어붙는 것처럼 '시메온'의 목을 끌어안고 헐떡이면서 "제가 나빴어요. 용서해 주세요." 하고 속삭이고는 이쪽에서 한마디도 답하기 전에 눈물에 젖은 얼굴을 숨기려고 한 때문인지, 상대를 밀어젖히듯 몸을 펴고 쏜살같이 왔던 쪽으로 달려가 버렸다고 한다. 그러니 이 "제가 나빴어요."라고 속삭인 것도 딸과 밀통한 것이 나빴다고 하는 것인지 혹은 '시메온'에게 매정했던 것이 나빴다고 하는 것인지 도무지 수긍이 가지 않는다.

그러나 그 후 곧 일어난 일은 이 우산장이 딸이 애를 배었다고 하는 소동이었다. 더구나 배속의 애 아버지는 '산타 루치야'의 '로렌조'라고 바로 자기 아버지 앞에서 말했다고 한다. 그러자 우산장이 영감은 불같이 노해서 즉각 신부에게 사정을 호소하러 왔다. 이 같은 상황에서는 '로렌조'도 변명의 여지가 없었다. 그 날 중에 신부를 비롯하여 '이루만' 일동의 상의에 의해 파문이 전해졌다. 원래 파문

결정이 있고 난 이후에는 신부 곁에서도 쫓겨나기 때문에, 입에 풀칠하기 어려움도 목전目前에 있었다. 그렇다고 이 같은 죄인을 그대로 '산타 루치야'에 놓아두는 것은 주님의 '구로리야(영광)'에도 관계되는 일이므로, 평소 친한 사람들도 눈물을 머금고 '로렌조'를 내쫓았다고 한다.

그 중에서도 동정심을 그친 이는 형제와 같이 지냈던 '시메온'이다. 그는 '로렌조'가 쫓겨난다는 슬픔보다도 '로렌조'에게 속았다는 분통이 갑절이어서, 저 어리고 귀여운 소년이 때마침 매서운 바람이 부는 속으로 맥없이 막 문을 나가려 하는데, 곁에서 주먹을 휘둘러서 그지없이 그 아름다운 얼굴을 후려 내리쳤다. '로렌조'는 사정없이 얻어맞아 거기에 쓰러졌지만, 잠시 후 일어나서 눈물을 머금은 눈으로 하늘을 쳐다보며, "주님 용서하시옵소서. '시메온'은 자기의 소행所行도 분별치 못하는 자이옵니다."라고 와들와들 떠는 목소리로 기도했다고 한다. '시메온'도 이에는 기가 꺾였을 것이다. 출입구에 서서 한참 주먹을 하늘에다 휘둘러댔지만, 다른 '이루만'들이 이래저래 수습하자, 이를 계기로 팔짱을 끼고, 돌풍이라도 불어 닥칠 듯한 하늘처럼 살벌하게 얼굴을 찡그리며, 맥없이 '산타 루치야'의 문을 나가는 '로렌조'의 뒷모습을 뚫어지게 바라보고 있었다. 이때 그 자리에 있던 교인들의 이야기를 전해 듣자면, 때마침 돌풍에 흔들리는 태양이, 고개를 숙이고 걷는 '로렌조'의 머리 저쪽 나가사키 서쪽 하늘로 지려고 하던 참이어서, 저 소년의 우아한 모습은 온전히 온 하늘의 화염 속에 서있는 것과 같이 보였다고 한다.

그 후 '로렌조'는 '산타 루치야' 성당에서 향로를 받쳐 들던 옛날과는 완전히 달라져, 마을에서 떨어진 헛간에서 기거하는, 세상에 더 없이 가련한 거지가 되었다. 더욱이 그 전신前身은 '젠치요'의 패거리가 백정과 같이 업신여기는 천주의 가르침을 받드는 사람이다. 그래서 마을에 가면 생각 없는 아이들에게 조롱을 당하는 것은 물론 칼, 막대기, 기와조각에 얻어맞는 일도 가끔 있다고 한다. 아니, 아예 나가사키 마을에 만연한 무서운 열병에 걸려 칠일 낮 칠일 밤 동안 길바닥에 뒹굴며 괴로워했던 일도 있다. 하지만 '데우스'의 무량무변無量無邊의 은총은 이때마다 '로렌조'의 생명을 구해 주시어, 쌀과 돈이 없을 때에는 산의 나무 열매, 바다의 해산물 등 그날그날의 양식을 주시는 것이 보통이었다. 그래서 '로렌조'도 아침저녁 기도 때에는 '산타 루치야'에서 지내던 옛날을 잊지 않았고, 손목에 걸친 '곤타쓰'도 청옥의 색을 잃지 않았다는 것이다. 어찌 그뿐인가. 밤마다 삼경三更이 지나 사람 소리도 조용한 때가 되면, 이 소년은 남몰래 마을 동구 밖 헛간을 빠져 나와 달빛을 밟으며 익숙한 '산타 루치야'로 주님 '제스 기리시토'의 가호를 빌러 참배하였다.

하지만 같은 '에케레시야'에 참배하는 교인들도 이때는 완전히 '로렌조'를 멀리한 나머지, 신부를 비롯하여 누구 하나 불쌍히 여기는 사람이 없었다. 당연한 일일까. 파문 때부터 소행이 끔찍한 소년이라고 생각하고 있으니, 밤마다 혼자서 '에케레시야'에 갈 정도의 신심인지를 어찌 알았겠는가. 이것도 '데우스'의 천만무량千萬無量의 재량才量 중 하나라서 방법이 없다고는 할지라도, '로렌조'의 몸으로서는 이 또한 딱한 일이었다.

그러는 동안에 이쪽은 저 우산장이 딸이 아니겠는가. '로렌조'가

파문되자마자, 달도 차지 않아 여자아이를 낳았는데, 완고한 아버지인 영감도 역시 첫 손녀의 얼굴은 싫지 않았던지, 딸과 함께 소중히 조리調理하여 주고, 부둥켜안기도 하고 껴안기도 하며 때로는 가지고 놀 인형도 주었다는 것이다. 영감은 애초부터 그렇다고 하더라도, 여기에 희한한 일은 '이루만'인 '시메온'이다. 저 '자보(악마)'의 기세라도 꺾을 듯한 사나이가, 우산장이 딸에게 아이가 나자마자, 틈이 날 때마다 영감을 찾아와, 무뚝뚝한 팔에 젖먹이를 안고서는, 씁쓸한 얼굴에 눈물을 머금으며, 동생처럼 애지중지하던 가냘픈 '로렌조'의 아름다운 모습을 그리워했다고 한다. 단 딸만은 '산타 루치야'를 나온 이후, '로렌조'의 모습이 전혀 보이지 않음을 원망스럽게 슬퍼하는 기색이라, '시메온'의 방문마저도 무언가 유쾌하지 않은 듯이 보였다.

이 나라 속담에도 '세월에 파수꾼 없다'고 하듯이, 이럭저럭하는 동안 한해 세월은 순식간에 지나갔다. 그런데 이때에 생각지도 않은 큰 일이 일어났으니, 하룻밤 사이에 나가사키 마을의 반을 태워버린 저 대화재였다. 정말로 이때의 처참함은 말세 심판의 나팔 소리가 온 하늘의 화염을 뚫고 울려 퍼지는가 하고 생각될 정도로 온몸에 소름 끼치는 일이었다. 그때 저 우산장이 영감 집은 운 나쁘게 바람이 불어 가는 쪽에 있어서 순식간에 화염에 휩싸였는데, 친자권속親子眷屬이 당황하여 부산을 떨며 막상 도망쳐 나와서 보니, 딸이 낳은 계집아이 모습이 보이지 않았다는 것이다. 틀림없이 방 한쪽에 눕혀 놓았는데 잊어버리고 여기까지 도망친 것이다. 그러자 영감은 발버둥치며 큰소리로 떠들어댔다. 딸도 역시 사람들이 말리지 않았다면 불속으로 달려 들어가 구해 나올 듯한 기색도 보였다. 하지만 바람도 점점 더하고 화염의 혀는 하늘의 별도 그을 것처럼 사나왔다. 그래서 불을 끄려고 모였던 마을 사람들도 그저 갈팡질팡하며, 미친 듯한 딸을 진정시키는 것 외에는 아무 방법도 없었다. 여기에 홀로 많은 사람을 밀어젖히고 달려온 이가 저 '이루만'인 '시메온'이다. 그는 화살 아래라도 빠져나갈 듯한 늠름한 대장부였기 때문에, 이 모양을 보자마자 용감하게 불꽃 속으로 뛰어들었지만, 거센 불길 때문에 일단 거기서 물러나고 말았다는 것이다. 두세 번 연기를 빠져나간 듯이 보이더니 등을 돌리고 재빨리 다시 도망쳐 나왔다. 그리고 영감과 딸이 웅크리고 있는 앞에 와서는 "이것도 '데우스'가 만사를 이루어지게 하시는 재량의 하나지요. 도리 없는 일이니 포기하시오."라고 한다. 그때 영감 옆에서 누구인지 몰라도 소리 높여 "주여, 도와주시옵소서."라고 외치는 자가 있었다. 들었던 기억이 있는 목소리라서 '시메온'이 머리를 돌려 그 목소리 주인을 보니, 어쩐 일인가. 이는 틀림없는 '로렌조'다. 깨끗하게 마른 얼굴은 불빛에 빨갛게 빛나고, 바람에 흩날리는 검은 머리카락도 어깨로 넘치는 듯하며, 슬프게도 아름다운 용모는 한 눈에 보아 그인 줄 알 수 있었다. 그 '로렌조'가 거지 모습 그대로, 떼 지어 있는 사람들 앞에 서서 눈을 떼지 않고 타오르는 집을 쳐다보고 있었다. 하지만 정말 눈 깜짝할 순간이다. 한차례 화염을 흔들고는 무서운 바람이 불어오듯 '로렌조'는 쏜살같이 불의 기둥, 불의 벽, 불의 들보 속에 들어가 있었다. '시메온'은 뜻하지 않게 온몸에 땀을 흘리며 하늘 높이 '구루스(십자)'를 그으면서, 자기도 "주여 도와주시옵소서."라고 외쳤지만, 왠지 그때 마음의 눈에는 돌풍에 흔들리는 태양 빛을 받아 '산타 루치야'의 문에 서 있던 아름답고 슬픈 '로렌조'의 모습이 떠올랐다고 한다.

　하지만 부근에 있던 교인들은 '로렌조'의 씩씩한 행동에 놀라면서
도 파계破戒했던 옛날을 잊어버릴 수 없었다. 갑자기 이런저런 비판
이 바람을 타고 사람들이 술렁거리는 위를 건너왔다. "과연 부모자식
의 정은 부정할 수 없는 것이야. 자기 몸의 죄를 부끄럽게 생각해
이 부근에 그림자도 보이지 않던 '로렌조'가, 지금은 외동딸의 목숨을
구하려고 불 속에 들어갔구먼."이라고 누구 없이 욕을 퍼붓는 것이었
다. 이에는 영감도 마찬가지로, '로렌조'의 모습을 바라보고서는 이상
한 마음의 움직임을 감추려고 하는 것인지, 앉았다 섰다 괴로워하며
무언가 바보같이 소리 높여 혼자서 외치고 있었다. 하지만 당사자인
딸은 미친 듯이 땅에 무릎을 꿇고 양손으로 얼굴을 파묻고 일심불란
一心紛亂하게 기도를 드리며 몸을 움직이는 기색조차도 없다. 하늘에
서는 불똥이 비같이 내렸다. 연기도 땅을 쓸고 지면을 후려쳤다. 그
러나 딸은 말없이 머리를 떨구고 몸도 세상도 잊고 기도 삼매경이다.

　이러는 중에 다시 불 앞에 모인 사람들이 순간 '와' 하고 술렁대
는가 했더니, 머리를 풀어헤친 '로렌조'가 양손에 어린아이를 끌어안
고 어지러이 타오르는 화염 가운데서 하늘에서 내려온 듯 모습을 나
타냈다. 그러나 그때 다 타버린 들보 하나가 갑자기 중간에서 부러
졌다. 무서운 소리와 함께 한 무더기의 연기와 불덩어리가 공중에
샘솟는가 했더니, 이내 곧 '로렌조'의 모습은 보이지 않고 흔적으로는
단지 불기둥이 산호와 같이 우뚝 솟아 있을 뿐이다.

　너무나 심한 흉사凶事에 간이 서늘해져 '시메온'을 비롯하여 영감
까지 그 자리에 모여 있던 교인들은 모두 앞이 캄캄해지는 듯했다.

그 중에서도 딸은 심히 소란스럽게 울부짖으며 한번은 정강이까지 내어놓고 펄쩍펄쩍 뛰었지만, 이내 번개에 맞은 사람처럼 그대로 땅에 엎드렸다고 한다. 그건 그렇고, 엎드려 있던 딸의 손에는 어느 샌가 저 어린 계집아이가 생사를 알 수 없는 모습으로 꼭 안겨 있는 것을 어찌하랴. 아, 광대무변廣大無邊한 '데우스'의 지혜와 힘은 무어라고 송축할 말조차 없다. 타서 무너지는 들보에 맞으면서 '로렌조'가 필사의 힘을 다하여 이쪽으로 던진 어린아이는 때마침 딸의 발밑에 상처도 없이 굴러 떨어진 것이다.

그러자 딸이 땅에 엎드려서 기쁨에 목 메여 우는 소리와 함께, 양손을 들어 올리고 서있는 영감 입에서 '데우스'의 자비를 송축하는 소리가 저절로 엄숙하게 넘쳐 나왔다. 아니, 정확하게 넘쳐 나올 것 같은 기색이었다고 할 수 있을까. 그 보다 먼저 '시메온'은 소용돌이치는 불꽃 속에서 '로렌조'를 구하고자 하는 일념에서 한일자로 뛰어들자 영감 목소리는 다시 걱정스러운 듯한 애처로운 기도소리가 되어 밤하늘 높이 메아리쳤다. 이는 물론 영감뿐만 아니다. 부모와 자식을 둘러싼 교인들은 모두 같이 소리를 맞추어 "주여, 도와주시옵소서."라고 울며불며 기도를 올렸다. 그리하여 '비루젠 마리아'의 아드님, 모든 사람들의 고통과 슬픔을 당신 것처럼 보시는, 우리 주 '제스 기리시토'는 결국 이 기도를 들으셨다. 보시오. 끔찍하게 탄 '로렌조'는 '시메온'의 팔에 안겨 벌써 이미 연기 속에서 구출된 것이 아닌가.

하지만 그 밤의 큰일은 이것만은 아니었다. 숨이 끊어질 듯한 '로렌조'가 우선 교인들 손에 들려서 바람 불어 오는 쪽에 있던 저 '에케레시야' 문에 놓였을 때의 일이다. 그때까지 어린아이를 가슴에 꽉 껴안고 눈물에 잠겨 있던 우산장이 딸은 때마침 문에 나와 있던 신부의 발밑에 무릎을 꿇고 한자리에 나란히 있던 사람들 앞에서, "이 계집아이는 '로렌조'님의 씨가 아닙니다. 실은 제가 이웃집 '젠치요'의 아들과 밀통하여 얻은 딸입니다."라고, 생각지도 않은 '고히산(참회)'을 했다. 그 골똘히 생각한 목소리의 떨림이나, 그 울어 젖은 양 눈의 빛남이나, 이 '고히산'에는 티끌만큼의 거짓말조차 있다고는 생각할 수 없었다. 당연한 일일까, 어깨를 나란히 한 교인들은 하늘을 그은 무서운 불도 잊은 채 숨조차 쉬지 않는 듯 소리를 죽였다.

딸이 눈물을 그치고 말씀드리기를 "저는 평소 '로렌조'님을 그리워하고는 있었지만, 신심 견고하심 때문에 너무나도 매정하게 대해 주셔서 한 맺힌 마음에, 뱃속의 애를 '로렌조'님의 씨라고 거짓말하여 제게 괴로웠던 분풀이를 하려고 했던 것입니다. 하지만 '로렌조'님의 마음 고상함은 제 큰 죄도 미워하지 아니하시며, 오늘밤에는 위험도 무릅쓰고 '인헤루노(지옥)'와 같은 화염 속에서 고맙게도 제 딸의 생명을 구해 주셨습니다. 이 불쌍히 여기심, 이 고마우심, 정말 주 '제스 기리시토'의 재림이라고 생각했습니다. 그러나 저의 여러 가지 극악함을 생각하면 이 오체五體가 당장 '자보'의 손톱에 걸려 갈기갈기 찢겨져도 무엇 하나 탓할 수는 없습니다." 딸은 '고히산'을 다하지도 못하고 땅에 몸을 던지고 엎드려 울었다.

이중삼중으로 모인 교인들 사이에서 '마루치리(순교)'다. '마루치리'다고 하는 소리가 물결처럼 일어났던 것은 바로 이때 일이다. 기특하게도 '로렌조'는 죄인을 불쌍히 여기는 마음으로 주 '제스 기리시토'의 행적을 밟아 걸인이 되기까지 몸을 내던졌다. 그러나 아버지로 받드는 신부도, 형으로 의지하는 '시메온'도 모두 그 마음을 몰랐다. 이것이 '마루치리'가 아니면 무엇이겠는가.

하지만 당사자인 '로렌조'는 딸의 '고히산'을 들으면서도 근근이 두세 번 고개를 끄떡였을 뿐, 머리는 타고 살을 그을려, 손도 발도 움직일 수 없는데다가, 입을 움직일 기력조차도 지금은 전혀 없는 것 같다. 딸의 '고히산'에 가슴이 찢어지는 것 같았던 영감과 '시메온'은 그 머리맡에 웅크리고 무언가 간병을 하였지만 '로렌조'의 목숨은 시시각각 짧아지고 최후의 순간도 마침내 멀지 않다. 단지 평소와 다르지 않은 것은 멀리 천상을 바라보고 있는 별과 같은 눈동자 색깔뿐이다.

이윽고 딸의 '고히산'을 귀 기울여 들은 신부는 거칠게 부는 밤바람에 흰 수염을 흩날리면서 '산타 루치야'의 문을 뒤로하고 엄숙하게 말씀하기를 "회개하는 자는 복이 있느니라. 무엇 때문에 이 복된 자를 인간의 손으로 벌하리오. 이보다는 더욱더 '데우스'의 계율을 몸에 다잡아, 마음 고요히 최후 심판 날을 기다려라. 또 '로렌조'가 자기 행동을 주 '제스 기리시토'와 같이 하여 받들고자 한 뜻은 이 나라 교인들 중에서도 예가 드문 덕행이니라. 더구나 소년의 몸으로……." 아, 이게 무슨 일이란 말인가. 지금까지 말씀한 신부는 갑자기 입을 다물고 마치 '하라이소'의 빛을 소망하는 듯 끊임없이 발밑 '로렌조'의 모습을 지켜본다. 그 정중한 모습은 어떠한가. 그 양손을 흔드는 모습도 보통은 아니다. 오, 신부의 마른 뺨 위에는 하염없는 눈물이 넘쳐흐른다.

보시오, '시메온'. 보시오, 우산장이 영감. 주 '제스 기리시토'의 피보다도 붉은 불빛을 온몸에 받고서 소리도 없이 '산타 루치야' 문에 누워 있는 너무나 아름다운 소년의 가슴에는 타서 찢어진 옷 틈새로 깨끗한 두 개의 유방이 옥과 같이 드러나 있지 않은가. 지금은 타 문드러진 얼굴에도 저절로 드러나는 부드러움은 감출 수가 없도다. '로렌조'는 여자였느니라. '로렌조'는 여자였느니라. 보시오. 맹렬한 불길을 뒤로하고 담과 같이 서 있는 교인들의 무리, 간음의 계명을 깨었다는 이유로 '산타 루치야'를 쫓겨난 '로렌조'는 우산장이 딸과 같이 눈빛도 고운 이 나라의 여자였느니라.

정말로 이 찰나의 고귀한 경외敬畏는 마치 '데우스'의 목소리가 별빛도 보이지 않는 먼 하늘에서 전해오는 것 같았다고 한다. 그래서 '산타 루치야' 앞에 서 있던 교인들은 바람에 흩날리는 보리 이삭처럼 누구 없이 머리를 숙여 전부 '로렌조'의 주위에 무릎을 꿇었다. 이 속에서 들리는 것은 오직 하늘에 울려 퍼지며 끊임없이 타오르는 만장萬丈의 화염 소리뿐이다. 아니 누구인지 훌쩍거리며 우는 소리도 들렸지만 그것은 우산장이 딸이던가. 혹은 또 스스로를 형이라고 생각했던 '이루만'인 '시메온'이던가. 이윽고 그 적막한 주위를 진동시키고 '로렌조' 위에 높이 손을 얹으면서 신부의 독경 소리가 엄숙하고 슬프게 귀에 들어왔다. 그리하여 독경 소리가 끝났을 때, '로렌조'라 불렸던 이 나라의 애젊은 여자는 아직 어두운 밤 저쪽 '하라이소'의 '구로리야'를 바라보며 안온한 미소를 입술에 머금은 채 조용히 숨이 끊어졌던 것이다.

이 여자의 일생은 이 외는 무엇 하나 알지 못한다고 들었다. 하지만 그것이 무슨 대단한 것이리오. 인간 세상의 모든 소중함은 무

엇과도 바꾸기 어려운 찰나의 감동에 있는 것이리라. 어두운 밤바다
로 비유되는 번뇌심의 하늘에, 한 가닥 파도를 일으켜, 아직 비치지
않은 달빛을 물거품 속에서 잡는 것이야말로, 살아서 보람 있는 목
숨이라고 말할 수 있으리라. 그러니 '로렌조'의 최후를 아는 것은 '로
렌조'의 일생을 아는 것이 아니겠는가.

2

　내가 소장하고 있는 나가사키 예수회 출판의 일서一書, 제목하여
'레겐다 오우레아'라 한다. 생각건대 LEGENDA AUREA의 뜻이리라.
하지만 내용은 반드시 서구의 소위 '황금전설'이 아니다. 그 땅의 사
도 성인의 언행을 기록함과 더불어 우리나라의 천주교도가 용감하게
정진한 사적도 채록하여, 이로써 복음전도의 일조가 되었으면 하는
것이리라.

　체재는 상하 두 권. 미노지에다 습초체楷草體가 섞인 히라가나 문
장으로, 인쇄는 심히 선명함을 잃어 활자인지 아닌지 명확하지 않다.
상권 표지에는 라틴문자로 책명을 가로쓰기하고 있고, 그 밑에 한자
로 '예수 탄신 이후 천오백 구십 육년 게이초 이년 삼월 상순 조각하
다'의 두 행을 세로쓰기했다. 연대의 좌우에는 나팔을 부는 천사의
화상畫像이 있다. 기교는 매우 유치하지만 운치가 없다고 할 수는 없
다. 또 하권도 표지에 '오월 중순 조각하다.'라는 구가 있는 것을 제
외하면 전혀 상권과 다름없다.

상하권 공히 종이 장수는 약 육십 면이고, 게재한 황금전설은 상권 팔 장, 하권 십 장이다. 그 외 각 장의 권두에 저자 불명의 서문 및 라틴문자를 더한 목차가 있다. 서문은 문장이 아순雅馴하지 않고 그냥 서양 문장을 직역한 것 같은 어법이 섞여 있어서 얼른 보면 서양인 신부의 손으로 제작되었는지 의심하게 한다.

이상, 채록한 '봉교인의 죽음'은 당해 '레겐다 오우레아' 하권 제이 장에 의한 것으로, 아마 당시 나가사키의 한 천주교 사원에서 일어났고, 사실事實에 충실한 기록이 아닐까? 단지 기사 중 대화재는 '나가사키항초港草'이하 제서에 비추어 보아도 그 유무조차 명확하게 할 수 없고, 사실의 정확한 연대에 이르러서는 전혀 이를 결정할 수 없다.

나는 '봉교인의 죽음'에서 발표의 필요 상, 다소 문장을 감히 수식하기도 하였다. 만약 원문의 평이아순平易雅馴한 필치를 심히 훼손시킨 일이 없다면 나는 다행한 일이라고 생각하는 바이다.

■ 1918. 8. 12

루시헤루

천주가 태초에 세계를 만들고, 이어서 삼십육 신을 만들었다. 제일의 거신鉅神을 루시헤루라고 한다. (중략) 스스로 자신의 지혜가 천주와 같다고 생각했다. 천주는 노하여 지옥에 던져버렸다. (중략) 루시헤루가 지옥에 들어가 고통을 받는다고는 해도 그의 영혼 일부는 마귀가 되어서 세상을 떠돌며 인간의 선심善心을 유혹했다.

— 좌벽, 제삼, 벽력성 중에서 개유략이 허대수에게 대답한 말

1

《파破데우스》라 하는 천주교를 비난한 서적이 있었다는 사실을 알고 있는 사람은 적지 않을 것이다. 이것은 겐나 육년 가가의 선승禪僧인 하비안이라 하는 자가 저술한 책이다. 하비안은 당초 남만사南蠻寺에 살던 천주교도였는데, 그 후 무슨 사정으로 데우스 여래를 버

리고 불문佛門에 귀의하게 되었다. 책 속에서 이야기하고 있는 것으로 추측하면 그는 유교에도 조예가 있는 상당한 재사才士였던 것 같다.

《파데우스》의 유포본은 가초산 문고의 소장본을 메이지 무진년에 기유도인道人 우가이 데쓰조의 서문과 더불어 출판한 것이다. 하지만 그 외에도 이본異本이 없는 것은 아니다. 실제로 내가 소장하고 있는 고사본 같은 것은 유포본과 내용을 달리하는 곳이 더러 있다.

그 중에서도 같은 책 제삼 단은 악마의 기원을 논한 장인데, 유포본의 그것에 비해 내 소장본에는 내용이 훨씬 많다. 하비안 자신이 목격했던 악마의 기사가, 저 신랄한 논란 공방에 특별히 인용되어 증거로 삼았기 때문이다. 이 기사가 유포본에 실려 있지 않은 이유는 아마 너무나 황당무계한 점 때문으로, 이 같은 사사로움을 없애고 정도正道를 표방하는 책의 성질 상, 고의적인 탈루脫漏를 이점利點으로 했기 때문일까.

나는 이하에 이 이본 제삼 단을 소개하고, 하비안 앞에 모습을 드러낸 일본의 Diabolus를 살펴보고자 한다. 또 하비안에 관해서 상세한 것을 알고 싶은 사람은 신무라 박사의 하비안에 관한 논문을 일독함이 좋겠다.

2

데우스께서 말씀하시기를, DS는 '스히리쓰아루 스스탄시야로서 무색무형의 실체인데, 간발間髮의 차이도 없이 천지 어디에나 충만하여 계시지만, 특별히 위광威光을 나타내셨으니, 선인에게 즐거움을 주시기 위해 '하라이소'라는 극락세계를 모든 하늘 위에 만드셨다. 태초에 인간보다도 먼저 안조(천사)라는 무수한 천인天人을 만드시고, 아직도 존체尊體를 나타내지 않으셨다. 하느님의 지위를 바라보지 말아야 한다는 천계天戒를 정하시고, 이 천계를 지키면 그 공덕에 의해 DS의 존체를 배알拜謁하고, 없어지지 않는 즐거움을 만끽할 것이라고, 만약 또 계율을 어기면 '인헤루노'라는 고통이 충만한 지옥에 떨어져, 춥고 뜨거운 고난을 받을 것이라고 하셨는데, 만들어져 아직 촌음寸陰도 지나지 않아 수많은 안조 중에 '루시헤루'라 하는 안조가 자기 선을 뽐내며, 내가 바로 DS이니 나를 경배하라고 권하자, 이 무수한 안조 중에서 삼분의 일이 '루시헤루'에 동의하였으나, 대부분은 편들지 않았다. 여기서 DS는 '루시헤루'를 비롯하여, 그에게 편든 삼분의 일의 안조를 하계로 쫓아내시어 '인헤루노'에 떨어뜨려버리셨다. 즉 안조는 방만放漫의 죄로 인해 '자보'라는 악마가 된 것이다.

논파하여 말하기를, 그대 데우스가 이 점을 설명하는 것은 자승자박自繩自縛이다. 우선 DS가 어디에나 충만해 있다는 것은 진여법성본분眞如法性本分이 천지에 가득 차고, 우주에 편만遍滿한 이치를 섣불리 듣고 하는 말이라고 생각한다. 닮기는 닮아도 그렇지 않다는 것은 이 같은 것을 두고 하는 말이 아닌가. 그런데 그대 말하지 않았는가. DS는 '사히엔치이시모'로 삼세三世 통달의 지혜라고. 그럼 그대 자신이 안조를 만들면 즉시 죄에 빠진다는 것을 모를 리 없다. 모른다면 삼세 통달 지혜라는 것은 거짓말이다. 또 알면서 만들었다면 무자비함의 극치이다. 만사를 아는 DS라면 왜 안조가 죄에 빠지지 않도록 만들지 않았을까. 죄에 빠지는 것을 그대로 방치하는 것은 무서운 악마를 만드는 것이다. 무용의 마귀를 만들고 귀신을 만드는 것은 무슨 까닭인가. 하지만 '자보'라고 하는 마귀가 원래부터 이 세상에 없었다고 할 수는 없다. 단지 DS가 안조를 만들고 안조가 악마가 된 이유가 납득되지 않는다고 하는 것일 뿐.

또 '자보'가 태어난 경위는 그러하다고 하더라도, 그대가 이를 극악흉맹極惡凶猛한 괴물이 되게 한 것은 심히 의문스럽다. 그 이유는 내가 옛날 남만사에 살 때, 악마 '루시헤루'를 목전目前에서 본 일이 있었는데, 그가 스스로 그러하지 않은 사연을 말하였고, 인간이 '자보'를 모르는 것을 엄청나게 한탄하였는데 어떠한지. 말하지 말라, 하비안, 악마를 우롱하는 것이 된다. 함부로 괴상한 말을 하면. 천주라는 이름에 둘러싸여 정법正法의 명확함을 깨닫지 못한 그대 데우스야말로 어리석음 그자체이다. 내가 보니 존경스럽게 '산타 마리아'를 염불하는 신부 수는 많아도, 악마 '루시헤루' 정도의 논객은 한 사람도 없는 것 같다. 지금 이 기회에 내가 '자보'를 만났던 경과, 즉 남만어南蠻語로는 '아보구리하'라고 하는 것을 대충 아래에 기록해 둔다.

연월일은 그렇게 중요한 것이 아니기에 말하지 않는다. 어느 해 가을 저녁, 나 혼자 남만사 경내 초목이 무성한 곳을 걷고 있었는데, 같은 기리시탄 종문宗門의 교도인 어떤 신분이 높은 부인이 눈물을 흘리며 참회를 하고 있었다. 그때 이 부인이 나에게 한 말은, "이번에 이상한 일이 있었습니다. 밤낮 무엇인지 모르지만 내 귀에 속삭이기를, 어찌하여 그같이 박정한 남편만 지키고 살 수 있는가. 세상에는 정이 많은 남자도 적지 않다고 했습니다. 게다가 그 소리를 들을 때마다 정신이 갑자기 황홀해져 연모의 정을 스스로 주체하기 어려웠습니다. 그렇다고 해서 누구와 인연을 맺고자 원한 것도 아니고, 오로지 제 몸이 젊고, 아름다움이 넘쳐, 쓸데없는 생각에 몸을 불태웠습니다."라고. 나는 이때 종문의 계율을 설명하고 더욱 엄히 훈계하기를 "그 소리야말로 틀림없이 악마의 소행이라 생각하시오. 대개 이 '자보'에게는 일곱 가지 무서운 죄로 인간을 꾀는 힘이 있으니, 첫째 교만, 둘째 분노, 셋째 질투, 넷째 탐욕, 다섯째 색욕, 여섯째 식욕, 일곱째 나태로, 어느 하나도 지옥에 떨어지는 고통 아닌 것이 없소이다. 그러니 DS가 대자대비의 원천이라는 것과 반대로, '자보'는 일체 모든 악의 근본이니, 적어도 천주의 가르침을 받드는 자는 조금이라도 그 마수에 다가갈 것이 아니지요. 전념해서 기도하고 DS의 은덕에 매달리면, '인헤루노'의 불에 타는 일은 면할 수 있소이다."라고. 나는 더욱이 남만 그림에서 본 악마의 무서운 형상 등을 자세하게 이야기하니, 부인도 더욱더 '자보'의 두려움을 알고, "그러면 박쥐의 날개, 염소의 발굽, 뱀의 비늘을 갖고 있는 것이 눈에는 보이지 않지만 내 귀 근방에 웅크리고 앉아 음란한 사랑을 소곤거렸구나."라고 몸서리를 치면서 이야기했다. 나는 그 자초지종을 마음속에 되새기면서, 이국에서 이식한 이름도 모를 초목의 향기로운 꽃을 가르며 어슴푸레한 골목을 걷고 있었는데, 문득 눈을 들어 앞을 보니, 열 걸음도 떨어지지 않은 곳에 신부 같은 사람의 그림자가 있었다. 그 사람은 눈을 들기가 무섭게 바람처럼 다가와서 묻기를 "당신, 나를 아시오?"라고. 나는 눈을 고정시켜 그 사람을 보니, 겉은 곤륜노崑崙奴와 같이 검어도 외모는 그렇게 천하지 않고, 몸에는 긴소매 법복을 입고, 목 주위에는 황금 장식을 늘어뜨리고 있다. 나는 끝내 이 외모를 보아 알지 못하여 모른다고 대답했더니, 그 사람은 갑자기 조소嘲笑하는 것 같은 목소리로 "나는 악마 '루시헤루'다."고 한다. 나는 깜짝 놀라서 말하기를 "어째서 '루시헤루'냐. 보기에는 용모도 사람과 다르지 않은데. 박쥐의 날개, 염소의 발굽, 뱀의 껍질은 어찌된 것이오."라고. 그 사람이 대답하기를 "악마는 원래부터 인간과 다르지 않소. 나를 그려서 추악하기 짝이 없게 한 것은 화공畫工들이 영리한 척한 것뿐이오. 우리들은 모두 나와 같이 날개가 없고, 비늘이 없고, 발굽이 없소. 하물며 뭐가 무서운 얼굴이겠소." 나는 또 말하기를 "악마가 설령 인간과 다른 것이 없다고 함은 그것이 단지 피상적 겉보기에 머물 뿐, 그대의 마음에는 무서운 일곱 가지 죄가 전갈 같이 몸을 사리고 있지 않소?"라고. '루시헤루'가 다시 조소하는 목소리로 말하기를 "일곱 가지 죄는 인간 마음속에도 전갈과 같이 몸을 사리고 있소. 그건 그대 스스로 알 게 아니오?"라고. 나는 욕을 퍼붓기를 "악마야, 물러가라. 내 마음은 DS가 모든 선, 모든 덕을 비추는 거울이니라. 네 그림자를 잡아둘 곳은 없다."고. 악마는 깔깔거리고 웃으면서 말하기를 "어리석소이다. 하비안. 그대가 나를 매도하는 마음, 그것이 곧 교만으로, 일곱 가지 죄의 제일이오. 악마와 인간이 다르지 않음은 그대의 증명을 보더라도 알 수 있소. 만약 악마라고 해도 그대들 수도승이 생각하는 것처럼 어찌 극악흉맹한 괴물이겠소. 우리들은 천하를 둘로 나누어서 그대 DS와 함께 다스리고자 한 것 뿐. 빛이 있으면 반드시 어두움이 있는 법. DS의 낮과 악마의 밤이 교대로 이 세상을 통치하고자 한 것, 있을 수 없다고 말하기 어렵소이다. 하지만 우리들 악마 패거리는 천성은 악하지만 선을 잊지는 않소. 오른쪽 눈은 '인헤루노'의 무간無間지옥의 어두움을 보지만, 왼쪽 눈은 지금도 '하라이소'의 빛이 아름답다고 항상 천상을 바라보오. 그러니까 악에만 전념하지는 않소. 종종 DS가 천인 때문에 시달리지요. 당신은 모르겠지요. 전일 그대가 참회를 들은 부인도 '루시헤루' 스스로 그 귀에 사악한 말을 속삭였던 것을. 그러나 내 마음이 약해서 끝까지 부인을 유혹하지는 않았소. 단지 황혼과 더불어 볼 주위를 오고가며, 산호 염주와 상아를 닮은 손목을 말로 표현할 수 없는 환상처럼 바라본 것 뿐. 만약 내가 당신들 수도승이 겁내는 것처럼 흉악무도한 악마라면, 부인은 틀림없이 당신 앞에 참회의 눈물을 흘리기보다 쉽게 불의의 쾌락에 빠져 지옥에 떨어질 업보를 저질렀을 것이오."라고. 나는 '루시헤루'의 말솜씨 명쾌함에 놀라 신통하게 대답도 하지 못하고 망연하게 단지 흑단黑檀과 같이 반들반들한 겉을 지켜보고 있었는데, 그는 갑자기 내 어깨를 안으며 슬프게 속삭이기를 "내가 항상 '인헤루노'에 떨어지려고 생각하는 영혼은, 또 똑같이 내가 항상 '인헤루노'에 떨어지지 않아야 한다고 생각하는 영혼이오. 그대 우리들 악마가 이런 슬픈 운명인지 아느뇨 모르느뇨. 내가 그 부인을 사악한 구렁에 빠뜨리려 하여도, 그럼에도 끝내 빠뜨리지 못한 것을 보시오. 내가 부인의 고귀하고 청아함을 사랑하면 더욱더 부인을 욕보이자고 생각하게 되고, 거꾸로 또 부인을 욕보이자고 생각하면 더욱더 고귀하고 청아함을 사랑하게 되오. 이것은 그대가 종종 일곱 가지 엄청난 죄를 범하고자 하는 것과 마찬가지로 우리들도 또 항상 일곱 가지 엄청난 덕을 행하고자 하는 것이오. 아, 우리들 악마를 꾀어서 끊임없이 선으로 향하게 하는 것은 도대체 당신들의 DS인가, 혹은 DS 이상의 영인가?'라고. 악마 '루시헤루'는 이같이 내 귀에 속삭이고 어스레한 하늘을 우러러보는 듯이 하였는데, 그 모습이 갑자기 안개와 같이 엷어져 담박한 가을 꽃나무 사이로 사라지는 것 같지도 않게 사라져 버렸다. 나는 두렵기도 하여 신부에게 달려가 '루시헤루'가 말로서 이것을 이야기했다고 해도, 무지한 신부는 오히려 나를 믿지 않고 종문의 깨달음에 위배되는 것이라 하여 꾸짖어 나무라기를 며칠 하였다. 하지만 나는 내 눈으로 보고, 내 귀로 들은 이 악마 '루시헤루'를 어찌 의심하겠는가. 악마 역시 천성은 선하다. 결코 일체 모든 악의 근본이 아니다.

아! 그대 데우스, 악마가 어떠한지 모른다. 그런데 하물며 천지 지은이의 마음속이야. 세상의 온갖 갈등을 재단裁斷한다고. 아!

■ 1918. 8

사종문邪宗門

1

　일전에 오토노님의 일생 중에서 가장 사람의 눈을 놀라게 했던 지옥변 병풍의 유래를 말씀드렸으니까, 이번에는 와카토노님의 생애에 단 한번 있었던 이상한 일을 말씀드릴까 합니다. 하지만 그 전에 대충 생각지도 않은 갑작스런 병으로 오토노님이 돌아가신 일을 미리 말씀드려 놓겠습니다.

　그것은 틀림없이 와카토노님이 열아홉 살 되던 해였다고 생각합니다. 생각지도 않은 갑작스런 병이라고는 하지만, 실은 그럭저럭 반년 전부터 저택 하늘에 별이 떨어진다든지, 정원 홍매紅梅가 때 아니게 일시에 꽃이 핀다든지, 마구간의 백마가 하루 밤사이에 검게 된다든지, 연못물이 눈 깜짝할 사이에 말라버려 잉어와 붕어가 진흙

가운데 헐떡거린다든지, 여러 가지 나쁜 징조가 있었습니다. 그 중에서도 특히 두렵게 여긴 것은, 어떤 궁녀의 꿈자리에 불이 활활 타오르는 요시히데의 딸이 탄 듯한 수레 하나가 사람 얼굴을 한 짐승에게 끌려 하늘에서 내려왔는데, 그 수레 속에서 상냥한 목소리가 나기를, "오토노님을 여기로 맞아들여라." 하고 불렀다는 것입니다. 그때 그 사람 얼굴을 한 짐승이 이상하게 끙끙거리며 얼굴을 쳐든 것을 보면, 비몽사몽간 어두움 속에서도 입술만 생생하게 붉어서, 생각지도 않게 쇠 자르는 소리를 지르며 그 소리에 겨우 정신을 차렸습니다만, 전신은 흠뻑 식은땀으로 젖어 있고, 가슴까지 방망이질하듯 뛰고 있었다고 합니다. 그 때문에 오토노님의 마님을 비롯하여 저희들까지 마음이 아팠고, 저택 문마다 점쟁이 부적도 붙이고, 영험 있는 법사들을 부르셔서 여러 가지 기도를 드리기도 했습니다만, 이는 실로 피하기 어려운 운명이라고 해야 하겠지요.

어느 날——그것도 눈이 올 듯이 흐린, 뼈 속까지 추위가 스며드는 어느 날의 일이었습니다만, 이마데강 다이나곤님의 저택에서 돌아오시는 수레 안에서 갑자기 열이 나기 시작하여 댁에 돌아오셨을 때는 단지 "아, 아." 하고 말씀하실 뿐, 몸은 전신에 기분 나쁘게 보랏빛을 띠어 요의 흰 무늬도 태울 기색이 되었습니다. 원래 그때도 베갯맡에는 법사, 의사, 음양사들이 모두 각자 노심초사하며 필사의 힘을 다했습니다만, 열은 점점 심하게 오르고, 이윽고 마룻바닥 위에까지 굴러 나와 계시다가, 완전히 다른 사람 같은 쉰 목소리로, "아아, 몸 위에 불이 붙었다. 이 연기는 어떻게 하나?"라고 미친 듯이 울부짖으시다가, 불과 세 시간 정도도 안 되어 무어라고 말씀드릴 수도 없는 비참한 최후를 맞으셨습니다. 그때의 슬픔, 두려움, 황송함 ──지금 생각해도 덧문에서 헤매고 있던 호마護摩의 연기와, 우왕좌왕 울고 있는 궁녀들의 하의 주홍색 등이 저 망연했던 수도사나 술사들의 모습과 함께 생생하게 눈에 떠올라 간추려서 이야기하는 것조차 눈물이 앞서 방법이 없습니다. 하지만 이런 회상 속에서도 저 젊은 와카토노님은 조금도 흐트러진 모습을 보이지 않으시고, 단지 새파랗게 질린 얼굴을 하고, 쭉 오토노님의 머리맡에 앉아 계시던 것을 생각하면 마치 잘 담금질한 날붙이 냄새마저 맡는 것 같은, 몸에 스며들어 섬뜩한, 그래도 역시 믿음직한, 묘한 기분이 들었습니다.

2

부자지간이면서도 오토노님과 와카토노님 사이만큼 그 모습에서 성질까지 반대인 경우도 드물 것입니다. 오토노님은 아시는 대로 우람스런 몸집이십니다만, 와카토노님은 중간키에 어느 쪽이냐 하면 야윈 체격으로 태어나셨고, 그 용모도, 오토노님의 어디까지나 남자다운 장군 같은 모습과는 전혀 닮지 않은, 아름다우심이었습니다. 이것은 저 고우신 어머님 쪽과 너무 닮았다고나 할까요. 눈썹이 좁고 눈이 시원한, 약간 입가에 굴곡이 있는 여자 같은 얼굴 모습이셨습니다만, 어딘가 거기에 어스레하게 가라앉은 그림자가 숨어 있고, 특히 옷차림이라도 하시면 멋지다고 말씀드리기보다 거의 장엄하다고 말씀드리고 싶을 정도로 자못 고요한 위광이 있었습니다.

하지만, 오토노님과 와카토노님이 특히 달랐던 점은 무엇인가 하면 그것은 성격으로, 오토노님이 하시는 일은 모두가 호방하고 웅대하여 무엇이라도 사람 눈을 놀라게 하지 않으면 안 되는 기세였습니다. 와카토노님의 기호는 어디까지나 섬세하고 또 어디까지나 우아한 취미가 있는 것으로 생각됩니다. 예를 들면 오토노님의 마음을 저 호리카와 저택에서 엿볼 수 있듯이, 와카토노님이 냐쿠오지에 만드셨던 닷타노인은 그 규모야말로 작지만, 관쇼조의 노래를 그대로 한 단풍뿐인 정원, 그런 정원을 만드시고, 깨끗한 한줄기의 물 혹은 또 그 물줄기에 놓아두었던 몇 마리인지 모르는 백로, 하나로 묶어서 와카토노님의 그윽한 의향이 나타나고 있지 않은 데가 없습니다.

이런 사정이라서, 오토노님은 무엇에 대해 우락부락한 일을 좋아하셨습니다만, 와카토노님은 시가詩歌와 관현管弦을 무엇보다도 좋아하셨고, 그 쪽의 명인은 신분 상하도 잊으신 듯 격 없는 교제가 있으셨습니다. 아니, 그것도 단지 그런 것을 좋아하시는 것뿐만 아니라, 자신도 오랫동안 마음을 여러 예능의 깊은 뜻에 두셨기 때문에, 생황笙簧만은 불지 않으셨습니다만, 저 유명한 소치노민부쿄 이래 삼주三舟에 드는 이는 와카토노님 혼자일 것이라는 소문이 있을 정도입니다. 그 때문에 댁의 가집歌集에도 와카토노님의 수구秀句나 명가名歌가 지금도 많이 남아 있습니다. 그 중에서도 세상에 평판이 높았던 것은 저 요시히데가 오취생사도를 그렸던 류가이사에서 불사佛事를 할 적에, 중국인 두 사람의 문답을 들으시고 부르셨던 노래입니다. 이것은 그때 반磬의 모양으로 팔엽연화八葉蓮華를 사이에 두고 두 마리 공작이 주조되어 있던 것을, 그 중국인들이 바라보면서 '사신석화사捨

身惜花思'라고 한 사람 소리가 아래에서, 또 한 사람이 '타불립유조打不立有鳥'라고 대답했습니다.——그 의미가 이해되지 않아 거기에 모여 있던 사람들이 이러쿵저러쿵 논의를 하게 되자, 그것을 들으셨던 와카토노님이, 가지고 계시던 부채 뒤에 줄줄 아름답게 흘려 쓰시어 그 사람들이 있는 가운데 보내셨던 노래입니다.

　　　몸을 돌보지 않고 꽃을 애석하다 생각하느뇨.
　　　때려도 날지 않는 새도 있느니라.

3

　　오토노님과 와카토노님은 이같이 만사가 다르셔서, 그만큼 두 분 사이에는 어울리지 않는 점이 있었던 것 같습니다. 세상에는 이런저런 소문이 있을 수 있어, 그 중에는 부자간에 같은 황녀의 소생인 궁녀를 두고 다투셨기 때문이라는 둥 이야기하는 사람도 있습니다만, 원래 그런 바보 같은 일은 있을 리가 없습니다. 어쨌든 제가 기억하고 있는 한에는 와카토노님이 십 오륙 세 연세에 이미 두 분 사이에는 불화의 싹이 자라고 있었던 것으로 보입니다. 이것은 전에 조금 말씀 드렸던, 와카토노님이 생황만은 불지 않으신다는 그 까닭에 사연이 있는 일입니다.

　　그때 와카토노님은 몹시 생황을 좋아하셔서 먼 친척 형뻘 되는 나카미카도의 쇼나곤에게 제자로 들어가셨습니다. 이 쇼나곤은 가릉

伽陵이라고 하는 유명한 생황과 대식조입식조大食調入食調라는 악보를 대대로 집안에 전하고 계시는, 그 방면에서도 희대의 명인이었습니다.

와카토노님은 이 쇼나곤 옆에서 오랫동안 절차탁마의 공을 쌓으셨습니다만, 그 대식조입식조의 전수傳受를 희망하시자, 쇼나곤은 어떻게 생각하셨던지 이 말씀만은 들어주시지 않으셨습니다. 그래서 재삼 억지로 부탁하셨지만 역시 만족할만한 대답이 없어, 나이 젊은 와카토노님은 매우 애석하게 생각하셨던 것이겠지요. 어느 날 오토노님의 주사위 놀이 상대를 하고 계실 때에 문득 이 불만을 내뱉으셨습니다. 그러자 오토노님은 여느 때처럼 대범하게 웃으시면서 "그런 불평은 하지 않는 거야. 결국은 그 악보도 손에 들어올 때가 있을 것이야."라고 부드럽게 위로해 주셨다는 것입니다. 그런데 그로부터 반달도 지나지 않은 어느 날의 일, 나카미카도의 쇼나곤은 호리카와 저택의 주연에 오셔서 돌아가는 길에 갑자기 피를 토하고 돌아가시고 말았습니다. 하지만 그것은 우선 그렇다고 하더라도 그 다음 날 와카토노님이 아무렇지도 않게 거실로 나가시자, 나전칠기 책상 위에 저 가릉의 생황과 대식조입식조의 악보가, 누가 가져 왔는지도 모르게 반듯하게 놓여 있었다고 하는 것이 아니겠습니까.

그 후 또 오토노님은 와카토노님을 상대로 주사위놀이를 하시고 계실 때,

"요즈음 생황도 한층 늘었겠지."라고, 확인하시듯이 말씀하시자 와카토노님은 조용히 놀이판을 바라보신 채,

"아닙니다. 생황은 일생동안 불지 않기로 했습니다."라고 냉랭하게 대답하셨습니다.

"무엇 때문에 불지 않기로 했나?"

"조금이라도 쇼나곤의 명복을 빌고자 생각했기 때문입니다."

이렇게 말씀하시는 와카토노님은 쭉 부친의 얼굴을 응시하셨습니다. 하지만 오토노님은 마치 그 소리가 들리지 않는 듯이 기세 좋게 통을 흔드시면서,

"이번에도 내가 이긴 것 같지."라고 아무렇지도 않은 모습으로 승부를 계속하셨습니다. 그래서 이 문답은 그것으로 흐지부지되어 버렸습니다만, 부자간에는 이때부터 어떤 달갑지 않은 마음이 들게 되었다고 생각됩니다.

4

그러고 나서 오토노님이 죽으실 때까지 부자간에는 마치 두 마리의 매가 서로 상대를 살피면서 하늘을 날고 있는 것 같은, 조금의 틈도 없이 서로를 노려보기가 쭉 계속되고 있었습니다. 하지만 전에도 말씀드린 대로 와카토노님은 모든 싸움 입씨름 따위를 매우 싫어하셔서 오토노님이 하시는 일에 대해서 트집을 잡은 적은 거의 한 번도 없었습니다. 단지 그때에 비꼬는 것 같은 미소를 저 굴곡 있는 입 주위에 살짝 띄우시면서 한두 마디 예리한 비판을 내뱉을 뿐이셨습니다.

언제인가 오토노님이 니조오미야의 백귀야행百鬼夜行과 만났어도 각별히 탈이 없었던 일이 장안 안팎에 큰 평판이 되었는데도 와카토

노님은 저를 향하시어,

"귀신이 귀신과 만난 것 아닌가. 부친의 몸에 해가 없었던 것은 이상한 것도 아니지."라고, 우스운 듯이 말씀하셨습니다만, 그 후 또 히가시산조의 가와라노인에서 밤마다 나타나는 도루 좌대신의 망령을 오토노님이 꾸짖으시어 물리치셨던 때도 와카토노님은 전과 같이 입술을 삐죽거리고 웃으시면서,

"도루 좌대신은 풍월 재기에 넘치셨다고 하지 않았는가. 그렇다면 부친 따위는 이야기 상대가 되지 않는다고 생각해 사라져 버렸음에 틀림없다."고 말씀하신 것을 기억하고 있습니다.

그것이 오토노님은 무엇보다도 듣기 거북하셔서, 순간 이 같은 와카토노님의 말씀이 귀에 들어가기라도 하면, 표면으로는 고소苦笑를 얼버무리면서도 마음속의 화는 생생하게 얼굴에서 읽을 수 있었습니다. 실제로 궁궐의 매화 향연에서 돌아오는 길에 오토노님의 우차牛車가 길을 벗어나서 길거리의 노인에게 상처를 입혔을 때, 그 노인은 오히려 손을 모으면서, 고승과 같은 오토노님의 소에 부딪힌 행운을 고맙다고 한 일이 있었습니다만, 그때도 와카토노님은 오토노님이 계시는 앞에서 소모는 동자를 향하여,

"자네는 멍청이 아닌가. 어차피 소를 길에서 벗어나게 할 터이면 왜 수레바퀴에 치어 저 노인을 죽이지 않았나. 상처를 입은 것으로 손을 모으고 고맙게 생각할 정도의 노인이야. 바퀴 밑에서 왕생했더라면 극락정토 보살들의 환영을 받아 고맙게 여겼음에 틀림없지. 그렇다면 부친의 명예도 한층 올라갈 것을, 알고 보니 마음씨가 나쁜 놈이구면." 하고 말씀하셨습니다. 그때 오토노님의 불쾌함을 말씀드

리자면 지금이라도 손의 부채가 올라가 꾸지람을 하시지 않겠나 하고 저희들은 모두 간담이 서늘할 정도였습니다만, 그때도 와카토노님은 싱글벙글 아름다운 이를 보이고 웃으시면서,

"아버님, 아버님, 그렇게 화내지 마십시오. 소모는 놈도 저렇게 황송해 하고 있습니다. 이후에라도 가능한 한 마음에 담아둔다면 그때야말로 멋지게 한 사람을 치어 죽여 부친의 명예를 중국에까지라도 전하게 되겠지요."라고 모른 체하는 얼굴로 말씀하시어, 오토노님도 끝내 아집을 꺾으시고 기분이 언짢은 얼굴을 하신 채 아무 생각 없이 서계셨습니다.

이 같은 사이셨기 때문에 오토노님의 임종을 쭉 지켜보고 계셨던 와카토노님의 모습만큼 저희들의 마음에 이상한 그림자를 머금게 했던 일은 없습니다. 지금도 그때의 일을 생각하면 마치 갈아서 담금질한 날붙이를 냄새 맡는 것 같은, 몸에 스며들어 섬뜩한, 그와 동시에 또 왠지 모르게 믿음직한, 묘한 기분이 드는 것은 앞에서 이미 들려 드렸습니다. 정말로 그때 저희들에게는 마음에서 대가 바뀌었다고 하는 생각이,──그것도 저택뿐만 아니라 온 천하에 비치는 해의 그림자가 갑자기 남에서 북으로 바뀌는 것 같은 어수선한 기분이 들었습니다.

5

그 때문에 와카토노님이 호주를 상속받으셨던 그 날로부터 저택

에는 어디나 할 것 없이 지금까지는 없었던 편안한 풍경이 춘풍과 같이 불어 닥쳤습니다. 노래모임, 꽃모임 혹은 글씨모임 등이 이전보다도 늘어 자주 열리게 된 것은 말할 것도 없습니다. 그리고 또 궁녀들을 비롯하여 무사들의 풍속이 마치 옛날 그림 속에서 오려온 것처럼 풍치 있고 우아하게 된 것도 사실입니다. 하지만 특히 이전과 달라진 것은 저택의 손님으로 오시던 윗분들로, 지금은 어찌된 일인지 드날리던 대신과 대장이라도 일예일능一藝一能에 뛰어나지 않으신 분은 거의 와카토노님 눈에 들지 않습니다. 아니, 가령 눈에 들었다 하더라도 오시는 분들은 모두 풍류의 재사才士 뿐이어서, 체신에 맞지 않음을 부끄러이 여겨 자연히 발걸음이 멀어져 버렸습니다.

그 대신에 시가 관현 쪽에 능하기만 하면 무위 무관의 무사라도 분에 넘칠 듯한 포상을 받았던 일이 있습니다. 예를 들면 어느 가을 밤에 달빛이 격자에 비치고 베 짜는 이의 소리가 들렸을 때, 문득 사람을 부르시자 신참 무사가 달려갔습니다만, 왜 부르셨는지 갑자기 이 무사를 향하시고는,

"베 짜는 이의 소리는 자네에게도 들리겠지. 이것을 제목으로 한 수 짓게."라는 말씀이 있으셨습니다. 그러자 이 무사는 아래에서 한참 머리를 갸우뚱하고 있었습니다만, 이윽고 '푸른 버드나무의'라고 초구를 읊었습니다. 그러자 그 계절에 맞지 않았던 것이 이상했겠지요. 궁녀들 사이에서는 웃음소리가 들려 왔습니다만 무사는 계속해서,

"푸른 실을 뽑아 두어 여름 지나고 가을에는 베틀 소리 내어보세."라고 경쾌하게 읊자 갑자기 주위는 조용해지고, 싸리 문양 옷을 한 벌 격자 사이에서 달빛 속으로 밀어내어 주셨습니다. 실은 그 무사

라고 하는 이가 제 누이의 독자로서 와카토노님과는 거의 연배도 같은 젊은이였습니다만, 이를 봉공奉公의 시작으로 그 후 가끔 고마운 배려를 받게 되었습니다.

우선 와카토노님의 일상은 대강 이런 형편입니다. 그 동안에 마님도 맞이하게 되었고, 해마다 관위도 올랐습니다만, 이 같은 것은 세상 사람들도 잘 알고 있는 일이라 여기서는 내세워 말씀드리지 않겠습니다. 그보다도 빨리 이야기를 서두르겠으니, 처음 약속드린 대로 와카토노님의 일생에 단 한번 밖에 없었다고 하는 이상한 일로 들어가도록 하겠습니다. 와카토노님은 오토노님과는 다르셔서 천하의 호색가라고 하는 별명마저 얻으셨습니다만, 정말 무사한 일생으로, 이 외에는 단 하나도 인구人口에 회자膾炙되는 일이라고 할 만한 것은 없었습니다.

6

이 이야기의 시작은 오토노님이 돌아가시고 나서 오륙 년이 지난 때였습니다만, 마침 그때 와카토노님은 전에 말씀드린 나카미카도의 쇼나곤님의 무남독녀로, 평판이 좋은 아가씨에게 뻔질나게 글을 쓰고 계셨습니다. 지금도 그때 열심이셨던 이야기가 저희들 입에서 흘러나오면 와카토노님은 언제나 싱글벙글 웃으시며,

"영감, 천하가 넓다고 하지만 그때 내가 정신없이 형편없는 노래나 시를 지은 것은 모두 사랑이 시킨 소행이지요. 생각하면 여우 둔

덕을 밟아 무엇에 미친 것과 같았지."라고 마치 자신을 조롱하듯이 솔직 담백하게 이렇게 말씀하십니다. 그러나 당시의 와카토노님은 그 정도로 평소와 같지 않으셨고, 연모 삼매경에 빠져 계셨습니다.

그러나 이것은 반드시 와카토노님 한 분에 한한 일은 아닙니다. 그때 나이 젊은 귀공자들로 나카미카도의 아가씨에게 마음 두지 않은 사람은 아마 한 분도 없으실 것입니다. 아가씨가 아버지 대부터 쭉 살고 계시는 니조니시토인의 저택 주위에는 이런 호색가들이 혹은 수레를 갖다 들이대시기도 하고 혹은 자신이 걸어서 가시기도 하는 등 끊임없이 드나드셨습니다. 그 중에는 하루 밤에 두 사람이나 저 저택 배꽃 밑에서 달보고 휘파람을 불었다고 하는 귀공자가 있었다는 소문도 들은 일이 있습니다.

아니, 실제로 한때는 수재로 이름이 높았던 스가하라 마사히라라고 하는 분도 이 아가씨에게 연모의 정을 품었고, 더욱이 그 사랑이 이루어지지 않았던 한 때문에 갑자기 세상을 버리고, 지금도 쓰쿠시 끝에서 유랑하고 계신다는 둥, 혹 동해 파도를 타고 중국으로 건너 갔다는 둥, 전혀 행방을 모른다는 것입니다. 이 분은 와카토노님과도 시문詩文 사교가 깊었던 한 분으로, 편지를 할 때는 와카토노님을 백낙천에, 자신을 소동파에 비하고 계셨다고 합니다만, 이런 풍류 제일의 재사才士가 아무리 나카미카도의 아가씨가 아름답기는 하더라도, 한 때의 한 때문에 생애를 변방에서 보내시는 것은 불찰이라고 말씀드릴 수밖에 방법이 없습니다.

하지만 또 뒤집어서 생각해 보면 이것도 무리가 아니라고 생각될 정도로 나카미카도의 아가씨라고 하는 분은 아름다우셨습니다. 제가 한번 뵌 바로도 버들과 벚꽃 문양紋樣을 섞은 옷을 입으시고, 비단에 옥을 꿰맨 눈부시게 아름다운 허리를 등화燈火의 밝은 빛에 번쩍이시면서, 눈꺼풀도 무거운 듯 기울이고 계신 그 고운 모습은 일생 잊어버릴 수가 없습니다. 더욱이 이 아가씨는 성격도 보통이 아니고 활달하셔서, 어설픈 귀공자 따위는 마음에 들기는커녕, 곧 본성을 간파하시고 총애하는 고양이처럼 실컷 희롱하신 후에 두 번 다시는 근처에 얼씬거리지 않도록 하시고 마는 것이었습니다.

7

그 때문에 이 아가씨에게 생각을 품고 계셨던 분들 사이에는 마치 다게토리이야기 속에라도 있을 법한 우스꽝스러운 일이 많이 있었습니다만, 그 중에서도 제일 딱한 이는 교고쿠의 사다이벤님으로, 이 분은 교토 아이들이 까마귀 사다이벤으로 부를 정도로 피부색이 검었습니다만, 그러나 역시 인지상정에는 변함이 없어, 나카미카도 아가씨를 사모하고 계셨습니다. 그런데 이 분은 영리함과 동시에 소심한 성격이셔서 아무리 아가씨를 그리워 하셔도 자기 쪽에서 이렇다고 밝히셨던 일은 없었고, 원래부터 또 동년배 분들에게 한 번도 그럴듯한 일을 입에 내어 말씀하셨던 예도 없습니다. 그러나 몰래 아가씨 얼굴을 뵈러 갔던 것은 숨길 수 없는 일이라, 언젠가 그것을 족쇄로 해서 동년배가 너 나 없이 이 수단 저 수단을 다 써서 여러 가지를 물어, 골탕을 먹이려고 하였습니다. 그러자 까마귀 사다이벤

님은 괴로운 김에 한 대책으로,

"아니 그건 유달리 나만 연정을 품고 있던 것은 아니네. 실은 아가씨 쪽에서도 마음에 있는 듯한 기미를 보여 주셔서 조금 발길이 잦아진 거야."라고 이렇게 회피하셨습니다. 더욱이 그것을 정말인 것처럼 보여주려는 생각에서 아가씨로부터 받았던 글이나 노래 등 있는 것 없는 것 전부 함께 얼버무려서, 흡사 아가씨 쪽이 마음을 태우고 계시듯 이야기하셔서 아주 그만이었습니다. 원래부터 장난을 좋아하는 동년배들은 반신반의하면서 당장 아가씨의 거짓 편지를 만들어 때마침 등나무 가진가 뭔가에 붙인 채 그것을 사다이벤님 쪽에 닿도록 하였습니다.

이쪽은 교고쿠의 사다이벤님으로, 무언가 하고 가슴을 두근거리며 서둘러 글을 펴보니, 생각지도 않던 아가씨가 어찌된 일인지 사다이벤님을 사모해 지쳐있어도 너무나 무정하게 대하시니, 결국 이루어질 수 없는 사랑이라고 체념하고, 여승 신세가 되어야하나 하는 사연이 너무나도 슬프게 쓰여 있는 것이 아니겠습니까? 설마 그렇게까지 아가씨가 깊이 사모하고 계신다는 것은 꿈에도 생각하지 않으셨기에 까마귀 사다이벤님은 슬프지도 기쁘지도 않은 마음으로 한참 동안은 단지 막연히 글을 앞에 펼친 채 한숨을 쉬고 계셨습니다. 하지만 하여튼 만나 뵙고 지금까지 가슴에 숨겨 두었던 생각도 말씀드리려고 생각하셨던 것이겠지요. 마침 봄비가 내리는 저녁 무렵이었습니다만, 동자童子를 하나 데리시고 우산을 받쳐 들고 몰래 니조니시노토인 저택까지 가시자, 문은 굳게 잠겨 있고 아무리 소리를 내고 두드려도 열릴 기색은 없었습니다. 이럭저럭하는 동안에 밤이 되어 사람 왕래도 드문 쓰이지 길에는 오로지 개구리 소리만 들릴 뿐 비는 점점 세차게 내려 의복은 젖었고 눈도 캄캄해진 딱한 형편이었습니다.

이것이 어느 정도 지나 문짝이 겨우 열리고, 헤다이유라고 하는 저 정도의 늙은 무사가 그것도 같은 등나무 가지에 글을 매단 것을 건네자마자 아무 말 없이 또 그 문짝을 탁 닫아 버렸습니다.

거기서 울며불며 되돌아오셔서 그 글을 열어보니 한 수의 옛 노래가 흘린 글씨로 쓰여 있을 뿐으로 한마디도 다른 소식은 없었습니다.

사랑하고 있는데도 사랑하지 않는다 하시니,
당신을 아니 사랑하리라. 사랑한 보람도 없으니.

이것은 말할 것도 없이 아가씨가 장난을 좋아하는 와카토노하라로부터 자질구레한 소식을 들어, 까마귀 사다이벤님의 사려 없음을 알고 계셨다는 것입니다.

8

이렇게 이야기하면 개중에는 세상의 보통 아가씨들과 비교하여 이 아가씨의 행장行狀을 거짓말처럼 생각하실 분도 계시겠지만, 현재 제가 봉공하고 있는 와카토노님 일을 말씀드리면서 유달리 그와 같은 헛소리를 덧붙일 리는 없습니다. 이쯤에 장안에서 평판이 있었던 분은 이 아가씨와 한 분 더, 이분은 벌레를 매우 좋아하셔서 뱀까지도 기르신다고 하는 이상한 아가씨가 계셨습니다. 이후 아가씨의 일은 완전히 여담이니 여기에서는 아무 것도 말씀드리지 않겠습니다. 하지만 나카미카토의 아가씨는 어쨌든 양친이 모두 돌아가시고, 저택에는 단지 앞에서 말씀 드렸던 헤다이유를 우두머리로 해서 하인 남녀가 있을 뿐이지만, 전대로부터 유복하셔서 아무 것도 불편한 것이 없으셨기 때문에, 자연히 아름다우시고 활달하신대로 세상을 세상이라고도 생각하지 않는 대담한 행동을 하셨습니다.

소문내기를 좋아하는 세상에는 이 아가씨 자신이 실은 쇼나곤님의 어머님과 오토노님 사이에서 태어났기 때문에, 아버지가 돌아가신 것도 사랑의 여한으로 오토노님이 독살했다고 하는 패거리도 나왔습니다. 그러나 쇼나곤님이 갑자기 돌아가신 이야기는 전에도 한번 말씀드린 대로 그러한 사정이 아니므로, 그 소문은 말할 것도 없이 모두 까닭 없는 거짓말입니다. 그렇지 않으면 와카토노님도 결코 저 정도까지 아가씨에게 마음을 두시지는 않으셨을 것입니다.

확실히는 모르나 제가 구전口傳으로 들은 바로는, 처음에는 아무리 와카토노님 쪽에서 열심이라도 아가씨는 오히려 누구보다도 매정하게 대하셨다는 것입니다. 아니, 그 뿐입니까. 한번은 와카토노님의 글을 갖다 드렸던 저 조카에게 저 까마귀 사다이벤님과 같이 아무리 해도 문을 열어 주시지 않았다는 것입니다. 더욱이 저 헤다이유가 웬일인지 호리카와 저택 사람을 원수같이 미워하여, 그때도 배꽃에, 화창하게 봄날이 향기를 풍기고 있는 토담 위에서 백발을 드러내고, 노송나무 껍질 색 옷소매를 걷어 올리며, 밀어서라도 문짝을 열고자

하는 저의 조카에게,

"야, 너는 낮 도둑놈이냐. 도둑놈이라면 용서할 수 없다. 한 발짝이라도 문안에 들어왔다가는, 헤다이유가 칼로 베어 두 동강이를 내어 버릴 거야."라고 물고 늘어지듯이 소리쳤습니다. 만약 이것이 저였더라면 칼부림으로 번졌겠습니다만, 조카는 단지 길가의 소똥을 돌멩이 대신에 던진 것뿐 되돌아왔다고 했습니다. 이 같은 형편이라 원래부터 글이 무사히 손에 닿았어도 도무지 답장이라고 하는 것은 받을 수 없었습니다. 하지만 와카토노님은 전혀 그런 것에는 개의치 않고 사흘이 멀다 하고 글이랑 노래랑 혹은 훌륭한 그림이랑을 무릇 삼 개월 넘게 끈기 있게 보내셨습니다. 그래서 요즘도 말씀하기를 "그때 내가 정신없이 형편없는 노래나 시를 지었던 것은 모두 사랑이 준 업보야."라고, 조금도 틀림이 없었다는 것입니다.

9

마침 그 무렵 일입니다. 장안에 이상한 모습을 한 수도승이 한사람 나타나서 전혀 지금까지 들어본 적이 없는 마리의 가르침이라는 것을 펴기 시작했습니다. 이것도 일시 아주 평판이 있어서, 개중에는 들으신 분도 계실 것입니다. 가끔 책에 중국에서 괴물이 건너왔다고 쓰여 있는 것은, 바로 저 소메도노님의 마님에게 귀신이 들렸다는 둥 말씀드린 대로, 이 수도승을 비유해서 하는 말입니다.

이렇게 말씀드리자면 제가 처음으로 이 수도승을 본 것은 역시 그때쯤 일이었습니다. 어느 날씨가 흐린 날 한낮이었다고 생각됩니다만, 무언가 볼일을 보러 나갔다가 돌아오는 길에 신센엔의 바깥쪽을 지나자, 저쪽 토담을 앞으로 하고 이 사람 저 사람 혹은 또 호기심 많은 사람이랑 대충 세어 보아도 거의 이삼십인, 개중에는 죽마에 걸터앉은 아이도 섞여 모두 한 무리가 되어 떠들고 있었습니다. 그런데 또 복덕 신에게 지벌 입은 미치광이가 춤을 추고 있는지, 그렇지 않으면 물정 어두운 오미 상인이 물고기 도둑에게 짐이라도 낚아채었는지 하고 저는 생각했습니다만, 너무나 그 떠들썩함이 어마어마해서 무심하게 뒤에서 살짝 들여다보자, 생각지도 않게 그 한가운데는 거지같은 모습을 한 수도승이 무언가 부지런히 재잘거리면서, 눈에 익지 않은 여보살 화상畫像을 단 깃대를 한 손에 꽂아 세우고 서 있었습니다. 나이는 그럭저럭 삼십에 가까울까요. 색이 검은, 눈이 치켜 올라간, 어쩐지 모르게 무시무시한 낮짝으로, 입고 있는 것마저도 꾸깃꾸깃한 먹물 들인 승복입니다만, 소용돌이를 감아서 어깨 위에까지 드리워진 머리카락이며, 목에 걸린 십문자十文字의 이상한 황금 부적이며, 원래 세상의 보통 법사는 아닌 것 같았습니다. 그 사람은 제가 엿보았을 때는 흐르는 바람에 지는 신센엔의 벚꽃잎을 머리부터 뒤집어 써 인간이라기보다도 완전히 괴물의 권속眷屬이 솔개 날개를 법의法衣 아래 감추고 있는 것이 아닌가 생각할 정도로 이상한 모습을 보였습니다.

그러자 이때, 제 옆에 있던 늠름한 대장장인지 누군지가 재빠르게 아이 손에서 죽마를 잡아채며,

"너, 지장보살을 괴물이라고 했지?" 하며 물고 늘어지듯이 소리치

고, 비스듬히 상대의 얼굴을 쳐서 때려눕혔습니다. 하지만 맞으면서도 그 수도승은 히죽 기분 나쁜 미소를 지은 채 점점 더 높이 여보살 화상을 떨어지는 꽃바람에 드날리면서,

"설령 이 세상에서는 어떤 영화를 누린다 하더라도 천상황제의 가르침에 어긋난 사람은 일단 죽음에 이르러서는 순식간에 아비규환의 지옥에 떨어져, 끊임없는 지옥 불에 껍데기가 타고 영원히 소리 지를 거야. 더욱이 저 천상황제가 보낸 마리시노법사에게 매를 댄 사람은 죽을 때는 말할 것도 없고, 내일이라도 제천동자諸天童子의 벌을 받아 문둥이 몸이 되고 말 거다."라고 나무라는 것이 아니겠습니까? 이 기세에 압도당한 저는 물론 이 대장장이까지 한참 동안은 단지 죽마를 창으로 한 채 미친 듯한 수도승의 행동을 어처구니없이 쭉 지켜보고 있었습니다.

10

하지만 그것은 잠시 동안으로 대장장이는 또 죽마를 고쳐 잡자,

"아직도 욕지거리를 그만두지 않지." 하고 무서운 얼굴로 떠들면서 갑자기 수도승에게 달려들었습니다.

이때는 저를 비롯하여 누구라도 대장장이의 죽마가 세차게 상대의 얼굴을 때려 줄 것이라고 생각하지 않은 사람은 없었습니다. 아니 실제 또 죽마는 저 햇볕에 탄 뺨에 이미 지렁이처럼 길게 부어오른 자국을 하나 남겼습니다. 하지만 세차게 던졌던 죽마가 푸른 조

릿대 잎에 낙화를 털었다고 생각하기가 무섭게, 갑자기 대지에 털썩 넘어진 것은 수도승이 아니고 대장장이 쪽이었습니다.

여기에 두려웠던 일동은 무심코 도망치려는 기세가 되었지요. 이 사람도 저 사람도 기개 없이 뒤를 보이며 "와" 하고 수도승의 주위를 떠났습니다만, 쳐다보니 대장장이는 죽마를 쥔 채 상대 발밑에서 목을 뒤로 젖히고, 입가에는 마치 간질병 같이 하얀 거품마저 내고 있었습니다. 수도승은 잠시 그 호흡을 보고 있는 것 같았습니다만, 이윽고 그 눈동자를 제 쪽에 돌리더니,

"보아라. 내가 했던 말에 거짓은 없을 것이다. 제천동자는 그 자리에서 이 도리에 어긋난 놈을 눈에 보이지 않는 검으로 치셨다. 그래도 머리가 먼지처럼 부서져 장안 대로에 피를 흘리지 않은 걸 경우에 따라서는 다행이라 하지 않으면 안 될 거야."라고 건방지게 말했습니다.

그러나 그때였습니다. 쥐 죽은 듯이 조용하던 사람들 속에서 갑자기 매우 소란스럽게 우는소리를 내며 아까 죽마를 가지고 있던 아이가 혼자 머리카락을 흔들면서 넘어져 있는 대장장이의 옆에 구르듯이 달려들었습니다.

"아버지. 아버지도. 네, 아버지."

아이는 이렇게 몇 번이고 외쳤습니다만, 대장장이는 정신이 돌아올 기색도 없었습니다. 저 입술에 머금은 거품조차 변함없이 흐린 날씨의 바람에 날리고 흰옷이 가슴에 드리워져 있었습니다.

"아버지. 네."

아이는 또 이렇게 반복했습니다만, 대장장이가 대답을 하지 않자

갑자기 안색을 바꾸고 일어서서 아버지의 손에 남아 있는 죽마를 양손으로 쥐기가 바쁘게 수도승을 노려보고 다기지게도 쏜살같이 던져버렸습니다. 하지만 수도승은 그 죽마를, 가지고 있던 화상 깃대로 일도 아닌 듯이 없애고 또 저 기분 나쁜 웃음을 흘리고 일부러 부드러운 소리를 내며,

"터무니없어. 네 아버지가 정신을 잃은 것은 이 마리시노법사가 한 재주가 아니야. 그러니 나를 괴롭힌다고 해서 아버지가 살아 돌아오는 것은 아니다."라고 나무라듯이 말했습니다.

이 도리가 아이에게 통했다기보다는 결국 이 수도승과 부딪혀도 이길 것 같지 않다고 생각했겠지요. 대장장이 아들은 대여섯 번 죽마를 흔든 후, 울상을 지은 채 길가 한가운데 움직이지 않고 서 있었습니다.

11

마리시노법사는 이것을 보자 또 싱긋싱긋 웃으면서 아이의 곁으로 다가가서,

"그것 참, 너는 알아들을 줄 아는, 나이보다는 영리한 아이로구나. 이렇게 얌전하게 있으면 제천동자도 너에게 탄복해 머지않아 저기 있는 부친도 제정신이 들도록 해주실 거야. 내가 지금부터 기도할 때 너도 나를 본받아 천상황제 자비에 매달리는 것이 좋겠지."

이렇게 하고 수도승은 깃대를 크게 양손으로 안으면서 대로 한가

운데 무릎을 꿇고 공손하게 이마를 드리웠습니다. 그리하여 눈을 감은 채 무언가 이상한 다라니경 같은 것을 소리 높여 낭송하기 시작했습니다. 그것이 어느 정도 계속되었을까요. 수도승 주위에 둥글게 둘러서서 이 이상한 기도를 바라보고 있던 저희들에게는 그럭저럭 반시간이 지났다고 생각될 정도였습니다만, 이윽고 수도승이 눈을 뜨고 꿇어앉은 채로 뻗은 손을 대장장이 얼굴 위에 갖다 대자 순식간에 그 얼굴이 따뜻하게 혈색이 회복되고 이윽고 괴로운 듯한 신음소리가 아까 거품투성이 입에서 한차례 길게 넘쳐 나왔습니다.

"아, 아버지가 살아났다."

아이는 죽마를 던져버리고 기쁜 듯이 팔짝팔짝 뛰며 아버지 곁으로 달려갔습니다. 하지만 그 손으로 일으킬 것도 없이 신음소리를 내면서 거의 동시에 대장장이는 마치 술에라도 취한 듯이 불안한 몸놀림으로 서서히 몸을 일으켰습니다. 그러자 수도승은 꽤 만족한 듯이 자신도 유유히 일어서서 저 여보살 화상을 아버지와 아들 머리 위에 해를 덮는 것처럼 들이대고,

"천상황체의 위광과 공덕은 이 하늘과 같이 광대무변하지. 어떻게 믿음을 일으키셨던가?" 하고 엄숙하게 말했습니다.

대장장이 부자는 서로 꼭 껴안으면서 아직 땅 위에 꿇어앉아 있었습니다만, 수도승 법력의 무서움에는 혼도 하늘로 날아가 버렸겠지요. 여보살의 깃대를 우러르고 두 사람 다 갸륵하게 양손을 모으고 후들후들 떨면서 예배를 하였습니다. 그러자 문득 두 세 사람 주위에 서 있는 저희들 중에도 갓을 벗는다든지 상투를 고친다든지 하여 화상을 예배한 이가 있었던 것 같습니다. 저는 왠지 그 수도승이

나 여보살 화상이 마치 마계魔界의 바람에 물들어 있는 것처럼 꺼림칙한 기분이 들어서 대장장이가 제 정신으로 돌아온 것을 본 참에 총총 그 자리를 뜨고 말았습니다.

후에 사람들의 이야기를 들으면, 이 수도승이 설교한 것은 중국에서 건너온 저 마리의 가르침이라고 하는 것으로, 마리시노법사로 일컫는 남자도 이 나라 태생인지 혹은 중국에서 태어났는지 아주 확실한 것은 모른다는 것입니다. 개중에는 또 중국도 일본도 아닌 인도의 끝에서 온 법사로 낮에는 저같이 마을을 거닐고 있지만, 밤에는 먹물들인 승복이 날개가 되어 야사카 절의 탑 위 하늘에 오른다는 둥 하는 소문도 있었습니다만, 원래 그것은 확인할 수 없는 거짓말이겠지요. 하지만 이 같은 거짓말이 전해진 것도 한편으로는 지당하다고 생각할 정도로 이 마리시노법사의 소행에는 여러 가지 묘한 일이 많았습니다.

12

이렇게 말씀드리는 것은 우선 먼저 마리시노법사가 저 이상한 다라니경의 힘으로 눈 깜짝할 사이에 많은 병자를 고친 것입니다. 장님이 보게 되기도 하고, 절름발이가 일어서기도 하고, 벙어리가 말을 하기도 하고――하나하나 세는 것도 번거로울 정도입니다만, 그 중에서도 가장 유명한 것은 이전 셋쓰의 군수께서 괴로워하시던 인면창이라고 할까요. 이 병은 조카를 멀리서 활로 쏘아 죽이고 그 아내를 빼앗았다던가 하는 보복으로 좌측 종지에 그 조카의 얼굴을 한 이상한 부스럼이 나타나서 밤낮으로 뼈를 깎는 듯한 업고에 시달리고 있었습니다만, 저 수도승의 기도를 받자 순식간에 그 얼굴 기색이 누그러지고 이윽고 입가에서부터 '나무南無'라는 소리가 나오기가 무섭게 바로 흔적도 없이 사라졌다는 것입니다. 이 정도라서 여우에 홀렸다는 것도, 괴물에 홀렸다는 것도, 혹은 또 무언가 이름도 모르는 요마 귀신에게 홀렸다는 것도, 저 십문자 부적을 받으면 마치 나뭇잎을 먹던 벌레가 큰바람에라도 흔들려 떨어지듯이 곧 떨어져버렸습니다.

하지만 마리시노법사의 법력이 평판이 있었던 것은 그것 때문만은 아닙니다. 전에도 제가 길에서 보았던 것처럼 마리의 가르침을 비방한다든지 그 신자를 가책呵責한다든지 하면 저 수도승은 그 자리에서 그 상대에게 무서운 신벌을 내리도록 기도드렸습니다. 그 때문에 우물물이 비린내 나는 피로 변했던 일도 있고, 논의 벼를 하룻밤 사이에 해충이 먹어 버렸던 일도 있습니다만, 저 하쿠슈샤의 무당은 마리시노법사를 기도해서 죽이려고 했던 응보로 눈으로 보기조차도 기분 나쁜 문둥병에 걸렸다는 것입니다. 그래서 저 수도승은 괴물의 화신이라는 둥의 소문이 한층 더 퍼졌겠지요. 하지만 괴물이라면 한 화살에 꿰어 잡아 보인다던, 일부러 안장말을 타고 오지에서 온 사냥꾼도 그 제천동자의 검에라도 맞은 것인지, 갑자기 눈이 감겨진 끝에 결국에는 마리 가르침의 신자가 되고 말았다는 것입니다.

이 같은 기세라서 날이 거듭될수록 신자가 되는 남녀노소도 점점 수가 늘어갔습니다만, 또 신자가 되는 데는 어쨌든 물로 머리를 적신다고 하는 관정灌頂 같은 의식이 있고, 그것을 받지 않으면 그 천 상황제에 귀의한 증거가 되지 않는다는 것입니다. 이것은 제 조카가 본 것입니다만, 어느 날 시조의 큰 다리를 지나자 다리 밑 냇물에 엄청난 군중이 있어서 무언가 생각하고 엿보았는데, 이것 역시 마리 시노법사가 동국 사람 같은 무사에게 그 이상한 관정식을 하고 있는 것이었습니다. 어쨌든 때마침 물이 미지근하고 벚꽃도 흐르는 가모 강에 큰칼을 차고 송구해 하는 무사와, 저 십문자의 부적을 받들어 올린 이상한 모습의 수도승이 그림자를 드리우고, 눈에 익지 않은 의식을 하였다고 하는 것이라서 꽤 재미있는 볼거리였을 겁니다.—— ——이렇게 말하자니 먼저 말씀드릴 것을 잊었습니다만, 마리시노법사 는 처음부터 시조가와라의 거지 움막 사이에 작은 왕골 집을 짓고 거기에 시종 오직 혼자서 쓸쓸하게 살고 있다는 것입니다.

13

여기서 이야기는 원래로 되돌아갑니다만, 그 동안에 와카토노님 은 생각지도 않은 일 때문에, 전부터 마음을 두고 계셨던 나카미카 도의 아가씨와 친하게 말을 주고받으시게 되었습니다. 이 생각지도 않은 일이라고 하는 것은, 이미 꽃이 핀 탱자나무 향기와 두견새 소 리가 비올 듯한 하늘을 연상케 하는 어느 날 밤의 일이었습니다만, 그 밤은 드물게 달이 떠서 밤눈에도 희미하게는 사람 얼굴을 구분할 수 있을 정도였습니다. 와카토노님은 어느 궁녀의 거처에 들어갔다

돌아오는 길에, 하인 수도 눈에 띄지 않도록 거의 한 사람인가 두 사람이 동행한 채, 그 밝은 달빛 속을 수레를 타고 천천히 돌아오셨습니다. 하지만 어쨌든 시각이 늦어 사람 하나 지나지 않는 거리에는 논 개구리 소리와 우차牛車의 수레바퀴 소리가 들릴 뿐, 특히 저 외로운 비후쿠문 밖에는 자주 도깨비불이 타오르는 곳이라서 왠지 모르게 소름이 끼쳐오는, 무심한 소걸음조차도 빨라지는 것 같은 기분이 들었습니다.——이렇게 생각할 때, 갑자기 저쪽 토담 그늘에서 이상한 기침소리가 들리자마자 칼을 달빛에 번쩍이면서 도둑놈이라고 생각되는 복면을 한 남자가 좌우에 무릇 여섯 일곱 명이 와카토노님의 수레를 노리고 사납게 달려들었습니다.

그와 동시에 소몰이 아이를 비롯하여 동행했던 아치들은 뜻밖의 일에 혼이 날 거라고 생각했겠지요. '아이쿠'라고 할 틈도 없이 뿔뿔이 흩어져서 원래 왔던 쪽으로 재빨리 도망쳐 버리기 시작했습니다. 하지만 도둑놈들은 그것에 눈길을 주는 기색도 없이 돌연 한 사람이 소의 고삐를 잡고 길거리 한가운데 딱하고 수레를 세우기가 무섭게 사방에서 칼날 담을 만들어 바싹바싹 그 주위를 둘러싸자 우선 우두머리인 놈이 건방지게 발을 걷고서,

"어때, 이 영주님이 틀림없겠지." 하고 무리 쪽을 뒤돌아보면서 확인을 했다는 것입니다. 그 모습이 아무래도 도둑놈이라고 생각되지 않아, 놀라신 중에도 와카토노님은 의심스럽게 생각되셨던 것이겠지요. 그때까지 꼼짝 않고 계시다가, 부채를 비스듬히 상대방을 들여다보는 것처럼 하여 엿보시니까, 그때 그 도둑놈 중에서 목 쉰 소리로,

"그래, 확실히 이 영주님이다."라고 밉살스럽게 대답했습니다. 그러자 이 소리가 왠지 어디선가 한번 들었던 것 같아 점점 이상하게 생각하고 밝은 달빛에 그 소리 주인을 쭉 보시니까, 겉은 무엇으로 싸고 있지만 저 나카미카도 아가씨를 오랫동안 받들고 있는 헤다이유임에 틀림이 없었습니다. 이 한 순간은 대단하신 와카토노님도 생각지 않게 전신의 털이 서는 무서운 생각을 하셨다는 것입니다. 왜냐고 말씀드리면 저 헤다이유가 호리카와 일가를 원수처럼 미워하고 있다는 것은 와카토노님의 귀로도 일찍부터 들어왔기 때문입니다.

아니 실제로 그때도 헤다이유가 그렇게 대답하자 아까 도둑놈은 한층 소리를 거칠게 하며 큰 칼날을 와카토노님의 가슴에 대면서,

"그렇다면 죽이자."라고 떠들었다고 하는 것이 아닙니까.

14

그러나 어디까지나 어떤 일에 떠들썩하시지 않던 와카토노님은 곧 용기를 내시고 드디어 부채를 부치시면서,

"기다려, 기다려, 내 목숨을 원한다면 경우에 따라서 주지 않을 것도 아니다. 하지만 당신들은 무엇 때문에 그 같은 것을 원하는가."라고 마치 다른 사람 일처럼 물으셨습니다. 그러자 두목인 도둑은 칼을 점점 가슴에 가까이 들이대면서,

"나카미카도의 쇼나곤님은 누구 때문에 돌아가셨나?"

"나는 누구인지 몰라. 하지만, 내가 아닌 것만은 확실한 증거도

있지."

"영주님인가, 영주님의 부친인가, 어느 쪽이라도 영주님은 원수와 한패다."

두목 한 사람이 이렇게 말하자 나머지 도둑들도 복면 아래에서,

"그렇다. 원수와 한패다."라고 제각기 욕을 했습니다. 그 중에도 저 헤다이유는 이를 갈며 수레 안을 짐승 같이 들여다보면서 칼로 와카토노님의 얼굴을 가리키며,

"약은 체하는 것은 쓸데없는 짓이야. 그 보다도 염불이나 외어 두시지." 하고 비웃는 듯한 소리로 말했다는 것입니다.

하지만 와카토노님은 변함없이 침착하게 가슴 끝의 칼날도 보이지 않는 것처럼,

"그런데 당신들은 전부 쇼나곤님 집안사람들인가?"라고 내뱉듯이 물으셨습니다. 그러자 도둑들은 모두 어찌된 일인지 한동안 답을 못하고 머뭇거리는 것 같았습니다. 그 기색을 알아차린 헤다이유는 보이지 않으나 소리로 충동질하며,

"그렇다. 그것이 또 어떻다는 건가."

"아니 어떻다는 것은 아니지만, 만약 그 중에 쇼나곤님 집안이 아닌 사람이 있다고 생각하자. 그 사람이야말로 천하의 바보잖아."

와카토노님은 이렇게 말씀하시면서 아름다운 이를 보이시고 어깨를 흔들며 웃으셨습니다. 이 판국에는 죽음을 두려워하지 않는 도둑들도 한 동안은 간이 서늘했겠지요. 가슴에 바짝 다가와 있던 칼끝마저도 이때는 이미 슬그머니 수레 밖 달빛 속으로 빠져 있었다는 것이니까요.

"왜 그런지 말하자면," 하고 와카토노님은 말을 이으시면서, "나를 살해한 그때에는 너희들은 모두 포졸들의 눈에 띄는 대로 극형에 처해질 놈들이다. 물론 그것도 쇼나곤님의 집안사람이라면 스스로 충성심으로 목숨을 버리기 때문에 틀림없이 만족할 것이다. 하지만 그렇지 않은 사람이 이 중에 있어서 몇 푼의 금은이 탐나서 내 몸에 칼을 들이댄다면 그런 놈은 둘도 없는 중요한 생명을 이 포상과 바꾸고자 하는 바보가 아니냐? 그런 이치가 아니겠느냐?"

이를 듣고 있던 도둑들은 지금 새삼스럽게 얼굴을 서로 쳐다보는 기색이었습니다만, 헤다이유만은 혼자서 미친 듯이 소리쳤습니다.

"그래 무엇이 바보라고? 그 바보의 칼에 맞아 최후를 맞이하는 영주 쪽이 백배나 바보라고는 생각하지 않는가?"

"뭐라고, 너희들이 바보지. 그럼 이 중에 쇼나곤님 집안사람이 아닌 사람도 있겠지. 이것 훨씬 재미있게 됐네. 그렇다면 그 집안이 아닌 사람에게 조금 들려 줄 말이 있다. 그 사람들이 나를 살해하고자 하는 것은 오직 금은이 필요해서 하는 일이겠지. 그럼 금은이 필요하다면 내가 자네들에게 무엇이든 바라는 대로 포상을 하겠다. 하지만 대신에 내 쪽에서도 또 부탁이 있다. 어때, 같은 금은을 위한 일이라면 포상이 많은 내편이 되어 이득을 얻는 것이 좋지 않겠는가?"

와카토노님은 의젓하게 미소를 지으시면서 무릎을 부채로 치시고 이렇게 수레 밖의 도둑놈들과 담판하셨습니다.

"경우에 따라서는 분부대로 못할 것도 없습니다."

놀라울 만큼 쥐 죽은 듯이 차분해져 있던 도둑놈들 중에서 두목인 이가 반쯤 주뼛주뼛 이렇게 대답하자, 와카토노님은 만족한 듯이 펄럭펄럭 부채를 부치면서 전과 같이 가벼운 어조로,

"그것 반가운 일이다. 하지만 내 부탁이라고 하는 것도 각별히 어려운 것은 아니야. 저기에 있는 저 영감은 쇼나곤님의 집안사람으로 헤다이유라고 하는 사람일 것이다. 항간의 풍문으로 듣고 있지만, 저놈은 요즘 나에게 한을 품고 어쩌면 내 목숨을 빼앗는다는 둥 당치도 않은 계략마저 꾸미고 있다고 한다. 그러니 자네들의 이번 계획도 헤다이유 놈이 부추겨서 일을 일으킨 게 틀림없을 것이다.――"

"그렇습니다."

도둑들이 서너 명 한꺼번에 복면 아래에서 말씀드렸습니다.

"여기서 내가 부탁하는 것은 이 장본인인 영감을 포박하고 오랜 화근을 끊고 싶은데, 어쨌든 자네들 힘으로 헤다이유 놈을 새끼줄로 묶어 주지 않을 텐가?"

이 명령에는 도둑들도 너무해서 한참동안은 기가 막혔겠지요. 수레를 둘러싸고 있던 복면의 두목이 서로 눈과 눈을 맞추면서 한차례 웅성웅성 움직이는 듯한 기색이 있었습니다만, 이윽고 또 조용해지자 돌연 도둑들 한가운데서 마치 밤새가 우는 것처럼 쉰 목소리가 났습니다.

"야, 이런 멍청한 놈들, 아직 젖내 나는 저 영주의 감언이설에 녹아나서, 뺐던 칼을 겨워할 거냐. 뻔뻔스럽게 분부에 따르자고 하는 따위는 무슨 낯짝으로 하는 소리냐. 좋다 좋아, 그렇다면 너희들의 손을 빌지 않겠다. 기껏해야 이 영주 목숨 하나 헤다이유 칼만으로도 멋지게 해치우는 건 눈 깜짝할 순간이야."

이렇게 말하기가 무섭게 헤다이유는 칼을 정면으로 번쩍 쳐들면서 갑자기 와카토노님에게 뛰어들려고 했습니다. 하지만 이 뛰어들고자 한 것과 두목인 도둑이 재빨리 칼을 내밀고 옆쪽에서 휘감으려고 맞물린 것이 거의 동시였습니다. 그러자 그 외 도둑들도 제각기 칼을 칼집에 넣고 마치 벼 해충 모양으로 사방에서 헤다이유에게 달려들었습니다. 어쨌든 중과부적이라고는 하지만, 이쪽은 노인이라 이렇게 돼서는 승부를 겨룰 것까지도 없습니다. 잠깐 순간에 저 노인은 소의 고삐가 된 것입니다. 마침 그 자리에 있던 새끼줄에 묶여 달빛 밝은 거리에 꿇어 앉혀지고 말았습니다. 그때 헤다이유의 모습이라고 할 것 같으면 마치 덫에라도 걸린 여우같이 어금니만 드러내고 아직 미련이 있는 것처럼 헐떡이면서 몸부림을 치고 있었다고 합니다.

그러자 이것을 보고 계셨던 와카토노님은 하품이 섞인 웃음을 웃으시며,

"오오, 수고 많았어, 수고 많았어. 그래서 내 기분도 일단 나아졌다. 하지만 차라리 자네들은 내 수레를 경호하는 겸해서 저 노인을 끌어 호리카와 저택까지 와 주게."

이렇게 말씀을 듣고 보니 도둑들도 이제 와서 싫다고는 할 수 없었습니다. 그래서 일동이 같이 보조를 맞추어 아치 대신에 소를 몰

면서 포승에 묶은 영감을 가운데 둘러싸고 달밤에 줄지어 걷기 시작했습니다. 천하가 넓기는 하지만, 이같이 도둑을 대동하였다는 것은 우선 와카토노님 외에는 없었을 것입니다. 이 이상한 행렬도 저택까지 닿기 전에 위급함을 듣고 달려온 저희들과 만나 그들은 그 자리에서 각자 포상을 받은 다음 살금살금 달아나고 말았습니다.

16

그런데 와카토노님은 헤다이유를 저택까지 데리고 오시자, 그대로 외양간 기둥에 묶어 두시고 아치들에게 파수를 분부하셨습니다만, 다음날 아침 바쁘게 저 노인을 흐린 날씨에 정원으로 부르시더니,

"이봐, 헤다이유, 자네가 쇼나곤님의 원을 풀고자 한 마음가짐은 어리석기 짝이 없지만, 그렇다고 해서 또 신묘하다고 하지 못할 것은 없지. 특히 저 달빛이 비치는 밤에 복면한 놈들을 끌어 모아서 나를 살해하고자 하는 취지는 좀처럼 자네 따위가 생각하기 어려운 풍류지. 하지만 비후쿠문 주위는 약간 장소가 좋지 않았어. 하려고 한다면 다다스의 숲 근처, 노목 그늘에서 하는 것이 좋아. 그 곳은 여름 달밤에는 여울 소리가 아주 가깝게 들리고 병꽃나무가 희미한 것도 한층 풍치를 더하는 곳이야. 단지 이것을 자네 따위에게 바라는 내 쪽이 무리인지 알 수 없지. 그래서 그 기특하고 풍류가 좋아서 이번만은 자네 죄를 용서해 주기로 하지."

이렇게 말씀하시고 와카토노님은 평소처럼 싱글벙글 웃으시면서,

"그 대신에 자네도 모처럼 여기까지 온 거잖아. 온 김에 내 글을 아가씨에게 전해주게, 좋은가, 틀림없이 전하게."

저는 그때 헤다이유 얼굴만큼 세상에서 이상한 것을 본 일은 없습니다. 저 마음씨 나쁜 것 같은 몹시 불쾌한 얼굴색이, 울지도 웃지도 못하는 기색을 띄우고, 눈만 뒤룩뒤룩 바쁘게 움직이고 있었습니다. 그러자 그 모습이 가소로우면서도 안됐다고 생각하셨던 것이겠지요. 와카토노님은 미소를 멈추시고 새끼줄을 잡아끌던 아치에게,

"저런, 오래 있으면 헤다이유가 괴롭잖아. 바로 새끼줄을 풀어주어라."라고 고마운 분부가 있으셨습니다.

그러고 나서 곧 바로 일입니다. 하룻밤 사이에 허리마저 활처럼 구부러진 헤다이유는 와카토노님의 글을 단 탱자나무 가지를 어깨에 메고 허둥지둥 뒷문으로 도망가기 시작했습니다. 그런데 그 뒤에 또 한사람 살짝 문을 나간 이는 저의 조카인 무사로, 만일 헤다이유가 글을 무례하게라도 하면 안 되니까, 와카토노님에게도 말씀드리지 않고 숨바꼭질하듯이 저 노인 뒤를 따랐습니다.

두 사람 사이는 아마 열댓 걸음 정도였을까요. 헤다이유는 기운도 마음도 풀어질 대로 풀어져 맨발을 힘없이 끌면서, 구름이 틈도 없는 하늘에 감나무 잎 냄새가 나는, 돌담이 계속되는, 장안 대로를 터벅터벅 걷고 있었습니다. 길마다 스치는 나물 파는 여자들은 드문글 심부름꾼이라고 생각했는지 수상하게 뒤돌아보고 지켜보는 사람도 있었습니다만, 저 노인은 전혀 그것에는 눈을 돌리는 기색이 없었습니다.

이 상태라면 우선 아무 일도 없겠지 하고 한때는 저의 조카도 도

중에서 돌아올까 했습니다만, 혹시 하는 마음에서 한참동안 계속해서 뒤를 따라서 가니까, 마침 아부라노고지로 나가려고 하는 사에 사당 앞에서, 때마침 저 사거리를 이쪽으로 돌아 나온, 눈에 익지 않은 한 사람의 수도승과 마주치는 순간, 헤다이유와 위험하게 부딪칠 듯이 되었습니다. 여보살 깃대, 먹물들인 승복, 그리고 십문자의 이상한 부적, 한눈으로 보아 제 조카는 저 사람이 그 마리시노법사라고 하는 것을 알아차렸다는 것입니다.

17

위태롭게 마주칠 듯이 된 마리시노법사는 순간 몸을 비켰습니다만, 웬일인지 거기서 발걸음을 멈추고 쭉 헤다이유의 모습을 지켜보고 있었습니다. 하지만 저 노인은 전혀 거기에 신경을 쓰는 기색도 없이 단지 두 세 걸음 길을 비킬 뿐으로, 변함없이 터벅터벅 외로운 걸음을 움직여 갔습니다. 게다가 역시 과연 마리시노법사도 헤다이유의 이상한 모습을 수상하게 생각한 듯이 보았다고 저의 조카는 생각했습니다만, 이윽고 그 옆으로 다가가자 아직 자신을 잊고 있는 듯이 사에 사당을 뒤로하고 웅크리고 서있는 수도승의 눈빛이 어찌된 일인지 괴물의 화신이라고는 하지만, 아무래도 보통 일이라고는 생각되지 않았습니다. 아니 오히려 그 눈빛에는 평소처럼 기분 나쁜 빛이 없고, 마치 눈물이라도 흘릴 것 같은 매우 아름다운 윤기가 떠 있었습니다. 그가 사당 지붕으로 가지를 뻗친 모빌잣밤나무의 푸른 잎 그림자를 뒤집어쓰고, 저 여보살 깃대를 비스듬히 어깨에 얹고, 뻔질나게 저쪽을 바라보고 서있는 외로운 모습은 일생 중에 단지 한 번 제 조카에게도 저 수도승을 정겹게 생각하게 했다는 것입니다.

하지만 그 동안에 제 조카의 발걸음에 놀란 것이겠지요. 마리시노법사는 꿈을 깬 듯이 황급하게 이쪽을 뒤돌아보더니, 갑자기 한 손을 높이 들어 이상한 구자九字를 그으면서 무언가 주문 같은 것을 입 속에서 반복하고 바쁘게 걷기 시작했습니다. 그때 주문 속에는 나카미카도라고 하는 것 같은 말이 들렸다고 합니다만, 그것은 때에 따라 제 조카의 귀 탓이었는지도 모르겠습니다. 물론 그 동안도 헤다이유 쪽은 역시 탱자나무 가지를 어깨에 걸치고 한눈팔지 않고 풀이 죽어 걸어갔다는 것입니다. 거기에 또 제 조카도 숨바꼭질하면서 그 뒤를 따르고, 드디어 니시노토인 저택까지 갔다는 것입니다만, 어쩌다가 저 마리시노법사의 이상한 행동이 걱정이 되어 와카토노님의 글조차 잊을 정도로 안정이 되지 않는 마음으로 괴로웠다고 하였습니다.

그러자 그 글이 무사히 아가씨 손에까지 닿았던 것으로 보여, 보기 드물게 이번에 한해서는 재빨리 답장이 있었습니다. 이것은 저희들 아랫것들은 뭐라고 확실한 것은 말씀드릴 수 없습니다만, 아마 아시는 대로 활달한 아가씨라서, 헤다이유로부터 저 기습의 사정을 들으시고, 와카토노님의 마음씨가 다른 사람보다도 훌륭하심을 처음으로 아셨기 때문일까요. 그때부터 두세 번 소식을 주고받으신 후 드디어 어느 가랑비 내리는 밤, 와카토노님은 제 조카를 대동하시고 이미 수양버들 그늘에 묻혀 버린 니시노토인의 저택으로 은밀하게 왕래하시게 되었다는 것입니다. 이렇게까지 되다 보니 저 헤다이유도 결국은 아집을 꺾었던 것이겠지요. 그 밤에도 험상궂게 눈썹을 찡그리고는 있었습니다만, 제 조카를 향해서 특별히 욕지거리 등을 하는 기세는 없었다고 합니다.

18

그 후 와카토노님은 거의 매일 밤마다 니시노토인의 저택으로 왕래하셨습니다만, 때로는 저 같은 늙은이도 대동하셨던 일이 있습니다. 제가 처음으로 아가씨의 눈부신 아름다움을 뵙게 된 것도 그때 일입니다. 한번은 두 분이 저를 옆 가까이 불러들이셔서 금석의 변화를 이야기하라는 분부가 있으셨습니다. 확실히 그때의 일이겠지요. 발 틈으로 보이는 연못물에 시원한 별빛이 떨어지고, 아직 떨어지다 남은 등꽃 냄새가 어렴풋이 떠오르는 듯한 밤이었습니다만, 그 시원한 밤기운 속에 한 두 사람 궁녀에게 시중을 받으시면서 조용히 주연을 베풀고 계시는 두 분의 아름다움은 마치 일본화 속에서 빠져나오신 것 같았습니다. 특히 흰 홑겹 옷에 연한 색 웃옷을 입으셨던 아가씨의 맑디맑음은 거익 저 가구야히메에게도 뒤지시지는 않을 것입니다.

그 동안에 술기운이 돈 와카토노님이 문득 아가씨 쪽을 보시면서,

"영감이 말한 대로 지금도 이 좁은 장안에조차 상전벽해桑田碧海의 변화는 자주 있지. 세상 일체의 법은 그대로 끊임없이 생멸천류生滅遷

流하여 찰나도 머문다고 할 것은 없네. 그래서 무상경無常經에도 '그 어느 하나라도 무상에 먹히지 않는 것이 없다'고 설법되어 있지. 아마 우리들의 사랑도 이 법만은 벗어날 수 없을 것이야. 단지 언제 시작되어 언제 끝날 것인가, 내가 걱정하는 것은 그 뿐이오."라고 농담과 같이 말씀하시자, 아가씨는 조금 마음이 뒤틀리는 듯 등잔 밝은 불을 일부러 피하시면서,

"아, 얄미운 것만 말씀하십니다. 그럼 처음부터 저를 버리실 심상이셨습니까?"라고 부드러운 와카토노님을 쏘아보셨습니다. 하지만 와카토노님은 점점 기분이 좋아 술잔을 죄다 비우시고,

"아니 그것보다 처음부터 버림받을 심산으로 있다고 하는 쪽이 한층 내 마음에는 어울린다고 생각되오."

"많이 놀리세요."

아가씨는 이같이 말씀하시고 한번은 귀엽게 웃으셨습니다만, 갑자기 또 발 바깥의 야색에 황홀하게 눈을 주시면서,

"일체 세상의 사랑이라고 하는 것은 전부 그 같이 덧없는 것이겠습니까?"라고 혼잣말처럼 말씀하셨습니다. 그러자 와카토노님은 평소처럼 아름다운 이를 보이시고 웃으시면서,

"그럼 덧없지 않다고는 말할 수 없겠지. 하지만 우리들 인간이 만법의 무상도 잊고, 연화장蓮花藏세계의 묘약을 잠시라도 맛보는 것은, 단지 사랑을 하고 있는 순간뿐이지. 아니 그 순간만은 사랑의 무상조차 잊고 있다고 해도 좋아. 그래서 내 눈에는 연모 삼매경으로 날을 보냈던 나리히라야말로 매우 지혜로운 사람이지. 우리들도 예토穢土의 중고衆苦를 떠나서 상적광常寂光 속에 머물고자 하는 데는 이세이

야기 그대로 사랑을 하는 외는 없을 것이야. 어찌 임자도 그렇게는 생각하지 않으시오?'라고 옆에서 아가씨의 얼굴을 살짝 엿보았습니다.

19

"그러니까 사랑의 공덕이야말로 천만무량千萬無量이라고 해도 좋겠지."

이윽고 와카토노님은, 부끄러운 듯이 눈을 내리까신 아가씨에게서 제 쪽으로 거나하게 취하신 얼굴을 돌리시면서,

"어때 영감도 그렇게 생각하겠지. 당연히 자네는 사랑이라고는 하지 않겠지. 그럼 즐기는 술은 어때?"

"아닙니다. 오히려 저는 내생來生이 두렵습니다."

제가 흰머리를 긁으면서 급히 이렇게 말씀드리자, 와카토노님은 또 싱글벙글 웃으시며,

"아니, 그 대답이 무엇보다 중요한 거야. 영감은 내생이 두렵다고 하지만, 피안彼岸에 왕생往生하고자 하는 마음은 어두운 밤에 등불에 의지해 이 세상의 무상을 잊고자 하는 마음과 다름없지. 그래서 석가의 가르침과 사랑이 차이는 있을지언정 자네도 결국은 나와 같은 마음이겠지."

"그건 당치도 않은 일입니다. 아가씨의 아름다우심은 기예천녀伎藝天女도 못 미칠 정도입니다만, 사랑은 사랑, 석가의 가르침은 석가의 가르침, 하물며 좋아하는 술과 하나라고는 말씀드릴 수 없습니다."

"그렇게 생각하는 건 자네 마음이 좁기 때문이지. 아미타도 여인도 내 앞에서는 모두 우리들의 슬픔을 잊게 해 주는 꼭두각시류에 지나지 않아.――"

이렇게 와카토노님이 주장하시니, 갑자기 아가씨는 훔치듯이 슬쩍 와카토노님을 보시면서,

"하지만 여자가 꼭두각시라니, 싫다고 말씀드리면 안 될까요?"라고 작은 소리로 말씀하셨습니다.

"꼭두각시가 싫다면 불보살이라고 할까?"

와카토노님은 기세 좋게 이렇게 대답을 하셨습니다만, 문득 뭔가 생각해 내신 듯이 쭉 등잔 불꽃을 보고 계시다가,

"옛날 저 스가하라 마사히라와 친하게 지내던 때도 가끔 이 같은 논의를 하곤 했지. 임자도 알고 있겠지만 마사히라는 나와 달라 외곬으로, 신앙심이 강한, 말하자면 곧은 사람이지. 그래서 내가 세존금구世尊金口의 경전도 실은 연가나 같은 것이라고 비웃을 때는 화가 나서 번뇌煩惱 외도外道하는 것은 바로 나라고 거듭거듭 매도했지. 그 소리조차 아직 귀에 생생한 데 이 마사히라는 행방을 모른다."고 평소와 다른 가라앉은 목소리로 심각하게 중얼거리셨습니다. 그러자 그 모습에 홀려 들어간 것인지 한참 동안은 아가씨를 비롯하여 저희들까지도 입을 다물고, 잠잠한 방 가운데는 등꽃 냄새만 한층 더하는 것 같았습니다만, 그래서는 흥이 깨어진다고 생각한 것이겠지요. 궁녀 한사람이 쭈뼛쭈뼛,

"그런데 요즈음 장안에 유행하는 마리의 가르침이라고 하는 것도 역시 무상을 잊게 하는 새로운 방편이겠지요."라고 이야기의 쐐기를

박자, 또 한 시녀는,

"그리 말씀드리자면 저 가르침을 펴고 다니는 수도승은 여러 가지 이상한 평판이 있는 것 같지 않습니까?"라고 자못 기분 나쁜 듯이 말하면서 등잔의 심지를 일부러 돋우었습니다.

20

"뭐, 마리의 가르침, 또 무슨 진귀한 가르침이 있다는 거야?"

무언가 생각에 잠겨 계시던 와카토노님은 무얼 생각해 내신 듯 술잔을 드시자 그 궁녀 쪽을 보시면서,

"마리라고 하면, 마리지천摩利支天을 모시는 교 같은 것인가?"

"아닙니다. 마리지천이라면 좋겠습니다만, 그 교의 본존은 눈에 익지 않은 여보살 모습이라고 합니다."

"그럼 파사익왕波斯匿王의 비였던 마리 부인이라고도 할 수 있는가?"

그래서 저는 전일 신센엔 바깥에서 보았던 마리시노법사의 행동을 하나하나 이야기 드리고서,

"그 여보살 모습은 마리 부인과 같지 않습니다. 아니, 그 보다도 지금까지 어느 불보살 모습과도 닮지 않았습니다. 특히 저 발가벗은 빨간 아이를 안고 있는 모습은 완전히 인간고기를 먹는 여자 귀신과 같다고 말씀드릴까요. 어쨌든 일본에서는 예가 없는 사종문의 부처임에 틀림이 없습니다."라고 저의 생각을 말씀드렸더니, 아가씨는 아름다운 눈썹을 조금 찡그리면서,

"그래서 그 마리시노법사라고 하는 남자는 정말로 괴물의 화신처럼 보인다고 합디까?"라고 확인하듯이 물으셨습니다.

"그렇습니다. 옷차림은 완전히 불이 타오르는 산 속에서 날개 치며 나온 것 같습니다만, 설마 이 장안 백주에 그 같은 괴물이 출몰하는 일은 없겠지요."

그러자 와카토노님은 또 원래대로 밝게 웃는 목소리로,

"아니, 아무렇지도 않아. 실제로 엔기천황 대에는 고조 부근 감나무 가지에 칠 일간 괴물이 부처 모양을 하고 백호광白毫光을 내었다고 하지. 또 부쓰겐사의 닌쇼 아자리를 매일 범하러 왔던 것도 모습은 여자로 보였지만 실은 괴물이지."

"무슨 기분 나쁜 일을 말씀하십니까?"

아가씨는 물론 두 사람 궁녀도 이렇게 말하고는 옷소매를 모았습니다다만, 와카토노님은 드디어 술기운에 얼굴이 부드럽게 되시어,

"삼천 세계는 원래 광대무변하니라. 작은 인간의 지혜로 없다고 할 수 있는 일은 하나도 없지. 예를 들면 그 수도승으로 화한 괴물이 이 저택 아가씨에게 마음을 두고 어느 날 밤 몰래 하늘에서 손톱투성이 손을 뻗는 일이 전혀 없다고는 누구도 말할 수 없지. 하지만,——" 이라고 말씀하시면서 거의 안색도 변하시지 않을 뿐만 아니라 무서운 듯이 달라붙은 아가씨의 등을 부드럽게 어루만져 주시면서,

"하지만 아직 그 마리시노법사는 다행히 아가씨의 모습조차 엿본 일도 없을 거요. 설마 거기까지는 마도魔道의 사랑이 이뤄질 염려는 없을 것이오. 그러니 그렇게 겁내지 않아도 괜찮아요."라고 마치 아이를 달래듯이 웃으시면서 위로하셨습니다.

21

그러고 나서 한 달 정도는 아무 일도 없이 지났습니다만, 이윽고 여름도 한창인 어느 날의 일, 가모가와의 물은 한층 눈부시게 햇빛을 반사하고 염천 강줄기에는 배 왕래조차 끊어진 때입니다. 평소부터 낚시를 좋아하는 제 조카는 고조의 다리 밑에 가서, 가와나 쑥덤불 속에 앉아, 여기만은 산들바람이 부는 것을 다행으로 생각하면서, 수량이 준 강에 낚싯줄을 내리고 부지런히 피라미를 낚고 있었습니다. 그러자 마침 머리 위 난간에서 아무래도 들었던 적이 있는 듯한 이야기 소리가 들려 별생각 없이 위를 바라보니, 거기에는 저 헤다이유가 부채질을 하면서 난간에 몸을 기대고 마리시노법사와 함께 여념 없이 무언가 이야기를 하고 있는 것이 아니겠습니까?

이것을 보자 제 조카는 이전 아부라노코지 네거리에서 보았던 마리시노법사의 이상한 행동이 문득 마음에 떠올랐습니다. 그러고 보니 그때 아무래도 두 사람 사이에는 사정이 있는 것도 같았습니다. ——이렇게 제 조카는 생각하고 눈은 낚싯줄 쪽에 두고 있으면서도 귀는 다리 위의 두 사람 이야기를 쭉 듣고 있으니까, 저쪽은 사람 통행도 거의 끊어진, 한낮의 정적에 마음을 풀었던 것이겠지요. 제 조카가 있는 것에는 더욱이 신경 쓰는 기색도 없이, 생각지도 않은 엉뚱한 일을 이야기하고 있었습니다.

"당신이 이 마리의 가르침을 펴고 계신다는 것은 이 넓은 장안에 누구하나 알고 있는 사람은 없을 것입니다. 저마저도 당신이 스스로 말씀하시기까지는 어디에서 만나뵈었다고는 생각하면서도 도무지 생각이 나지 않았습니다. 그것은 또 생각해 보면 당연한 일입니다. 언젠가 봄날 달밤에 사쿠라비도라는 곡을 부르셨던 저 나이 젊은 당신과 지금 이렇게 염천에 알몸으로 걷고 계시는, 의외로 괴물과 같은, 보기에도 끔찍한 당신과 같은 분이시라는 것은 저 우치후시의 무당에게 물어보아도 모를 것입니다.”

이렇게 헤다이유가 슬슬 부채소리와 함께 말씀드리자, 마리시노 법사는 마치 영주님이라고 의심받을 만큼 의젓한 말씨로,

“나도 당신과 만난 것이 무엇보다도 기쁘군. 언젠가 아부라노코지의 사에 사당 앞에서 잠시 본 일이 있었는데, 당신은 한눈도 팔지 않고 글을 매단 탱자 가지를 힘없이 매고 수심에 잠긴 듯 불안하게 저택 쪽으로 걷고 있었지.”

“그렇습니까? 그 땐 나이 값도 못하고 실례되는 일을 했습니다.”

헤다이유는 저 아침 일을 생각해 낸 것이겠지요. 괴로운 듯이 이렇게 말했습니다만, 이윽고 기세 좋은 부채 소리가 다시 펄럭펄럭 들리더니,

“그러나 이같이 오늘 뵙게 된 것은 오로지 기요미즈사의 관세음보살 공덕이겠지요. 헤다이유 일생 동안에 이같이 기쁜 일은 없을 것입니다.”

“아니 내 앞에서 신불神佛 이름을 말하지 말게. 못난 사람이지만 나는 천상황제의 신칙神勅을 받고 우리 일본에 마리의 가르침을 펴고자 하는 수도승일세.”

22

갑자기 눈썹을 찌푸리는 기색으로 이렇게 마리시노법사가 말에 끼어들었습니다만, 의외로 헤다이유는 어처구니없다는 기색도 없이 부채와 혀를 같이 움직이면서,

"과연 그렇군요. 헤다이유도 요즘에는 확실히 늙어서 하는 일마다 과실뿐입니다. 아니 그런 사정이라면 더 이상 당신 앞에서는 두 번 다시 신불 이름은 입에 내지 않겠습니다. 하긴 요즘은 이 늙은이도 그다지 신심이라 할 것이 있는 것도 아닙니다. 지금 갑자기 관세음보살 이야기를 한 것은 오로지 오래간만에 만나 뵌 것이 기뻤기 때문입니다. 그리고 아가씨도 어렸을 때부터 친하게 지내던 당신이 무사히 계시다고 들으시면 얼마나 기뻐하시겠습니까?"라고 보통 우리들에게는 대답을 하는 것도 귀찮은 듯 입이 무거운 것과는 달리 기세 좋게 이야기하였습니다. 이에는 저 마리시노법사도 대답을 하고자 하는 기색조차 없이 한참 동안은 단지 고개를 끄덕거리고 있는 것 같았습니다만, 이윽고 그 아가씨라고 하는 말을 기회로,

"그런데 그 아가씨에 대해서 말인데, 나는 좀 몰래 뵙고 싶은 사정이 있어." 하고서 한층 목소리를 낮추면서,

"어쨌든 헤다이유, 자네 힘으로 밤중쯤에 만나 뵙게 해줄 수는 없는가?"

그러자 이때 다리 위에서는 갑자기 부채 소리가 멈추고 말았습니다. 그와 동시에 제 조카는 아슬아슬하게 난간 쪽을 올려다보려고

하였습니다만, 멍청한 행동을 해서는 여기에 숨어 있는 일이 발각되지 않을 것도 아닙니다. 그래서 역시 가와라 쑥 덤불 속에서 흘러가는 수면을 바라본 채 숨도 크게 쉬지 못하고 위의 모습에 주의를 하고 있었습니다. 헤다이유는 지금까지 기력과는 반대로 쉽게 입을 열지 않았습니다. 그 동안의 긴 시간이란 다리 밑의 제 조카에게는 몸속의 살과 뼈가 묘하게 근질거릴 정도 오래였다고 합니다.

"설령 가와라라고는 하지만 나도 장안에 사는 놈이야. 호리카와의 영주님이 요즘 아가씨 쪽으로 자주 다니고 계신다는 것도 알고는 있어.——"

이윽고 마리시노법사는 변함없이 조용한 목소리로 혼잣말과 같이 말을 계속 이었는데,

"하지만 내가 아가씨를 연모해서 만나 뵙자하는 것은 아닐세. 내가 색욕을 동경하는 마음은 한번 중국을 떠돌며 홍모벽안紅毛碧眼의 이국승異國僧의 입에서 천상황제의 가르침을 들음과 함께 사라져 버렸네. 단지 내 가슴을 아프게 하는 것은 저 구슬 같은 아가씨도 이 천지를 만드신 천상황제를 모르신다는 것이지. 그래서 신이든 부처든 천마외도天魔外道를 신앙하시고 그 모양을 본떠 만든 목석에 향과 꽃을 받치시지. 그리고 목숨이 끊어질 때는 영원히 꺼지지 않는 지옥 불에 들어가심에 틀림없네. 내가 그 일을 생각할 때 아비규환의 성城 어둠 밑바닥에 거꾸로 떨어지시는 가냘픈 아가씨의 모습조차 생생하게 눈에 떠올라. 실제 어젯밤에도——"

이렇게 말을 걸고 그 수도승은 흡사 감개를 참을 수 없는 듯이 점차 힘이 들어간 입을 잠시 동안 다물었습니다.

23

"어젯밤 무슨 일이 있었습니까?"

조금 지나서 헤다이유가 걱정스럽게 이같이 상대의 말을 재촉하자, 마리시노법사는 문득 정신이 돌아온 듯 또 원래의 조용한 목소리로 한마디 한마디 틈을 두면서,

"아니 무슨 일이 있었다고 할 정도의 별일은 없네. 하지만 나는 어제 저녁에도 저 움막 속에서 혼자서 꾸뻑꾸뻑 졸고 있으니, 수양버들 다섯 무늬 옷을 입은 아가씨의 모습이 꿈에 내 베갯맡으로 걸어오셨네. 단지 생시와 다른 것은 요즈음 반짝반짝하는 검은 머리카락이 몽롱하게 흐린 가운데 황금 비녀가 이상하게 빛을 내고 있었어. 나는 소식이 끊어지고 오랫만에 대면한 기쁨에 '어서 오십시오. 만나 뵙게 되었습니다.' 하고 말을 걸었지만 아가씨는 슬픈 듯이 눈을 내리깔고 내 앞에 앉으신 채로 대답조차 하실 기색이 없으셨네. 붉은 치마 옷자락에 무언가 꿈실거리고 있는 모습이 보였지. 그것이 치마 옷자락뿐만 아니라 잘 보니 어깨에도 있고, 가슴에도 있고, 그 중에도 검은 머리카락 속에도 있고, 천하게 웃는 듯한 것도 있었다네.——"

"그리 말씀하시는 것만으로는 이해할 수 없습니다만, 도대체 무엇이 있었다는 것입니까?"

이때 헤다이유는 자신도 모르게 수도승의 장단에 빨려 들어가 버렸겠지요. 이 같이 묻는 목소리에는 이미 전에 의욕을 보이던 기세도 들리지 않게 되었습니다. 하지만 마리시노법사는 역시 깊은 생각

에 잠긴 듯한 입놀림으로,

"무언가 있었다고 하는 것은 나 자신도 확실하게는 모른다네. 나는 단지 태아 같은 이상한 것이 그다지 많지 않게 무리를 지어 아가씨 몸 주위에 꿈실거리고 있는 것을 바라보았을 뿐이지. 하지만 그것을 보자마자 꿈속이면서도 나는 슬퍼서 소리를 아끼지 않고 울었지. 아가씨는 내가 우는 것을 보고 자꾸 눈물을 흘리셨네. 그것이 오랫동안 계속되었는데, 이윽고 어디에선가 닭이 울고 내 꿈은 그것으로 깨버렸지."

마리시노법사가 이렇게 이야기를 끝내자, 이번에는 헤다이유도 입을 다물고 잠시 멈추고 있던 부채를 또 부치기 시작했습니다. 제 조카는 그 동안 바늘에 걸린 피라미도 잊을 정도로 귀를 세우고 있었습니다만, 이 꿈 이야기를 듣고 있는 동안은 다리 밑의 시원함이 왠지 모르게 몸에 스며들어 이 같은 아가씨의 슬픈 모습을 자신도 언젠가 어렴풋이 본 일이 있는 듯 이상한 기분이 들었다는 것입니다.

그 동안에 다리 위에서는 마리시노법사의 가라앉은 목소리가 들려,

"나는 그 이상한 것을 요마妖魔라고 생각하네. 그렇다면 천상황제는 지옥에 떨어질 업보를 짊어지신 아가씨를 불쌍히 여기셔서 내게 교화를 베풀라고 신령한 꿈을 주신 것이 틀림없어. 내가 자네의 힘을 빌려 아가씨를 만나고 싶다는 것은 이 같은 연유가 있는 까닭일세. 어쨌든 나의 부탁을 들어주지 않겠나."

그래도 아직 헤다이유는 한참 동안 주저하고 있었던 것 같습니다만, 이윽고 부채를 오므리자마자 그것으로 난간을 탁 치면서,

"좋습니다. 이 헤다이유가 언젠가 기요미즈의 언덕 아래서 젊은

불량배들과 칼부림을 했을 때, 하마터면 목숨도 잃을 뻔했는데, 당신 덕분에 무사히 달아날 수 있었습니다. 그 은혜를 생각하면 당신이 말씀하시는 것을 싫다고 할 도리가 아닙니다. 마리의 가르침에 귀의 하실지 안 하실지 그것은 아가씨의 뜻입니다만, 오랜만에 당신이 뵙 고자하는 것을 아가씨도 싫어하시지는 않을 것입니다. 어쨌든 저의 힘이 미치는 한 대면만은 하시도록 조처해 보겠습니다."

24

그 밀담의 내용을 조카의 입에서 제가 자세하게 들은 것은 그때 부터 삼사일 지난 어느 아침의 일입니다. 요즈음 사람이 많은 저택 의 무사들 방도 그때는 저희들 둘 뿐이었고, 눈부신 아침 햇살이 드 는 뜰의 매화 푸른 잎 사이에서는 그래도 시원한 산들바람이 때때로 불어와 가을 기분이 들었습니다.

저의 조카는 그 이야기를 끝내고 한층 소리를 죽이면서,

"도대체 저 마리시노법사라고 하는 남자가 어째서 아가씨를 알고 있는 것일까? 그것은 물론 저는 이상하다고 말씀드릴 수밖에 없습니 다만, 이쨌든 저 수도승이 아가씨를 만나 뵙는 일이라도 있으면 아 마도 이 저택 영주님의 신상에는 생각지도 않은 흉변이 일어날 것 같은 불길한 기분이 들었습니다. 하지만 이 같은 일은 영주님께 말 씀드려도 저 정도 성격이라서 결코 받아들이시지 않을 것임에 틀림 없습니다. 그래서 저는 저 혼자 생각으로 수도승을 아가씨가 뵙지

못하도록 하자고 생각했습니다. 숙부님의 생각은 어떠하신지요."

"그건 나도 저 이상한 괴물법사에게 아가씨 얼굴을 보이고 싶지 않아. 하지만 너도 나도 영주님의 일을 소홀히 하지 않는 한 니시노토인 저택 경호만 하고 있을 것은 아니잖아. 그러니 너는 저 수도승을 아가씨의 몸 주위에 다가오지 못할 곳에서.——"

"자, 그 점입니다. 아가씨 뜻도 우리들은 모르고, 게다가 저기에는 헤다이유 노인이 있으니 마리시노법사가 니시노토인 저택에 들르는 것을 간단하게 막지도 못합니다. 하지만 시조가와라의 왕골 오두막이라면 매일 밤 어김없이 수도승이 침식을 하는 곳이라서, 충분히 이쪽 궁리대로 두 번 다시 저 수도승이 장안에 나오지 못하도록 할 수 있다고 생각합니다."

"그렇다고 저 오두막에서 파수를 하고 있을 것도 아니잖아. 네가 말하는 데는 무언가 수수께끼 같은 것이 있어서 나 같은 늙은이는 잘 알아듣기 어렵지만, 도대체 너는 저 마리시노법사를 어떻게 할 작정이냐?"

제가 이상하게도 이렇게 묻자 제 조카는 흡사 남이 듣는 것을 꺼리기라도 하듯이 매화 푸른 잎 그림자가 비치고 있는 방 전후에 눈을 돌리면서 제 귀에 입을 갖다 대고,

"어떻게 하다니, 다른 방법이 있을 리가 없지요. 깊은 밤에라도 살짝 시조가와라에 숨어 들어가서 저 수도승 숨을 끊어버리는 것뿐이지요."

이 말에는 대단한 나도 한참 동안은 어안이 벙벙해 다음 말을 잇기조차 잊어버리고 있었습니다만, 조카는 젊은이답게 한결같이 깊이

생각한 듯이,

"뭐, 기껏해야 저 정도의 거지 법사입니다. 가령 도와주는 사람
두셋만 있어도 숨통을 끊어 놓기는 어렵지 않지요."

"하지만 저쪽은 법사가 아닌가. 저 마리시노법사는 사종문邪宗門을
펴고 다니기는 하지만 그 외에는 무엇 하나 죄도 짓지 않아. 그러니
저 수도승을 죽이는 건 말하자면 무고한 자를 죽이는 것이라고 할
수 있지.——"

"아니 이유는 어떻게 해서라도 붙이는 것입니다. 그것보다도 만약
저 수도승이 이전의 천상황제의 힘인가 무엇인가를 빌어 영주님이나
아가씨를 저주하는 일이 있다고 해 보십시오.——숙부님을 비롯하여
저까지도 이렇게 녹을 받고 있을 체면이 없는 것 아닙니까."

제 조카는 얼굴을 붉히면서 어디까지나 이렇게 이야기를 계속하
였고, 제가 이야기한 것에는 전혀 귀 기울일 듯한 기색조차 없었습
니다.——그러자 마침 거기에 밖의 무사들이 부채 소리를 내면서 두
세 사람 들어와 드디어 이 이야기도 그쯤 해서 흘려버리고 말았습니다.

25

그러고 나서 또 삼사 일은 지난 것으로 기억하고 있습니다. 별과
달이 환한 어느 날 밤일이었습니다. 저는 조카와 함께 한밤중이 지
나서 시조가와라에 살짝 숨어들어 갔습니다. 그때까지도 아직 저는
저 괴물법사를 죽이고자 하는 생각은 없었고, 또 죽이는 쪽이 낫다

하는 기분이 있었던 것도 아닙니다. 하지만 아무래도 조카가 처음 계획을 버리지 않는 것과, 조카를 혼자 보내는 것이 왠지 묘하게 걱정이 되어, 드디어 저까지도 나이 값을 못하고 가와라의 쑥 이슬에 젖으며 마리시노법사가 사는 오두막을 노리고 엿보러 다가가게 되었습니다.

아시는 대로 저 가와라에는 보기 흉한 거지 오두막이 여러 채 늘어서 있습니다만, 지금은 여기에 많은 문둥이 거지들이 저희들이 생각도 할 수 없는 이상한 꿈을 꾸면서 녹초가 되어 자고 있을 겁니다. 저와 조카가 발소리를 죽이며 조용히 저 오두막 앞을 빠져나갔을 때도 왕골 벽 뒤에는 단지 크게 코를 고는 소리가 들릴 뿐, 어디나 쥐 죽은 듯이 조용하고, 오직 한군데 타다 남은 불똥만이 바람도 없는 밤하늘에 똑바로 하얗게 연기를 내고 있었습니다. 특히 그 연기 끝이 군데군데 은하수와 하나가 되어 있는 것을 바라보면, 웬일인지 셀 수 없는 별들이 장안 하늘에 기울어 조금씩 조금씩 미끄러지는 소리마저도 확실히 들을 수 있을 것 같았습니다.

그 중에 제 조카는 미리 점찍어 놓았겠지요. 가모가와의 가는 물줄기에 임해 있는 거적문을 친 오두막 하나를 가리키면서 가와라 쑥 속에 선 채로 저를 뒤돌아보고서 "저것입니다."라고 한마디 했습니다. 때마침 저 타버린 불똥이 아직 불꽃을 토하고 있는 그 희미한 빛으로 들여다보니 오두막은 어느 것보다도 작고 대나무 기둥도 오랜 왕골 지붕도 인근과 변함은 없습니다만, 그러나 그 지붕 위에는 나뭇가지로 짠 십문자 표시가 밤눈에도 위엄 있게 서있었습니다.

"저건가?"

저는 불안한 목소리를 내면서 아무 일 없이 이렇게 되물었습니다. 실제 그때 저는 아직 마리시노법사를 죽이자 죽이지 말자 확실히 결단이 서있지 않았습니다. 하지만 이러는 동안에도 제 조카가 이번에는 뒤돌아 볼 것 같은 낌새도 없이 쭉 그 오두막을 지켜보면서,

"그렇습니다."라고 쌀쌀맞게 대답하는 소리를 듣자, 점점 칼에 피를 묻힐 때가 왔구나 하는, 무어라고 말할 수 없는 심정으로 저절로 온 몸이 와들와들 떨렸습니다. 그러자 조카는 재빨리 준비를 다 했는지 칼을 신중하게 빼자 저에게는 눈도 돌리지 않고 살짝 가와라 쑥을 가르면서 마치 먹이를 노리는 거미와 같이 소리도 없이 오두막 밖으로 숨어들어 갔습니다. 아니, 오로지 불똥의 몽롱한 빛이 미치던 왕골 벽에 완전히 몸을 붙여서 안의 기미를 들여다보고 있는 제 조카의 뒷모습은 무언가 큰 거미와 같이 기분 나쁘게 보였습니다.

26

하지만 이 경우에 같이 간 다음에는 저도 물론 팔짱을 낀 채 보고 있을 수만은 없었습니다. 그래서 옷소매를 뒤로 묶고 조카 뒤에서 저도 그 오두막 밖으로 다가가서 왕골 틈 사이로 안의 모습을 쭉 엿보았습니다.

그러자 먼저 눈에 들어온 것은 저 깃대에 걸고 걸어다니는 여보살 화상입니다. 그게 지금은 저쪽 왕골 벽에 걸려서 모양은 확실히 보이지 않지만, 입구 틈으로 새어 들어온 불똥 빛을 받아 아름다운

금색의 광륜만이 마치 월식月蝕인지 뭔지 희미하게 반짝이고 있었습니다. 또 그 앞에 누워 있는 이는 낮의 피곤으로 모든 걸 잊고 자는 마리시노법사일 것입니다. 그리고 그 자는 모습을 반쯤 덮고 있는 옷 같은 것이 보였습니다만, 이것은 불똥을 등지고 있어서 소문에 들은 괴물의 날개인지 그렇지 않으면 인도에 있다고 하는 불쥐의 옷인지 모르겠습니다.——

이 모습을 본 저희들은 아무 말도 하지 않고 양쪽에서 수도승의 오두막을 둘러싸고 살짝 칼을 칼집에서 뽑았습니다. 하지만 저는 처음부터 아무래도 이상하게 기가 죽어있었기 때문이겠지요. 그 순간에 평소 솜씨가 나오지 않고 생각지도 않게 예리한 모자의 차양 소리를 울리고 말았던 것이 아니겠습니까? 그러자 제 마음속에서 '아' 하고 생각할 겨를조차 없이 지금까지 숨도 쉬지 않던 거지 오두막 저쪽의 마리시노법사가 갑자기 몸을 일으킨 듯한 기미를 보이며,

"누구야?" 하고 야단을 쳤습니다. 이미 이렇게 된 밖에야 조카를 비롯하여 저도 호랑이를 탄 기세로 어쨌든 저 수도승을 죽이는 수밖에 없습니다. 그래서 그 소리가 나자마자 앞과 뒤에서 일제히 말도 하지 않고 칼을 받쳐 들고 순식간에 오두막 안으로 뛰어 들어갔습니다. 저 칼날이 부딪히는 소리, 대나무 기둥이 부러지는 소리, 왕골 벽이 갈라지는 소리——이 같은 소리가 무시무시하게 한번 들려오자마자 갑자기 조카가 두세 발 뒤쪽으로 물러서면서,

"너 놓치고 못 참는다." 하고 칼을 정면에서 번쩍 쳐들고 괴로운 듯한 목소리로 부르짖었습니다. 그 소리에 놀라서 저도 재빨리 뒤로 물러서면서 아직 타고 있는 불똥 빛에 저쪽을 보니 이게 어떻게 된

것일까요. 산산이 부서진 오두막 앞에는 저 기분 나쁜 마리시노법사가 엷은 색 옷을 어깨에 걸치고 마치 원숭이처럼 몸을 굽히면서 십문자 부적을 이마에 대고 쭉 저희들의 행동을 보고 있었습니다. 이것을 본 저는 곧바로 한 칼 먹이자고 서둘렀습니다만, 어찌된 일인지 저 수도승이 몸을 굽힌 주위에는 자연스레 어두움이 짙어 용이하게 뛰어들 틈이 없었습니다. 혹 그 어둠 속에 무언가 눈에 보이지 않는 것이 소용돌이치는 것처럼 칼로 찌를 곳이 마땅치 않았다고 할까요. 이것은 조카도 같은 생각이었던지 때때로 헐떡이듯이 외쳤습니다만, 칼날은 언제까지나 그 머리 위에서 어지럽게 빙글빙글 테만 그리고 있었습니다.

27

그 중에 마리시노법사가 서서히 몸을 일으키고 십문자 부적을 좌우로 흔들어 세우면서 폭풍이 부르짖는 듯한 무서운 소리로,

"야, 너희들은 무엄하게도 천상황제의 위덕을 업신여길 생각이냐? 이 마리시노법사의 몸은 너희들 흐린 눈에는 단지 먹물들인 승복 외에 덮은 것이 없는 것 같지만, 실은 제천동자가 죄다 주신 백만 천군이 지키고 있어. 그러니 손에 그 칼을 쳐들고, 법사의 뒤에 따르는 성자들의 차마검극車馬劍戟과 힘을 겨루어 보자." 하고 끝에는 비웃듯이 욕설을 퍼부었습니다.

물론 이렇게 위협을 당해도 그것에 몸을 떨 저희들은 아닙니다.

조카와 저는 이 말을 듣고 마치 고삐가 풀린 소처럼 양쪽에서 저 수도승을 노려보고 베듯이 달려들었습니다. 아니 정말로 베려고 달려들었다고 할까요. 왜냐하면 저희들이 칼을 크게 휘둘러 올리는 찰나에, 마리시노법사가 십문자 부적을 한 차례 머리 위에 흔들자마자, 그 부적의 금색이 번개처럼 공중에 나르고, 순간 저희들의 눈앞에는 무서운 환상이 나타난 것입니다. 아아, 이 무서운 환상을 어떻게 우리들의 입으로 말씀드릴 수가 있겠습니까? 만약 이야기를 드릴 수 있다고 해도 그것은 아마 기린 대신에 말을 가리켜 보이는 것과 큰 차이는 없을 것입니다. 하지만 할 수 없이 말씀드리자면 처음 그 부적이 하늘에 오른 순간에 저는 가와라의 어둠이 돌연 마리시노법사의 뒤만 가르며 난다고 생각했습니다. 그러자 그 어둠이 부서진 곳에는 수많은 불꽃 말과 불꽃 수레가 용과 뱀처럼 이상한 모습으로 비보다도 빠른 불꽃을 흩뿌리며 지금이라도 저희들 머리 위로 내리떨어질 것 같이 하늘에 넘쳐 생생하게 떠올랐습니다. 또 그 속에 깃발 같은 것과 칼 같은 것도 몇 백 몇 천 셀 수 없이 번쩍이고, 그리고 마치 대풍이 이는 바다와 같은 무시무시한 소리가 가와라의 돌마저 날려 보낼 듯이 '와' 하고 들끓었습니다. 그것을 뒤로하면서 역시 엷은 색 옷을 어깨에 걸치고 십문자 부적을 든 채 엄숙하게 서있는 저 수도승의 이상한 모습은 완전히 어디선가 큰 괴물이 지옥의 밑바닥에서 악마의 군사를 이끌고 이 가와라의 한가운데 하늘에서 내려온 것 같다고나 할까요.──

저희들은 너무나 이상해서 생각지도 않게 칼을 떨어뜨리자마자 머리를 껴안고 좌우로 잠시도 버티지 못하고 엎드려 버리고 말았습

니다. 그러자 그 머리 위에 마리시노법사의 고함 소리가 또 위엄 있게 들려왔는데,

"목숨이 아깝거든 자네들도 천상황제께 용서를 빌게. 그렇지 않으면 당장에 호법 백만護法 百萬의 성도들은 자네들의 더럽혀진 몸을 갈기갈기 찢어 놓을 것일세."라고 천둥같이 외쳤습니다. 그 무서움 그 끔찍함을 말씀드린다면 지금 생각해도 몸이 떨리지 않고는 못 베길 것입니다. 그래서 저도 끝내 참을 수 없어 합장한 손을 들어 올리면서 눈을 감고 쭈뼛쭈뼛 '나무 천상황제'라고 외쳤습니다.

28

그러고 나서 그 다음 일은 말씀드리는 것조차 부끄러워 가능하면 간단하게 이야기하지요. 저희들이 천상황제에게 기도한 탓인지 저 무서운 환상은 순식간에 사라져버렸습니다만, 그 대신에 칼 소리를 듣고 일어난 거지들이 사방에서 저희들을 둘러쌌습니다. 그들은 대개는 마리 가르침의 신자들이라 저희들이 칼을 버린 걸 기회로 아차하면 폭행이라도 가할 기세로 제각기 무시무시하게 욕하고 떠들며 마치 덫에 걸린 여우라도 보듯이 남자도 여자도 겹겹으로 포개어져 얄밉게 얼굴을 들여다보려고 하였습니다. 이 얼마인지도 모르는 문둥병자들의 얼굴이 새롭게 타오르는 화톳불 빛을 받아 별과 달이 나온 밤하늘도 보이지 않을 정도로 전후좌우에서 목을 빼고 보는 기분 나쁨은 도저히 이 세상 사람이라고는 생각되지 않았습니다.

하지만 그런 중에서도 과연 마리시노법사는 서서히 고함을 지르는 거지들을 달래고, 그 이상한 미소를 띠면서 저희들의 앞에 나와서 천상황제의 위덕의 고마움을 매우 친절하게 들려주었습니다. 하지만 그 동안에도 제가 걱정이 되어서 어쩔 줄 몰랐던 것은 저 수도승의 어깨에 걸치고 있는 아름다운 엷은 색의 옷이었습니다. 물론 엷은 색의 옷이라고 하여도 세상에 종류가 많을 것입니다만, 어쩌면 저것이 나카미카도 아가씨가 입으신 옷은 아닐까요. 만일 그렇다고 한다면 아가씨는 이미 언제인가 저 수도승과 대면하신 것이 되겠고, 게다가 마리의 가르침에도 귀의하시지 않았다고는 못합니다. 이렇게 생각하자 저는 마음 놓고 상대가 하는 말이 귀에 들어오지 않을 정도였습니다만, 무심코 그런 거동을 보였다가는 또 어떤 무서운 일을 당하게 될지도 모르겠지요. 더욱이 마리시노법사는 저희들도 단지 신불을 업신여기는 것이 분하여 불시 습격을 한 것이라고 생각하겠지요. 다행히 호리카와의 와카토노님을 섬기고 있는 일은 알아차리지 못하는 것처럼 보여 저 엷은 색의 옷에도 가능하면 눈길을 주지 않도록 하고 가와라의 모래 위에 앉은 채 일부러 신묘하게 저 수도승의 말을 듣는 체했습니다.

그러자 그것이 상대편에는 꽤 기특하게 보였던 것이겠지요. 대강 설교 같은 것을 들려주더니 마리시노법사는 얼굴을 누그러뜨리며 저 십문자 부적을 저희들 위에 대고,

"너희들의 죄업은 무지몽매가 그렇게 시키는 것으로 천상황제도 각별히 죄를 용서하심에 틀림이 없다. 그래서 나도 이 이상 더 나무라려고 생각하지는 않는다. 얼마 안 있어 오늘밤 습격이 인연이 되어

자네들도 마리의 가르침에 귀의 할 때가 올 것이다. 그러니 그때가 올 때까지는 우선 이 자리를 피하여 달아나는 것이 좋겠다."고 부드럽게 말해 주었습니다. 그런데 그때까지도 거지들은 지금에라도 잡으려는 듯한 무시무시한 기색을 보이고 있었습니다만, 이것도 저 수도승의 학 같은 한마디에 고분고분하게 저희들의 귀갓길을 열어 주었습니다.

그래서 저와 조카는 칼을 칼집에 넣기가 바쁘게 서둘러 시조가와라에서 도망쳐 나왔습니다. 그때 저의 심정을 말씀드리자면 기쁘지도 슬프지도 또 서운하지도 않아 무어라고 할 말이 없습니다. 그 때문에 가와라가 멀어지고 불똥이 빨갛게 흔들리는 주위에 문둥이들이 개미같이 모여서 무언가 이상한 노래를 부르고 있는 것이 희미하게 귀에 들려 왔을 때도 저희들은 서로 얼굴조차 보지 않고 칼을 넣고 묵묵히 한숨만 쉬면서 걸어가고 있었습니다.

29

그 이후 저희들은 만나기만 하면 이마를 맞대고 마리시노법사와 나카미키도 아가씨의 관계를 서로 추측하면서 어쨌든 저 괴물법사를 물리치고자 여러 가지 의논을 했습니다만, 전의 무서운 환상을 생각해 내면 쉽게 좋은 안이 떠오르지 않았습니다. 하지만 조카는 저보다도 젊기 때문에 아직 집념 강하게 첫 결심을 버리지 않고, 경우에 따라서는 헤다이유가 했던 것처럼 사람들이라도 끌어 모아서 다시

한 번 시조가와라 오두막을 위협하고자 하는 생각이 있는 것 같았습니다. 그런데 그러던 중에 생각지도 않게 또 저희들은 마리시노법사의 신묘불측神妙不測한 법력에 경악할 일이 생겼습니다.

그것은 이미 가을바람이 일기 시작하던 때, 나가오의 릿시님이 사가에 아미타당을 지으시고 그 공양을 하실 때의 일입니다. 그 건물은 지금은 불타고 없습니다만, 어쨌든 각 지방의 좋은 재료를 모으시고 고명한 목수들만 부르셔서 막대한 돈도 상관하지 않고 지으셨으니, 규모가 그렇게 크지는 않았지만, 그 장엄함을 다한 것은 대략 추측이 되겠지요.

특히 그 건물 공양 당일은 삼품 이상의 높으신 분, 스님은 말할 것도 없고, 궁녀들이 모인 것은 세지 못할 정도여서, 동서 회랑에 세워 둔 여러 수레, 그 회랑의 방들을 둘러싼 비단 모서리가 있는 발, 혹은 또 발 가에 품위 있고 아름답게 낸 싸리, 도라지, 마타리 등의 섶단이나 소맷부리의 색채, 화창한 햇빛을 받은 온 경내의 아름다움은 양지 바른 곳에 있는 연화보토蓮華寶土의 경치를 보는 것 같았습니다. 그리고 화랑에 둘러싸인 정원에는 틈도 없이 홍련 백련의 조화가 쭉 줄지어 피어 있고, 그 사이를 용주龍舟 한 척이 비단 천막을 치고, 화조 그림이 그려진 옷을 입은 아이들이 젓는 아름답게 장식한 노로 물을 가르며, 미묘한 음악소리를 띄우면서, 서서히 움직이고 있던 것도 눈물이 나올 정도로 존엄하게 보였습니다.

더욱이 정면을 바라보면 본당 불단 앞에 세운 작은 격자가 찬란하게 나전을 빛내고 있는 뒤에는, 명향名香의 연기가 오르는 중에 본존여래를 비롯하여 세지관음勢至觀音의 모습이 자마황금紫磨黄金의 얼굴과 옥의 영락瓔珞을 어렴풋이 나타내고 있는 진귀함은 더 한층 멋이 있었습니다. 그 부처 앞 정원에는 예반禮盤을 가운데로 하며 보기에도 눈부신 보개寶蓋 아래에 강사독사講師讀師의 높은 자리가 있었습니다. 공양에 참석해 있던 몇십 명 스님들의 법의나 가사의 푸르고 붉음이 너무나 아름답게 뒤섞이고, 경을 읽는 소리, 방울을 흔드는 소리, 혹은 전단침수栴檀沈水의 향이 그 안에서 끊임없이 맑게 갠 가을 하늘에 화창하게 올라갔습니다.

그런데 이 공양이 한창인 때, 사방 문 밖에 모여서 한번이라도 안 모습을 배알하고자 하던 사람들이 갑자기 무슨 일이 일어났는지 순식간에 '와' 하고 소리를 내더니 마치 바람이 불기 시작한 바다와 같이 밀고 밀리기 시작했습니다.

30

이 소동을 보고 있던 포도대장이 재빨리 거기로 달려가서 드높이 활을 번쩍 쳐들면서 문안으로 어지러이 몰려 들어온 사람들을 가라앉히고자 하였습니다. 하지만 그 사람 물결 속을 가르고 이상한 모습을 한 수도승이 한사람 모습을 나타내자 포도대장은 갑자기 활을 버리고 길을 막기는커녕 그대로 거기에 엎드리면서 마치 임금님 행차를 배알할 때처럼 예를 드리는 것이 아니겠습니까. 바깥 소동에 정신이 빼앗겨 한 때 웅성거리고 서있던 문안이 갑자기 쥐 죽은 듯 조용해지자, 또 '마리시노법사, 마리시노법샤'라고 소곤거리는 소리가 마치 갈대 잎에 스치는 바람처럼 어디서라고 할 것 없이 일어났던 것도 이때 일입니다.

마리시노법사는 오늘도 전과 같이 먹물들인 승복 어깨로 긴 머리카락을 흩날리며 십문자 부적의 황금을 가슴 주위에 반짝이며, 발은 보기에도 추운 듯한 맨발이었습니다. 그 뒤에는 평소처럼 여보살 깃발이 가을 햇빛 속에 위압적으로 걸려 있었습니다만, 이것은 누군가 동행한 사람 손에 들려져 있었겠지요.

"여러분에게 이야기하지. 나는 천상황제의 신칙을 받고 우리 일본에 마리의 가르침을 펴고자 하는 마리시노법사라 하는 사람이오."

저 수도승은 유유히 포도대장의 절에 답하고 모래를 깐 정원 안으로 두려움도 없이 나아와서 이렇게 엄숙한 목소리로 말했습니다. 그것을 듣자 문 안에서는 또 웅성거렸습니다만, 과연 검찰관들은 생각지도 않은 뜻밖의 큰 사건에 놀라면서도 책임을 잊지 않았겠지요. 포졸로 보이는 사람이 두 세 사람 손에 무기를 들고 큰 소리로 행패를 나무라면서 저 수도승에게 뛰어가서 당장에 사방에서 달려들어 포박하려고 하였습니다. 하지만 마리시노법사는 익살스럽게 포졸들을 보면서,

"치려면 쳐라, 잡으려면 잡아라. 단 천상황제의 벌은 당장에 내릴 것이다."라고 비웃듯이 소리를 치자, 그때 가슴에 걸고 있던 십문자 부적이 햇빛을 받아 눈부시게 번쩍 빛남과 동시에 어쩐 일인지 상대는 무기를 버리고 대낮에 번개라도 맞은 것처럼 저 수도승 발밑에 굴러 넘어지고 말았습니다.

"여러분, 천상황제의 위덕威德은 지금 눈앞에 보신 것과 같소."

마리시노법사는 가슴의 부적을 벗겨서 동서 회랑에 번갈아 자랑하듯이 받들면서,

"물론 이 같은 영험은 이상한 것도 아니지. 대저 천상황제는 이천지를 만드신 유일무이하신 신이니까. 이 큰 신을 알지 못하면 여러분도 이렇게 신심을 다해 아미타여래 따위 요마를 야단스럽게 공양하거든."

이 폭언에 참을 수 없었던 것이겠지요. 아까부터 독경을 멈추고 망연하게 일의 형편을 바라보고 있던 스님들은 갑자기 떠들썩하게 소리를 지르면서 '쳐 죽여라'든지 '묶어라'든지 끊임없이 떠들어댔습니다만, 그러나 누구 한사람이라도 자리를 떠서 마리시노법사를 응징하고자 하는 사람은 없었습니다.

31

그러자 마리시노법사는 오만하게 그 스님들 쪽을 노려보면서,

"잘못된 것을 알면 주저하지 말라고 중국의 성인도 말했다. 일단 불보살이 요마인 것을 알았다면 빨리 마리의 가르침에 귀의하여 천상황제의 위덕을 찬송하는 것보다 나은 일은 없다. 또 만약 마리시노법사가 말한 것에 의문이 있어 불보살이 요마인가 천상황제가 사신邪神인가 결정 할 수 없다고 한다면 어떻게 해서라도 법력을 서로 겨루어 어느 쪽이 정법인가 변별하자."고 목소리도 거칠게 큰소리로 외쳤습니다.

하지만 어쨌든 지금도 검찰관이 눈앞에 정신을 잃고 쓰러진 것을 보고 있기 때문에, 발 안쪽에서도 바깥쪽에서도 쥐 죽은 듯이 조용히 소리를 삼키며 승속僧俗 공히 누구 한사람 나서서 저 수도승의 법력을 시험해 보고자 하는 사람은 보이지 않았습니다. 어차피 나가오라는 스님은 말할 것도 없고 그날 오셨던 야마의 좌주座主랑 닌나사의 승정僧正도 사람이 되어 나타난 신과 같은 마리시노법사에게 기세가 꺾였던 것일까요. 공양 마당은 한참 동안 용주에서 나오는 음악 소리도 끊어지고 조화인 연꽃에 쏘이는 햇빛 소리마저 들릴 정도로 아주 고요해졌습니다.

수도승은 거기에 더 한층 힘을 얻은 것이겠지요. 전의 십문자 부적을 쳐들고 괴물과 같이 비웃으면서,

"이거 가소롭기 짝이 없구나. 남도북령南都北嶺의 승속들도 적지 않은 것 같아 보였는데, 혼자인 이 마리시노법사와 법력을 겨루고자 하는 사람이 나타나지 않는 것은 결국에는 천상황제를 비롯하여 제천동자의 신광神光을 무서워하여 남녀귀천을 가릴 것 없이 내 마리법문에 귀의하는 것으로 생각한다. 그렇다면 이 자리에서 우선 야마의 좌주부터 한 사람 한 사람 관정 의식을 행해 줄까?"라고, 위압적으로 퍼부었습니다.

그런데 그 소리가 아직 끝나기도 전에 서쪽 회랑에서 오직 한사람, 의연하게 마당에 내려오신 존귀한 스님이 계셨습니다. 금란의 가사, 수정의 염주 그리고 흰 한 쌍의 눈썹──한번 본 것만으로도 천하에 공덕무량으로 이름을 날렸던 요카와의 스님이라고 하는 것은 의심할 여지가 없습니다. 스님은 나이야 들었습니다만 뒤룩뒤룩 살

찐 몸을 서서히 움직이면서 마리시노법사의 눈앞에 엄숙하게 걸음을 멈추고,

"이 자식, 지금도 네가 말한 것같이, 이 절 공양 마당에는 법계의 法界 용상龍象 수를 모르고 한자리에 나란히 앉아 있음에 틀림없다. 하지만 쥐에게 던지려 해도 그릇을 꺼리어 피하는 것이 상례, 누가 네 같은 놈과 법력의 고하를 겨룰 것인가? 그러니 네 먼저 자신을 부끄럽게 여기고 빨리 이 부처님을 피하여 달아나야 할 신분이면서 무리하게 신통을 겨루자는 것은 기괴奇怪 지극하도다. 생각건대 너는 어디에선가 금강사선金剛邪禪의 법을 닦은 외도의 수도승이라고 알고 있다. 따라서 첫째는 삼보의 영험을 나타내기 위해, 둘째는 네 마법에 걸려 무간 지옥에 떨어지고자 하는 중생을 구원하기 위해, 이 노승 스스로 너와 영험을 겨루고자 나섰노라. 설령 네 환술이 귀신을 잘 움직인다 하더라도 호법의 가호가 있는 이 노승에게는 손가락 하나 델 수가 없을 것이야. 그러니 불력의 기특함을 보고 너야말로 수계受戒를 하여야 옳을 것이야."라고 사자후를 토하면서 바로 결인結印을 하였습니다.

32

그러자 그 결인했던 손안에서 갑자기 한 줄기 흰 연기가 올라와서 그것이 은은히 공중에 퍼지자, 마침 스님 머리 바로 위에 보개寶蓋를 꽂은 것 같은 한 덩어리의 안개가 가느다랗게 끼었습니다. 아니,

안개라고 하였던 것은 저 이상한 구름 연기 모양을 아직 충분히 알수 없었기 때문입니다. 만약 그것이 안개였다고 한다면 저쪽에 있는 절 지붕은 희미해져서 보이지 않았을 것입니다만, 이 구름 연기는 단지 허공에 무언가 형이 보이지 않는 것이 서리었다고 생각될 뿐, 맑은 하늘의 색은 원래대로 쾌청하게 꿰뚫어볼 수 있었습니다.

마당을 둘러싸고 있던 사람들은 누구나 이 구름 연기에 놀랐겠지요. 또 어디서라고 할 것도 없이 바람과 같은 수런거림이 발을 움직일 정도로 일어났습니다만, 그 소리가 아직 끝나기도 전에 결인을 고친 요카와 스님이 서서히 살덩이가 많은 아래턱을 움직여서 비밀주문을 외우자 갑자기 그 구름 연기 속에 몽롱하게 두 분의 금갑신金甲神이 용감하게 금강저金剛杵를 번쩍 쳐들면서 그림자와 같은 모습을 나타냈습니다. 이것도 있다고 생각하면 있고 없다고 하면 없는 것 같은 환상입니다. 하지만 저 공중을 밟고 춤추는 모습은 지금이라도 마리시노법사 머리 위에 한 방망이 하지 않을까 생각할 정도로 신위神威를 띠고 있었습니다.

그러자 이 마리시노법사는 변함없이 오만한 얼굴을 들고 쭉 이 금갑신의 모습을 바라본 채 눈썹 하나 까딱 하지 않았습니다. 그 뿐 아니라 굳게 다문 입술 주위에는 전처럼 기분 나쁜 미소 그림자가 마치 조롱하고 싶은 것을 참는 듯 감돌고 있었습니다. 그러자 그 대담한 행동에 노여움을 참지 못했겠지요. 요카와 스님은 갑자기 인을 풀고 수정 염주를 흔들면서 "쉿" 하고 쉰 목소리로 크게 꾸짖었습니다.

그 소리에 응해서 금갑신이 구름 연기와 함께 공중에서 내려 왔던 것과 아래에 있던 마리시노법사가 십문자의 부적을 이마에 대면서 무언가 예리한 목소리로 외쳤던 것이 완전히 동시였습니다. 이 눈 깜짝할 순간에 무지개와 같은 빛이 있어 하늘에 오르는가 싶더니 금갑신 모습은 흔적도 없이 사라지고, 그 대신에 스님의 수정 염주가 한가운데서 두 개로 갈라져 구슬은 마치 싸라기눈처럼 '딱딱' 부딪히는 소리를 내면서 사방으로 날라 흩어졌습니다.

"스님 솜씨는 이미 보았지. 금강사선의 법을 닦았다는 건 바꿔 말하자면 스님의 일이지."

의기양양한 저 수도승은 생각지도 않게 '와' 하는 함성을 지른 사람들의 소리를 억누르면서 드높이 이렇게 퍼부었습니다. 그 소리를 들은 요카와 스님이 얼마나 시들하셨든지 그건 각별히 내세워 말할 것까지도 없을 것입니다. 만약 그때 제자들이 앞 다투어 나가서 부축하지 않더라면 아마 만족스럽게 원래 회랑으로 돌아오실 수는 없었겠지요. 그 동안에 마리시노법사는 점점 자랑스러운 듯이 가슴을 젖히며,

"요카와 스님은 지금 천하에 법예무상法譽無上의 대화상大和尙이라고 들었는데, 이 법사의 눈으로 보면 천상황제가 굽어보심을 속이고 망령되이 귀신을 부리는, 말할 것도 없이 이승의 중이야. 그러니 불보살은 요마, 석가는 지옥의 업인業因이라고 했던 것이 마리시노법사 혼자의 잘못인가. 그렇다면 그런 대로 하는 수 없시만, 내 마리 법문에 귀의하고자 생각한다면 물론 승속의 구별은 없다. 어떤 사람이든 이 자리에서 천상황제의 위덕을 눈앞에서 시험해 보아라."라고 팔방을 쏘아보면서 말했습니다.

그때 동쪽 회랑에서,

"그래."라고 시원하게 대답하면서 옷차림의 모습도 위풍당당하게 의연히 마당으로 내려오셨던 분은 다름 아닌 호리카와의 와카토노님 이었습니다. (미완)

■ 1918. 11

기리시토호로 상인전上人傳

• 소서

이것은 내가 이미 「미타문학」 지상紙上에 게재했던 「봉교인의 죽음」과 같이, 내가 소장하고 있는 기리시탄판 「레겐다 오우레아」의 한 장에다 다소의 윤색을 가한 것이다. 단지 「봉교인의 죽음」은 우리나라 천주교인들의 일화였지만, 「기리시토호로 상인전上人傳」은 고래로 널리 유럽 천주교국에 유포되어 있는 성인행장기의 일종이라서, 나의 「레겐다 오우레아」의 소개도, 피차가 서로 어우러져 처음으로 전모全貌를 생생하게 떠올릴 수 있을지 모르겠다.

전설 중 대부분은 해학에 가까운 시대 착오나 장소 착오가 속출하지만, 나는 원문의 시대상을 손상시키지 않으려고 한 결과, 일부러 무엇 하나도 첨삭하지 않기로 했다. 견문이 넓은 여러분에게 나의 상식의 유무를 의심받지 않는다면 다행일 것이다.

• 산살이

  먼 옛날 일이다. '시리야' 나라 산 속에 '레푸로보스'라 하는 산사
나이가 있었다. 그때 '레푸로보스'만큼 몸집이 큰 남자는, 주님이 햇
빛을 비추시는 천하가 넓다고 하더라도 정말 한사람도 없었다고 한
다. 우선 키는 삼십 척이 넘는다고 할까. 포도넝쿨처럼 보이는 머리
카락 속에는 귀여운 박새가 몇 마리인가 깃들이고 있었다. 더욱이
손발은 심산深山의 회나무로 착각할만하고, 발소리는 일곱 계곡에 메
아리칠 정도이다. 그러니 그날 식량을 구하기 위해 사슴이나 곰 따
위를 찌부러뜨리는 것은 손가락 하나 비틀기였다. 또는 그때그때 바
닷가에 내려가 조개를 잡으려고 할 때에도 철각채 같은 수염을 늘어
뜨린 아래턱을 '철썩' 모래에 붙이고 한참 물을 들이마시면, 도미도
가다랭이도 지느러미를 흔들며 시원시원하게 입안으로 빨려들어 온
다. 그래서 앞 바다를 지나가는 배마저 때 아닌 밀물썰물에 표류하
고 뱃사공이 당황하여 부산떠는 일도 있었다고 전한다.

  그러나 '레푸로보스'는 원래 마음씨가 부드러운 사람이라서 나무
꾼은 물론 왕래하는 행인에게 해를 입힌 일은 없다. 오히려 자르지
못하는 나무는 밀어 넘어뜨려 주고, 사냥꾼이 쫓다가 놓친 짐승은
잡아 주고, 행인이 지고 괴로워하는 짐은 어깨에 메어주고, 무언가
친절을 베풀었기에, 원근 마을에서도 이 산사나이를 미워하는 사람
은 한 사람도 없었다. 그 중에서도 어느 마을에 양치기 목동이 행방
불명이 되었을 때, 밤중에 그 목동 부모가 집 천장 창문을 밀어 여
는 사람이 있어 놀라 위를 보니, 도롱이만 한 '레푸로보스' 손바닥에

깊이 잠든 목동이 업혀, 별이 총총한 하늘에서 유유히 내려온 일도 있다고 한다. 어쩐지 산사나이답지 않은 기특한 배려가 아닌가.

그래서 나무꾼들도 '레푸로보스'를 만나면 떡이나 술을 대접하고 격 없이 이야기하려고 한 일이 자주 있었다. 그러던 어느 날의 일, 나무꾼이 나무를 베려고 회나무 산에 깊이 들어갔는데, 이 산사나이가 느릿느릿 조릿대 속에서 나타났기에, 대접할 마음으로 낙엽을 태워서 술병 하나를 데워 주었다. 이 물 한 방울 같은 술병의 술조차 '레푸로보스'는 매우 기쁜 기색으로, 머릿속에 집을 지은 박새에게도 나무꾼들이 먹다 남은 밥을 주면서, 크게 책상다리를 하고 말하기를,

"나도 평범한 인간으로 태어났더라면 훌륭한 공훈을 많이 세워 나중에는 영주라도 되었을 것인데."라고 하자 나무꾼들도 몹시 흥겨워하며,

"당연한 일이지. 자네 정도 힘이 있으면 성 두세 개 쳐들어가 넘어뜨리는 건 한 손으로 할 수도 있을 거야."라고 했다. 그때 '레푸로보스'가 약간 걱정하는 모습으로,

"하지만 하나 곤란한 게 있어. 내가 요즘 산살이만 하고 있으니까, 어느 영주의 무사가 되어 싸움을 해야 할지 전혀 분별할 수가 없어. 요즘 천하무쌍의 강자라 할 수 있는 사람은 어느 나라 대장일까? 누구라도 괜찮으니 나는 그 분의 말 앞에 빨리 달려가 충절을 바쳐야지." 하고 물었더니,

"그런데 그 일이라면 우선 우리들 생각은 지금 천하에 '안치오키야' 임금만큼 무용이 넘치는 대장도 없을 거야."라고 답했다. 산사나이는 이걸 듣고는 이만저만 아니게 기뻐하며,

"그럼 빨리 나서자."고 하고 동산과 같은 몸을 일으키자, 이상한 것은 머릿속에 집을 지은 박새가 일시 소란스러운 날개 소리를 남기고 하늘에 망을 친 숲의 나뭇가지로 새끼도 남기지 않고 날아가 버렸다. 새들이 비스듬하게 가지를 늘어뜨린 노송나무 뒤쪽으로 올라가니 온통 그 나무는 박새가 열매 맺은 것 같았다고 한다. '레푸로보스'는 이 박새의 행동을 의심스러운 눈으로 바라보고 있다가, 이윽고 초심으로 돌아간 얼굴로 발밑에 모였던 나무꾼에게 공손하게 이별을 하고 다시 조릿대를 밟으며 원래 온대로 느릿느릿 산 속으로 혼자 사라져 버렸다.

그래서 '레푸로보스'가 영주가 되고자 소망한 일은 금방 원근 산마을에도 알려졌는데, 한참 지나서 이 같은 소문이 바람을 타고 전해졌다. 그건 국경 근처 호수에서 많은 어부들이 진흙에 빠져들어간 큰 배를 끌어내고 있던 참에 이상한 산사나이가 어디에선가 나타나 그 배 돛대를 꽉 잡고 어려움 없이 해안에 끌어 당겨, 모두가 놀라는 동안에 재빨리 모습을 숨겼다는 소문이다. 그래서 '레푸로보스'를 보아 알 정도의 나무꾼들은 모두 이 정 깊은 산사나이가 드디어 '시리야' 나라 안에서 사라졌음을 깨닫고는 서쪽 하늘에 병풍을 둘러친 것 같은 산봉우리를 바라볼 때마다 한없는 미련을 아쉬워하며 저절로 한숨이 나왔다고 한다. 더욱이 저 양치는 목동들은 저녁 해가 산그늘에 지려고 할 때는 꼭 동구 밖 한 그루 삼나무에 높이 올라가 밑에 둔 양 무리도 잊어버린 채, "'레푸로보스' 그리워, 산을 넘어서 어디 갔니?" 하고 슬픈 소리로 불러댔다. 그런데 그 후 '레푸로보스'가 어떤 행운을 만났는지, 그 다음을 알고자 하는 분은 우선 아래를 읽어보시라.

● 돌연 영주가 된 일

그때 '레푸로보스'는 어려움 없이 '안치오키야' 성안에 갔는데, 시골의 산마을과는 달리 이 '안치오키야'의 서울은 그때 천하에 둘도 없는 번화한 곳이라서 산사나이가 마을 가운데 이르자마자 구경나온 남녀가 엄청나게 몰려들어 끝내는 통행도 할 수 없었다. 그래서 '레푸로보스'도 완전히 가고자 하는 방향을 잃고 인파에 시달리며, 어떤 영주의 골목길 네거리에 선 채로 움직이지 못하고 말았는데, 때마침 거기에 다가온 사람은 임금님의 가마를 둘러싼 무사들의 행렬이었다. 구경꾼들은 쫓겨나고 산사나이를 혼자 남긴 채 금세 사방으로 멀어져 버렸다. 그래서 '레푸로보스'는 큰 코끼리 발이라고 착각할 듯한 거센 손을 대지에 붙이고 가마 앞에 머리를 숙이며,

"저는 '레푸로보스'라 하는 산사나이입니다만, 지금 '안치오키야' 임금님은 천하무쌍의 대장이라고 듣고, 받들어 모시고자 하여 멀리서 이곳까지 올라 왔사옵니다."고 말씀드렸다. 이보다 먼저 임금님 일행도 '레푸로보스'의 모습에 간이 서늘해져 선봉부대는 벌써 창과 장도를 뽑으려는 기색이었다. 이 기특한 말을 듣고 사심 없을 것이라고 생각해서 즉각 행렬을 멈추고, 호위대장이 그 뜻을 어차여차 임금님께 말씀 올렸다. 임금님은 이 말을 들으시고,

"그 정도 큰 남자라면 틀림없이 무용武勇도 다른 사람보다 뛰어날 것이다. 불러 부하로 쓰자."고 분부하시니, 각별히 의논하여, 바로 일

행 속에 더해졌다. '레푸로보스'의 기쁨은 말할 것도 없었다. 그래서 임금님 행렬 뒤에서 서른 명 장사도 멜 수 없을 긴 궤 열 개의 인솔자가 되어, 그리 멀지 않은 궁궐 문까지 뻐기면서 수행했다. 사실 이때 '레푸로보스'가 산 같은 긴 궤를 어깨에 메고, 행렬하는 사람과 말을 눈 아래 깔아보면서 큰손을 흔들어 돌리는 이상한 몸짓이야말로 볼만한 것이었다.

그런데 그때부터 '레푸로보스'는 옻 문양의 마 옷을 입고 칼집에 긴 칼을 차고 아침저녁 '안치오키야' 임금님 궁궐을 수호하는 관리의 몸이 되었는데, 운 좋게 이때에 공훈을 세울 수 있는 시절이 도래한 것은, 머지않아 이웃나라 대군이 이 서울을 공격하고자 일시에 밀어닥친 것이다. 원래 이 이웃나라 대장은 사자왕도 맨손으로 쳐 죽인다는 아무도 당할 수 없는 장사라서 '안치오키야'의 임금님도 쉬운 상대는 아니었다. 그런데 이번 선봉은 지금 온 '레푸로보스'에게 분부하셨고, 임금님은 스스로 본진에 가마를 진군시켜 호령을 내리게 되었다. 이 분부를 받은 '레푸로보스'가 기쁜 나머지 발을 밟는지 어쩐지 정신없는 것은 조금도 무리가 아니다.

이윽고 아군도 정비되어 임금님은 '레푸로보스'를 앞세워 북소리도 용감하게 국경 들판으로 군대를 보냈다. 적의 군사들은 원래부터 바라던 곳에서 싸움하게 되어 어찌 한시라도 주저할 것인가. 들판을 덮은 깃발이 갑자기 물결치더니 일시에 '와' 하고 소리 지르며 당장이라도 담판할 기색으로 보였다. 이때 '안치오키야' 사람 중에서 한사람 유유히 나온 이는 다름 아닌 '레푸로보스'였다. 산사나이의 이날 출전은 물소 투구에 철갑옷을 입고, 길이가 칠 척이나 되는 긴 칼

손잡이를 바싹 잡고, 흡사 성의 천수각에 혼이 깃든 것처럼 대지가 좁은 듯이 흔들며 나왔다. 이때 '레푸로보스'는 양군 한가운데를 가로막아서서 긴 칼을 머리 위에 들고 멀리 적을 오라고 부르면서 뇌성 같은 소리로 외치기를,

"멀지 않은 사람은 소리라도 들어라. 가까이 있다면 다가와 눈으로 보아라. 나는 '안치오키야' 임금님 진중에, 이런 사람 있다고 알려진 '레푸로보스'라 하는 장사다. 황공하게도 오늘 선봉대장이 되어 여기 군대를 이끌고 나왔으니 내로라고 생각하는 사람은 가까이 다가와서 승부를 내자."고 하였다. 이 무사다운 위엄은 옛날 '페리시테'의 호걸에 '고리아테'가 있었는데, 비늘을 꿰맨 큰 갑옷에 구리창을 손에 들고 백만 대군을 질타한 데도 뒤지지 않아, 과연 이웃나라 병사들도 잠깐 동안은 소리를 죽이고 나와 싸우려는 자가 없었다. 그래서 적의 대장도 이 산사나이를 치지 않고는 안 된다고 생각했을 것이다. 아름다운 갑옷에 삼척 칼을 빼어들고 용마에 거품을 물리며, 그것도 큰 소리로 자기 이름을 대면서 쏜살같이 '레푸로보스'에게 달려들었다. 하지만 이쪽은 까딱도 하지 않고 긴 칼을 꺼내서 두세 번 응대하다가 곧 무기를 획 던져 버리고, 긴 팔을 뻗자마자 재빨리 적군대장을 안장에서 떼어내어 저 멀리 하늘에 돌멩이처럼 던져 날려버렸다. 그 적군 대장이 빙글빙글 허공을 날면서 아군 진중에 '꽈당'하고 떨어져 엉망진창이 되자, '안치오키야'의 군사는 함성을 울리며 임금님의 가마를 가운데 둘러싸고 눈사태가 난 것처럼 공격해 들어간 것은 간발의 차이도 없이 거의 동시에 일어난 일이다. 그래서 이웃나라의 군대는 잠시도 버티지 못하고 도망치려고 무기와 말을 내던

져 버리고 사분오열로 사라지고 말았다. 정말 '안치오키야' 임금님의 그날 대승은 아군의 손에 든 투구 수만도 일 년의 날수보다 많았다고 한다.

그래서 임금님의 기쁨은 이만 저만이 아니었고, 경사스러운 개선가 속에 군사를 돌렸는데, 이윽고 '레푸로보스'에게는 영주의 위를 주시고 게다가 모든 신하에게도 일일이 승리의 연회를 베푸시고 정중하게 훈공을 위로하셨다. 그 승리의 연회를 베풀어주신 밤의 일이라고 생각된다. 당시 나라마다 풍습에 맞춰 그 날 밤도 유명한 비파법사가 큰 촛불 밑에서 가락을 켜는데, 오늘날이나 옛날 싸움의 참상을 손으로 잡을 듯이 읊었다. 이때 '레푸로보스'는 전부터 바라던 큰 소원을 성취한지라 침을 흘릴 정도로 웃으면서 여념이 없이 포도주를 주고받고 있던 참에, 문득 취한 눈에도 들어온 것은, 비단 천막을 친 정면 어좌에 계시는 임금님의 이상한 행동이었다. 왜냐하면 법사가 부르는 노래 중에 악마라고 하는 말이 나오면 임금님은 황급히 손을 들어 십자 성호를 그었다. 그 행동이 수상하고도 장엄하게 보여 '레푸로보스'는 동석한 병사에게,

"어째서 임금님은 저처럼 십자를 긋는가?"하고 갑작스레 물어보았다. 그런데 그 병사 대답이,

"대개 악마라고 하는 것은 하늘 아래 인간도 손바닥에 올려놓고 노는 장사 같은 놈이지요. 그래서 임금님도 악마의 장애를 쫓아 버리려고 생각하셔서 계속 십자를 그어 몸을 지키고 계시는 것입니다." 라고 했다. '레푸로보스'는 이 대답을 듣고, 수상쩍게 다시 묻기를,

"하지만 지금 '안치오키야' 임금님은 천하에 비할 데 없는 제일

강한 대장이라고 들었네. 그러니 악마도 임금님의 몸에는 손가락 하나조차 댈 수 없지 않나?" 하자 병사는 고개를 흔들며,

"아니, 아니, 임금님도 악마 같은 위세는 없지요."라고 대답했다. 산사나이는 이 대답을 듣자마자 크게 분개하여 말하기를,

"내가 임금님 부하가 된 것은 천하무쌍의 강자는 임금님이라고 들은 까닭이야. 그런데 그 임금님조차 악마에게는 허리를 굽히신다고 하면 나는 지금부터 물러나서 악마의 신하가 되겠다."고 외치면서 바로 포도주 잔을 던지고 일어서려고 하는데, 같이 앉아 있던 병사들은 그렇지 않아도 '레푸로보스'의 이번 공명이 샘난다고 생각하고 있던 차에,

"어, 산사나이가 모반을 한다." 하고 이구동성으로 욕을 퍼붓고 떠들고는 갑자기 사방팔방에서 잡아 묶으려고 다투어 일어섰다. '레푸로보스'도 평소 같으면 이 병사들에게 붙잡힐 리가 없다. 하지만 그날 밤은 포도주에 취해 전후도 분간할 수 없는 몸이 되어 잠시 동안 많은 병사를 상대로 붙들었다 떨어졌다 하며 씨름하다가 드디어 발이 미끄러져 생각지도 않게 '쿵' 쓰러졌는데, "옳지, 잘됐다."고 병사들은 더욱 더 포개져서 분해 떨고 있는 '레푸로보스'를 뒷짐결박하였다. 임금님도 일의 꼴을 시종 남기지 않고 보시고서,

"은혜를 원수로 갚는 얄미운 놈. 빨리 흙 감옥에 던져 넣어라."고 크게 화를 내셨다. 슬프도다. '레푸로보스'는 그 밤에 보기에도 누추한 땅 밑 감옥에 감금되는 몸이 되었다. 그런데 이 '안치오키야'의 감옥에 갇힌 '레푸로보스'가 그 후 어떤 행운을 만났는지, 다음을 알고자 하는 분은 우선 아래를 읽어보시라.

• 악마가 왕래한 일

그러던 중에 '레푸로보스'는 아직 새끼줄도 풀리지 않고 흙 감옥 어두운 밑바닥에 던져져 가끔 갓난아기 같이 '앙앙' 소리를 내어 크게 우는 수밖에 없었다. 그때 어디에선가 모르게 주홍법의朱紅法衣를 입은 학자가 갑자기 모습을 나타내고 부드럽게 묻기를,

"어찌된 일인가? '레푸로보스'. 자네는 어째서 이 같은 곳에 있지?" 라고 묻자 산사나이는 그때야 폭포 같은 눈물을 흘리면서,

"나는 임금님을 거역하여 악마를 섬기려고 하다가 이같이 감옥에 온 것이지. 앙앙앙." 하고 울어댔다. 학자는 이것을 듣고 다시 부드럽게 묻기를,

"그러면 자네는 지금도 악마를 섬길 뜻이 있는가?" 하고 물으니, '레푸로보스'는 고개를 끄덕이면서,

"지금이라도 섬기겠소"라고 했다. 학자는 이 대답을 크게 기뻐하여, 흙 감옥이 울려 퍼질 정도로 껄껄 웃으면서 흥겨워하다가 이윽고 세 번 부드럽게 묻기를,

"자네 소망이 기특하니 지금부터 바로 감옥살이를 면할 수 있을 거야."라고 하며 몸에 걸쳤던 주홍법의를 '레푸로보스' 위에 덮었는데, 이상하게 전신의 포박은 전부 사르르 끊어져 버렸다. 산사나이의 놀라움은 말할 것도 없었다. 그래서 쭈뼛쭈뼛하며 몸을 일으켜 학자의 얼굴을 보면서 정중히 예를 올려 말하기를,

"제 포승줄을 풀어주신 은혜는 영원히 잊을 수 없습니다. 하지만 이 흙 감옥은 어떻게 몰래 빠져나가지요?"라고 했다. 학자는 이때 또

헛웃음을 웃고,

"그 같은 것이 무엇이 어렵겠는가?"라고 말을 다 하지도 않고 당장 주홍법의 소매를 펼쳐 '레푸로보스'를 겨드랑이에 끼우자, 순식간에 발밑이 어두워지고 미친 듯한 한차례 바람이 불기 시작하더니 두 사람은 어느 샌가 허공을 밟고 감옥을 뒤로하고 훌훌 '안치오키야'의 서울 밤하늘에 불꽃을 날리며 올랐다. 정말로 그때는 학자의 모습은 때마침 지려고 하는 달을 등에 업고 마치 이상한 큰 박쥐가 검은 구름 날개를 한일자로 비행하는 것같이 보였다고 한다.

그러니 '레푸로보스'는 점점 간이 콩알만 해져서 학자와 함께 공중에 쏜 화살처럼 날면서 부들부들 떠는 소리로 묻기를,

"도대체 당신은 누구요? 당신 같이 신통한 박사는 세상에 또 없다고 생각하오."라고 하자, 학자는 갑자기 어쩐지 기분 나쁜 웃음을 웃으면서 일부러 아무렇지 않은 목소리로 답하기를,

"무엇을 감추겠는가. 우리들은 천하 인간을 손바닥에 올려놓고 조종하는 대단한 힘을 가진 장사지."라고 하자, '레푸로보스'는 처음으로 학자의 본성이 악마라고 하는 말에 수긍이 갔다. 그러니까 악마는 이렇게 문답을 하는 사이에도 요령성妖靈星이 흐르는 것같이 쉬지 않고 하늘을 달렸는데, '안치오키야' 서울의 등불도 지금은 먼 어둠 밑바닥에 가라앉아버리고, 이윽고 발밑에 떠오른 것은 소문에 듣던 '에지쓰토'의 사막이었다. 몇 백리인지도 모르는 모래 벌판이 새벽 달빛 속에 밤눈에도 분명히 보였다. 이때 학자는 손톱이 긴 손가락을 펴서 하계를 가리키며 말하기를,

"저기 초가집에는 어떤 영험이 있는 은자隱者가 살고 있다고 들었

다. 우선 저 지붕위로 내리자."고 하고 '레푸로보스'를 겨드랑이에 끼운 채 어떤 모래산 기슭에 있는 누추한 집 용마루에 팔랑팔랑 하늘에서 내렸다.

이쪽은 그 누추한 집에서 수행을 하고 있는 은자인 노인이다. 마침 밤이 깊어가는 줄도 모르고 초롱 밑 희미한 불빛 아래서 경을 읽고 있다가 갑자기 이루 말할 수 없는 향기로운 바람이 불어오고 눈이라도 내리듯이 꽃잎이 분분히 나부끼기 시작하더니, 어디서인지 모르게 창녀 한 사람이 대보갑 비녀를 원광과 같이 꽂고, 지옥 그림을 수놓은 예복 치맛자락을 길게 끌고 선녀와 같은 교태를 떨며 꿈같이 눈앞에 나타났다. 노인은 마치 '에지쓰토'의 사막이 잠시 동안에 무로간자키 유곽으로 변했다는 생각이 들었다. 너무나 이상하여 정신을 잃고 잠시 동안은 홀딱 반한 모양으로 창녀의 모습을 쳐다보고 있는데, 상대는 드디어 꽃보라를 몸에 뒤집어쓰고 씽긋 미소 지으며 묻기를,

"저는 '안치오키야' 서울에 잘 알려져 있는 논다니이지요. 오늘은 스님의 심심함을 위로하자고 생각하고 멀고 먼 여기까지 왔습니다."고 한다. 이 목소리가 아름답기는 극락에 산다고 듣던 가릉빈가迦陵頻伽에도 뒤지지 않는다. 그러니 과연 영험 있는 은자도 무심코 그 손에 놀아날 뻔했는데, 생각하면 이 한밤중에 몇 백리인지도 모르는 '안치오키야' 서울에서 미인이 올 까닭도 없다. 그래서 또 다시 악마의 나쁜 계략일 거라고 알아차리고 바싹 경에 눈을 붙이면서 전념하여 다라니를 읽고 있는데, 창녀는 꼭 이 은자인 노인을 넘어뜨리려고 마음을 먹었다. 사향을 띈 비단 옷자락을 흔들거리며 보들보들하

게 정말 원망스러운 듯이 한탄하기를,

"아무리 노는 몸이라 하지만 천리 산하도 마다 않고 이 사막까지 왔는데, 알고 보니 재미도 없는 분이시구나." 하고 말했다. 이 모습이 절묘하게도 아름다움은, 떨어진 벚꽃 색조차 무색하다고 생각했던지, 은자 노인은 전신에 땀을 흘리며 악마를 쫓는 주문을 읽고 또 읽고, 전혀 그 악마 이야기에 귀 기울이려고 하는 기색조차 없었다. 그러니 창녀도 이렇게 해서는 안 되겠다고 애가 탔던지 계속 지옥 그림 치맛자락을 나부끼며 옆으로 은자의 무릎에 매달리면서,

"왜 그렇게 흥이 나지 않지요?"라고 흑흑 울면서 하소연하였다. 이를 보자마자 은자 노인은 전갈에 물린 듯이 펄쩍 뛰며, 재빨리도 몸에 걸고 있던 십자가를 추켜올리고 천둥소리 같이 욕설을 퍼붓기를,

"이놈, 주님 '에스 기리시토'의 종에게 무례하게 굴지 말라."고 하며 탁하고 창녀의 얼굴을 쳤다. 얻어맞은 창녀는 낙화 속에 나긋나긋 뒹굴었는데, 갑자기 그 모습이 보이지 않고, 단지 한 무더기 검은 구름이 솟아오르는가 하더니 이상한 불꽃 비가 돌멩이처럼 흩날리며,

"아, 아야. 또 십자가에 맞았구나." 하고 신음하는 소리가 점점 집 용마루에 올라와서는 사라졌다. 원래부터 은자는 그럴 거라고 마음에 생각하고 있던 대로 그 사이에도 비밀 진언眞言을 끊임없이 소리 높여 읽고 있었는데, 순식간에 검은 구름도 엷어지고 벚꽃도 떨어져서 누추한 집 속에는 또 전과 같이 등잔불만 남았다.

하지만 은자는 악마의 유혹이 더 있을 거라고 생각하고 밤새도록 경의 힘에 매달려 눈까풀도 깜빡이지 않고 밤을 새우다가, 이윽고 새벽녘이라 생각되었을 때, 누구인가 사립문을 두드리는 사람이 있

어 십자가를 한 손에 들고 일어나 나가보니, 이것은 또 무엇인가. 초가집 앞에 웅크리고 공손하게 절을 하고 있는 것은, 하늘에서 내려왔는가 땅에서 솟았는가, 동산만큼 큰 남자이다. 이 남자가 벌써 붉게 물든 하늘을 시커멓게 어깨로 가리고 은자 앞에 머리를 숙이며 쭈볏쭈볏 말하기를,

"저는 '레푸로보스'라고 하는 '시리야' 나라의 산사나이입니다. 요즘 갑자기 악마의 부하가 되어 먼 이 '에지쓰토' 사막까지 왔지만, 악마도 주님 '에스 기리시토'의 위광威光에는 당할 수 없어서 저 혼자 남기고 어딘지 모르게 행방을 감추었습니다. 도대체 저는 지금 천하에 비할 수 없는 장사를 찾아서 그 분을 섬기려는 뜻이 있으니 아무쪼록 불민합니다만, 제발 주 '에스 기리시토'의 부하 수에 넣어 주십시오."라고 했다. 은자 노인은 이것을 듣고 누추한 집 문에 잠시 멈춰서면서 갑자기 눈썹을 찡그리고 대답하기를,

"글쎄 도리 없는 일이 되었구먼. 대개 악마의 부하가 된 이는 고목에 장미가 필 때까지 주님 '에스 기리시토'에게 인정받은 일은 없지."라고 하자, '레푸로보스'는 또 정중하게 고개를 숙여,

"가령 몇 천 년이 지난다고 해도 저는 초지를 관철하려 결심했습니다. 그러니 우선 주 '에스 기리시토'의 뜻에 맞는 일을 조목조목 가르쳐 주십시오."라고 하였다. 그리고 은자 노인과 산사나이 사이에는 이 같은 문답을 진지하게 주고받았다고 한다.

"그대는 경의 문구를 납득하는가?"

"공교롭게 일언반구도 알지 못합니다."

"그렇다면 단식은 가능한가?"

"무슨 말입니까? 저는 세상에 알려진 대식가입니다. 좀처럼 단식은 할 수 없습니다."

"곤란한데. 밤새도록 자지 않고 있는 일은 어떨까?"

"무슨 말입니까? 저는 세상에 알려진 잠꾸러기입니다. 자지 않고는 쉽사리 있을 수 없습니다."

이 대답에는 과연 은자 노인도 더 이상 말을 이을 재간조차 없었던지 이윽고 손바닥을 탁 치고서 옳거니 하는 얼굴로 말하기를,

"여기서 남쪽으로 가기를 십리 정도 하면 류사가라는 큰 강이 있다. 이 강은 수량도 많고, 흐름도 쏜 화살 같아서 요즘에는 사람과 말이 걸어서 건너기에 곤란하다고 들었다. 하지만 자네 정도 큰 남자는 쉽게 강을 건널 수 있을 거야. 그러니 그대는 지금부터 이 강 나루터지기가 되어 왕래하는 모든 사람을 건네주게. 그대가 사람들에게 착실하면 천주도 역시 그대에게 자비로우실 게 틀림없네."라고 하니 큰 남자는 크게 용기를 내어,

"어쨌든 그 류사가인가의 나루터지기가 되겠습니다."라고 했다. 그래서 은자 노인도 '레푸로보스'의 기특한 뜻을 의외로 기뻐하여,

"그렇다면 지금 세례를 주겠노라."고 하고 몸소 물병을 껴안고 느릿느릿 초가집 용마루에 기어올라, 겨우 산사나이 머리 위에 그 물병의 물을 쏟아 부었다. 이때에 이상한 일이 있었다는 것은 득도得度의 의식이 끝나지도 않았는데 때마침 떠오른 태양이 반짝반짝 빛나고 있는 한가운데에서 어쩐지 구름이 끼었는가 생각했는데, 갑자기 그것이 수도 셀 수 없는 박새 무리가 되어 하늘에 솟은 '레푸로보스'

의 떨기와 같은 머리 위에 여기저기 날아 내렸다. 이 이상함을 본 은자 노인은 엉겁결에 성수를 부으려는 방향조차 잊어버리고 황홀하게 아침 해를 바라보고 있다가, 이윽고 공손하게 천상을 향해 엎드려 예배하고, 집 용마루에서 '레푸로보스'를 손짓해 불러,

"과분하게도 세례를 받는 이상에는 향후 '레푸로보스'를 고쳐서 '기리시토호로'라고 칭하라. 생각건대 천주도 그대의 신심 깊음을 가상히 여기셨는데, 만에 하나 근행勤行에 게으르지 않으면 필히 머지 않아 '에스 기리시토'의 존체를 뵈올 수 있을 걸세."라고 했다. 그래서 '기리시토호로'라 이름을 고친 '레푸로보스'가 그 후 어떤 행운을 만났는지, 그 다음을 알고자 하는 분들은 우선 아래를 읽어보시라.

• 왕생한 일

그래서 '기리시토호로'는 은자 노인에게 이별을 고하고, 류사가의 언저리에 갔는데, 정말로 탁류가 샘솟듯이 하여 강변 푸른 갈대를 쓸며 지나가고, 천리 파도가 뒤집는 형세는 용이하게 배조차 지날 수 없었다. 하지만 산사나이는 키가 무릇 삼십 척이 넘을 정도라서 강 한가운데를 지날 때도 물은 겨우 배꼽 근처를 소용돌이치면서 흐를 뿐이다. 그래서 '기리스토호로'는 이쪽 강변에 작지만 암자를 짓고 때때로 건너기에 곤란하게 보이는 여행자가 눈에 들어오면, 곧 그 근처로 걸어가서 "나는 이 류사가의 나루터지기요."라고 일러주었다. 원래 보통 여행자는 산사나이의 무서운 모습을 보면 무슨 천마파순天魔波旬인가 하고 처음에는 간이 서늘해서 도망치지만, 이윽고 그 마음

씨 부드러움을 잘 알고 "그렇다면 신세를 집시다." 하고 쭈뼛쭈뼛 '기리시토호로'의 등에 타는 것이 보통이다. 그런데 '기리시토호로'는 여행자를 어깨에 들어 올리곤 언제나 물가의 버들을 뿌리 채 뽑은 튼튼한 지팡이를 짚으면서 소용돌이치는 물길도 상관치 않고 '쏴쏴' 물을 가르며 거침없이 저쪽 강변까지 건넜다. 더욱이 저 박새는 그 사이에는 모두가 마치 양화楊花가 흩날리듯이 끊임없이 '기리시토호로'의 머리를 빙빙 돌며 기쁘게 서로 지저귀었다고 한다. 정말 '기리시토호로'의 신심 두터움에는 무심한 작은 새도 기쁜 마음을 참을 수 없었으리라.

이같이 '기리시토호로'는 비바람도 마다 않고 삼년간 나루터지기를 하고 있었는데, 나루터를 찾는 여행자 수는 많아도 주 '에스 기리시토'다운 모습은 한 번도 만나지 못했다. 그런데 삼 년째 어느 밤의 일, 때마침 거센 바람이 불고 번개조차 엉클어져 울려 퍼져, 산사나이는 박새와 암자를 지키며 지나간 일들을 꿈과 같이 생각하고 있는데, 갑자기 장대 같은 굵은 비를 맞으며 애처로운 목소리가 메아리치기를,

"어째서 나루터지기는 나오지 않지요. 강 한번 건네주세요." 하고 들려왔다. 그래서 '기리시토호로'는 몸을 일으켜 밖을 보니 깜깜한 밤에 떨며 있는 것은 무엇인가. 강 언저리에는 나이도 아직 열 살도 안 되는, 말쑥하게 흰옷을 입은 동자가 하늘을 찢으며 나는 번개 속에 머리를 숙이고 오로지 혼자서 웅크리고 서 있는 것이 아닌가. 산사나이는 희한한 생각이 들어 바위에도 뒤지지 않을 큰 몸을 구부리며 위로하듯이 묻기를,

"너는 왜 이같이 깊은 밤에 혼자서 걷는고?"라고 물었더니, 동자는 슬픈 눈을 들어 "우리 아버지께 가려고요."라고 곱디고운 목소리로 대답했다. 처음부터 '기리시토호로'는 이 답을 듣고서 조금도 의심이 풀리지 않았지만, 어쩐지 건너기를 서두르는 모습이 불쌍하고 다정하게 느껴져,

"그럼 쉽게 건네주지."라고 양손에 아이를 껴안고 평소와 같이 어깨에 태워, 굵은 막대기를 '탁' 집고 강변 푸른 갈대를 가르면서, 바람이 미친 듯이 부는 밤에 강 속으로 간도 크게 철썩 몸을 적셨다. 하지만 바람은 검은 구름을 휘감아 내리고, 숨도 쉬기 어렵게 불어재꼈다. 비도 강 수면을 쏘는 듯하여 밑바닥이라도 뚫을 듯이 쏟아부었다. 마침 어둠을 뚫는 번개 빛에 파도는 일면에 솟아올라 뒤집히고 공중에 솟아오른 물안개로 마치 무수한 천사들이 눈 날개를 펄럭이며 나는 듯하였다. 그러니 아무리 '기리시토호로'도 오늘밤은 몹시 건너기 어려워, 굵은 지팡이에 꼭 매달리면서 주춧돌이 썩은 탑같이 몇 번이고 흔들흔들 움직이지 못하고 서있었는데, 비바람보다도 더욱이 어려웠던 것은 괘씸하게도 어깨의 동자가 점차로 무거워지는 것이다. 처음에는 그것도 어느 정도 참을 수 없다고는 생각하지 않았는데, 드디어 강 한가운데 다다르자 흰옷 동자 무게는 점점 늘어, 지금은 마치 큰 반석을 지고 있는가 하고 의심했다. 그런데 나중에는 '기리시토호로'도 심한 무게에 눌려 결국은 이 류사가에서 목숨을 잃을 것이라 각오했는데, 문득 귀에 들어온 것은 전에 들어 익숙한 박새 소리였다. 글쎄 이 깜깜한 밤에 뭣 하러 작은 새들이 나를까 하고 의심하면서 머리를 들어 하늘을 보니, 이상하게 동자 얼

굴을 둘러 초승달만한 금광金光이 찬란하고 동그랗게 빛나고 있는데, 박새는 모두 폭풍도 아랑곳하지 않고, 이 금광 주위에 분분히 미친 듯 춤추고 있다. 이것을 본 산사나이는 작은 새조차 이렇게 씩씩한데 자신은 인간으로 태어나 어찌 삼 년의 근행을 하룻밤에 버릴 수 있겠는가 하고 생각했다. 저 포도넝쿨과도 혼동할 머리카락을 '윙윙' 하늘에 흩날리며 밀려와서는 뒤엎어지는 거센 파도에 가슴까지 적시며 굵은 지팡이를 부러지라고 꼭 잡고 죽을힘을 다하여 강변으로 발걸음을 재촉했다.

이것이 아마 한 시간 너머 온갖 고통 속에서 계속되었다. '기리시토호로'는 겨우 저쪽 강변에, 싸워 지친 사자왕의 모습으로 헐떡이면서 오르자, 버드나무 지팡이를 모래에 꽂고 어깨의 동자를 안아 내리고 숨을 내쉬면서 말하기를,

"거참 자네 동자의 무게는 바다와 산의 무게를 모르는 것 같구나." 고 했더니 아이는 싱긋 웃으면서 머리 위의 금광을 바람 속에 한층 더 찬연히 빛내면서 산사나이의 얼굴을 올려다보고 정말 그리운 듯이 대답하기를,

"그렇기도 할 테지. 자네는 이 밤이야말로 세계의 고통을 짊어진 '에스 기리시토'를 등에 진 거야."라고 방울을 흔드는 듯한 목소리로 말했다…….

그 밤, 이 쪽 류사가의 언저리에는 저 나루터지기 산사나이의 무서운 모습이 보이지 않게 되었다. 오직 후에 남은 것은 저쪽 강변 모래에 꽂힌 튼튼하고 굵은 지팡이로, 여기에는 말라빠진 줄기 주위에 이상하게 곱고 붉은 장미꽃이 향기롭게 흐드러져 피어 있었다고

한다. 그러니 마태의 경에도 기록되어 있는 것처럼 '심령이 가난한
자는 복이 있나니 천국이 그들의 것임이요.'

■ 1919. 4. 15

주리아노 기치스케

1

'주리아노' 기치스케는 히젠국 소노키군 우라가미촌 태생이었다. 일찍 부모를 여위었기 때문에 유소년 때부터 그 지방의 오토나 사부로지라고 하는 사람의 하인이 되었다. 하지만 천성이 우둔한 그는 시종 친구들의 놀림감이 되고 소나 말과 같이 천한 일을 하지 않으면 안 되었다.

이 기치스케가 열여덟 아홉 때, 사부로지의 외동딸인 가네라는 여자를 사모했다. 가네는 물론 이 하인의 연모 따위에는 뒤돌아보지도 않았다. 뿐만 아니라 나쁜 친구들은 재빨리 이를 알아채고 드디어 그를 조롱했다. 기치스케는 우둔하지만 괴로움에 견딜 수 없어, 어느 날 밤 몰래 오래 살아온 사부로지의 집을 도망쳐 나왔다.

그로부터 삼년간 기치스케의 소식은 묘연하여 아무도 아는 이가 없었다.

하지만 그 후 그는 거지같은 모습이 되어 다시 우라카미촌으로 돌아왔다. 그리하여 원래대로 사부로지를 모시게 되었다. 이후 그는 친구들의 경멸도 괘념치 않고 오로지 충실하고 부지런히 일했다. 특히 딸인 가네에 대해서는 기르는 개보다도 더욱 충실했다. 딸은 이때 이미 남편을 맞이하여 누구나 부러워하는 부부 사이가 되어 있었다.

그리하여 십이 년의 세월이 아무 일 없이 흘러가버렸다. 하지만 그 사이 친구들은 기치스케의 거동에 무언가 수상한 점이 있음을 알아차렸다. 그래서 그들은 호기심에 사로잡혀 주의 깊게 그를 감시하기 시작했다. 그랬더니 생각했던 대로 기치스케가 아침저녁 한 번씩 이마에 십자를 긋고 기도드리는 것을 발견했다. 그들은 곧바로 이 사실을 사부로지에게 일러바쳤다. 사부로지도 뒷일이 두렵다 생각해 즉시 그를 우라카미촌의 관헌에 넘겼다.

그는 포졸에게 둘러싸여 나가사키 감옥에 보내졌을 때도 조금도 기가 죽은 기색을 보이지 않았다. 아니 전설에 의하면 우둔한 기치스케의 얼굴이 이때는 마치 하늘빛이라도 받았다 할 정도로 이상한 위엄에 충만해 있었다고 한다.

2

포도대장 앞에 끌려나온 기치스케는 솔직히 기리시탄 종문宗門을 받드는 자라고 자백했다. 그리고 그와 포도대장 사이에는 이 같은 문답이 오갔다.

포도대장 "너의 종문신은 무엇이라고 하는가?"

기치스케 "'베렌국'의 왕자님, '에스 기리스토'님, 또 이웃 나라의 공주님, '산타 마리야'님입니다."

포도대장 "그들은 어떠한 모습을 하고 있는가?"

가치스케 "제가 꿈에 본 '에스 기리스토'님은 자색의 긴소매 옷을 입으신 아름다운 젊은이 모습입니다. 또 '산타 마리야'님은 금실 은실 수를 놓은 예복 입으신 모습을 보았습니다."

포도대장 "그들이 종문신이 된 것은 어떤 까닭인가?"

기치스케 "'에스 기리스토'님이 '산타 마리야'님을 사랑하셔서 상사병으로 죽게 되어, 우리와 같은 고통에 괴로워하는 사람을 구원해 주신다고 생각하여 종문신으로 모신 것뿐입니다."

포도대장 "너는 어디에서 누구로부터 그 같은 가르침을 전수 받았는가?"

기치스케 "저는 삼 년 동안 여러 곳을 헤매었던 일이 있습니다. 이때 어떤 해변에서 안면이 없는 홍모인紅毛人에게 전수를 받았습니다."

포도대장 "전수하는 데는 어떤 의식을 행했는가?"

기치스케 "성수를 받고 나시 '주리아노'라고 하는 이름을 받았습니다."

포도대장 "그리고 그 홍모인은 그 후 어디로 갔는가?"

기치스케 "그러니까 희한한 일입니다. 그때 미친 듯 날뛰는 파도를 밟고 어딘가 모습을 감추었습니다."

포도대장 "지금에 와서 헛소리를 하면 그때는 가만 두지 않겠다."

기치스케 "왜 거짓말을 하겠습니까? 전부 틀림없는 진실입니다."

포도대장은 기치스케가 말한 내용을 이상하게 여겼다. 그것은 지금까지 심문했던 어떤 기리시탄 신도들이 하는 이야기와는 전혀 다른 것이었다. 하지만 포도대장이 몇 번이고 조사를 거듭해도 막무가내로 기치스케는 그가 말한 것을 뒤집지 않았다.

3

'주리아노' 기치스케는 결국 천하의 법대로 책형에 처해지게 되었다.

그 날 그는 온 마을에 끌려 다닌 데다가 '산토 몬타니'의 밑 형장에서 무참히도 나무 기둥에 매달렸다.

나무 기둥은 주위의 대 울타리 위에 한층 더 높이 십자를 그리고 있었다. 그는 하늘을 우러르면서 몇 번이고 드높이 기도를 하고 겁내는 기색도 없이 간수의 창을 맞았다. 그 기도 소리와 함께 그의 머리 위 하늘에서는 일단의 기름 구름이 솟아 나왔고, 이윽고 처참한 큰 번개비가 억수로 형장에 내리쏟아졌다. 다시 하늘이 맑았을 때, 기둥 위의 '주리아노' 기치스케는 이미 숨이 끊어져 있었다. 하지만 대 울타리 밖에 있던 사람들은 지금도 그의 기도 소리가 온 하늘에 떠있는 듯한 느낌이 들었다.

그것은 "'베렌국'의 왕자님, 지금은 어디에 계시옵니까. 찬양 드리옵니다."라고 하는 짧고 소박한 기도였다.

그의 시체를 기둥에서 끌어내렸을 때, 간수는 모두 그것이 미묘美妙한 향내를 내고 있음에 놀랐다. 들여다보니 기치스케의 입안에서는 한 그루 백합꽃이 이상하게도 싱싱하게 피어 있었다.

이것이 나가사키저문집, 공교유사, 경포파촉담 등 여기저기에서 조금씩 보이는 '주리아노' 기치스케의 일생이다. 그리고 또 일본의 순교자 중 내가 가장 사랑하는 신성한 우인愚人의 일생이다.

■ 1919. 8

검은 옷의 성모

─이 눈물의 골짜기에서 신음하고 울어도, 당신에게 소망을 두옵니
다……당신의 연민의 눈을 저희에게 돌려주옵소서……깊이 유연하시고
깊이 애련하시며 뛰어나게 아름다우신 '비루젠 산타 마리야'님─

― 일본역 「게렌도」

"어떻습니까, 이건."

다시로군은 이렇게 말하면서 마리야관음 전부를 테이블 위에 올
려 보였다.

마리야관음이라 하는 것은 기리시탄 종문 금지 시대에 천주교도
가 종종 성모 마리야 대신에 예배했던, 대부분은 백자 관음상이다.
하지만 지금 다시로군이 보여 주었던 것은 그 마리야관음 중에서도
박물관의 진열실이나 세상 보통 수집가의 캐비닛에 있을 법한 것은
아니다. 우선 이것은 얼굴을 제외하고 다른 부분은 전부 흑단을 새

긴 한 척 정도의 입상이다. 뿐만 아니라 목 주위에 걸린 십자가 모양의 장신구도 금과 자개를 상감한 극히 정교한 세공 같다. 그 위얼굴은 아름다운 상아 조각으로 더욱이 입술에는 산호 같은 한 점붉은 색까지 더하고 있다…….

나는 입을 다물고 팔짱을 낀 채, 한참 이 검은 옷 성모의 아름다운 얼굴을 쳐다보고 있었다. 그런데 쳐다보고 있는 동안에 무언가이상한 표정이 상아 얼굴 어딘가에 떠 있는 것 같은 느낌이 들었다. 아니 이상하다고 해서는 충분하지 않다. 나는 그 얼굴 전체가 어떤악의를 띤 조소를 띠우고 있는 듯한 기분마저 들었다.

"어떻습니까? 이건."

다시로군은 모든 수집가에게 공통적인 긍지의 미소를 띠면서, 테이블 위의 마리야관음과 나의 얼굴을 비교하고는 한 번 더 이렇게반복했다.

"이것은 진품이지요. 하지만 무언가 이 얼굴에는 어쩐지 기분 나쁜 곳이 있지는 않습니까?"

"원만한 얼굴 표정이라고는 할 수 없잖아요. 그리 말하자면 이 마리야관음에게는 묘한 전설이 붙어 있습니다."

"묘한 전설?"

나는 눈을 마리야관음에서 생각 없이 다시로군 얼굴로 옮겼다. 다시로군은 의외로 성실한 표정을 띠우면서 그 마리야관음을 약간테이블 위에서 들어 올렸다가 곧 원위치로 갖다 놓고는,

"그래, 이건 화를 바꾸어 복으로 하는 대신에, 복을 바꾸어 화로하는, 인연이 나쁜 성모이지요."

"설마."

"그런데 실제 그러한 사실이 주인에게 있었다고 합니다."

다시로군은 의자에 앉자 거의 수심에 잠긴 듯한 형용을 하고 음울한 눈초리가 되면서 나에게도 테이블 저쪽 의자에 앉으라고 손짓을 하여 보였다.

"정말입니까?"

나는 의자에 앉음과 동시에 나도 모르게 이상한 소리를 내었다. 다시로군은 나보다 일이년 전에 대학을 졸업한 수재라는 평판이 높은 법학사다. 더욱이 또 내가 알고 있는 한 소위 초자연적 현상은 추호의 신용도 하지 않는 교양이 풍부한 신사상가이다. 이 다시로군이 이런 말을 꺼내는 이상, 설마 이 묘한 전설이라는 것도 황당무계한 괴담은 아닐 것이다.——

"그렇습니까?"

내가 다시 이렇게 확인을 하자, 다시로군은 성냥불을 서서히 파이프에 옮기면서,

"자, 그건 당신 자신의 판단에 맡기는 수밖에 없을 것입니다. 하지만 어쨌든 이 마리야관음에는 기분 나쁜 인연이 있다는 겁니다. 지루하지 않다면 이야기하겠습니다만.——"

이 마리야관음은 내 손에 들어오기 이전에, 니가타현 어떤 마을의 이나미라고 하는 큰 부잣집에 있었던 것입니다. 물론 골동품으로서 있었던 것은 아니고, 일가의 번영을 기원하는 종문신으로 있었던 것입니다만.

이 이나미라고 하는 사람은 마침 나와 동기 법학사로, 그이는 회사에도 관계하고, 은행에도 손을 뻗치고 있는, 꽤 상당한 사업가입니다. 이러한 관계상 나도 한두 번 이나미를 위해 어떤 편의를 보아준 일이 있습니다. 그 보답이겠지요. 이나미는 어느 해 상경하는 길에 집에 조상 대대로 내려오던 마리아관음을 저에게 주고 갔습니다.

내가 소위 묘한 전설이라고 하는 것도 그때 이나미 입에서 들었던 겁니다만, 그 자신은 물론 이런 이상한 전설을 믿고 있는 것도 아닙니다. 단지 모친에게 들었던 대로 이 성모의 내력과 인연을 대충 설명했을 뿐입니다.

확실히는 모르나 이나미의 모친이 열 살인가 열한 살이 되던 가을이었다고 합니다. 연대로 하자면 흑선이 우라가항을 시끄럽게 했던 가에이 말년에 해당 되겠습니까——그 모친의 동생이 되는 모사쿠라고 하는 여덟 살 남짓의 남자아이가 중한 홍역에 걸렸습니다. 이나미의 모친은 오에이라고 하는데, 이삼년 전 역병에 부모가 같이 세상을 뜬 이래, 이 모사쿠와 남매 둘은 이미 칠십을 넘긴 조모의 손에서 키워졌다고 합니다. 그 때문에 모사쿠가 중병이 들자 이나미에게는 증조모에 해당하는 이 노인네의 걱정은 보통이 아니었습니다. 하지만 아무리 의사가 손을 써 봐도 모사쿠의 병은 중해질 뿐 거의 일주일도 지나지 않아 내일일까 모래일까 히는 용태가 되어 버렸습니다.

그런데 어느 밤의 일, 오에이가 잠자고 있는 방에 갑자기 조모가 들어와서, 졸리는 것을 억지로 안아 일으키고, 혼자서 부지런히 옷을 갈아입게 했다고 합니다. 오에이는 아직 꿈이라도 꾸듯이 멍한 마음으로 있었습니다만, 조모는 곧 그 손을 잡고 어슴푸레한 등롱을 인기척이 없는 복도에 비추면서, 낮에도 좀처럼 들어간 일이 없는 헛간에 오에이를 끌고 갔습니다.

헛간 안에는 옛날부터 화재를 막는다는 신불인 이나리가 모셔져 있는 흰 나무 신사가 있었습니다. 조모는 허리 사이에서 열쇠를 꺼내 그 신사의 문을 열었습니다만, 지금 등롱 빛에 비추어 보면 낡은 비단 커튼 뒤에 단정히 서 있는 신의 형체는 다름 아닌 이 마리야관음이었습니다. 오에이는 이것을 보자마자 갑자기 귀뚜라미 소리조차 나지 않는 한밤중 헛간이 겁나 엉겁결에 조모의 무릎에 매달린 채, 훌쩍훌쩍 울기 시작했습니다. 하지만 조모는 보통 때와는 달리 오에이가 우는 데도 개의치 않고, 그 마리야관음 신사 앞에 꿇어앉으면서 정중하게 이마에 십자를 긋고 무언가 오에이가 모르는 기도를 올리기 시작했다고 합니다.

이것이 거의 십분 정도 계속되고 나서, 조모는 조용히 손녀를 안아 일으키고, 겁내는 것을 자꾸만 달래면서 자기 옆에 앉게 했습니다. 그리하여 이번에는 오에이도 알 수 있도록 이 흑단 마리야관음에게 이런 소원을 말하기 시작했습니다.

"동정 성모 마리야님, 제가 하늘에도 땅에도 기둥같이 의지하는 것은 금년 팔세인 손자 모사쿠와 여기에 데리고 온 누이인 오에이뿐입니다. 오에이도 아직 보시는 바대로 시집갈 나이는 아닙니다. 만약 지금 모사쿠의 몸에 만일의 일이라도 일어난다면, 이나미의 집은 내일이라도 대가 끊겨 버립니다. 이 같은 불상사가 없도록 어쨌든 모사쿠의 생명을 지켜주시기 바랍니다. 이것도 저 같은 것의 신심으로 이루어질 수 없는 것이라면, 하다못해 저의 목숨이 있는 한 모사쿠의 생명을 구해 주십시오. 저도 나이를 먹은 사람이고 영혼을 천주님께 드릴 날도 머지않았습니다. 그러나 그때까지는 손녀인 오에이도 뜻하지 않은 재난이 없으면 아마 시집갈 나이가 되겠지요. 어쨌든 제가 눈을 감기까지라도 좋으니, 죽음의 천사의 칼이 모사쿠의 몸에 닿지 않도록 자비를 내려주십시오."

조모는 머리를 숙이고 열심히 이같이 기도했습니다. 그러자 그 말이 끝났을 때, 쭈뼛쭈뼛 얼굴을 들은 오에이의 눈에는 기분 탓인지 마리야관음이 미소 짓는 듯이 보였다고 합니다. 오에이는 물론 작은 목소리를 내며 또 조모의 무릎에 매달렸습니다. 하지만 조모는 오히려 만족하듯 손녀의 등을 쓰다듬으면서,

"자, 이제 저쪽에 가자. 마리야님은 고맙게도 이 늙은이의 기도를 들어주셨으니까."

라고 몇 번이고 반복해서 말했다고 합니다.

그런데 다음날이 되어보니, 과연 조모의 소원이 들어맞았는지 모사쿠는 어제보다도 열이 내려가고 지금까지는 마치 꿈속 같았던 것이 점차로 제정신이 들었습니다. 이 모습을 본 조모의 기쁨은 좀처럼 말로는 다할 수 없었습니다. 무엇보다도 이나미의 모친은 그때 조모가 웃으면서 눈물을 흘리고 있던 얼굴을 아직 잊을 수 없다고 합니다. 그 동안에 조모는 병든 손자가 새근새근 잠들기 시작한 것을 보고 자신도 연일 밤 간호의 피로를 잠시 풀 작정이겠지요. 병상 옆에 잠자리를 깔고 희한하게 거기에 누웠습니다.

그때 오에이는 공기놀이를 하면서 조모의 베갯맡에 앉아 있었습

니다만, 노인은 힘이 빠질 정도로 피곤해서 마치 죽은 사람처럼 곧바로 잠들어 버렸다고 합니다. 그런데 이래저래 한 시간 정도 지나자 모사쿠 간호를 하고 있던 연배의 식모가 살짝 다음 방의 문을 열고 "아가씨, 잠시 할머니를 깨워 주세요." 하고 당황한 듯한 목소리로 말했습니다. 그래서 오에이는 동생 일이라 빨리 조모 옆에 가서 "할머니, 할머니." 하고 두세 번 잠옷 소매를 잡아당겼다고 합니다. 하지만 어찌된 일인지 보통은 재빠른 조모가 오늘은 아무리 불러도 대답을 할 기색조차 보이지 않았습니다. 그 동안에 식모가 의심스러운 듯이 병상에서 이쪽으로 들어왔습니다만, 조모의 얼굴을 보자 정신마저 나갔다고 할 정도로, 갑자기 노인의 소매에 들어붙어 "할머니, 할머니." 하고 필사로 눈물 섞인 소리를 내기 시작했습니다. 하지만 조모는 눈 주위에 희미한 자색을 머금은 채 역시 몸을 움직이지도 않고 자고 있었습니다. 이윽고 또 한사람 식모가 황급히 문을 열자, 이 식모도 색을 잃은 얼굴을 보이면서 "할머니──도련님이──할머니."라고, 떨리는 목소리로 부르기 시작했습니다. 물론 이 식모의 "도련님──"은 오에이의 귀에도 또렷하게 모사쿠의 용태가 언짢다는 것을 알리는 힘이 있었습니다. 하지만 조모는 여전히 지금은 베갯맡에서 엎드려 우는 식모 소리도 들리지 않는 듯 쭉 눈을 감고 있었습니다…….

모사쿠도 그리고서 십분 정도 후에 드디어 숨을 거두었습니다. 마리야관음은 약속대로 조모의 생명 있는 동안 모사쿠를 죽이지 않고 두었던 것입니다.

다시로군은 이같이 이야기를 끝내자 또 음울한 눈을 들고서 쭉 나의 얼굴을 쳐다보았다.

"어떻습니까? 당신은 이 전설이 정말로 맞았다고 생각하지 않습니까?"

나는 주저했다.

"글쎄——그러나——글쎄요."

다시로군은 한참 침묵하고 있었다. 하지만 이윽고 연기가 꺼진 파이프에 한 번 더 불을 붙이면서,

"나는 정말로 있었다고 생각합니다. 단지 이것이 이나미 가의 성모 때문이었는지 어쩐지는 의문입니다만,——그렇다면 아직 당신은 이 마리야관음 받침에 있는 글을 읽지 않으셨지요. 보십시오. 여기에 새겨져 있는 횡문자를.—— '너의 기도가 하느님이 정한 것을 움직일 수 있다고 바라지 말라'의 뜻……."

나는 이 운명 그것 자체와도 같은 마리야관음에게 무심결에 기분 나쁜 눈을 옮겼다. 성모는 흑단의 옷을 입은 채, 역시 그 아름다운 상아 얼굴에 어떤 악의를 띤 조소를 영원히 냉랭하게 띄우고 있다.——

■ 1910. 4

11

남경의 그리스도

1

　어느 가을 밤중이었다. 남경 기망가의 어떤 집 방 한 칸에는 얼굴색이 파래진 중국의 소녀가 혼자, 낡은 테이블 위에 턱을 괴고, 쟁반에 담긴 수박씨를 지루한 듯이 씹어 깨고 있었다.

　테이블 위에는 램프가 침침한 빛을 내고 있었다. 그 빛은 방안을 밝게 하기보다는 오히려 한층 음울한 효과를 내는 데 효력이 있었다. 벽지가 벗겨진 방구석에는 모포가 불거져 나온 등나무 침대가 먼지 냄새나는 방장을 늘어뜨리고 있었다. 그리고 테이블 저 쪽에는, 그것도 낡은 의자가 하나 마치 잊힌 듯 내동댕이쳐져 있었다. 하지만 그외 어디를 보아도 장식다운 가구 종류는 무엇 하나 보이지 않았다.

　소녀는 그것과 상관없이 수박 씨 씹기를 멈추고, 때때로 시원한 눈을 들어 테이블 한 쪽에 접하고 있는 벽을 지그시 쳐다보는 일이 있었다. 쳐다보니 과연 그 벽에는 바로 대가리가 꼬부라진 못에 작은 놋쇠 십자가가 얌전히 걸려 있었다. 그리고 그 십자가 위에는 치졸한 수난의 그리스도가 높이 양팔을 벌리고, 문질러진 부조의 윤곽을 그림자처럼 멍하니 띄우고 있었다. 소녀의 눈은 이 예수를 볼 때마다 긴 속눈썹 뒤의 외로운 기색이 일순간 어디론가 사라져 보이지 않고, 그 대신 순진한 희망의 빛이 생생하게 되살아나고 있는 것 같았다. 그러나 곧 또 시선이 움직이자 그녀는 한숨을 내쉬고, 광택도 없는 검은 공단 상의 어깨를 심심한 듯 떨어뜨리며 한 번 더 접시의 수박씨를 드문드문 씹어대는 것이었다.

소녀는 이름을 송금화라고 하며, 가난한 가계를 돕기 위하여 매일 밤 이 방에서 손님을 받는 금년 열다섯의 창녀였다. 진회秦淮에 많은 창녀 중에는 금화 정도 용모의 소유자라면 얼마라도 있음에 틀림없다. 그러나 금화 정도로 마음씨가 부드러운 소녀가 다시 이 땅에 있을지 없을지, 그것은 적어도 의문이었다. 그녀는 동료 매춘부와 달리 거짓말도 하지 않을 뿐 아니라, 버릇없이 굴지도 않고, 밤마다 유쾌한 미소를 띠며, 이 음울한 방을 찾는 여러 손님과 새롱거리고 있었다. 그래서 그들이 쓰고 간 돈이 가끔 약속한 금액보다 많을 때에는, 오로지 한분뿐인 부친에게, 좋아하는 술을 한잔이라도 더 사드리는 일을 즐거움으로 삼고 있었다.

이 같은 금화의 태도는 물론 그녀가 타고 난 것임에 틀림없다. 그러나 또 그 외에 무언가 이유가 있다고 한다면, 그것은 금화가 어릴 때부터, 벽 위 십자가에서 알 수 있듯이, 돌아가신 모친에게서 가르침을 받은 로마가톨릭교의 신앙을 쭉 지니고 있었기 때문이었다.

──그렇다면 금년 봄 상하이의 경마 구경을 겸해 남부 중국의 경치를 찾아 왔던 젊은 일본 여행가가 금화의 방에서 유별난 하룻밤을 밝힌 일이 있었다. 그때 그는 여연송을 물고 양복 무릎에 가벼이 작은 금화를 껴안고 있었는데, 문득 벽의 십자가를 보고서 수상한 얼굴을 하고,

"너, 예수교도야?" 하고 분명치 않은 중국어로 말을 걸었다.

"네, 다섯 살에 세례를 받았습니다."

"그리고 이런 장사를 하고 있는 거야?"

그의 소리에는 이 순간 빈정거리는 어조가 섞인 것 같았다. 하지만 금화는 그의 팔에 검은 머리를 기대면서 여느 때처럼 밝게 송곳니를 보이는 웃음을 웃었다.

"이 장사를 하지 않으면 아버지도 나도 굶어 죽으니까요."

"네 아버지는 노인이야?"

"네,──이미 허리도 쓸 수 없는 걸요."

"그러나 말이야──그러나 이런 장사를 하고 있어서는 천국에 갈 수 없다고 생각하지는 않니?"

"아니오."

금화는 잠시 십자가를 바라보면서 생각 깊은 듯한 눈초리가 되었다.

"천국에 계시는 그리스도님은 틀림없이 제 마음을 이해해 주실 것으로 생각하니까요.──그렇지 않으면 그리스도님도 요가항 경찰서 순사나 같잖아요."

젊은 일본의 여행가는 미소를 지었다. 그리하여 상의 포켓을 더듬어 비취 귀고리 한 쌍을 꺼내서 손수 그녀의 귀에 달아주었다.

"이것은 아까 일본에 가져갈 선물로 샀던 귀고리인데 오늘밤 기념으로 너에게 주는 거야."

금화는 처음 손님을 맞을 때부터 실제 이런 확신에 스스로 안심하고 있었다.

그런데 이래저래 한 달쯤 전부터 이 경건한 창녀는 불행하게도 악성매독을 앓는 몸이 되었다. 이것을 들은 친구인 진산차는 통증을 멈추는데 좋다고 하여 아편 술 마시는 걸 가르쳐 주었다. 그 후 또 역시 친구인 모영춘은 그녀 자신이 복용했던 홍람환이나 가로미 나머지를 친절하게도 일부러 갖다 주었다. 하지만 금화의 병은 어찌된 일인지 손님을 받지 않고 틀어 박혀 있어도 전혀 나아지려고 하지 않았다.

그런데 어느 날 진산차가 금화의 방에 놀러왔을 때, 이러한 미신 같은 요법을 그럴듯하게 들려주었다.

"네 병은 손님한테서 옮은 것이니까 빨리 누구에게 옮겨 버려. 그러면 이삼일 안에 틀림없이 좋아져."

금화는 턱을 괸 채 우울한 얼굴색을 고치지 않았다. 하지만 산차의 말에는 다소의 호기심이 발동한 것처럼 보이면서,

"정말?" 하고 가볍게 대답했다.

"응, 정말이야. 내 언니도 너같이 아무리해도 병이 낫지 않았지. 그런데 손님에게 옮겨버리니까 곧바로 좋아졌어."

"그 손님은 어떻게 됐어?"

"손님은 불쌍하지. 덕분에 눈까지 찌부러졌다고 하잖아."

산차가 방을 나간 후 금화는 혼자서 벽에 걸린 십자가 앞에 무릎을

꿇고 수난의 그리스도를 바라보면서 열심히 이같이 기도를 드렸다.

"천국에 계시는 그리스도님, 저는 아버지를 봉양하기 위해 천한 장사를 하고 있습니다. 그러나 제 장사는 저 혼자를 더럽히는 것 외에는 누구에게도 폐를 끼치지 않습니다. 그래서 저는 이대로 죽어도 반드시 천국에 갈 수 있다고 생각합니다. 하지만 지금 저는 손님에게 이 병을 옮기지 않는 한 지금과 같은 장사를 할 수는 없습니다. 그래서 설령 굶어 죽는다고 해도——그러면 이 병도 낫는다고 합니다만——손님과 한 침대에 자지 않도록 주의하지 않으면 안 된다고 생각합니다. 그렇지 않으면 저는 저희의 행복을 위해 원한도 없는 타인을 불행하게 하는 일이 되기 때문입니다. 그러나 뭐라고 해도 저는 여자입니다. 언제 어떤 유혹에 빠질지도 모릅니다. 천국에 계시는 그리스도님. 어쨌든 저를 지켜주십시오. 저는 당신 한 사람 외에는 의지할 곳도 없는 여자이니까요."

이렇게 결심한 송금화는 그 후 산차나 영춘이가 아무리 장사를 권해도 완강하게 손님을 받지 않았다. 또 때때로 그녀의 방에 친숙한 손님이 놀러 와도 같이 담배를 피우는 것 외에 결코 손님 뜻에 따르지 않았다.

"저는 무서운 병을 가지고 있습니다. 옆에 오시면 당신에게 옮아요."

그렇지만 손님이 술에 취해 있어 무리하게 그녀를 마음대로 하려고 하면 금화는 언제나 이같이 이야기하고, 실제 그녀가 아픈 증거를 보여주는 것조차 서슴지 않았다. 그래서 손님은 그녀 방에 차차 놀러오지 않게 되었다. 동시에 또 그녀의 살림살이도 하루하루 어렵게 되어갔다.

오늘밤도 그녀는 이 테이블에 기대어 긴 시간 멍하니 앉아 있었다. 하지만 변함없이 그녀의 방에는 손님이 올 기미도 보이지 않았다. 그 동안에 밤은 거침없이 깊어갔고 그녀의 귀에 들어오는 소리라고는 단지 어디에선가 울고 있는 여치 소리뿐이었다. 그 뿐만 아니라 불기도 없는 방의 추위는 침상에 깔린 돌 위에서 점차로 그녀의 쥐공단 구두를, 그 구두 속의 화사한 발을, 밀물과 같이 엄습해오는 것이었다.

금화는 침침한 램프 불에 아까부터 황홀하게 넋을 잃고 보고 있다가, 드디어 몸놀림을 한번하고 비취 고리를 늘어뜨린 귀를 긁으며 작은 하품을 억눌렀다. 그러자 거의 그 순간에 페인트 바른 문이 힘차게 열리고, 낯이 익지 않은 한 외국인이 쓰러질 듯 밖에서 들어왔다. 그 활기가 거세었기 때문일 것이다. 테이블 위의 램프 불은 한차례 확 타오르고, 묘하게도 빨갛게 그은 빛을 좁은 방 속에 넘치게 했다. 손님은 그 빛을 정면으로 받고 한번은 테이블 쪽으로 엎어졌다가, 곧 또 일어서서 이번에는 뒤로 움찔하고, 방금 페인트 바른 문에 등을 털썩하고 기대어버렸다.

금화는 엉겁결에 일어서서 이 낯선 외국인의 모습에 어안이 벙벙한 시선을 보냈다. 손님의 나이는 삼십 오륙 세 정도일까. 줄무늬가 있는 갈색 신사복에 같은 옷감으로 된 사냥모자를 쓴, 눈이 크고 턱수염이 있는 뺨이 햇볕에 그을린 남자였다. 하지만 단지 하나 수긍이 가지 않는 점은 외국인은 틀림없다고 하더라도 서양인인지 동양인인지 괴기한 모습에 분간이 가지 않았다. 검은 머리카락이 모자 밑에서 불거져 나오고, 불이 꺼진 파이프를 물면서 문 앞에 서서 가로막고 있는 모습은 아무리 보아도 만취한 통행인이 어리둥절해 있는 듯이 생각되었다.

"무언가 용건이 있습니까?"

금화는 조금 언짢은 기분에 싸이면서 역시 테이블 앞에 서서 움직이지 않은 채, 따지는 것처럼 이렇게 물어 보았다. 그러자 상대는 고개를 흔들며 중국어는 모른다는 듯한 표시를 했다. 그러고 나서 옆으로 물고 있던 파이프를 떼고는 무언가 의미도 알 수 없는 거침 없는 외국어를 한마디 내뱉었다. 하지만 이번에는 금화 쪽이 테이블 위 램프 빛에 비취 귀걸이를 어른거리면서 고개를 흔들어 보이는 것 외에는 방법이 없었다.

손님은 그녀가 당혹한 듯이 아름다운 눈썹을 찌푸리는 것을 보자 갑자기 큰 소리로 웃으면서 대수롭지 않게 사냥 모자를 벗어버리고는 비틀 비틀 이쪽으로 걸어왔다. 그리하여 테이블 저쪽 의자에 기력이 빠진 듯이 엉덩이를 내렸다. 금화는 이때 이 외국인 얼굴이 언제 어디서라고는 할 수 없어도 확실히 본 기억이 있는 듯 일종의 친근감을 느꼈다. 손님은 스스럼없이 쟁반 위의 수박씨를 집으면서 그것을 씹지도 않고 유심히 금화를 쳐다보고 있다가, 이윽고 또 묘한 손짓을 섞어서 무언가 외국어를 하기 시작했다. 그 의미도 그녀에게는 이해가 되지 않았지만, 단지 이 외국인이 그녀의 장사에 대해 다소 이해를 하고 있음은 희미하게나마 추측이 갔다.

중국어를 모르는 외국인과 긴 하룻밤을 새우는 일도 금화에게는 진귀한 일은 아니었다. 그래서 그녀는 의자에 앉아서 거의 습관이 된 애교 있는 미소를 보이면서 상대에게 전혀 통하지 않는 농담을 하기 시작했다. 하지만 손님은 그 농담을 알고 있는지 의심할 정도로 한두 마디 하고서 신명나는 웃음소리를 내면서 전보다도 더 어지럽게 여러 가지 손짓을 하기 시작했다.

손님이 뿜어내는 숨은 술 냄새였다. 그러나 그 얼근히 취해 벌겋게 된 얼굴은 이 삭막한 방의 공기가 밝아질 정도로 남자다운 활력에 넘쳐 있었다. 적어도 그것은 금화에게 평소 익숙한 남경의 중국인은 말할 것도 없고 지금까지 그녀가 본 어떤 동양 서양의 외국인보다도 훌륭했다. 하지만 그럼에도 불구하고 전에도 한 번 이 얼굴을 본 기억이 있는, 아까 느낌만은 아무래도 지울 수가 없었다. 금화는 손님의 이마에 있는 검은 털을 바라보면서 가볍게 애교를 부리는 동안에도 이 얼굴과 처음 만났을 때의 기억을 열심히 되찾고자 했다.

'그때 비만한 부인과 함께 배를 탔던 사람일까? 아니, 아니, 그 사람은 머리카락 색깔이 훨씬 붉었지. 하지만 진회의 공자님 묘에 사진기를 들이대고 있던 사람인지도 몰라. 그러나 그 사람은 이 손님보다는 나이를 먹은 듯한 기분이 들어. 그래, 그래, 언젠가 이섭교 옆 요정 앞에 사람이 많이 모여 있었는데, 마치 이 손님과 매우 닮은 사람이 굵은 등나무 지팡이를 쳐들어 인력거 차부의 등을 쳤지. 어쩌면,──하지만 아무래도 그 사람 눈은 눈동자가 더 파랬던 것 같아……"

금화가 이런 일을 생각하고 있는 동안에, 변함없이 유쾌한 듯한 외국인은 언젠가 파이프에 담배를 채우고 냄새 좋은 연기를 내뿜고 있었다. 그는 급히 또 무언가 말을 하고, 이번에는 점잖게 싱긋 웃으며 한쪽 손 손가락 둘을 금화의 눈앞에 내밀면서, ?라는 의미의 몸짓을 했다. 손가락 두개가 이 달러라는 금액을 나타내는 것은 물론 누구의 눈에도 명확했다. 하지만 손님을 받을 수 없는 금화는 재치 있게 수박씨를 내뱉으며 아니라고 하는 표시를 두 번 정도 그것도 웃으며 얼굴을 흔들어 보였다. 그러자 손님은 책상 위에 건방지게 양 팔꿈치를 댄 채, 희미한 램프 빛 가까이 취한 얼굴을 갖다 대고 물끄러미 그녀를 쳐다보더니 드디어 또 손가락 세 개를 내밀며 답을 기다리는 듯한 눈빛을 띠었다.

금화는 약간 의자를 움직여서 수박씨를 문 채로 당혹한 듯한 얼굴이 되었다. 손님은 확실히 이 달러면 그녀가 몸을 맡기지 않을까 생각하고 있는 것 같았다. 하지만 말이 통하지 않는 그에게 안 되는 사정을 이해시키는 것은 아무래도 가능하다고 생각되지 않았다. 그래서 금화는 새삼스럽게 그녀의 경솔함을 후회하면서 맑고 깨끗한 시선을 다른데 돌리고, 할 수 없이 딱 잘라서 한 번 더 머리를 흔들어 보였다.

그런데 상대방 외국인은 한참 엷은 미소를 띠면서 주저하는 것 같은 기색을 나타낸 후, 네 손가락을 내밀며 무언가 또 외국어를 중얼거렸다. 방법이 없는 금화는 뺨을 만지면서 미소를 지을 기력도 없어졌지만, 눈 깜짝할 사이에 이렇게 된 이상에는 언제까지라도 고개를 계속 흔들어 상대가 단념할 때를 기다리는 수밖에 없다고 결심했다. 그러나 그렇게 하는 동안에도 손님의 손은 무언가 눈에 보이지 않는 것이라도 잡을 것처럼 마침내 다섯 손가락을 벌리고 말았다.

그러고 나서 두 사람은 한참 손짓과 몸짓을 섞은 입씨름을 계속하고 있었다. 그 동안에 손님은 끈질기게 하나씩 손가락 수를 더한 결과, 결국에는 십 달러를 내어도 아깝지 않다는 기세를 보였다. 그러나 창녀에게는 큰돈인 십 달러도 금화의 결심을 움직일 수는 없었다. 그녀는 아까부터 의자를 떠나 비스듬히 테이블 앞에 서있었는데, 상대방이 양손 손가락을 보이자 초조한 듯이 동동 걸음을 하며 몇 번이고 계속 머리를 흔들었다. 그 순간에 무슨 까닭인지 못에 걸려 있던 십자가가 떨어져 희미한 금속음을 내면서 발 밑 돌 위에 떨어졌다.

그녀는 급히 손을 뻗어 소중한 십자가를 주웠다. 그때 아무렇지도 않게 십자가에 새겨진 수난의 그리스도의 얼굴을 보니 이상하게도 그것이 테이블 저쪽의 외국인 얼굴과 꼭 닮아 있었다.

'어쩐지 어디에서 본 것 같다고 생각한 건 이 그리스도님의 얼굴이었다.'

금화는 검은 공단 웃옷 가슴에 놋쇠 십자가를 꽉 누른 채, 테이블 건너편 손님 얼굴에 생각지도 않은 놀라움의 시선을 던졌다. 손님은 역시 램프 빛에 취기를 띤 얼굴이 달아오르면서 가끔 파이프 연기를 토하고는 의미 있는 듯한 미소를 띠고 있다. 더욱이 그 눈은 그녀의 모습에,──아마 흰 목덜미에서 비취 귀걸이를 늘어뜨린 귀 주위에 끊임없이 맴돌고 있는 것 같았다. 그러나 이 같은 손님의 모습도 금화에게는 부드러운 일종의 위엄으로 충만해 있는 듯한 느낌이 들었다.

이윽고 손님은 파이프를 끄고 부자연스럽게 목을 젖히며 무언가 웃는 목소리로 말을 걸었다. 그것이 금화의 마음에는 거의 노련한 체면술사가 사람의 귀에 속삭이는 암시 같은 작용을 일으켰다. 그녀는 이 다기진 결심도 전부 잊어버렸는지 살짝 미소 지은 눈을 내리깔고 놋쇠 십자가를 손끝으로 더듬어 찾으면서 이 이상한 외국인 옆으로 부끄러운 듯이 걸어 다가갔다.

손님은 바지 호주머니를 뒤져 짤랑짤랑 은 소리를 내며 여전히 비웃는 듯한 웃음을 띤 눈으로 한참 금화의 서있는 모습을 마음에 든다는 듯이 바라보고 있었다. 그러나 그 눈 속의 비웃음이 열기가 있는 듯한 빛으로 바뀌더니, 갑자기 의자에서 일어나 술내 나는 신사복 팔로 힘차게 금화를 꽉 껴안았다. 금화는 마치 상심한 듯 비취 귀걸이를 한 머리를 축 늘어뜨리고 뒤로 고개를 젖힌 채, 그러나 창백한 뺨 속에는 신선한 혈색을 보이면서, 코끝에 다가온 그의 얼굴에 황홀한 실눈을 쏟아 붓고 있었다. 이 이상한 외국인에게 그녀 몸을 자유로이 맡길 것인가, 그렇지 않으면 병을 옮기지 않기 위해 그의 키스를 거절할 것인가, 이런 생각을 할 여유는 물론 어디에도 볼 수 없었다. 금화는 수염투성이인 손님 입에 그녀의 입을 맡기면서 오로지 타오르는 것 같은 연애의 환희가, 처음으로 아는 연애의 환희가 격렬하게 그녀의 가슴속에서 솟아오르는 것을 알뿐이었다…….

2

　수 시간 후, 램프가 꺼진 방 속에는 단지 희미한 귀뚜라미 소리가 침대를 새어나오는 두 사람의 숨결에 외로운 가을 색을 더하고 있었다. 그러나 그 사이에 금화의 꿈은 먼지 낀 침대 방장에서 지붕 위에 있는 별빛이 달처럼 밝은 밤 속으로 연기같이 높이높이 올라갔다.

❖

──금화는 자단 의자에 앉아서 테이블 위에 널려 있는 여러 가지 요리에 젓가락을 대고 있었다. 제비 집, 상어 지느러미, 찐 달걀, 그은 잉어, 통째로 삶은 돼지, 해삼 국물──요리는 아무리 새어도 도저히 다 셀 수 없었다. 더욱이 모조리 그 식기 일면에 푸른 연화나 금봉황이 그려져 있었다. 훌륭한 접시와 사발뿐이었다.

그녀 의자 뒤에는 붉은 비단으로 짠 방장을 늘어뜨린 창이 있고, 또 그 창 밖에는 강이 있는지 조용한 물소리와 노 젓는 소리가 끊임없이 여기까지 들려왔다. 그것이 아무래도 그녀에게는 어릴 때부터 익숙한 진회 같은 느낌이 들었다. 그러나 그녀가 지금 있는 곳은 확실히 천국에 있는 그리스도의 집이 틀림없었다.

금화는 때때로 젓가락을 멈추고 테이블 주위를 바라보았다. 하지만 넓은 방 속에는 용의 조각이 있는 기둥이라든지, 송이가 큰 국화 화분이라든지, 요리 김에 희미하게 보이는 것 외에 아무도 사람 모습은 보이지 않았다.

그럼에도 불구하고 테이블 위에는 식기가 하나 비자마자 갑자기 어디에선가 새로운 요리가 따뜻한 향기를 띄우면서 그녀 눈앞에 전달되어 왔다. 그런데 젓가락을 대기도 전에 통째로 구운 꿩이 날개를 치며 소흥주 병을 넘어뜨리고 방 천장에 퍼드덕 퍼드덕 날아올라가 버린 일도 있었다.

그 동안에 금화는 누군가 한 사람이 소리도 없이 그녀 의자 뒤로 걸어 다가오는 것을 알아차렸다. 그래서 젓가락을 쥔 채로 살짝 뒤를 돌아보았다. 그러자 거기에는 어찌 된 영문인지, 있다고 생각했던 창이 없고, 단지 이불을 깐 자단 의자에 낯선 외국인 한사람이 놋쇠 담뱃대를 물고 유유하게 앉아 있었다.

금화는 그 남자를 보자마자 한눈에 그가 오늘밤 그녀 방에 자러 왔던 남자라는 것을 알았다. 하지만 단지 하나 그와 다른 것은 마치 초승달 같은 광채가 이 외국인 머리 위에 한 척 정도 허공에 매달려 있었다.

그때 또 금화 눈앞에는 무언가 김이 오르는 큰 접시 하나가 마치 테이블에서 솟아오른 듯 갑자기 맛있는 요리를 운반해 왔다. 그녀는 곧 젓가락을 들어서 접시 안의 진미를 집으려고 하다가, 문득 그녀 뒤에 있는 외국인을 생각하고 어깨 너머로 그를 쳐다보면서,

"당신도 여기에 오시지 않겠습니까?"라고 거리낌 없이 말을 걸었다.

"그래, 자네나 들게. 그것을 먹으면 자네의 병이 오늘 안으로 나을 테니까."

원광을 머리에 인 외국인은 역시 담뱃대를 문 채, 무한한 사랑을 품은 미소를 지었다.

"그럼 당신은 드시지 않습니까?"

"나 말인가? 나는 중국요리는 싫어. 자네는 아직 나를 모르는가? 예수 그리스도는 아직 한 번도 중국요리를 먹은 일은 없어."

남경의 그리스도는 이렇게 말하고 서서히 자단 의자를 떠나서 어안이 벙벙한 금화의 뺨에 뒤에서부터 부드러운 입맞춤을 해주었다.

천국의 꿈이 깬 것은 이미 가을 새벽빛이 좁은 방안에 싸늘하게 퍼지기 시작했을 무렵이었다. 하지만 먼지 냄새나는 방장을 늘어뜨린 작은 배 같은 침대 속에는 역시 아직 미지근하고 어렴풋한 어둠이 남아 있었다. 이 엷은 어두움에 떠 있는, 반쯤 고개를 젖힌 금화의 얼굴은, 색깔도 알 수 없는 낡은 모포에, 둥근 이중 턱을 숨긴 채, 아직 졸리는 눈을 뜨지 않았다. 그러나 혈색이 나쁜 뺨에는 어젯밤 땀이 달라붙었는지 끈적끈적 기름 낀 머리카락이 흐트러지고, 열린 입술 틈에는 찹쌀 같은 조그마한 이가 어렴풋이 하얗게 드러나 있었다.

　　금화는 잠이 깬 지금도 국화꽃이랑 물소리랑 통구이 꿩이랑 예수 그리스도랑 그 외 여러 가지 꿈 기억으로 꾸벅꾸벅하면서 마음을 잡지 못하고 있다. 하지만 그 동안 침대 속이 점점 밝아오자 그녀의 꿈꾸는 상쾌한 마음에도 방약무인한 현실이, 어제 밤 이상한 외국인과 함께 이 등나무침대에 올랐던 것이 확실히 의식으로 파고들어 왔다.

　　"만약 그 사람에게 병이라도 옮긴다면,——"

　　금화는 이렇게 생각하니 갑자기 마음이 어두워져서 오늘 아침에는 다시 그의 얼굴을 보기 어려울 것 같은 느낌이 들었다. 하지만 한번 눈이 떠진 이상, 햇볕에 그을린 그리운 그의 얼굴을 언제까지 보지 않고 있는 것은 더욱 그녀에게는 참을 수 없었다. 그래서 한참 주저한 후 그녀는 머뭇머뭇 눈을 뜨고 지금은 이미 밝아진 침대 속을 둘러보았다. 그러나 거기에는 의외로 모포에 둘러싸인 그녀 외는 십자가 예수를 닮은 그는 물론, 사람 그림자조차도 볼 수 없었다.

"그럼, 그것은 꿈이었던가?"

때 낀 모포를 뿌리치기가 무섭게 금화는 침대 위에 바로 앉았다. 그리하여 양손으로 눈을 비비고 나서 무겁게 내리쳐진 방장을 걷으며 아직 떨떠름한 시선을 방안으로 던졌다.

방은 차가운 아침 공기에 잔혹할 정도로 역력히 모든 물건의 윤곽을 그리고 있었다. 낡은 테이블, 불이 꺼진 램프, 그리고 다리 하나는 마루 위에 넘어져 있고, 다리 하나는 벽으로 향해 있는 의자,──모든 것이 어젯밤 그대로였다. 그 뿐인가 실제 테이블 위에는 수박씨가 흩어져 있는 가운데 작은 놋쇠 십자가조차 둔탁한 빛을 내고 있었다. 금화는 부신 눈을 깜빡거리고 망연히 주위를 훑어보며 한참 동안 흩뜨려진 침대 위에서 추운 듯한 자세를 고치지 않았다.

"역시 꿈은 아니었다."

금화는 이렇게 중얼거리며 여러 가지로 그 외국인의 알 수 없는 행방을 생각했다. 물론 생각할 것도 없이 그는 그녀가 자고 있는 틈에 살짝 방을 빠져나가 돌아갔는지도 모른다는 생각이 들었다. 그러나 그 정도 그녀를 애무했던 그가 한마디 없이 작별을 아쉬워하지 않고 가버렸다는 것은 믿을 수가 없다기보다도 오히려 믿기가 어려웠다. 게다가 그녀는 그 이상한 외국인으로부터 약속한 십 달러의 돈조차 받을 것도 잊고 있었다.

"아니면 정말로 돌아간 것일까?"

그녀는 무거운 가슴을 껴안으면서 모포 위에 벗어 던졌던 검은 공단 상의를 아무렇게나 입으려고 했다. 그러다 갑자기 손을 멈추자 그녀의 얼굴에는 순식간에 생생한 혈색이 퍼지기 시작했다. 그것은 페인트칠한 문 저쪽에 그 이상한 외국인의 발자국 소리라도 들렸기 때문인가. 혹은 또 베개나 모포에 베어들은 술 냄새 나는 그의 잔향이 우연히 부끄러운 어젯밤의 기억을 불러일으켰던 까닭인가. 아니, 금화는 이 순간 그녀의 몸에 일어난 기적이, 하룻밤 사이에 흔적도 없이, 악성을 더 하던 양매창楊梅瘡이 나았다는 사실을 알아차렸다.

"그럼 그 분은 그리스도님이셨다."

그녀는 엉겁결에 속옷차림으로 구르듯이 침대를 기어 내려와서 차가운 돌 위에 무릎을 꿇고, 부활의 주와 말을 나누었던, 아름다운 막달라 마리아처럼 열심히 기도를 올리기 시작했다…….

3

이듬해 봄의 어느 날 밤, 송금화를 찾았던 젊은 일본 여행가는 다시 침침한 램프 밑에서 그녀와 테이블에 마주앉았다.

"아직 십자가가 걸려 있잖아."

그 밤, 그가 어느 순간에 놀리는 것 같이 이렇게 말하자 금화는 갑자기 진지하게 되어서, 하룻밤 남경에 내려 온 그리스도가 그녀의 병을 낫게 해 주었다는 이상한 이야기를 들려주기 시작했다.

그 이야기를 들으면서 젊은 일본 여행가는 이런 것을 혼자 생각하고 있었다.——

'나는 그 외국인을 알고 있다. 그 녀석은 일본인과 미국인의 혼혈아다. 이름은 확실히 George Murry라고 했지. 그 녀석은 내 지인인

로이터 전보국의 통신원으로, 그리스도교를 믿고 있는 남경의 창녀를 하룻밤 사서, 그 여자가 새근새근 자고 있는 동안 살짝 도망쳐 왔다고 하는 이야기를 단골처럼 했다고 한다. 내가 이전에 왔을 때는 마침 그 녀석도 나와 같이 상하이의 호텔에 머물고 있어서 얼굴만은 지금도 기억하고 있다. 무엇보다도 역시 영자 신문의 통신원이라고 했는데 남자다움과는 걸맞지 않은 조금 못된 인간이었다. 그녀석이 그 후 악성 매독으로 결국 발광해 버린 것은 어쩌면 이 여자의 병이 전염된 것인지도 모른다. 그러나 이 여자는 지금도 그 무뢰한 혼혈아를 예수 그리스도라고 생각하고 있다. 나는 도대체 이 여자를 위해 꿈을 깨도록 해 줄 것인가, 그렇지 않으면 입을 다물고 영원히 옛날 서양의 전설과 같은 꿈을 꾸도록 내버려 둘 것인가……'

금화의 말이 끝났을 때, 그는 무엇이 생각난 듯이 성냥을 그으면서 냄새 좋은 궐련을 피우기 시작했다. 그리하여 일부러 열심히 이러한 궁색한 질문을 했다.

"그래, 그것 이상하군. 하지만——하지만 너는 그 후 한 번도 고민하진 않았니?"

"네. 한번도."

금화는 수박씨를 씹으면서 명랑하게 얼굴을 반짝이며 조금도 주저하지 않고 대답을 했다.

* * * *

본편 초고를 집필하는 데는 다니자키 준이치로씨의 '진회의 일야에 힘입은 바 적지 않다. 부기하여 감사의 뜻을 표한다.

■ 1920. 6. 22

12

신들의 미소

어느 봄날 저녁, Padre Organtino는 오로지 혼자서 긴 아비토(법의) 옷자락을 끌면서 남만사 정원을 걷고 있었다.

정원에는 소나무나 노송나무 사이에 장미랑 감람이랑 월계랑 서양 식물이 심겨져 있었다. 특히 막 피기 시작한 장미꽃은, 나무들을 어렴풋하게 하는 어둠 속에서, 달콤한 냄새를 띄우고 있었다. 그것은 이 정원의 정숙함에 무언가 일본이라고는 생각할 수 없는 이상한 매력을 더하는 것 같았다.

오르간티노는 쓸쓸한 듯이 모래로 된 붉은 소로를 걸으면서 멍하니 추억에 잠겨 있었다. 로마의 대본산, 리스포아의 항구, 라베이카의 소리, 편도의 맛, '주님, 우리 아니마(영혼)의 거울' 찬송가──이런 추억은 어느 샌가 이 홍모의 수행자 마음에 회향懷鄕의 슬픔을 가져 왔다. 그는 이 슬픔을 씻어 버리기 위해 살짝 데우스(신)의 이름을 불렀다. 하지만 슬픔은 사라지지 않을 뿐 아니라 전 보다 더 한층 그의 가슴에 울적한 공기를 불어넣기 시작했다.

'이 나라의 풍경은 아름답다.——'

오르간티노는 반성했다.

'이 나라의 풍경은 아름답다. 우선 기후도 온화하다. 토착민은,——
——저 황색 얼굴의 난쟁이보다 그래도 검둥이가 나을는지 모른다. 그
러나 대개 이들의 기질은 친해지기 쉬운 점이 있다. 그 뿐만 아니라
신자도 요즘에는 몇 만을 셀 정도가 되었다. 실제로 이 수도 한가운
데도 이 같은 사원이 서 있다. 그러고 보면 여기에 살고 있다는 것
이 설령 유쾌하지는 않다고 하더라도 불쾌할 것까지는 없지 않은가?
하지만 자신은 어쩐지 우울 밑바닥에 잠기는 일이 있다. 리스포아
시가지로 돌아가고 싶다. 이 나라를 떠나고 싶다고 생각한 일도 있
다. 이것은 회향의 슬픔만일까? 아니, 자신은 리스포아가 아니더라도
이 나라를 떠날 수만 있다면 어떤 곳이라도 가고자 한다. 중국이라
도 샴이라도 인도라도,——결국 회향의 슬픔은 자신의 우울의 전부
는 아니다. 자신은 단지 이 나라에서 하루라도 빨리 도망치고 싶은
생각이 든다. 그러나——그러나 이 나라의 풍경은 아름답다. 우선
기후도 온화하다……'

오르간티노는 한숨을 쉬었다. 그때 우연히 그의 눈은 여기저기
나무 그늘 이끼에 떨어진 희끄무레한 벚꽃을 보았다. 벚꽃! 오르간티
노는 놀란 듯이 침침한 나무 사이를 응시했다. 거기에는 네다섯 그
루 종려 사이에 가지가 늘어뜨려진 수양버드나무가 한 그루 꿈과 같
이 꽃을 피우고 있었다.

'주님, 지켜주옵소서!'

오르간티노는 한순간 악마를 쫓는 십자를 긋고자 했다. 실제 그 순간 그의 눈에는 이 저녁 어두움 속에 핀 가지를 늘어뜨린 벚꽃이 어쩐지 기분 나쁘게 보였다. 기분 나쁘게 라고,——그렇게 표현하기 보다 오히려 이 벚꽃이 무엇 때문인지 그를 불안하게 하는, 일본 그 자체로 보였던 것이다. 하지만 그는 잠시 후 그것이 이상하지도 아무렇지도 않은, 단지 벚꽃이었다는 것을 발견하자 부끄러운 듯이 쓴 웃음을 지으며 조용히 또 원래 왔던 소로로 힘없는 발걸음을 돌렸다.

삼십분 후, 그는 남만사 본당에서 데우스께 기도를 드리고 있었다. 거기에는 오직 둥근 천정에 매달린 램프가 있을 뿐이었다. 그 램프 불빛 속에 본당을 둘러싼 프레스코 벽에는 산타 미가엘이 지옥의 악마와 모세의 시체를 두고 싸우고 있었다. 하지만 용감한 대천사는 물론 흥분한 악마조차도 오늘밤은 몽롱한 빛 때문인지 묘하게 보통 때보다도 아름답게 보였다. 또 다른 이유가 있다면 제단 앞에 바쳐진 싱싱한 장미나 금작화가 향기를 내고 있었기 때문인지도 모른다. 그는 이 제단 뒤에서 계속 고개를 숙인 채 열심히 이같이 기도를 드렸다.

'나무대자대비의 데우스 여래여! 저는 리스포아를 출항할 때부터 한 목숨 당신에게 바쳤습니다. 그 때문에 어떤 어려움을 만나더라도 십자가의 위광을 빛내기 위해서는 한 발짝도 물러서지 않고 나아왔습니다. 이것은 물론 저 혼자가 잘 한 것만은 아닙니다. 모두 천지의 주이신 당신의 은혜입니다. 하지만 이 일본에 살고 있는 동안에 저는 점점 저의 사명이 얼마나 어려운지를 알기 시작했습니다. 이 나라에는 산에도 숲에도 혹은 집들이 들어서 있는 마을에도 무언가 이상한 힘이 숨어 있습니다. 그리하여 이것이 부지불식간에 저의 사명을 방해하고 있습니다. 그렇지 않으면 저는 요즘과 같이 아무런 이유도 없이 우울함에 빠질 까닭이 없을 것입니다. 그러면 그 힘이란 무엇인가, 그것은 저는 알 수 없습니다. 하지만 어쨌든 그 힘은 마치 지하의 샘과 같이 이 나라 전체에 뻗어 있습니다. 우선 이 힘을 깨지 않으면, 아아, 나무대자대비의 데우스 여래여! 사교에 정신없이 빠져 있는 일본인이 하라이소(천계)의 장엄함을 보는 일은 영원히 없을는지 모릅니다. 저는 이 때문에 며칠인가 번민에 번민을 더하여 왔습니다. 부디 당신의 종 오르간티노에게 용기와 인내를 내려주십시오.——'

그때 문득 오르간티노는 닭 우는소리를 들은 것 같이 생각되었다. 하지만 그것에는 아랑곳하지 않고 더욱이 이 같은 기도를 계속했다.

'제가 사명을 다하기 위해서는 이 나라 산천에 숨어 있는 힘과,——아마 인간에게 보이지 않는 영과 싸우지 않으면 안 됩니다. 당신은 옛날 홍해 밑바닥에 애굽 군대를 수장水葬시키셨습니다. 이 나라의 영이 강대함은 애굽의 군대에 뒤지지 않을 것입니다. 부디 옛 예언자와 같이 저도 이 영과의 싸움에서……'

기도 소리는 어느새 그의 입술에서 사라져 버렸다. 이번에는 갑자기 제단 부근에, 소란스럽게 닭 우는소리가 들렸다. 오르간티노는 수상쩍게 주위를 둘러보았다. 그러자 그 바로 뒤에 새하얀 꼬리를 늘어뜨린 닭 한 마리가 제단 위에 홰를 친 채, 한 번 더 동이라도 틀듯이 울고 있는 것이 아닌가?

오르간티노는 뛰어 오르기가 무섭게 아비토의 양팔을 벌리고 허둥지둥 이 닭을 쫓아내려고 했다. 하지만 두세 발짝 떼고는 '주님' 하며 끊어질 듯 외치고서는 망연히 거기에 꼼짝 않고 서버렸다. 이 침침한 본당 안에는 언제 어디서 들어왔는지 무수한 닭들이 가득 차 있다.──그것이 하늘을 날기도 하고, 여기저기 뛰어다니기도 하고, 그의 눈에 보이는 한에는 닭 벼슬의 바다로 변해 있었다.

'주님, 지켜주옵소서.'

그는 또 십자를 그으려고 했다. 하지만 그의 손은 이상하게도 바이스인지 무엇인지에 끼인 듯이 한 치도 맘대로 움직이지 않았다. 그 동안에 점점 본당 안에서는 장작 불빛 같은 붉은 빛이 어디에서인지 모르게 흘러나왔다. 오르간티노는 헐떡이며, 이 빛이 비치기 시작함과 동시에 몽롱하게 주위에 떠 올라온 사람 그림자가 있음을 발견했다.

사람 그림자는 보고 있는 동안에 선명하게 되었다. 그것은 어디에서도 보지 못한 소박한 남녀의 무리였다. 그들은 전부 목 주위에다 실로 꿴 구슬로 징식하고 유쾌한 듯이 웃어젖히고 있었다. 본당에는 무리를 지은 무수한 닭이 그들의 모습이 확연히 보이자 지금보다도 더 한층 소리 높여 울어댔다. 동시에 본당 벽은,──성 미가엘의 그림이 그려진 벽은 안개와 같이 밤 속으로 사라져 버렸다. 그 자리에는,──

일본의 Bacchanalia는 어안이 벙벙한 오르간티노 앞에 신기루처럼 떠올랐다. 그는 빨간 화톳불 빛 속에서 고대 복장을 한 일본인들이 서로 술을 퍼마시면서 둘러앉아 있는 것을 보았다. 그 한가운데는 여자가 한 사람,——일본에서는 아직 본 적이 없는 당당한 체격의 여자 한 사람이 큰 통을 엎어놓은 위에서 미친 듯이 춤을 추고 있는 것을 보았다. 통 뒤에는 동산 같이, 이쪽도 또 늠름한 남자가 한 사람, 뿌리 채 뽑은 듯한 삐죽이 나뭇가지에, 구슬과 거울이 내려온 것을 침착하게 앞세우고 있는 것을 보았다. 그들 주위에는 수백 마리 닭이 꼬리날개랑 벼슬을 서로 스치면서 끊임없이 기쁜 듯이 울고 있는 것을 보았다. 그리고 또 저쪽에서는,——오르간티노는 새삼스럽게 그의 눈을 의심하지 않을 수 없었다.——그리고 또 저쪽에는 밤안개 속에 바위 문 같은 한 장의 바위가 묵직이 솟아있었다.

　　통 위에 오른 여자는 언제까지나 춤을 멈추지 않았다. 그녀의 머리를 감고 있던 덩굴은 팔랑팔랑 하늘에 나부꼈다. 그녀의 목에 늘어뜨린 구슬은 몇 번이고 싸라기눈처럼 울려 퍼졌다. 그녀의 손에 쥔 조릿대가지는 종횡으로 바람을 가르며 돌았다. 더욱이 그 드러낸 가슴! 빨간 화톳불 빛 속에서 반들반들 드러내는 두 개의 젖가슴은 거의 오르간티노의 눈에는 정욕 바로 그 자체로 밖에 생각되지 않았다. 그는 데우스를 생각하면서 열심히 얼굴을 돌리려고 했다. 하지만 역시 그의 몸은 무언가 신비한 주술의 힘인지 몸을 쉽게 움직일 수조차 없었다.

　　그 동안에 갑자기 침묵이 환상의 남녀들 위에 내렸다. 통 위에 올랐던 여자도 잠시 제 정신으로 돌아온 듯 겨우 미친 듯한 춤을 멈추었다. 아니 다투고 있던 닭마저도 이 순간은 목을 늘어뜨린 채 한꺼번에 조용히 되고 말았다. 그러나 그 침묵 속에 영원히 아름다운 여자의 목소리가 어디선가 엄숙하게 전해져 왔다.

"내가 여기에 숨어 있으면 세상은 어둡게 될 것 아닌가? 그것을 신들은 즐거운 듯이 웃으며 흥겨워하고 있다."

이 소리가 밤하늘에 사라졌을 때, 통 위에 올랐던 여자는 흘끗 일동을 쳐다보면서 의외로 정숙하게 대답을 했다.

"그것은 당신보다도 뛰어난 새로운 신이 계시기 때문에 서로 기뻐하고 있는 것입니다."

그 새로운 신이라는 것은 데우스를 가리키고 있는지 모른다.——오르간티노는 잠깐 동안 이러한 기분에 힘을 얻으면서 이 이상한 환상의 변화에 조금 흥미가 있어 눈을 꽂고 있었다.

침묵은 한참 동안 깨어지지 않았다. 하지만 곧 닭의 무리가 일제히 울어대자, 저쪽 밤안개를 막고 있던 바위 문 같은 한 장의 바위가 서서히 좌우로 열리기 시작했다. 그리고 그 틈에서는 말로 표현할 수 없는 만 갈래 빛줄기가 홍수처럼 넘쳐 나왔다.

오르간티노는 외치려고 했다. 하지만 혀는 움직이지 않았다. 오르간티노는 도망치려 했다. 하지만 발도 움직이지 않았다. 그는 오직 대영병 때문에 심하게 현기증이 일어나는 것을 느꼈다. 그리하여 그 빛 속에 많은 남녀의 환희 소리가 맹렬하게 하늘로 오르는 것을 들었다.

"오히루메무치! 오히루메무치! 오히루메무치!"

"새 신 따위는 없습니다. 새 신 따위는 없습니다."

"당신을 거역하는 자는 망합니다."

"보십시오. 어두움이 사라져 없어지는 것을."

"바라보는 한, 당신의 산, 당신의 숲, 당신의 강, 당신의 마을, 당신의 바다입니다."

"새 신 따위는 없습니다. 누구나 당신의 부하입니다."

"오히루메무치! 오히루메무치! 오히루메무치!"

이러한 소리가 솟아 나오는 중에 식은땀을 흘린 오르간티노는 뭔가 괴로운 듯이 외치다가 드디어 그곳에 쓰러지고 말았다……

그 밤도 삼경에 가까운 때, 오르간티노는 실신해 있다가 겨우 의식을 회복했다. 그의 귀에는 신들의 목소리가 아직도 울려 퍼지고 있는 것 같았다. 하지만 주위를 둘러보니 사람 소리도 들리지 않는 본당에는 둥근 천정의 램프 빛이 아까같이 몽롱하게 벽화를 비추고 있을 뿐이었다. 오르간티노는 신음하면서 서서히 제단 뒤를 떠났다. 저 환상에 어떤 의미가 있는가, 그것이 그에게는 이해되지 않았다. 그러나 저 환상을 보여주었던 이가 데우스가 아닌 것은 확실했다.

'이 나라의 영과 싸우는 것은,……'

오르간티노는 걸으면서 생각지도 않게 가만히 혼잣말을 내뱉었다.

'이 나라의 영과 싸우는 것은, 생각한 것보다 훨씬 어려울 것 같다. 이길까, 그렇지 않으면 질까,──'

그러자 그때 그의 귀에 이 같은 속삭임을 보내는 것이 있었다.

'집니다!'

오르간티노는 기분 나쁜 듯이 목소리가 들린 쪽을 뚫어지게 보았다. 하지만 거기에는 변함없이 어슴푸레한 장미나 금작화 외에 사람 그림자 같은 것은 보이지 않았다.

❖

　오르간티노는 다음 날 저녁에도 남만사 정원을 걷고 있었다. 그러나 그의 푸른 눈에는 어디에선가 기쁜 듯한 빛이 있었다. 그것은 오늘 하루 동안에 일본의 무사가 서너 명 천주교에 들어왔기 때문이었다.

　정원의 감람이나 월계는 조용히 저녁 어두움에 솟아 있었다. 단지 그 침묵을 흩어지게 한 것은 사원의 비둘기가 처마로 돌아가는 중천의 날개소리 외는 없었다. 장미 향기, 모래의 촉촉함,──일체는 날개 있는 천사가 '사람의 딸들의 아름다움을 보고' 아내를 구하러 왔던 고대의 황혼과 같이 평화스러웠다.

　'역시 십자가의 위광 앞에는 더러운 일본 영의 힘도 승리를 거두기는 힘들 것처럼 보인다. 그러나 어제 밤 보았던 환상은?──아니, 저것은 환상에 지나지 않는다. 악마는 안토니오 상인上人에게도 저러한 환상을 보이지 않았던가? 그 증거로는 오늘 한꺼번에 수명의 신자까지 생겼다. 드디어는 이 나라도 곳곳에 천주의 사원이 세워질 것이다.'

　오르간티노는 이렇게 생각하면서 빨간 모래 소로를 걷고 있었다. 그러자 누군가 뒤에서 살짝 어깨를 두드리는 것이 있었다. 그는 곧 뒤돌아보았다. 그러나 뒤에는 저녁노을이 길을 사이에 두고 플라타너스의 애잎에 희미하게 떠올라 있을 뿐이었다.

'주님, 지켜주옵소서!'

그는 이렇게 중얼거리면서 서서히 머리를 원래대로 돌렸다. 그러자 그의 옆에는 언제인가 거기에 숨어 다가왔는지 어제 저녁 환상에서 보았던 대로 목에 구슬을 감은 노인 한 사람이 어렴풋한 모습을 나타낸 채 서서히 걸음을 옮기고 있었다.

"누구냐, 너는?"

불시에 얻어맞은 오르간티노는 엉겁결에 거기에 서 버렸다.

"나는,── 누구라도 상관없습니다. 이 나라의 영의 한 사람입니다."

노인은 미소를 띠면서 친절하게 대답을 했다.

"자, 함께 걸읍시다. 나는 당신과 잠시 이야기하기 위해 왔습니다."

오르간티노는 십자를 그었다. 하지만 노인은 그 표시에 조금도 공포를 나타내지 않았다.

"나는 악마는 아닙니다. 보십시오. 이 구슬이나 이 검을. 지옥의 불꽃에 탄 물건이라면 이렇게 청정하지는 않을 것입니다. 자 더 이상 주문 따위를 외는 것은 그만두십시오."

오르간티노는 어쩔 수 없이 불쾌한 듯 팔짱을 낀 채 노인과 함께 걷기 시작했다.

"당신은 천주교를 포교하기 위하여 왔지요.──"

노인은 조용히 이야기를 꺼냈다.

"그것도 나쁜 일은 아닐는지 모릅니다. 그러나 데우스도 이 나라에 와서는 틀림없이 마지막에는 지고 말 것입니다."

"데우스는 전능하신 주시니까, 데우스께서,──"

오르간티노는 이렇게 말을 하고나서, 문득 생각이 난 듯이, 언제나 이 나라의 신자를 대하는 정중한 어조를 쓰기 시작했다.

"데우스에게 이길 자는 없습니다."

"그런데 실제는 있습니다. 자, 들어보십시오. 멀고 먼 이 나라에 건너 온 것은 데우스만이 아닙니다. 공자, 맹자, 장자,——그 외 중국에서는 철인들이 몇 명이나 이 나라에 건너 왔습니다. 더욱이 당시는 이 나라가 이제 막 태어났던 때입니다. 중국의 철인들은 도道 외에도 오나라의 비단이랑 진나라의 구슬이랑 여러 가지 물건을 가지고 왔습니다. 아니, 그런 보물보다도 영묘한 문자까지 가져왔습니다. 하지만 중국은 그 때문에 우리를 정복한 것일까요? 예를 들어 문자를 보십시오. 문자는 우리들을 정복하는 대신에 우리들 때문에 정복당했습니다. 내가 옛날 알고 있었던 토착민 중에 가키모토 히토마로라고 부른 시인이 있었습니다. 이 남자가 지은 칠월칠석의 노래는 지금도 이 나라에 남아 있습니다만, 그것을 읽어보십시오. 견우직녀는 그 속에서 찾아볼 수 없습니다. 거기에 노래 불린 연인은 어디까지나 히코보시와 다나바타쓰메입니다. 그들의 베개에 울려 퍼진 것은 흡사 이 나라의 강과 같이 맑은 하늘의 강 여울소리였습니다. 중국의 황하나 양자강을 닮은 은하의 파도소리는 아니었습니다. 그러나 나는 노래보다도 문자를 이야기하지 않으면 안되겠습니다. 히토마로는 이 노래를 적기 위해서 중국 문자를 사용했습니다. 하지만 그것은 의미를 나타내기 위함보다도 발음을 나타내기 위한 문자였습니다. '주舟'라는 문자가 들어온 뒤에도 '배'는 언제나 '배'였습니다. 그렇지 않으면 우리들 말은 중국어가 되어 있을는지도 모르겠습니다. 이것은 물론 히토마로보다도 히토마로의 마음을 지키고 있었던 우리들, 이 나라의 신의 힘입니다. 그 뿐만 아니라 중국의 철인들은 서도를 이 나라에 전했습니다. 구카이, 도후, 사리, 고제이,——나는 그들이 있는 곳에 언제나 남몰래 가 있습니다. 그들이 글씨본으로 하고 있었던 것은 모두 중국의 먹 자국입니다. 그러나 그들의 붓끝에서는 점차로 새로운 미가 탄생되었습니다. 그들의 문자는 언제인가 왕희지도 아니고 저수량도 아닌 일본인의 문자로 되기 시작했습니다. 그러나 우리들이 이긴 것은 문자뿐만 아닙니다. 우리들의 숨결은 조수나 바람 같이 노자와 유가의 도마저도 부드럽게 만들었습니다. 이 나라의 토착민에게 물어 보십시오. 그들은 모두 공자의 저서는 우리들의 노여움을 사서, 그것을 실은 배가 있으면 반드시 뒤집힌다고 믿고 있습니다. 시나토 신은 아직 한 번도 이런 장난은 하지 않았습니다. 하지만 이런 신앙 속에도 이 나라에 살고 있는 우리들의 힘은 어슴푸레하게 느낄 수 있기 때문입니다. 당신은 그렇게 생각하지 않습니까?"

오르간티노는 망연히 노인의 얼굴을 지그시 보았다. 이 나라의 역사에 어두운 그는 모처럼 상대의 열변도 반쯤은 알지 못하고 말았다.

"중국 철인들 뒤에 온 이는 인도의 왕자 싯다르타였습니다.——"

노인은 말을 계속하면서 길가의 장미꽃을 뽑아 기쁜 듯이 그 향기를 맡았다. 하지만 장미는 뽑힌 자국에도 틀림없이 그 꽃이 남아 있었다. 단지 노인의 손에 있는 꽃은 색이나 모양은 꼭 같아 보여도 어딘가 안개처럼 희미하게 흐려보였다.

"불타의 운명도 마찬가지입니다. 하지만 그러한 일을 하나하나 이야기하기에는 지루함을 더할 뿐일는지 모르겠습니다. 단지 주의하셔야 할 것은 본지수적本地垂迹의 가르침입니다. 그 가르침은 이 나라 토착민에게는, 오히루메무치는 대일본여래와 같다고 생각케 했습니다. 이것은 오히루메무치의 승리일까요? 그렇지 않으면 대일본여래의 승리일까요? 만일 현재 이 나라 토착민이 오히루메무치는 모른다고 하더라도 대일본여래는 알고 있는 사람이 많이 있다고 해보십시오. 그래도 그들의 꿈에 보이는 대일본여래의 모습 속에 인도불의 모습보다도 오히루메무치가 엿보이지는 않을까요? 나는 신랑이나 이치렌과 함께 사라쌍수의 꽃그늘도 거닐고 있습니다. 그들이 마음으로 고맙게 여기며 깊이 믿고 있는 부처는 원광圓光이 있는 흑인이 아닙니다. 부드러운 위엄이 충만한 쇼토쿠 태자의 형제입니다.──하지만 그런 것들을 길게 이야기하는 건 약속대로 그만두기로 합시다. 결국 내가 말씀드리고 싶은 것은 데우스와 같이 이 나라에 와서도 이길 자는 없다는 사실입니다."

"그럼 기다리십시오. 당신은 그렇게 말씀하시지만,──"

오르간티노는 말참견을 했다.

"오늘은 무사 두세 사람이 한꺼번에 가르침에 귀의했습니다."

"그거야 몇 명이라도 귀의하지요. 단지 귀의했다는 것 만이라면 이 나라의 토착민은 대부분 싯다르타의 가르침에 귀의했습니다. 그러나 우리들의 힘이라는 것은 파괴하는 힘이 아닙니다. 바꾸어 만드는 힘이지요."

노인은 장미꽃을 던졌다. 꽃은 손을 떠나자마자 순식간에 저녁 어스름한 빛 속으로 사라지고 말았다.

"정말 바꾸어 만드는 힘입니까? 그러나 그것은 당신들에게 한한 일은 아니지요. 어느 나라에도,──예를 들면 그리스의 신들이라고 불렸던, 저 나라에 있는 악마라도,──"

"크나큰 팬은 죽었습니다. 아니 팬도 언젠가는 또 되살아날는지 모릅니다. 그러나 우리들은 이대로 아직 살아 있습니다."

오르간티노는 진귀한 듯이 노인의 얼굴에 곁눈질을 했다.

"당신은 팬을 알고 있습니까?"

"뭐, 규슈의 영주 자녀들이 서양에서 가지고 왔다고 하는 횡문자 橫文字 책에 있었습니다.──그것도 지금 이야기입니다만, 설령 이 바꾸어 만드는 힘이 우리들에게 한하지 않더라도 역시 방심은 안 됩니다. 아니 오히려 그것만은 주의하시라고 하고 싶습니다. 우리들은 오래된 신들이니까요. 저 그리스의 신들과 같이 세계의 여명을 보았던 신이기 때문이지요."

"그러나 데우스는 틀림없이 이길 것입니다."

오르간티노는 완강하게 한 번 더 같은 말을 했다. 하지만 노인은 그것이 들리지 않는 듯 이같이 천천히 이야기를 계속했다.

"나는 바로 사오일 전에 규슈의 해변에 상륙했던 그리스의 뱃사람과 만났습니다. 그 남자는 신은 아닙니다. 단지 인간에 지나지 않습니다. 나는 그 뱃사람과 달밤 바위 위에 앉아서 여러 가지 이야기를 했습니다. 애꾸눈 신에게 잡힌 이야기라든지, 사람을 멧돼지로 만드는 여신의 이야기라든지, 목소리가 고운 인어 이야기라든지,──당신은 그 남자의 이름을 알고 있습니까? 그 남자는 나를 만났을 때부터 이 나라의 토착민으로 변했습니다. 지금은 유리카와라고 이름 부른다고 합니다. 그러니 당신도 조심하십시오. 데우스가 반드시 이

긴다고는 할 수 없습니다. 천주교는 아무리 포교되어도 반드시 이긴다고는 할 수 없습니다."

노인은 점점 목소리가 작아졌다.

"사정에 따라서는 데우스 자신도 이 나라의 토착민으로 변하겠지요. 중국이나 인도도 변했습니다. 서양도 변하지 않으면 안 됩니다. 우리들은 나무들 속에 있습니다. 얕은 물 흐름에도 있습니다. 장미꽃을 스쳐가는 바람에도 있습니다. 절의 벽에 남은 저녁 빛에도 있습니다. 어디에라도 또 언제라도 있습니다. 조심하십시오. 조심하십시오……."

이 소리가 드디어 끊기자마자 노인의 모습도 저녁 어둠 속으로 그림자가 사라지듯 없어져 버렸다. 그와 동시에 절 탑에서는 이맛살을 찌푸린 오르칸티노 위에 아베 마리아의 종이 울리기 시작했다.

남만사의 파도레 오르간티노는,――아니, 오르간티노에 한한 일은 아니다. 유유히 아비토 옷자락을 끌던 코가 높은 홍모인紅毛人은 황혼 빛이 떠 있던 가공의 월계와 장미 속에서 한 첩의 병풍으로 돌아가 버렸다. 남만신 입항도가 그려진 삼세기 이전의 낡은 병풍으로.

안녕. 파도레 오르간티노! 당신은 지금 당신의 동료들과 일본 해변을 걸으면서 금박가루 안개에 깃발을 올린 큰 남만선을 바라보고 있다. 데우스가 이길 것인가. 오히루메무치가 이길 것인가.―― 그것은 아직 현재로는 용이하게 단정할 수 없을는지 모른다. 하지만 머지않아 우리들의 사업이 단정을 내려야 할 문제다. 당신은 그 과거의 해변에서 조용히 우리들을 보고 있으시오. 설령 당신은 같은 병풍 속에서 개를 끈 카피탄이나 양산을 쓴 흑인아이와 망각의 잠에 빠져 있어도, 새로이 수평선에 나타난 우리들 흑선의 대포 소리는 반드시 예스러운 당신들의 꿈을 부수는 때가 있음에 틀림없다. 그때까지는,——안녕. 파도레 오르간티노! 안녕. 남만사의 우리간 신부!

■ 1921. 12

보은기

• 아마카와 진나이의 이야기

　저는 진나이라 하는 사람입니다. 성은——저, 세상에서는 오래 전부터 아마카와 진나이라고 하는 것 같습니다. 아마카와 진나이——당신도 이 이름을 알고 있습니까? 아니 놀랄 것까지는 없습니다. 저는 당신이 알고 있는 대로 평판이 높은 도둑입니다. 그러나 오늘밤 온 것은 도둑질하러온 것이 아닙니다. 제발 그것만은 안심하십시오.

　당신은 일본에 있는 바테렌 중에서도 덕이 높은 분이라고 듣고 있습니다. 그렇다면 도둑이라고 이름 붙여진 사람과 잠시라도 같이 있는 것이 유쾌하지 않을는지 모르겠습니다. 하지만 저도 의외로 도둑질만 하지는 않습니다. 언젠가 도요토미의 저택에 초대받은 루손 스케자에몬의 관리 중 한사람도 분명히 진나이라고 이름 붙여져 있었습니다. 또 리큐거사居士가 소중히 하던 '빨간 털 가발'이라 불리는 물병도, 그것을 보냈던 렌가시의 본명은 진나이라 한다고 듣고 있습니다. 그렇게 하자면 바로 이십삼 년 전, 아마카와 일기라는 책을 썼던 오무라 근처의 통역관 이름도 진나이라고 하지 않았던가요? 그 외 산조가와라 싸움에서 카피탄 '마루도나도'를 구했던 보화종의 스님, 사카이의 묘고쿠지 문전에서 남만의 약을 팔고 있던 상인, …… 이런 사람도 이름을 말하자면 아무개 진나이였음에 틀림없습니다. 아니 그보다도 중요한 것은 작년 이 '산·프란시스코' 사원에 성모 '마리야'의 손톱을 모은 황금 사리탑을 진상한 사람도 역시 진나이라고 하는 신도였을 것입니다.

그러나 오늘밤은 애석하게도 하나하나 이런 행적을 이야기하고 있을 여유가 없습니다. 어쨌든 아마카와 진나이는 세상 보통 인간과 그다지 차이가 없다는 것을 믿어 주십시오. 정말입니까? 그럼 가능하면 간략하게 저의 용무를 이야기하도록 하지요. 저는 어떤 남자의 영혼을 위해 '미사'라는 기도를 부탁하러 왔습니다. 아니, 저의 혈연은 아닙니다. 그렇다고 또 저의 칼날에 피를 묻힌 사람도 아닙니다. 이름 말입니까? 이름은,──자, 그것을 밝혀서 좋을지 어떨지 저로서도 판단이 서지 않습니다. 어떤 남자의 영혼을 위해,── 혹은 '포우로'라고 하는 일본인을 위해 명복을 빌고 싶습니다. 안되겠습니까?── ──과연 아마카와 진나이에게 그런 것을 부탁 받았으니 가볍게 받아들일 기분은 들지 않겠지요. 정말 어쨌든 대충 사정만은 이야기해 보는 것으로 하지요. 그러나 그에 대해 생사를 묻지 말고, 다른 사람에게 이야기하지 않는다는 약속이 필요합니다. 당신은 그 가슴에 달린 십자가를 걸고라도 반드시 약속을 지키겠습니까? 아니──, 실례는 용서하십시오. (미소) 바테렌인 당신을 의심하는 것은 도둑인 저로서는 참람僭濫하지요. 그러나 그 약속을 지키지 않으면 (돌연 진지하게) '인헤루노'의 뜨거운 불에 타 죽지 않는다 하더라도 현세에 벌이 내릴 것입니다.

벌써 이년 정도 전 이야기입니다만, 마침 어느 늦가을 찬바람이 부는 한밤중이었습니다. 저는 행각승行脚僧으로 모습을 바꾸어서 교토를 두리번거리고 있었습니다. 교토를 두리번거리는 것은 그날 밤부터였던 것은 아닙니다. 이미 이럭저럭 닷새 정도 언젠가 초경을 지나기만 하면 사람 눈에 뜨이지 않도록 살짝 집집마다 엿보았습니다. 물론 무엇 때문이었는지는 주를 달 필요도 없을 것입니다. 특히 그때는 마리카까지 잠시 건너갈 작정이어서 한층 더 돈이 필요했던 것입니다.

거리는 물론 오래 전에 사람 통행이 끊어졌습니다만, 별만 반짝이는 공중에는 끊임없이 바람 소리가 울려 퍼지고 있었습니다. 저는 어두운 집의 처마를 따라 오가와 길을 내려와서, 문득 네거리를 하나 도는 곳에 큰 모퉁이 집이 있는 것을 발견했습니다. 이 집은 교토에서도 이름이 알려진 호조야 야사우에몬의 본댁입니다. 같이 항해를 생업으로 하고 있어도 호조야는 도저히 가도쿠라 등과는 어깨를 나란히 할 수 없을 것입니다. 그러나 어쨌든 가쿠샤무로나 루손에 배를 한두 척이나 보내고 있으니까 버젓한 부자임에는 틀림없습니다. 저는 특히 이 집을 목표로 두리번거리고 있었던 것은 아닙니다만, 마침 거기 우연히 들른 김에 한 벌이 할 생각이 들었습니다. 게다가 전에도 말씀드린 대로, 밤은 깊고 바람도 부는,──제가 장사를 시작하기에는 만사 안성맞춤이었습니다. 저는 길가의 빗물 받는 통 뒤에 삿갓과 지팡이를 숨긴 뒤 순식간에 높은 담을 넘었습니다.

세상의 소문을 들어보십시오. 아마카와 진나이는 둔갑술을 사용한다,──누구라도 전부 그렇게 말합니다. 그러나 당신은 속인들과 같이 그런 것은 정말이라 생각하지 않을 것입니다. 저는 둔갑술도 사용하지 않지만 악마도 제 편으로 하고 있지 않습니다. 단지 아마카와에 있던 시절 포르투갈 배 의사에게 물리학을 배웠습니다. 그것을 실지로 써먹으려고 마음먹으면 큰 자물쇠를 자르기도 하고, 무거운 빗장을 벗기기도 하는 것은 각별히 어려운 일은 아닙니다. (미소) 지금까지 없었던 도둑질 방법,──그것도 일본이라는 미개한 땅에서는 십자가나 대포의 도래와 같이, 역시 서양에서 배운 것입니다.

저는 눈 깜짝할 순간에 호조야의 집안으로 들어와 있었습니다. 하지만 어두운 복도에 막 다다르자, 놀란 것은 이 야밤중에 아직 불빛이 비치고 있을 뿐 아니라, 이야기하는 소리가 나는 작은방이 있었습니다. 그것이 주위의 모양으로 봐서 아무래도 차실에 틀림이 없었습니다. '초가을 찬바람에 차를 마시냐'──저는 이렇게 쓴웃음을 지으며 살짝 거기에 숨어들어 갔습니다. 실제 그때는 사람 소리가 나는데도 불구하고, 일의 훼방을 생각하기보다는, 공들여 꾸민 다실 안에서 이 집주인이랑 손님으로 온 동료들이 무슨 풍류를 즐기고 있는가?──그런 데에 마음이 쏠렸습니다.

장지 바깥에 몸을 대기가 무섭게 제 귀에는 생각한 대로 솥이 끓는 소리가 들렸습니다. 그런데 그 소리가 들림과 동시에 의외로 누군가 이야기를 하고는 울고 있는 소리가 들렸습니다. 누구인가,──

라기보다도 그것을 두 번 듣기 전에 여자라는 사실조차도 알았습니다. 이런 대가의 차실에서 한밤중에 여자가 울고 있는 건 아무래도 보통 일은 아닙니다. 저는 숨을 죽인 채 다행히 열려 있는 장지 틈으로 차실 속을 들여다보았습니다.

사방등 불빛에 비친 낡은 색종이 같은 마루의 족자, 달아매인 꽃병의 국화꽃——차실 안에는 생각대로 쓸쓸한 정취가 떠돌고 있었습니다. 그 마루 앞에,——마침 제 정면에 앉은 노인은 주인인 야사우에몬일 것입니다. 섬세한 당초무늬의 웃옷에 꼼짝 않고 양팔을 포갠 채, 거의 곁눈질로 보기에는 솥에 무언가 삶고 있는 소리라도 듣고 있는 것 같았습니다. 야사우에몬의 옆에는 품위가 있는 비녀머리를 한 늙은 부인이 한사람, 옆얼굴을 보인 채 때때로 눈물을 닦고 있었습니다.

'그리 궁색함은 없다손 치더라도 역시 고생만은 있어 보인다.'——저는 이렇게 생각하면서 저절로 미소를 지었습니다. 미소를,——이렇게 말해도 그것은 호조야 부부에게 악의가 있었던 것은 아닙니다. 저처럼 사십 년간 악명만 쓰고 있는 사람에게는 타인의,——특히 행복한 타인의 불행은 저절로 미소를 머금게 합니다. (잔혹한 표정) 그때도 저는 부부의 탄식이 가부키를 보듯이 유쾌했습니다. (비웃는 듯한 미소) 그러나 이것은 저 혼자에 한한 일은 아닐 것입니다. 누구에게나 사랑 받는 이야기라면 슬픈 이야기임에 틀림없습니다.

야사우에몬은 잠시 후, 한숨을 짓듯이 이렇게 말했습니다.

"이미 이 지경이 된 이상에는 울어도 외쳐도 되돌려지지 않소. 나는 내일 상점 점원들을 해고하기로 결심을 했소."

그때 또 강한 바람이 '쏴' 하고 차실을 뒤흔들었습니다. 그래서 소리가 헛갈리었겠지요. 야사우에몬 부인의 말은 뭐라 했는지 모르겠습니다. 하지만 주인은 고개를 끄덕이고 양손을 무릎 위에 얹으면서 빗살무늬 천장으로 눈을 들었습니다. 두꺼운 눈썹, 뾰쪽한 뺨의 뼈, 특히 길게 째진 눈초리,——이것은 확실히 보면 볼수록 언젠가 한번 만났던 얼굴입니다.

"주님, '예수 그리스도'님. 어쨌든 저희 부부 마음에 당신의 은혜를 내려주십시오……."

야사우에몬은 눈을 감은 채 기도를 중얼거리기 시작했습니다. 노부인도 역시 남편과 같이 천제天帝의 가호를 빌고 있는 것 같습니다. 저는 그 순간 눈도 깜짝이지 않고 야사우에몬의 얼굴을 계속 바라보고 있었습니다. 그리고 또 초겨울 바람이 스쳐 지날 때, 제 마음속에 번쩍였던 것은 이십년 전의 기억입니다만, 저는 이 기억 속에서 확실히 야사우에몬의 모습을 잡았습니다.

이 이십년 전의 기억이라는 것은,——아니, 그것을 다 이야기할수는 없겠습니다. 단지 짤막하게 사실만 이야기한다면, 제가 아마카와에 건너와 있을 때, 어떤 일본 선원이 제 위험한 목숨을 구조해주었습니다. 그때는 서로 이름도 대지 않고 그대로 헤어져버리고 말았습니다만, 지금 제가 본 야사우에몬은 그 당시 선원임에 틀림이 없습니다. 저는 뜻 밖에 만나 놀라면서 역시 이 노인의 얼굴을 지켜보고 있었습니다. 말하자면 딱딱한 어깨 주위와 손마디가 굵은 손모양에는 아직 산호초 물보라와 백단산 냄새가 배어있는 듯합니다.

야사우에몬은 긴 기도를 마치고 조용히 노부인에게 이렇게 말했습니다.

"나중에는 모든 일을 오로지 천주의 뜻이라고 생각하시오.──그럼 솥이 끓고 있으니 차라도 한잔 마실까?"

그러나 노부인은 새삼스레 북받치는 눈물을 참듯이 기어들어가는 듯한 대답을 했습니다.

"네──하지만 그래도 분한 건,──"

"자, 그것은 푸념이 아니겠소. 호조마루가 내려앉은 것도, 빌려준 돈이, 모두 도산된 것도,──"

"아니, 그런 것은 아닙니다. 하다못해 아들 야사부로라도 있어 주었으면 하고 생각했습니다만……."

저는 이 이야기를 듣고 있는 동안에 한 번 더 미소를 지었습니다. 하지만 이번에는 호조야의 불운에 유쾌함을 느낀 것은 아닙니다. '옛날 은혜를 돌려줄 때가 왔다'──이렇게 생각하는 것이 기뻤습니다. 저에게도, 수배자인 아마카와 진나이에게도 훌륭하게 은혜를 갚을 수 있게 된 유쾌함을──아니, 이 유쾌함을 아는 사람은 저 외는 없을 것입니다. (비꼬듯이) 세상의 선인은 불쌍합니다. 무엇하나 나쁜 짓을 하지 않은 대신에 어느 정도 선행을 베풀 때에는 얼마나 즐거운 기분이 되는지,──그런 일도 전혀 알지 못할 테니까요.

"뭐, 서런 사람 같지 않은 놈은 없는 게 그런 대로 행복한 셈이지……."

야사우에몬은 씁쓸하게 사방등에 눈을 돌렸습니다.

"그 놈이 써버린 돈이라도 있다면 이번에도 절박한 경우만은 면했을는지 모르지. 그것을 생각하면 의절한 건,……"

야사우에몬은 이렇게 말하자마자 놀란 듯이 저를 바라보았습니다. 이건 놀랐다고 하는 것도 무리는 없습니다. 저는 이때 소리도 내지 않고 한쪽 장지문을 열었으니까요.——그것도 제 모습으로 말하자면 행각승으로 변장한데다 삿갓을 벗은 대신에 남만 수건을 쓰고 있었으니까.

　"누구야, 당신은?"

　야사우에몬은 나이는 들어도 순식간에 몸을 일으켰습니다.

　"아니 놀라지 마십시오. 저는 아마카와 진나이라고 하는 놈입니다.——자, 조용히 하십시오. 아마카와 진나이는 도둑입니다만, 오늘밤 갑자기 뵈러온 것은 좀 다른 이유가 있습니다.——"

　저는 두건을 벗으면서 야사우에몬의 앞에 앉았습니다.

　그 후의 일은 이야기하지 않아도 당신은 짐작할 수 있겠지요. 저는 호조야의 위급함을 구하기 위해 삼일이라는 기한을 하루도 어기지 않고 육천관의 돈을 조달하는 보은의 약속을 했습니다.——아니, 누군가가 문밖에서 발소리를 내는 게 아니겠습니까. 그럼, 오늘밤은 실례하겠습니다. 내일이든 혹은 모레 밤에 한 번 더 여기에 숨어 들어오겠습니다. 저 큰 십자가 별 빛은 아마카와 하늘에는 빛나고 있어도 일본 하늘에는 보이지 않습니다. 저도 마치 이처럼 일본에서는 모습을 감추고 있지 않으면, 오늘 밤 '미사'를 부탁하러 온 '포우로'의 영혼을 위해서도 미안합니다.

　뭐, 제가 도망가는 길 말입니까? 그런 것은 걱정하지 마십시오. 이 높은 천정 창문을 통해서라도, 저 큰 난로를 통해서라도, 자유자재로 나갈 수 있습니다. 그 일에 관해서는 부디 제발 은인 '포우로'의 영혼을 위해 일절 다른 사람에게 말을 삼가 주십시오.

● 호조야 야사우에몬의 이야기

바테렌님. 부디 저의 참회를 들어주십시오. 잘 아시는 바이지만, 요즈음 세상에 이름 높은 아마카와 진나이라고 하는 도둑이 있습니다. 네고로데라 탑에 살고 있던 이도, 살생관백殺生關白의 칼을 훔친 이도, 또 멀리 바다 밖에서는 루손의 태수를 습격한 이도, 모두 저 사내라고 들었습니다. 그이가 드디어 포박 당하여 이번에 이치조 모도리다리 근처에 목이 걸린 것, 혹 듣고 계시겠지요. 저는 저 아마카와 진나이에게 적지 않은 큰 은혜를 입었습니다. 하지만 또 큰 은혜를 입은 것만으로도 지금은 무어라 말씀드릴 수 없는 슬픔에 빠졌습니다. 부디 이 자세한 내용을 들으신 후에 죄인과 호조야 야사우에몬에게도 천제의 자비를 빕니다.

정확히 지금부터 이년 전쯤 겨울의 일입니다. 흉어凶漁만 계속되고 있었기 때문에 배 호조마루는 내려앉았고, 투자한 돈은 전부 도산되었고,──이것저것이 겹쳐진 끝에 호조야 일가는 흩어지는 것 외에 방법이 없는 지경이 되고 말았습니다. 아시는 대로 상인에게는 거래처는 있어도 친구라고 할 만한 이는 없습니다. 이렇게 되니 이미 우리들 가업은 소용돌이에 밀린 큰 배와 같이 완전히 거꾸로 지옥 밑바닥에 떨어져 갈 뿐이었습니다. 그런데 어느 날 밤──지금까지도 그 밤일은 잊을 수 없습니다. 어느 초가을 바람이 심한 밤이었습니다만, 저희들 부부는 잘 아시는 다실에서 밤이 새는 줄도 모르고 이야기하고 있었습니다. 거기에 갑자기 들어온 이는 행각승의 모습으로 남만 두건을 쓴 저 아마카와 진나이였습니다. 저는 물론 놀라기도 하였지만 또 화도 났습니다. 하지만 진나이의 이야기를 들어 보니 저 남자는 역시 도둑질하러 저의 집에 숨어들어 왔습니다만, 차실에는 아직까지 불빛뿐만 아니라 사람 이야기소리가 들리고 있어, 장지문 너머로 엿보니까, 이 호조야 야사우에몬은 진나이의 목숨을 건져준 일이 있는 이십년 전의 은인이었다는 것이 아니겠습니까?

그러고 보니 이럭저럭 이십년이나 되었을까요. 아직 제가 아마카와항 왕복선 '후스타'호의 선원을 하고 있던 시절, 거기에 배가 정박하고 있는 동안에, 수염조차 변변찮은 일본인을 한 사람 도와준 일이 있습니다. 확실히는 모르나 그때 이야기는, 우연히 술을 마신 후 싸움 끝에 중국인을 한 사람 죽였기에 추격자가 뒤따랐다고 이야기했습니다. 그러고 보면 그이가 오늘날에는 저 아마카와 진나이라고 하는 유명한 도둑이 된 것입니다. 저는 어쨌든 진나이의 이야기가 거짓말이 아닌 것을 알고는 온 집안사람이 자고 있어서 우선 그 용건을 물어 보았습니다.

그러자 진나이가 이야기하기를, 자기 힘이 미치는 것이라면 이십년 전의 보은으로 호조야의 위급함을 구해주고 싶으니 당장 필요한 금전이 어느 정도냐고 묻는 것이었습니다. 저는 무심코 고소를 지었습니다. 도둑놈에게 돈을 조달 받는다니,——이것 우습기 짝이 없을 일입니다. 아무리 아마카와 진나이라도 그런 돈이 있다면 일부러 저희 집에 도둑질하러 들어왔을 리도 없습니다. 그러나 그 금액을 말하였더니 진나이는 고개를 갸우뚱하다가 오늘밤 안에는 어렵지만 삼

일만 기다리면 조달하겠다고 대수롭지 않게 받아들였습니다. 하지만 어쨌든 필요한 것은 육천관이라는 큰돈이라서 반드시 조달할 수 있을지 어떨지 믿을 수 있는 일은 아니었습니다. 아니, 저의 생각으로는 우선 주사위 눈을 믿는 것보다 불안하다고 각오를 하고 있었습니다.

진나이는 그날 밤 제 아내에게 유유히 차를 얻어 마신 후, 초겨울 바람 속으로 사라졌습니다. 하지만 그 다음날이 되어도 약속한 돈은 오지 않았습니다. 이튿날도 마찬가지였습니다. 삼일 째는,── 이 날은 눈이 내렸습니다만, 역시 밤이 되어도 무엇 하나 소식은 없었습니다. 저는 전에도 진나이의 약속을 기대하고 있지는 않다고 말씀드렸습니다. 하지만 점원들을 해고하지 않고 일이 되어 가는 형편에 맡겨 놓고 있었던 점을 보면 어느 정도는 마음속에 기다리고 있었던 것이겠지요. 또 실제 삼일 째 밤에는 다실 사방등을 향하고 있어도 눈덩이에 나뭇가지가 부러지는 소리가 날 때마다 귀를 쫑긋 세우고 있었습니다.

그런데 삼경도 지났을 즈음에 갑자기 다실 밖 정원에 무언가 사람이 맞붙어 싸우는 듯한 소리가 들리지 않겠습니까?──제 마음에 순간적으로 번쩍였던 것은 물론 진나이의 신상에 관한 것이었습니다. 어쩌면 포졸들에게라도 잡힌 것은 아닌가? 저는 순간 이렇게 생각하고 정원으로 향한 장지를 열기가 무섭게 사방등을 쳐들어 보았습니다. 눈이 수북한 다실 앞에는 대명죽이 늘어뜨려져 있는 주위에 누군가 두 사람이 서로 붙잡고 있는──그렇게 생각하고 있는데, 그 한사람은 달려드는 상대를 뿌리치자 말자 정원수 그늘을 빠져나가듯이 금세 담 쪽으로 도망쳐 버렸습니다. 눈이 떨어지는 소리, 벽에 기어오르는 소리,──그것으로 조용해진 것은 이미 어딘가 담 밖으로 무사히 달아난 것이겠지요. 하지만 뿌리침을 당한 상대인 한 사람은 각별히 뒤를 쫓으려고도 하지 않고, 몸에 눈을 털면서 조용히 저 앞에 걸어 다가왔습니다.

"접니다. 아마카와 진나이입니다."

저는 어안이 벙벙한 채 진나이의 모습을 쳐다보고 있었습니다. 진나이는 오늘밤에도 남만 두건에 가사 법의를 입고 있었습니다.

"아니 뜻하지 않은 소동을 벌였습니다. 격투 소리에 아무도 잠을 깨지 않았다면 다행입니다만."

진나이는 차실에 들어오자마자 흘끗 쓴웃음을 지었습니다.

"아니 제가 숨어 들어오자 마침 누군가 이 바닥 밑으로 기어들어오려고 하는 놈이 있었습니다. 그래서 우선 맨손으로 잡은 후에 얼굴을 보려고 했습니다만, 결국은 도망쳐 버렸습니다."

저는 아직도 이전처럼 포졸이 걱정되어 그들이 아닌가 물어 보았습니다. 하지만 진나이는 포졸이기는커녕 도둑놈이라고 하였다는 것입니다. 도둑놈이 도둑놈을 잡으려고 하다니,──그처럼 진귀한 일은 없을 것입니다. 이번에는 진나이보다도 자연히 저의 얼굴에 쓴웃음을 띄웠습니다. 그러나 그것은 어쨌든 조달의 가부를 듣지 않고는 저의 마음도 안심되지 않았습니다. 그러자 진나이는 제가 말하기 전에 제 마음을 읽었던 것이겠지요. 유유히 전대를 풀면서 화로 앞에 돈 보따리를 늘어놓았습니다.

"안심하십시오. 육천 관 돈 마련은 되었으니까요.── 실은 이미 어제 대부분은 조달했습니다만, 그래도 이백 관 정도 부족해서 오늘

밤에는 그것을 가지고 왔습니다. 부디 이 보따리를 받아 주십시오. 또 어제까지 모았던 돈은 당신 부부가 모르는 사이에 이 다실 바닥 밑에 숨겨 두었습니다. 아마 오늘 밤 도둑놈도 그 돈 냄새를 맡고 온 것이겠지요."

저는 꿈이라도 꾸듯이 그렇게 말하는 소리를 듣고 있었습니다. 도둑놈에게 돈을 받다니,——그것은 당신에게 여쭈지 않아도 확실히 좋은 일은 아닐 것입니다. 그러나 조달을 할 수 있을지 없을지 반신반의의 경계에 있을 때는 선악도 생각하지 않았습니다. 또 이제 와서 딱 잘라 못 받겠다고 할 수도 없습니다. 더욱이 그 돈을 받지 않으면 저 뿐만 아니라 온 집안사람이 길바닥에 나앉게 됩니다. 부디, 이 마음에 애오라지 연민을 베풀어 주십시오. 저는 어느덧 진나이 앞에 공손하게 양손을 모은 채 무어라고 말도 못하고 울고 있었습니다……

그 후 저는 이년 동안 진나이의 소문을 듣지 못했습니다. 하지만 겨우 흩어지지 않고 무사히 그 날을 넘길 수 있었던 것은 모두 진나이의 덕분이었기 때문에 언제라도 저 사내의 행복을 위해 다른 사람 몰래 성모 '마리야'님께 기원을 드렸습니다. 그런데 어찌 된 일입니까. 이쯤에 항간의 이야기를 들으면 아마카와 진나이는 체포된 데다가 모도리다리에 목이 걸려 있다고 하는 것이 아니겠습니까? 저는 놀라기도 했습니다만, 다른 사람 몰래 눈물을 흘렸습니다. 그러나 쌓은 악의 응보라고 생각하면 그것도 방도는 없을 것입니다. 아니, 오히려 오랫동안 천벌을 받지 않고 있었던 것이 이상할 정도입니다. 하지만 적어도 보은의 뜻으로 남몰래 명복을 빌어주고 싶다.——이렇게 생각한 사람이었기 때문에, 저는 오늘 그 누구도 데리지 않고 급히 이치조 모도리다리에 그 매단 목을 보러 갔습니다.

모도리다리 주위에 가니까, 이미 그 목을 매단 앞에는 많은 사람들이 모여들어 있었습니다. 죄상을 기록한 나무 표지판, 목을 지키는 하급 관리——그것은 언제나 변함이 없었습니다. 하지만 세 조각을 묶은 푸른 대나무 위에 얹혀있는 목은,——아 그 끔찍한 피투성이 목은 어떻다고 말해야 할까요? 저는 떠들썩한 사람들 속에 창백한 목을 보기가 무섭게 아무 생각 없이 선 채 움직이지 못하고 말았습니다. 그 목은 저 사내의 것이 아닙니다. 아마카와 진나이의 목은 아닙니다. 이 두꺼운 눈꺼풀, 이 튀어나온 뺨, 그 미간의 칼자국,——무엇하나 진나이와는 닮지 않았습니다. 그러자——저는 갑자기 햇빛도, 제 주위 사람들도, 대나무 위에 달린 목도, 전부 어딘가 먼 세계에 흘러가 버렸는가 하고 생각할 만큼 심한 놀라움이 엄습했습니다. 이 목은 진나이 것은 아닙니다. 제 목입니다. 이십년 전의 저,——꼭 진나이의 목숨을 구해준 그때의 저입니다. '야사부로!'——저는 혀라도 움직일 수 있었다면 이렇게 외쳤을는지 모릅니다. 하지만 소리를 지르기는커녕 제 몸은 학질에 걸린 것처럼 떨고 있을 뿐이었습니다.

야사부로! 저는 단지 환상처럼 제 자식의 목을 바라보았습니다. 목은 약간 위로 향한 채, 반쯤 열린 눈꺼풀 아래로 물끄러미 저를 쳐다보고 있습니다. 이것이 어찌된 영문일까요? 제 자식은 무슨 착오 때문에 진나이로 생각되었을까요? 그러나 심문이라도 받았다면 이런 착오는 일어날 리 없습니다. 그렇지 않으면 아마카와 진나이라는 자는 제 아들이었단 말입니까? 제 집에 왔던 거짓 행각승은 누군가 진나이의 이름을 빌린 다른 사람이었습니까? 아니, 그럴 리가 없습니다. 삼일 기한을 하루도 틀리지 않고 육천관의 돈을 마련한다는 것은, 이 넓은 일본에도 진나이 외에 누가 있겠습니까? 그러고 보면,——그때 제 마음속에는 이년 전, 눈이 내리던 밤, 진나이와 마당에서 싸우고 있던 누구인가 모르던 남자의 모습이 금방 확실하게 떠올랐습니다. 그 남자는 누구였을까요? 혹시 제 아들은 아니었을까요? 그리 생각하면 그 남자의 모습은 힐끗 한 번 본 것만으로도 어쩐지 제 아들 야사부로와 닮은 것도 같습니다. 그러나 이것은 저 혼자의 마음의 혼란일까요? 만약 제 아들이었다면,——저는 꿈을 깬 듯 뻔질나게 목을 바라보았습니다. 그러자 보랏빛이 나는, 묘하게 긴장이 풀린 입술에는 무언가 미소에 가까운 것이 희미하게 남아 있었습니다.

달린 목에 미소가 남아 있다니,——당신은 그런 것을 들으시면 웃으실지 모르겠습니다. 저마저도 그것을 알아차렸을 때는 눈 탓인가 하고도 생각했습니다. 하지만 몇 번 다시 보아도 그 바짝 마른 입술에는 확실히 미소 같은 밝음이 떠올라 있었습니다. 저는 이 이상한 미소를 오랜 시간 넋을 잃고 보고 있었습니다. 그러자 어느 샌가 제 얼굴에도 역시 미소가 떠올랐습니다. 그러나 미소가 떠오름과 동시에 눈에는 저절로 뜨거운 눈물도 솟아 나왔습니다.

"아버지, 용시하여 주십시오.——"

그 미소는 무언중에 이렇게 말하고 있었습니다.

"아버지, 불효의 죄를 용서하여 주십시오. 저는 이년 전 눈 내리는 밤, 의절한 사죄를 하고 싶어서 살짝 집으로 숨어들어 갔습니다. 낮에는 점원들 눈에 띄는 것마저도 부끄러울 지경이라서 일부러 밤이 깊기를 기다리다 아버지 침실 문을 두드려서라도 뵈올 작정이었습니다. 그런데 문득 다실의 장지 불빛이 비치고 있는 것을 보자 거기에 머뭇머뭇 다가가고 있었는데 갑자기 누군가 뒤에서 말도 걸지 않고 달라붙었습니다."

"아버지, 그때부터 그 후는 어떻게 되었는지, 당신이 알고 계시는 대로입니다. 저는 너무나 불의의 일이라서 아버지 모습을 보기가 무섭게 그 수상한 놈을 밀어 버리고 높은 벽 밖으로 도망쳐 버렸습니다. 하지만 눈 속에 보았던 상대방 모습은 이상하게도 행각승 같아서 아무도 쫓아오는 사람이 없는 것을 확인한 후, 한 번 더 저 다실 밖으로 대담하게도 숨어들어 갔습니다. 저는 다실의 장지 너머로 모든 이야기를 서서 들었습니다."

"아버지, 호조야를 구한 진나이는 우리들 온 집안의 은인입니다. 저는 진나이의 몸에 위급한 일이 있으면 설령 목숨을 바쳐서라도 은혜에 보답하고자 결심했습니다. 이 은혜를 갚는 일은 의절을 한 부랑자인 제가 아니면 안 될 것입니다. 저는 이 이 년 간, 그런 기회를 기다리고 있었습니다. 그리하여,──그 기회가 온 것입니다. 부디 불효의 죄를 용서하여 주십시오. 저는 방탕하게 태어났습니다만, 온 가족의 큰 은혜만은 갚았습니다. 이것이 적으나마 보은입니다……."

저는 집에 돌아오는 도중에 울기도 하고 웃기도 하면서, 제 아들의 다기짐을 칭찬해 주었습니다. 당신은 모르시겠지만 제 아들 야사부로도 저와 마찬가지로 이 종문에 귀의했기 때문에 전부터 '포우로'라는 이름까지도 받은 놈입니다. 그러나──그러나 제 아들도 불운한 놈이었습니다. 아니, 제 아들뿐만이 아닙니다. 저도 저 아마카와 진나이에게 온 집안의 몰락만 구함을 받지 않았더라면, 이런 한탄은 하지 않았을 것인데. 아무리 미련이 남아서 그렇다고 해도 이것만은 견딜 수 없는 심정입니다. 흩어지지 않고 있는 쪽이 좋은가, 제 아들을 죽이지 않는 쪽이 좋은가.── (갑자기 괴로운 듯이) 부디 저를 구원해 주십시오. 저는 이대로 살아 있으면 큰 은인인 진나이를 미워하게 되는지도 모릅니다. …… (오랜 동안의 훌쩍거림)

• '포우로' 야사부로의 이야기

아아, 성모 '마리야'님! 저는 밤이 새자마자 목이 잘리게 되어 있습니다. 제 목은 땅에 떨어져도 제 영혼은 작은 새처럼 당신 곁으로 날아가겠지요. 아니, 나쁜 일만 했던 저는 '하라이소(천국)'의 장엄함을 보는 대신에 무서운 '인헤루노(지옥)'의 뜨거운 불 바닥에 거꾸로 떨어질지 모릅니다. 그러나 저는 만족합니다. 제 마음에는 이십년 이래 이 이상 기쁜 때가 있은 적이 없습니다.

저는 호조야 야사부로입니다. 하지만 저의 달린 목은 아마카와 진나이라고 불리게 되겠지요. 제가 저 아마카와 진나이,──이만큼 유쾌한 일이 있겠습니까? 아마카와 진나이,──어떻습니까? 좋은 이름 아닙니까? 저는 그 이름을 입에 올리는 것만으로도 이 어두운 감옥조차 천국의 장미와 백합으로 넘쳐흐르는 듯한 기분이 듭니다.

잊을 수 없는 이년 전의 겨울, 마침 큰 눈이 내리던 어떤 밤이었습니다. 저는 도박 밑천이 필요해 아버지 집으로 숨어들어 갔습니다. 그런데 아직 다실 장지에 불빛이 비치고 있기에 살짝 거기를 엿보려고 하자, 갑자기 누군가 말도 하지 않고 저의 멱살을 잡는 사람이 있었습니다. 떨쳐버리면 또 잡고,——상대는 누구인지 모릅니다만, 힘이 센 것으로 보아 아무래도 보통 놈이라고는 생각되지 않았습니다. 그 뿐만 아니라 두세 번 부딪히는 동안에 다실의 장지가 열리고 마당으로 사방등을 비춘 것은 틀림없이 아버지인 야사우에몬이었습니다. 저는 혼신을 다해 잡힌 멱살을 뿌리치고 높은 벽 밖으로 도망쳤습니다.

그러나 조금 도망치다가 저는 어느 지붕 밑에 숨어서 거리 전후를 둘러보았습니다. 거리에는 밤눈에도 하얗게 때때로 눈보라가 내리는 것 외에는 어디에도 움직이는 것은 보이지 않았습니다. 상대는 포기해 버렸던지 더 이상 쫓아오지도 않는 것 같았습니다. 하지만 그 남자는 어떤 사람일까요? 짧은 순간 본 것으로는 확실히 스님 모습을 하고 있었습니다. 그러나 아까 팔 힘이 센 것을 보면,——특히 병법에도 능한 것을 보면, 세상의 보통 스님은 아닐 것입니다. 우선 이같이 큰 눈이 내리는 밤에 마당 끝에 어떤 스님이 와 있다니,——그것 이상하지 않습니까? 저는 잠시 생각한 후, 비록 위험한 곡예를 하더라도, 어쨌든 한 번 더 다실 밖으로 숨어 들어가기로 결심했습니다.

그러고 나서 한 시간 정도 지났을 때입니다. 이 이상한 행각승은 마침 눈이 그친 것이 다행인 듯 오가와 거리를 내려갔습니다. 그 자가 아마카와 진나이였습니다. 무사, 렌가시, 상인, 보화승,——무엇으로도 모습을 바꾼다고 하는, 장안에 이름 높은 도둑입니다. 저는 뒤에서 나왔다 숨었다 하면서 진나이 뒤를 따라 갔습니다. 그때만큼 묘하게 기뻤던 일은 한 번도 없었습니다. 아마카와 진나이! 아마카와 진나이! 저는 꿈속에서도 얼마나 저 남자의 모습을 그리고 있었던가요. 살생관백의 칼을 훔친 것도 진나이입니다. 샤무로야의 산호수를 사칭한 것도 진나이입니다. 히젠 재상宰相의 침향나무를 벤 것도, 카피탄 '페레이라'의 시계를 뺏은 것도, 하루 밤에 다섯 개의 헛간을 부순 것도, 여덟 명의 미가와 무사를 베어 넘어뜨린 것도,──그 외후세에도 전해질, 희유稀有의 나쁜 일을 한 것은 언제나 아마카와 진나이입니다. 그 진나이는 지금 저 앞에 삿갓을 삐딱하게 한 채 희맑은 눈길을 걷고 있다.──이런 모습을 볼 수 있는 것은 그것만으로도 행복이 아닙니까? 하지만, 저는 게다가 더욱 행복해 지고 싶었습니다.

저는 조곤지 뒤에 오자 쏜살같이 진나이를 쫓아갔습니다. 여기는 쭉 집이 없는 토담이 계속되고 있어, 설령 낮이라도 사람 눈을 피하기에는 제일 안성맞춤의 장소입니다만, 진나이는 저를 보고도 각별히 놀란 듯한 기색도 보이지 않고, 조용히 거기에 걸음을 멈추었습니다. 더욱이 지팡이를 짚은 채 저의 말을 기다리는 듯이 한마디도 하지 않았습니다. 저는 사실 쭈뼛쭈뼛 진나이 앞에 무릎을 꿇었습니다. 그리고 그 침착한 얼굴을 보니 생각대로 말조차 나오지 않았습니다.

"제발 실례는 용서하십시오. 저는 호조야 야사우에몬의 이들 야사부로라는 사람입니다.──"

저는 얼굴을 불빛에 비추면서 겨우 이렇게 입을 열었습니다.

"실은 조금 부탁이 있어서 당신 뒤를 따라왔습니다만……"

진나이는 단지 고개를 끄떡였습니다. 그것만으로도 마음이 위축

된 저에게는 너무나 고마운 마음이 들었겠지요. 저는 용기가 생겨 역시 눈 속에 무릎을 꿇은 채로, 아버지와 의절을 한 일, 지금은 실업자 속에 끼어 있는 일, 오늘 밤 아버지 집에 도둑질하러 들어갔다가 뜻을 이루지 못하고 진나이를 만난 일, 또 아버지와 진나이의 밀담을 하나도 남기지 않고 들었던 일,——그런 일을 짧게 이야기했습니다. 하지만 진나이는 변함없이 입을 다문 채 차갑게 저를 보고 있었습니다. 저는 그 이야기를 하고 나서는 한층 무릎을 앞으로 끌어당기며 진나이의 얼굴을 뚫어지게 엿보았습니다.

"호조 일가가 받은 은혜에는 저도 역시 관계되어 있습니다. 저는 그 은혜를 잊지 않는 표시로 당신의 수하가 되려는 결심을 하였습니다. 부디 저를 써 주십시오. 저는 도둑질도 알고 있습니다. 불을 놓는 법도 알고 있습니다. 그 외 어지간한 나쁜 일은 다른 사람에게 뒤떨어지지 않게 알고 있습니다.——"

그러나 진나이는 입을 다물고 있었습니다. 저는 가슴이 두근두근하면서 더더욱 열심히 설득했습니다.

"부디 저를 써 주십시오. 저는 반드시 일하겠습니다. 교토, 후시미, 사카이, 오사카,——제가 모르는 땅은 없습니다. 저는 하루에 백오십리를 걷습니다. 힘도 나락 네 섬은 한 손으로 듭니다. 사람도 두세 사람은 죽여 보았습니다. 부디 저를 써 주십시오. 저는 당신을 위해서라면 어떤 일이라도 해 보이겠습니다. 후시미 성 흰 공작도 훔치라고 하면 훔쳐 오겠습니다. '산·프란시스코' 사원의 종루도 태우라 하면 태우고 오겠습니다. 우대신 댁의 따님도 유괴하라고 하면 유괴해 오겠습니다. 관리의 목을 베라고 하면,——"

제가 이렇게 말을 걸었을 때, 갑자기 눈 속에 차여 쓰러졌습니다.

"바보 같은 놈!"

진나이는 한 마디 호통을 친 채, 원래대로 걸어가려고 했습니다. 저는 거의 미친 듯이 승복 소매에 매달렸습니다.

"부디 저를 써 주십시오. 저는 어떤 경우라도 절대로 당신을 떠나지 않겠습니다. 당신을 위해서라면 물불에도 들어가겠습니다. 저 '에소포' 이야기의 사자왕조차도 쥐에게 구제 받지 않았습니까? 저는 그 쥐가 되겠습니다. 저는,——"

"입 다물어, 진나이는 네 놈의 은혜는 받지 않아."

진나이는 저를 뿌리치고는 한 번 더 거기에 차서 넘어뜨렸습니다.

"문둥이 같은 놈이! 부모께 효도나 해!"

저는 두 번째 차였을 때 갑자기 분함이 솟아올랐습니다.

"좋아! 반드시 은혜를 갚을 거야!"

그러나 진나이는 뒤도 돌아보지 않고 획하고 눈길을 서둘러 갔습니다. 언젠가 비치기 시작한 달빛에 삿갓을 희미하게 보이면서⋯⋯ 그로부터 저는 이년 간 쭉 진나이를 보지 않고 있었습니다. (갑자기 웃는다) '진나이는 네 놈의 은혜는 받지 않아⋯⋯.' 저 남자는 이렇게 말했습니다. 그러나 저는 날이 밝자마자 진나이 대신으로 죽임을 당합니다.

아아, 성모 '마리야'님! 저는 이 이년 동안 진나이의 은혜를 갚고 싶어서 얼마나 괴로워했는지 모릅니다. 은혜를 갚고 싶어서?——아니, 은혜보다 오히려 원한을 갚고 싶어서 입니다. 그러나 진나이는 어디에 있는가? 진나이는 무엇을 하고 있는가?——누가 그것을 알겠습니까? 우선 진나이는 어떤 남자인가?――그것조차도 알고 있는 사람은 없습니다. 제가 만난 가짜 행각승은 마흔 전후의 작은 남자입니다. 하지만 야나기초의 유곽에 있었던 이는 아직 서른을 넘기지 않은, 불그스름한 얼굴에 수염을 기른 떠돌이 무사라고 하지 않겠습니까? 가부키 가설극장을 시끄럽게 했다고 하는 허리가 굽은 홍모인紅毛人, 묘코쿠지의 보물을 훔쳤다고 하는 앞머리를 늘어뜨린 젊은 무사,――이 같은 이들을 전부 진나이라고 한다면 저 남자의 정체를 구분하는 것조차 도저히 사람 힘이 미치지 못함에 틀림없습니다. 거기에 저는 작년 말부터 토혈 하는 병에 걸리고 말았습니다.

부디 원한을 풀고 싶다,――저는 날마다 야위고 가늘어지면서 그 일만 생각하고 있었습니다. 그러나 어느 날 밤, 저의 마음에 갑자기 번쩍하는 방책이 생각났습니다. '마리야'님!, '마리야'님! 이 방책을 가르쳐주신 것은 당신의 은혜임에 틀림없습니다. 단지 제 몸을 버린다, 토혈하는 병으로 쇠잔해져, 뼈와 가죽뿐인 몸을 버린다,――그것만 각오하면 제 소망은 이루어집니다. 저는 그 밤 기쁜 나머지 계속해서 혼자 웃으면서 같은 말을 되풀이하고 있었습니다.――'진나이 대신으로 목이 잘린다. 진나이 대신으로 목이 잘린다……'

진나이 대신으로 목이 잘린다――너무나 멋진 일이 아닙니까? 그렇게 하면 물론 저와 함께 진나이의 죄도 없어져 버린다.――진나이는 넓은 일본 나라 안에 어디라도 뽐내며 걸을 수 있을 것이다. 그 대신(다시 웃는다)――그 대신 나는 오늘 밤 안에 희대稀代의 큰 도적이 된다. 루손 스케자에몬의 지배인이었던 것도, 히젠 재상의 침향 나무를 벤 것도, 리큐거사의 친구가 된 것도, 샤무로야의 산호수를 사칭한 것도, 후시미 성의 금고를 부순 것도, 여덟 명의 미가와 무사를 목을 베어 넘어뜨린 것도,——온갖 진나이의 명예는 전부 저에게 빼앗깁니다. (세 번째 웃는다) 말하자면 진나이를 돕는 동시에 진나이의 이름을 죽이고, 온 집안의 은혜를 갚음과 동시에 제 한을 푸는,——이 정도 유쾌한 보은은 없습니다. 저는 그 밤 기쁜 나머지 계속 웃었던 것도 당연합니다. 지금도,——이 옥중에서도 웃지 않고 있을 수 있겠습니까?

저는 이 방책을 생각한 후, 대궐에 도둑질하러 들어갔습니다. 땅거미가 진 밤, 이른 때여서 발 건너에 불빛이 아물거리기도 하고, 소나무 속에 꽃이 희미하게 보이기도 하고,——그런 일도 본 듯이 기억하고 있습니다. 하지만 긴 회랑 지붕에서 인기척이 없는 정원에 뛰어 내리자 갑자기 사오명의 경호 무사들에게 원대로 포박 당했습니다. 그때입니다. 저를 깔아 눕힌 수염을 기른 무사는 열심히 줄을 묶으면서 "이번에야말로 진나이를 맨손으로 잡은 거야." 하고 중얼거리고 있지 않겠습니까? 그렇습니다. 아마카와 진나이 외에 누가 대궐에 숨어 들어가겠습니까? 저는 이 말을 듣고 필사적으로 발버둥치고 있는 동안에도 뜻하지 않게 미소를 띠었습니다.

'진나이는 네 놈의 은혜는 받지 않아.'——저 남자는 이렇게 말했습니다. 그러나 저는 날이 밝자마자 진나이 대신으로 죽임을 당합니다. 이 얼마나 유쾌하고 짓궂은 일인지요. 제 목이 달린 채 저 남자가 오는 것을 기다리고 있겠습니다. 진나이는 틀림없이 제 목에 소리 없는 홍소哄笑를 느끼겠지요. '어때, 야사부로가 은혜 갚는 것은?'——그 홍소는 이렇게 말할 것입니다. '너는 이미 진나이는 아니다.

아마카와 진나이는 이 목이다. 저 천하에 소문난 일본 제일의 대 도 둑은!' (웃는다) 아, 저는 유쾌합니다. 이처럼 유쾌하게 생각한 일은 일생에 단 한번입니다. 하지만 만약 아버지인 야사우에몬이 저의 달 린 목을 보았을 때는,—— (괴로운 듯이) 용서하십시오. 아버지! 토혈 하는 병에 걸린 저는 설령 목 베이지 않는다 하더라도 삼년은 목숨 이 더 가지 않습니다. 부디 불효를 용서하여 주십시오. 저는 방탕한 자식으로 태어났습니다만, 어쨌든 온 집안의 은혜만은 갚을 수가 있 었으니까요…….

■ 1922. 3

나가사키 소품

어두컴컴한 유리 진열장 속. 그림, 도자기, 호피, 사라사, 상아 조각, 주금鑄金 등 여러 가지 이국 관계 사료, 진열장이 좁을 정도로 진열해 놓은 것을 본다. 초여름 오후 아득히 하루살이 소리 들린다.

오랜 침묵 후, 시바 고칸이 그린 화란인이 갑자기 슬픈 듯이 탄식한다.

고이마리 찻잔에 그려진 가피탄: (화란인을 뒤돌아보면서) 어찌 된 거야? 얼굴색이 너무 나쁜 것 같은데,——

화란인: 아니, 아무 일도 없어요. 단지 조금 두통이 있어서요.——

가피탄: 오늘은 이상하게 더우니까.

호피 꽃 사이에 앉은 앵무: (측면에서 가피탄에게) 거짓말이에요. 가피탄! 저 사람은 두통이 아닙니다.

가피탄: 두통이 아니라고 하면?

앵무: 연애지요.

화란인: (앵무를 위협하면서) 쓸데없는 건 말하지 마!

가피탄: (화란인에게) 자, 가만히 입 닫고 있어. (앵무에게) 그래서 누구에게 반한 거야?

앵무: 저 여자지요. 보십시오. 저 화란산 접시 속에 있는.――

가피탄: 평소 부채를 쥐고 있는 여잔가?

앵무: 네, 저것입니다. 저 여자는 얼굴은 예쁘지만, 꽤 자존심이 센 사람이라서요.

화란인: (다시 앵무를 위협하면서) 이놈아, 실례되는 건 말하지 마!

가피탄: 그래? 그것 참 안됐군. (금으로 상감된 몸집이 작은 신부에게) 어떻게 된 거지요? 파도레!

신부: 자, 혼례는 내가 시켜도 좋지만,――어쨌든 화란 출생이라 저 여자 건방진 건 평판이 있지.

화란인: 부디 더 이상 걱정하지 마십시오. (자포자기한 듯) 만일의 경우에는 저 다네가시마에게 심장을 도려내 받을 테니까.

다네가시마: (안됐다는 듯이) 안 돼. 나는 녹슬어 있으니까,―― 사베르식 일본도에게라도 부탁해 보게.

상아 조각의 그리스도: (자단의 십자가 위에 팔을 벌리면서) 무분별한 일을 해서는 안 돼. 평소 들려준 대로 자살 따위를 하는 놈은 하라이소 문에는 들어갈 수 없을 테니까. (마리야 관음에게) 성모님! 어떻게 해 줄 방도는 없으십니까?

마리야 관음: 글쎄, 그럼 내가 부탁해 볼까?

신부: 그렇게 부탁할 수 있다면 다행입니다.

가피탄: 부디 애 써 주시길 당부 드리고 싶습니다만,――(화란인

에게) 자네도 성모님께 부탁해 보게.

　　화란인: (부끄러운 듯이) 부디 잘 부탁드립니다.

　　앵무: 자비로우신 마리야님! 저도 한결같이 부탁드립니다.

　　마리야 관음: (화란 접시에 그려져 있는 여자에게) 당신!

　　화란 여자: 무언가 용건이 있습니까?

　　마리야 관음: 네, 실은 이 젊은이가 당신을 사모하고 있다고 합니다만,——

　　화란 여자: 그냥 싫은 걸요. 저는 저 사람이 너무 싫습니다.

　　마리야 관음: 그렇지만 몸마저 쇠약해질 정도로 고민하고 있는 것 같으니까,——

　　화란 여자: 그건 그분 마음대로 아니겠습니까? 도대체 저는 일본 산이나 중국산 사람은 까닭 없이 싫습니다.

　　마리야 관음: 그런 말을 해서는 안 됩니다. 저 사람도 당신과 같이 서양 문명의 생명 불을 가슴속에 간직하고 있어요. 말하자면 형제와 같은 사람 아니겠습니까? 부디 우리 모자도 부탁하니, 좀 불쌍히 여겨 주십시오.

　　화란 여자: (화가 난 듯이) 쓸데없는 일은 말씀하지 마십시오. 우선 당신조차도 히라도 부근의 시골 출신이 아닙니까? 스테인드글라스든지 분수든지 장미꽃이든지 벽에 걸린 융단이든지,——그런 물건은 본적도 없을 것입니다. 얼굴도 당신은 우리나라 성모 마리야와 많이 다릅니다. 더욱이 저 사람을 보십시오. 저 사람도 이 나라에서는 화란인이라고 말할는지 모릅니다. 그러나 실제는 화란인이기는커녕, 일본인이라고도 서양인이라고도 할 수 없는, 결국 이 나라의 화

가가 만든 흑인보다도 기분 나쁜 사람입니다.

화란인: 아, 정떨어지는 말! (눈물을 흘리며 운다)

화란 여자: (더욱 화가 가라앉지 않은 듯이) 그게 저를 사모하고 있는,──자주 그런 일이 있습니다. 게다가 저 사람 일가 일족── 나가사키 그림에 나오는 홍모인紅毛人도 모두 같은 것 아닙니까? 나는 저 사람들 얼굴을 보는 것조차 기분이 나쁠 정도입니다.

나가사키 그림의 영국인, 프랑스인, 러시아인 등: (놀란 듯이) 오오! 오오!

마리야 관음: 그럼 아무리 해도 저 사람과 사이가 좋아지지 않는다는 말입니까?

화란 여자: 당연합니다. 저는 오늘부터 당신 만나기도 거절합니다.

고이마리의 가피탄, 몸집이 작은 신부, 가메야마 구이의 남만 여자: ──아니, 아니, 그뿐 아닙니다. 칼 날 밑에 있는 천사마저 두 번 다시 중매를 받지 않을 것입니다. 저 사람과 저는 태어난 곳도 자란 곳도 다르니까,──

마리야 관음: (화란인에게) 듣고 있었지? 나는 말도 통하지 않으니까, 어차피 너의 소원은 이룰 수 없어.

화란인: (눈물을 흘리며) 네, 더 이상 방법이 없습니다.

가피탄: 남자답게 포기해. (가메야마 구이의 남만여자에게) 그러나 미운 여자야.

남만 여자: 정말로 오만한 사람이군.──좋습니다. 지금부터는 제가 저 여자를 대신해서 이 분을 보살펴 드릴 테니까요.──

신부: 당신은 언제나 온화한 사람이야.

그리스도: 조용히! 조용히! 누군가 사람이 온 것 같으니까,——

앵무: 쉿! 쉿!

이 집의 주인, 수명의 손님과 함께 진열장 밖에 선다.

주인: 이것이 제 컬렉션입니다.

손님 중 한 사람: 꽤 많이 있군요. 저 고칸의 화란인은 재미있네요.

주인: 저기에 있는 것은 가메야마 구이입니다. 이건 제가 자랑하는 물건입니다만,——

손님 중 한 사람: 남만 여자군요. 화란산 접시 여자보다 훨씬 미인 아닙니까?

주인: 이것 말입니까? (화란 여자가 있는 접시를 꺼낸다) 아니, 웬일인지 젖어 있는데,——

손님 중 한 사람: 설마 화란 여자가 울었던 것은 아닐 테지요.

손님 중 다른 한 사람: 아니, 욕을 들어서 분한 나머지 울고 있는지도 모릅니다. (웃는다)

손님 중 한 사람: 정말 일본산 남만 물건에는 서양 산 물건에는 없는 독특한 맛이 있지요.

주인: 거기가 일본이지요.

손님 중 한 사람: 그렇습니다. 거기에서 오늘날의 문명도 태어났지요. 장래는 보다 위대한 것이 태어날 거구요.

손님 중 다른 한 사람: 이 화란인이나 남만 여자도 안심하고 잠들겠지요.——어머나!

주인: 어찌 된 일입니까?

손님 중 다른 한 사람: 어쩐지 저 그리스도가 웃는 듯한 기분이 들었습니다.

손님 중 한 사람: 저는 마리야 관음이 웃는 것처럼 보였습니다.

주인: 기분 탓이겠지요.

주인과 손님이 조용히 유리 진열장 앞을 떠난다. 다시 희미하게 하루살이의 소리.

■ 1922. 5

15

오긴

겐나인가, 간에이인가, 어쨌든 먼 옛날이다.

천주의 가르침을 받드는 자는 그때에도 들키는 대로 화형이나 책형에 처해졌다. 그러나 박해가 심해지는 만큼 '만사에 충만하신 주님'도 그때는 한층 더 이 나라 신도에게 현저한 가호를 베푸셨던 것 같다. 나가사키 근처 마을에는 때때로 저녁 무렵 햇살과 함께 천사나 성인이 위문하는 일도 있었다. 실제로 저 '산·조안·바치스타'마저 한번은 우라카미의 신도 '미게루' 야베의 물레방앗간에 모습을 나타냈다고 전해지고 있다. 그와 동시에 악마도 또 신도의 정진을 방해하기 위해 익숙지 않은 흑인이 되기도 하고, 혹은 외국산 화초가 되기도 하고, 혹은 삿자리의 우차가 되기도 하여 자주 같은 마을에 출몰했다. 밤낮조차 구분할 수 없는 흙 감옥에서 '미게루' 야베를 괴롭혔던 쥐도 실은 악마의 화신이었다고 한다. 야베는 겐나 팔년 가을, 십일 인의 신도와 함께 화형 되었다.——그 겐나인가 간에이인가 어쨌든 먼 옛날이다.

마찬가지로 우라카미 두메산골에 오긴이라고 하는 처녀가 살고 있었다. 오긴의 부모는 오사카에서 멀고 먼 나가사키로 유랑해 왔다. 하지만 재산이 조금도 불기 전에 오긴 혼자를 남긴 채 두 사람 다 고인이 되고 말았다. 물론 그네들 다른 지방 사람은 천주의 가르침을 알 리가 없었다. 그네들이 믿은 것은 불교이다. 선인가, 법화인가, 그렇지 않으면 또 정토인가, 어쨌든 석가의 가르침이다. 어떤 프랑스 예수회에 의하면 천성이 간사한 꾀로 가득 찬 석가는 중국 각지를 떠돌면서 아미타라고 부르는 부처의 도를 설파했다. 그 후 또 일본 나라에도 역시 같은 도를 가르치러 왔다. 석가가 설파했던 가르침에 의하면 우리들 인간의 영혼은 그 죄의 경중심천輕重深淺에 따라 더러는 작은 새가 되고, 더러는 소가 되고, 더러는 또 수목이 된다고 한다. 그뿐만 아니라 석가는 태어날 때 그의 어머니를 죽였다 한다. 석가의 가르침이 황당무계하다는 것은 물론, 석가의 큰 악도 역시 명백하다.(장 크라세) 그러나 오긴의 모친은 앞에서도 조금 적은 대로 그러한 진실을 알 리 없다. 그네들은 숨을 거둔 뒤에도 석가의 가르침을 믿고 있다. 쓸쓸한 묘소의 소나무 그늘에서 마지막에는 '인헤루노'에 떨어질 것도 모르고 부질없는 극락을 꿈꾸고 있다.

그러나 오긴은 다행히도 양친의 무지에 물들지 않았다. 두메산골에 자리 잡은 농부, 연민의 정이 깊은 '조안' 마고시치는, 벌써 이 처녀의 이마에 '바푸치즈모'의 성수를 부은데다가 '마리야'라는 이름을 주었다. 오긴은 석가가 태어났을 때, 하늘과 땅을 가리키며 '천상천하유아독존'이라고 사자후를 토한 것 등은 믿고 있지 않다. 그 대신에

'심히 유연하시고, 심히 애련하시고, 뛰어나게 아름다우신 동정녀 '산타·마리야'님'이 자연히 아기를 배었다는 사실을 믿고 있다. '십자가에 달려서 죽으시고 돌무덤에 장사되어' 대지의 밑바닥에 묻힌 '제스스'가 삼일 후에 다시 살아난 것을 믿고 있다. 규명의 나팔이라도 울려 퍼지면 '주님은 크신 위광, 크신 권세를 가지고 하늘에서 내려 오셔서 티끌이 되어버린 사람들의 몸을 원래의 영혼과 합하여 부활시키시고, 선인은 천상의 쾌락을 얻고 또 악인은 마귀와 함께 지옥에 떨어질' 것을 믿고 있다. 특히 '말씀의 성덕聖德에 의해 빵과 포도주는 색과 모양은 변하지 않아도, 그 정체는 주님의 살과 피가 되어 변한다'는 숭고한 '사가라멘토'를 믿고 있다. 오긴의 마음은 양친과 같이 열풍에 날리는 사막은 아니다. 소박한 들장미 꽃을 섞은 열매가 풍성한 보리밭이다. 오긴은 양친을 잃은 후, '조안' 마고시치의 양녀가 되었다. 마고시치의 처 '조안나' 오스미도 역시 마음이 부드러운 여자이다. 오긴은 이 부부와 함께 소를 몰기도 하고, 보리를 베기도 하고, 행복하게 그 날 그 날을 보내고 있었다. 물론 이런 삶 중에서도 마을 사람의 눈에 띄지 않는 한, 단식과 기도에도 게으름 피우는 일은 없었다. 오긴은 우물가의 무화과 그늘에서 큰 초승달을 바라보면서 자주 열심히 기도를 드렸다. 이 머리카락 늘어뜨린 처녀의 기도는 이 같이 간단한 것이다.

"자비하신 성모님, 당신에게 예배를 드립니다. 유인流人이 된 '하와'의 자식, 당신에게 부르짖습니다. 가련한 이 눈물의 골짜기에 부드러우신 눈을 돌려주십시오. '안메이'"

그런데 어느 해 '나타라(성탄절)'의 밤, 악마는 몇 명인가 포졸과 함께 갑자기 마고시치의 집으로 들이닥쳤다. 마고시치의 집에는 큰 화로에 '밤샘 장작' 불이 활활 타오르고 있다. 그리고 그은 벽 위에는 오늘밤만은 십자가가 걸려있었다. 마지막으로 뒤쪽 소 외양간에 가면 '제스스'님의 목욕을 위해 여물통에 물이 가득 채워져 있었다. 포졸들은 서로 고개를 끄덕이면서 마고시치 부부를 새끼줄로 묶었다. 오긴도 동시에 묶였다. 그러나 그들 세 사람은 전연 기가 죽은 기색이 없었다. 영혼의 구원 때문이라면 어떤 심한 괴로움도 각오가 되어 있다. 주님은 반드시 우리들을 위해 가호를 베풀어주심에 틀림없다. 첫째, '나타라'의 밤에 체포되었다는 것은 하늘의 은총 두터움의 증거가 아닌가? 그들은 서로 말을 맞춘 것처럼 이렇게 확신하고 있었다. 포졸은 그들을 포박한 후 행정관이 있는 관청으로 끌고 갔다. 하지만 그들은 그 도중에도 어두운 밤바람을 맞으면서 성탄의 기도를 드렸다.

"'베렌' 나라에 태어나신 어린 임금님, 지금은 어디에 계시옵니까? 찬송을 받으시옵소서."

악마는 그들이 잡힌 것을 보고 손뼉을 치며 즐겁게 웃었다. 그러나 그들의 다기짐에는 적지 않게 화가 난 것 같다. 악마는 혼자된 후 화가 치민 듯 침을 뱉기가 무섭게 금세 큰 맷돌이 되었다. 그리고 데굴데굴 구르며 어두움 속으로 사라져 버렸다.

'조안' 마고시치, '조안나' 오스미, '마리야' 오긴, 세 사람은 흙 감옥에 던져진 후에도 천주의 가르침을 버리도록 여러 가지 심한 괴로움을 당했다. 그러나 물고문이나 불고문을 당해도 그들의 결심은 움직이지 않았다. 설령 살결이 문드러진다고 하더라도 '하라이소(천국)'

문에 들어가는 것은 잠시 한 순간 참고 견디면 된다. 아니 천주의 큰 은혜를 생각하면 이 어두운 흙 감옥조차 그대로 '하라이소'의 장엄함과 다르지 않다. 그 뿐만 아니라 고귀하신 천사와 성인은 꿈인지 현실인지 모르는 사이에 자주 그들을 위로하러 왔다. 특히 이 같은 행복은 오긴에게 가장 많이 나타난 것 같다. 오긴은 '산·조안·바치스타'가 큰 양손 손바닥에 메뚜기를 많이 건져 올리면서 "먹어라."고 하는 것을 보았던 일이 있다. 또 대천사 '가부리에루'가 흰 날개를 접은 채 아름다운 금색 잔에 물을 주는 것을 보았던 일도 있다.

행정관은 천주의 가르침은 물론, 석가의 가르침도 몰랐기 때문에 왜 저들이 고집을 피우는지 확실히 이해되지 않았다. 때로는 세 사람이 같이 정신이 돈 것이 아닌가 하고 생각한 일도 있었다. 그러나 정신이 돈 것이 아니라는 사실을 알자 이번에는 구렁이라든지 일각수라든지 어쨌든 인륜에는 어긋난 동물과 같은 생각이 들었다. 이 같은 동물을 살려 놓아서는 오늘날의 법률에 어긋날 뿐만 아니라, 한 나라의 안위에도 관계된다. 그래서 행정관은 한 달 정도 흙 감옥에 그들을 넣어 둔 후, 드디어 세 사람을 화형하기로 결정했다. (사실을 말하자면 이 행정관도 세상 일반의 사람들과 같이 한 나라의 안위에 관계되는지 어떤지 그러한 것은 거의 생각지 않았다. 이것은 먼지 법률이 있고, 두 번째로는 사람의 도덕이 있고, 일부러 생각해 보지 않아도 각별히 군색함은 없었기 때문이다.)

'조안' 마고시치를 비롯하여 세 사람의 신도는 마을에서 떨어진 형장으로 끌려가는 도중에도 두려운 기색이 보이지 않았다. 형장은 마침 묘소와 이웃한 돌멩이가 많은 빈터다. 그들은 거기에 도착하자 하나하나 죄상을 들은 후 큰 각진 기둥에 묶였다. 그러고 나서 오른쪽에 '조안나' 오스미, 중앙에 '조안' 마고시치 왼쪽에 '마리야' 오긴 순서로 형장의 한 가운데 세워졌다. 오스미는 연일 심한 고통 때문에 갑자기 나이를 먹은 것처럼 보인다. 마고시치도 수염이 자란 뺨에는 거의 핏기가 돌고 있지 않았다. 오긴도——오긴은 두 사람에 비하여 아직 보통 때와 변함이 없다. 하지만 그들은 세 사람이 공히 산더미 같은 장작을 밟은 채 똑 같이 조용한 얼굴을 하고 있다.

형장 주위에는 전부터 많은 구경꾼이 둘러싸있다. 또 구경꾼 저쪽 하늘에는 묘소 소나무가 대여섯 그루, 천개天蓋와 같이 가지를 뻗고 있다.

모든 준비가 끝났을 때, 포졸 한 사람은 장엄하게 세 사람 앞으로 다가가서, '천주의 가르침을 버릴 것인지 아닌지, 잠시 동안 유예시간을 줄 테니 한 번 더 잘 생각해 보라. 만약 가르침을 버린다고 한다면 금방이라도 포승줄을 풀어 준다'고 했다. 그러나 그들은 대답하지 않았다. 모두 멀리 하늘을 바라본 채 입가에는 미소마저 띄우고 있다.

포졸은 물론 구경꾼조차 이 수분 간처럼 쥐 죽은 듯이 조용했던 선례는 없다. 무수한 눈은 쭉 깜빡임도 없이 세 사람 얼굴을 쏘아붙이고 있다. 하지만 이것이 참혹한 나머지 누구 하나 숨도 들이마시지 않았다. 구경꾼은 도대체 불을 붙이는 것이 지금인가 지금인가하고 기다리고 있었다. 포졸은 또 처형에 시간이 걸려 완전히 지친 나머지 이야기할 용기도 나지 않았다.

그러자 갑자기 일동의 귀는 확실하게 의외의 말을 들을 수 있었다.

"저는 가르침을 버리도록 하겠습니다."

목소리의 주인은 오긴이었다. 구경꾼은 일시 웅성거렸다. 하지만 한번 울려 퍼진 후 곧바로 또 조용히 되고 말았다. 그것은 마고시치가 슬픈 듯이 오긴 쪽을 돌아보면서 힘없는 소리를 내었기 때문이다.

"오긴! 너, 악마에게 속은 거지? 좀 더 참기만 하면 주님 얼굴을 뵐 수 있어."

이 말이 끝나기 전에 오스미도 멀리서 오긴 쪽으로 열심히 말을 걸었다.

"오긴! 오긴! 네게 악마가 붙은 거야. 기도해 주마. 기도해 주마."

그러나 오긴은 대답을 하지 않았다. 단지 눈은 구경꾼이 많은 저쪽에, 천개같이 가지를 뻗은 묘소의 소나무를 바라보고 있다. 그 동안에 이미 행정관 한 사람이 오긴의 포승줄을 풀도록 명했다.

'조안' 마고시치는 그것을 보자마자 포기한 듯 눈을 감았다.

"만사에 충만하신 주님, 뜻하신 대로 맡기옵니다."

겨우 줄에서 풀려난 오긴은 망연하게 잠시 웅크리고 서 있었다. 하지만 마고시치와 오스미를 보자 갑자기 그 앞에 무릎을 꿇으면서 무어라고 말도 하지 않고 눈물을 흘렸다. 마고시치는 역시 눈을 감고 있다. 오스미도 얼굴을 돌린 채 오긴 쪽은 보려고도 하지 않는다.

"이버지, 어머니, 부디 용서해 주십시오."

오긴은 겨우 입을 열었다.

"저는 가르침을 버렸습니다. 그 이유는 문득 저쪽에 보이는 천개와 같은 소나무 가지에 생각이 미쳤기 때문입니다. 저 묘소 소나무 그늘에 잠들어 계시는 양친은 천주의 가르침도 모르고, 틀림없이 지금쯤은 '인헤루노'에 떨어져 계시겠지요. 그런데 지금 저 혼자 '하라이소' 문에 들어가서는 무어라고 드릴 말씀이 없습니다. 저는 역시 지옥 밑바닥에 양친 뒤를 따라 가겠습니다. 부디 아버지와 어머니는 '제스스'님, '마리야'님 옆으로 가십시오. 그 대신에 가르침을 버린 이상에는 저도 살아 있을 수는 없습니다……."

오긴은 끊어질 듯 끊어질 듯 이렇게 말한 후에는 흐느껴 울고 말았다. 그러자 이번에는 '조안나' 오스미도 발에 밟고 있던 장작 위에 뚝뚝 눈물을 흘리기 시작했다. 지금부터 '하라이소'에 들어가고자 하는데 쓸 데 없이 슬픔에 빠져 있는 것은 물론 신도가 할 도리가 아니다. '조안' 마고시치는 쓰디쓰듯이 옆의 처를 쳐다보면서 새된 목소리로 나무랐다.

"당신도 악마에게 흘렸소? 천주의 가르침을 버리고 싶으면 마음대로 당신만 버리시오. 나는 혼자라도 화형 당하겠소."

"아닙니다. 저도 같이 죽겠습니다. 하지만 그것은——그것은——"

오스미는 눈물을 머금고서 반쯤 외치듯이 말을 내뱉었다.

"하지만 그것은 '하라이소'에 가고 싶기 때문이 아닙니다. 단지 당신의——당신의 뒤를 따르는 것입니다."

마고시치는 오랫동안 입을 다물고 있었다. 그러나 이 얼굴은 푸르기도 했고 또 혈색이 넘치기도 했다. 동시에 땀방울도 알알이 얼굴에 괴기 시작했다. 마고시치는 지금 마음의 눈에 그의 영혼을 보고 있다. 그의 영혼을 두고 싸우고 있는 천사와 악마를 보고 있다. 만약 그때 발밑의 오긴이 엎드려 울고 있던 얼굴을 들지 않았더라면,——아니, 이미 오긴은 얼굴을 들었다. 더욱이 눈물로 넘치는 눈에는 이상한 빛을 머금으면서 쭉 그를 지켜보고 있다. 그 눈 속에 번쩍이고 있는 것은 순진한 처녀의 마음만은 아니다. '유인이 된 "하와"의 자식', 모든 인간의 마음이다.

"아버지, '인헤루노'로 가십시다. 어머니도 저도 저쪽의 아버지 어머니도──전부 악마에게 맡깁시다."

마고시치는 드디어 타락했다.

이 이야기는 우리나라에 많았던 교인의 수난 중에서도 가장 부끄러워해야 할 배교로서 후대에 전해진 이야기이다. 확실히는 모르지만 그들 세 사람이 가르침을 버리게 되었을 때는, 천주가 무엇인지 판별하지 못하는 구경꾼 남녀노소조차도 모조리 그들을 미워했다고 한다. 이것은 모처럼 화형인지 뭔지 볼 기회를 놓친 유감이었는지 모른다. 더욱이 또 전하는 바에 의하면 악마는 그때 크게 기쁜 나머지 큰 책으로 변하여 밤중에 형장을 날고 있었다고 한다. 이것도 그렇게 까닭 없이 기뻐할 정도로 악마의 성공이었는지 어떤지 작자는 심히 회의적이다.

■ 1922. 8

16

오시노

　여기는 남만사 성당 안이다. 보통 때라면 아직 스테인드글라스 창으로 햇빛이 비치고 있을 시간이다. 하지만 오늘은 장마 때문에 저녁 무렵의 어두움과 차이가 없다. 그 안에 단지 고딕풍의 기둥이 어렴풋이 나무 살결을 드러내면서 드높이 레크토리움을 지키고 있다. 그리고 성당 안에 등불이 하나 감실龕室 안에 서 있는 성자 상을 쭉 비추고 있다. 참배자는 한 사람도 없다.

　이런 침침한 성당 안에는 홍모인 신부가 혼자서 기도하듯 머리를 숙이고 있다. 나이는 사십 오륙 세일 것이다. 이마가 좁고, 관골이 튀어나온, 볼수염이 많은 남자다. 마루 위를 끌던 옷은 '아비도'라고 부르는 승복인 듯하다. '곤타쓰'라 부르는 염주도 손목을 한 바퀴 감은 후, 아련하게 푸른 구슬을 늘어뜨리고 있다.

　성당 안은 물론 쥐 죽은 듯이 조용하다. 신부는 언제까지나 몸 움직임도 없다.

거기에 일본인 여자가 한 사람 조용히 성당 안에 들어 왔다. 문양을 새긴 낡은 홑옷에 무언가 검은 띠를 띤 무가의 부인 같은 여자이다. 부인은 아직 삼십대일 것이다. 하지만 살짝 본 바로는 나이보다도 훨씬 늙어 보인다. 우선 묘하게도 얼굴색이 나쁘다. 눈 주위에도 검은 기미가 있다. 그러나 대체적인 이목구비는 아름답다고 해도 지장이 없다. 아니, 단정함이 지나친 결과, 오히려 험상궂음이 있을 정도이다.

여자는 아주 진기한 듯이 성수반이나 기도 궤를 보면서 주뼛주뼛 성당 안으로 걸어 들어갔다. 그러자 침침하게 어두운 성단 앞에 신부가 한 사람 무릎을 꿇고 있다. 여자는 조금 놀란 듯이 딱 거기에 발을 멈추었다. 하지만 상대가 기도하고 있는 것을 바로 알아차린 것 같다. 여자는 신부를 쳐다본 채 말없이 거기에 서 있다.

성당 안은 변함없이 쥐 죽은 듯이 조용하다. 신부도 꼼짝하지 않지만, 여자도 눈썹하나 까딱하지 않는다. 이것이 꽤 오랜 시간이었다.

그 동안에 신부는 기도를 마치고 겨우 바닥에서 몸을 일으켰다. 바라보니 앞에는 여자가 한 사람 무언가 말할 것처럼 멈춰서 있다. 남만사 성당 안에는 익숙지 않은 십자가에 달린 부처를 구경하러 오는 사람도 드물지는 않다. 그러나 이 여자가 여기에 온 것은 호기심만은 아닌 것 같다. 신부는 일부러 미소를 지으면서 서투른 일본어를 썼다.

"무언가 용무가 있습니까?"

"네, 부탁드릴 일이 좀 있습니다."

여자는 겸손하게 가벼운 눈인사를 했다. 가난한 옷차림임에도 불구하고 이것만은 반듯하게 감아 올린 비녀 머리를 숙였다. 신부는 미소를 지은 눈으로 목례를 했다. 손은 푸른 진주 '곤타쓰'에 손가락을 묶기도 하고 풀기도 하고 있다.

"저는 이치반가세 한베의 미망인, 시노라고 하는 사람입니다. 실은 저의 아들 신노조라고 하는 놈이 큰 병에 걸려 있습니다만……."

여자는 조금 말을 머뭇거린 후, 이번에는 낭독이라도 하듯이 술술 용건을 이야기하기 시작했다. 신노조는 금년 십오 세가 된다. 그 아이가 올해 봄부터 무언지 알 수 없이 아프기 시작했다. 기침이 나고, 식욕이 없어지고, 열이 높다고 하는 내용이다. 시노의 힘이 미치는 한 의사에게 보이기도 하고, 약을 사 먹기도 하고, 여러 가지 양生養生으로 손을 써 보았다. 그러나 조금도 효험은 보이지 않는다. 그뿐만 아니라 점차로 쇠약해진다. 게다가 요즘은 살림이 어려워 생각대로 치료를 시킬 수도 없다. 듣기로는 남만사 신부의 의술은 문둥병이라도 고친다고 한다. 부디 신노조의 생명도 살려 주시기를…….

"병문안 해 주시겠습니까? 어떻습니까?"

여자는 이렇게 말하는 사이에도 쭉 신부를 지켜보고 있다. 그 눈에는 연민을 구하는 기색도 없을 뿐 아니라, 걱정스러움을 참지 못하는 기색도 없다. 단지 거의 완고함에 가까운 조용함을 나타내고 있을 뿐이다.

"좋아, 보아드리지요."

신부는 턱 수염을 잡아당기면서 사려 깊은 듯이 고개를 끄덕여 보았다. 여자는 영혼의 구원을 얻으러 온 것이 아니다. 육체의 구원을 얻으러 온 것이다. 그러나 그것은 비난하지 않아도 된다. 육체는 영혼의 집이다. 집의 수복만 완전하면 주인의 병도 물리치기 쉽다. 실제로 가테키스타의 파비안 등은 그 때문에 십자가를 경배하게 되었다. 이 여자를 여기에 보낸 것도 혹 이 같은 신의 뜻인지도 모른다.

"아드님은 여기에 올 수 있습니까?"

"그것은 약간 무리라고 생각됩니다만……."

"그러면 거기로 안내해 주십시오."

여자의 눈에 한 순간 기쁨이 번쩍였던 것은 이때이다.

"그래요? 그렇게 해 주신다면 무엇보다도 다행입니다."

신부는 부드러운 감동을 느꼈다. 역시 그 한 순간 탈바가지처럼 표정이 없는 여자의 얼굴에 부정할 수 없는 어머니를 보았기 때문이다. 이미 앞에 서 있는 사람은 견실한 무가의 부인은 아니다. 아니, 일본인 여자도 아니다. 옛날 구유 속에서 그리스도에게 아름다운 젖을 물렸던 '심히 애련하고, 심히 부드럽고, 심히 아름다운 천상의 왕비'와 같은 어머니가 되었던 것이다. 신부는 가슴을 젖히면서 쾌활하게 여자에게 이야기를 건넸다.

"안심하십시오. 병도 대체로 알고 있습니다. 아드님의 생명은 제가 맡겠습니다. 어쨌든 가능한 방법을 써 봅시다. 만약 또 인력이 미치지 않으면……."

여자는 부드럽게 말에 끼어들었나.

"아니, 당신이 한 번이라도 병문안 해 주시면, 나중은 더 이상 어떻게 되더라도 조금도 미련은 없습니다. 그 이상은 단지 기요미즈데라 관세음보살의 가호에 매달릴 뿐입니다."

관세음보살! 이 말은 순식간에 신부의 얼굴에 화가 난 듯한 기색을 떠올리게 했다. 신부는 아무 것도 모르는 여자의 얼굴에 예리한 눈을 쏘아붙이고 고개를 설레설레 흔들며 나무라기 시작했다.

"주의하십시오. 관음, 석가, 하치만, 덴진——당신들이 숭배하는 것은 모두 나무와 돌 우상입니다. 진정한 신, 진정한 천주는 오직 한 분밖에 계시지 않습니다. 아드님을 죽이는 것도, 살리는 것도, 데우스의 뜻 하나입니다. 우상이 아는 게 아닙니다. 만약 아드님이 소중하다면 우상에게 기도하는 것은 그만 두십시오."

그러나 여자는 낡은 홑옷 옷깃을 약간 턱에 누르고 놀란 듯이 신부를 보고 있다. 신성한 노여움에 찬 말도 알아들었는지 어떤지 확실하지 않다. 신부는 거의 상대를 누르려는 듯이 수염투성이 얼굴을 내밀면서 열심히 이렇게 충고를 계속했다.

"진정한 신을 믿으십시오. 진정한 신은 주데아 나라 베렌의 마을에서 태어나신 제즈스 기리스토스 뿐입니다. 그 외에 신은 없습니다. 있다고 생각하는 것은 악마입니다. 타락한 천사의 화신입니다. 제즈스는 우리들을 구원하기 위하여 십자가에까지 몸이 달렸습니다. 보십시오. 저 모습을?"

신부는 엄숙하게 손을 뻗더니 뒤에 있는 창 스테인드글라스를 가리켰다. 마침 엷은 햇빛에 비친 창은 성당 안의 침침한 어둠 속에서 수난의 그리스도를 띄우고 있다. 십자가 밑에는 울며 갈팡질팡하고 있는 마리야와 제자들도 띄우고 있다. 여자는 일본풍으로 합장하면서 조용히 이 창을 우러러보았다.

"저것이 소문으로 들었던 남만의 여래입니까? 제 아들의 생명만 구해 주신다면, 저는 저 십자가 부처에게 일생을 바쳐도 상관없습니다. 부디 가호를 내리시도록 기도 드려 주십시오."

여자의 목소리는 침착한 중에 깊은 감동을 간직하고 있다. 신부는 점점 우쭐한 듯 목덜미를 조금 재낀 채 전보다도 웅변적으로 이야기하기 시작했다.

"제즈스는 우리들의 죄를 씻고, 우리들의 영혼을 구하기 위하여 지상에 강림하셨습니다. 들으십시오. 일생의 고난 고통을!"

신선한 감동에 찬 신부는 이쪽저쪽을 걸으면서 빠른 말로 기리스토의 생애를 이야기했다. 세상 온갖 덕을 갖춘 처녀 마리야에게 수태를 알리러 왔던 천사의 일을, 마구간 속에서 탄생하신 일을, 탄생을 알리는 별을 따라 유향과 몰약을 바치러 왔던 현명한 동방 박사들의 일을, 메시아의 출현을 두려워 해 헤로데 왕이 죽였던 아이들의 일을, 요하네의 세례를 받으셨던 일을, 산상의 가르침을 베푸셨던 일을, 물로 포도주를 만드셨던 일을, 맹인의 눈을 뜨게 하신 일을, 막달라 마리야에게 항상 따라 다니던 일곱 악귀를 쫓아내셨던 일을, 죽은 나자로를 살리신 일을, 물위로 걸어가신 일을, 당나귀 등에 타시고 제루살렘에 들어가신 일을, 슬픈 최후의 만찬을, 감람산에서 기도하신 일을……

신부의 목소리는 신의 말처럼 어둠침침한 성당 안에 울려 퍼졌다. 여자는 눈을 반짝인 채 아무 말 없이 그 소리를 듣고 있다.

"생각해 보십시오. 제즈스는 두 사람의 강도와 같이 십자가에 달리셨습니다. 그때의 슬픔, 그때의 고통,──우리들은 지금 생각하는 것만으로도 몸을 떨지 않고는 있을 수 없습니다. 특히, 과분한 생각이 드는 것은 십자가 위에서 외치셨던 제즈스의 최후의 말씀입니다.

엘리 엘리 라마사막다니――이것을 풀면 나의 신이여, 나의 신이여, 어찌 나를 버리시나이까? ……"

신부는 무심코 입을 닫았다. 쳐다보니 우선 파랗게 질린 여자는 아랫입술을 깨물자마자 신부의 얼굴을 뚫어지게 쳐다보고 있다. 더욱이 그 눈에 번쩍이고 있는 것은 신성한 감동도 아무 것도 아니다. 단지, 싸늘한 경멸과 뼈에라도 사무치는 듯한 증오이다. 신부는 어안이 벙벙한 채로 잠시 벙어리처럼 눈을 끔벅거릴 뿐이었다.

"진정한 천주, 남만의 여래는 이런 사람입니까?"

여자는 지금까지 얌전했던 것과는 달리 일격을 가하듯이 쏘아 붙었다.

"제 남편, 이치반가세 한베는 사사키 가의 해고 무사입니다. 그러나 아직 한 번도 적 앞에서 등을 보인 적이 없습니다. 지난 조고지 성 공격 때도, 남편은 노름에 져서, 말은 물론이고 갑옷과 투구조차 빼앗겼다고 합니다. 그렇지만 싸움하는 날에는 나무아미타불이라고 큰 글자로 쓴 종이 겉옷을 맨 살에 걸치고, 가지 달린 대나무를 깃대로 바꾸고, 오른손에는 삼척오촌의 칼을 빼고, 왼손에는 빨간 종이 부채를 펴고 '타인의 젊은이를 빼앗은 이상에는 죽임당할 것을 각오했다'고 큰소리로 노래를 부르면서, 오다님의 부하 중 냉혹한 사람으로 여겨지는 시바타의 군세를 꺾을 수 있었습니다. 아니, 무슨 천주라고 하는 사람이 설령 십자가에 달렸다고 하더라도, 푸념하는 소리를 한다는 것은 깔보아도 될 사람이군요. 그런 겁쟁이를 숭배하는 종교에 무슨 쓸모 있는 것이 있겠습니까? 또 그런 겁쟁이의 흐름을 이어 받은 당신이라고 한다면, 세상에 없는 남편의 위패 앞에서도 제 자식의 병은 보일 수 없습니다. 신노조도 목 자르는 한베라는 남편의 아들입니다. 겁쟁이의 약을 먹는 것보다는 할복하겠다고 할 것입니다. 이런 것을 알았다면 일부러 여기까지 오지 않았을 것을——이것만은 분합니다."

여자는 눈물을 머금고 획하니 신부에게 등을 돌리자마자 독풍毒風을 피하는 사람처럼 망설임 없이 성당 밖으로 사라져 버렸다. 놀란 신부를 남겨 둔 채로…….

■ 1923. 3.

이토조 상신서

슈린인님(호소카와 엣추의 영주 다다오키의 부인, 슈린인덴카오쿠슈교쿠다이시는 그 법호이다)이 돌아가신 경위.

1. 이시다 지부쇼 난의 해, 즉 게이초 오년 칠월 십일, 저의 아버지 나야세 자에몬이 오사카의 다마쓰쿠리 댁에 들러, '가나리아' 열 마리를 슈린인님께 헌상하였사옵니다. 슈린인님은 무엇이든 남만南蠻 물건을 좋아하시므로 기쁨이 보통 아니셨고, 저도 면목을 세웠사옵니다. 하기야 소지하신 집기 중에는 가짜도 수없이 있사와, 이 '가나리아'만큼 확실한 물건은 하나도 소지하시지 않았사옵니다. 그때 아버지가 말씀드리기를, 찬바람이 이는 대로 슈린인님 봉공奉公을 마치고, 시집보내도록 해 주십사는 것이었사옵니다. 저도 벌써 삼년 넘게 봉공하고 있사옵니다만, 슈린인님은 조금도 마음씨 고운 데가 없으시고, 현숙한 여자인 체를 제일로 하시기 때문에, 옆에서 모시고 있

어도 경박한 이야기는 턱도 없고, 하여간 숨이 막힐 정도라서, 아버지의 말씀을 들었을 때는 하늘에라도 오를 심정이었사옵니다. 그 날도 슈린인님이 말씀하시기는, 일본국의 여자가 지혜가 없는 것은 서양의 횡문자橫文字 책을 읽지 않는 까닭으로, 내세에는 반드시 남만국南蠻國의 영주에게 시집가야 할 것이라고 생각하시고 계셨사옵니다.

2. 십일일, 조콘이라는 비구니가 슈린인님을 알현했사옵니다. 이 비구니는 지금 성내城內에도 비위를 맞추는 꽤 수완가라 하옵니다만, 이전에는 교토 이토야의 미망인으로 남편을 여섯이나 바꿔치운 행실이 나쁜 여자이옵니다. 저는 조콘의 얼굴만 보아도 신물이 날 정도로 싫습니다만, 슈린인님은 그다지 싫어하지도 않으시고, 때로는 그럭저럭 반나절이나 이야기 상대로 하셨사옵니다. 그때 저희 시녀들은 누구나 곤란해 했사옵니다. 이것은 전적으로 슈린인님이 칭찬을 좋아하시기 때문이옵니다. 예를 들면 조콘은 슈린인님에게 '언제나 아름다우시다. 틀림없이 어느 영주님의 눈에도 스물 정도로 보일 것이다' 등으로 참말같이 용모를 칭찬했사옵니다. 하지만 슈린인님의 용모는 그다지 미려美麗하다고 말씀드릴 수도 없고, 특히 코는 조금 높고, 주근깨도 조금 있사옵니다. 뿐만 아니라 나이는 서른여덟이라 아무리 밤에 보기나 멀리서 본다고 해도 스물 정도로는 보이지 않사옵니다.

3. 조콘이 이 날 왔던 것은, 은밀히 지부쇼 쪽에서 부탁을 받았던 까닭으로, 슈린인님의 주거를 성내로 옮기시도록 권고 드리기 위함

이었사옵니다. 슈린인님은 생각한 후에 답을 드릴 것이라고 조콘에게 의향을 말씀하셨습니다만, 좀처럼 확고한 결심이 서지 않으신 듯이 보였사옵니다. 그래서 조콘이 물러간 후에는 '마리야'님의 화상畵像 앞에 무릇 한 시간에 한번씩 '오랏시요'라고 하는 기도를 열심히 드렸사옵니다. 특별히 이 기회에 말씀드립니다만, 슈린인님의 '오랏시요'는 일본국 말에는 없는 라텐이라든가 하는 남만국 말인 까닭에, 저희들 귀에는 단지 '노스, 노스' 하고 들렸기에, 이 우스움을 참는다는 것도, 여간 아닌 고통이옵니다.

4. 십이일은 별로 변함 있는 일도 없었고, 단지 아침부터 슈린인님의 기분이 좋지 않은 듯이 보였사옵니다. 대개 기분이 좋지 않을 때는 저희들에게는 물론, 요이치로님(다다오키의 아들, 다다타카)의 부인에게도 잔소리랑 불쾌감을 주는 말이랑 하시기 때문에, 아무도 좀처럼 옆에 가까이 가지 않사옵니다. 오늘도 또 요이치로님의 부인에게 화장을 너무 진하게 하지 않도록 '에소포이야기' 속의 공작새 이야기를 예로 드시면서 길게 이야기하셔서 모두가 딱하게 생각하였사옵니다. 이 부인은 그 옆 댁 우키타 주나곤님 부인의 여동생에 해당되고, 영리함은 조금 말씀드리기 무엇합니다만, 그 용모는 어떤 명작 인형에도 뒤떨어지지 않을 정도이옵니다.

5. 십삼일, 오가사하라 쇼사이(히데키요), 가와키타 이와미(가즈나리) 두 사람이 부엌까지 오셨사옵니다. 호소가와 가에서는 남자는 물론, 어린아이라도 안방에 들어와서는 안 되는 가법家法이 있습니다만,

공식 관리는 부엌에 들어와 무슨 일이든 간에 저희들을 통해 부인에게 전해주기를 부탁하는 것이 오랜 풍습으로 되어 있사옵니다. 이것은 모두 산사이(다다오키)님과 슈린인님, 두 분의 질투에서 비롯된 것으로, 구로다 가의 모리타베도 "실로 불편한 가법도 있구나." 하고 비웃으신 데는 까닭이 있사옵니다. 그러나 또 복잡하기는 복잡하지만 그다지 불편하지는 않사옵니다.

6. 쇼사이, 이와미 두 사람이 시모라고 하는 시녀를 부르셔서, 자질구레하게 말씀하신 것은, 이번에 급히 지부쇼로부터, 동국으로 떠나신 영주님들의 인질을 잡아 둔다는 걸 단지 풍문에 들었는데, 어떻게 하면 좋을지 슈린인님의 뜻을 듣고 싶다는 것이었사옵니다. 그때 시모가 저에게 한 말은 "가신家臣들도 느리시구나. 이 같은 일은 조콘에게서 그저께 벌써 들으신 것을. 그 참 전해준다고 수고구먼." 이라는 것이었사옵니다. 하지만 이것은 진귀한 일도 아니라서 언제나 세상의 소문 따위는 가신의 귀에 보다도 우리들의 귀에 먼저 들어왔사옵니다. 쇼사이는 단지 경직된 노인, 이와미는 무도일편武道一編의 제멋대로인 사람이라서 정말 있을 법한 일이라고는 생각합니다만, 어쨌든 거듭되니, 저희들을 비롯하여 시녀들은 '세상에는 숨겨지지 않는다'라고 하는 대신에 '가신조차 알고 있다'라고 말하는 것으로 되어있사옵니다.

7. 시모는 곧 이 뜻을 슈린인님에게 말씀드렸던 바, 슈린인님이 분부하신 것은 "지부쇼와 산사이님은 전부터 사이가 좋지 않으니, 틀

림없이 인질을 잡아들이기 시작할 때는 이쪽으로 올 것이다. 만일 그렇지 않을 때는 다른 집과 비슷할는지. 만약 또 제일 먼저 잡으러 온다면 어떻게 대답할는지. 쇼사이, 이와미 두 사람이 분별하도록 하시오."라는 것이었사옵니다. 쇼사이, 이와미 두 분도 분별할 수 없어 의중을 물었던 것인데, 슈린인님의 말씀은 엉뚱하시긴 하지만, 시모도 슈린인님의 위광에는 어쩔 수 없어 그대로 두 사람에게 말씀을 전했사옵니다. 시모가 부엌으로 물러간 후, 슈린인님은 또 '마리야'님의 화상 앞에서 '노스, 노스'를 외우시자 우메라고 하는 신참 시녀는 무심결에 웃기 시작했던 바, 당치도 않은 일이라고 심하게 꾸지람을 들었사옵니다.

8. 쇼사이, 이와미 두 사람은 슈린인님의 분부를 듣고, 두 사람다 당혹하여 시모에게 말씀하기를, "지부쇼 쪽에서 인질을 잡으러 오더라도 요이치로님, 요고로님(다다오키의 아들, 오키아키) 두 분은 동국으로 떠나셨고, 나이키님(상동, 다다토시)도 역시 지금은 에도인질이라서, 인질로 내 놓을 사람이 이 집에는 한사람도 없으니, 어차피 내어놓을 수도 없다고 대답할 것과, 또 무슨 일이 있어도 내어놓아야 한다면 다나베의 성(마이즈루)에 말씀드려서, 유사이님(다다오키의 아버지, 후지타카)으로부터 지시를 받아야 하니 그때까지 기다리라고 답할 것, 이렇게 하면 어떻겠느냐?"고 말씀하셨사옵니다. 슈린인님의 분부에는 '두 사람이 잘 분별하도록 하라'고 전했습니다만, 쇼사이, 이와미 두 사람의 말에 털끝만큼의 분별도 있었겠사옵니까? 우선 노련한 무사라고는 하지 않더라도 보통의 분별 있는 무사라면,

예를 들어 다나베의 성에라도 슈린인님을 숨기고, 그 다음에는 또 우리들에게도 제각기 자취를 감추게 하고, 최후에 가신 두 사람만 죽을 각오를 해야 할 형편입니다. 그런데도 인질로 내어놓을 사람은 한 사람도 없고, 내어놓을 수도 없다는 따위는 이러니저러니 할 것 없는 시비조로, 봉변을 당하는 저희들이야말로 괴로움 천만이라고 생각하옵니다.

9. 시모는 또 위의 경과를 슈린인님에게 말씀드렸던 바, 슈린인님은 대답도 하시지 않고, 단지 입안에서 '노스 노스'라고만 외우고 계셨습니다만, 드디어 아무렇지도 않은 기색으로 바뀌고, 일단 그렇게 하라고 분부하셨사옵니다. 어떻게 하더라도 가신 입에서 피난시켜드리겠다고 말씀드리지 않는 이상에 피난하자고 말씀하실 리는 없지만, 틀림없이 마음속에는 쇼사이, 이와미의 무분별한 아룀을 한탄하고 계셨을 것이라고 생각하옵니다. 한편으로 기분도 이때부터 계속해서 심히 좋지 않아, 모조리 우리들을 나무라시고, 또 나무라실 때마다 '에소포이야기'인가 뭔가를 읽어 들려주시고, 누구는 이 개구리, 그는 이 늑대 등으로 말씀하셔서 모두가 인질로 온 것보다도 고생스럽다고 생각을 했사옵니다. 특히 저는 달팽이랑, 까마귀랑, 돼지랑, 거북이 새끼랑, 종러랑, 개랑, 독사랑, 들소랑, 병자와 서로 닮았다 하시니 분한 잔소리를 들었던 것, 세상 끝날 때까지 잊기 어려울 것이옵니다.

10. 십사일에는 또 조콘이 와서 인질의 건을 꺼냈사옵니다. 슈린

인님이 말씀하시기를 산사이님이 허가하기 전에는 어떠한 일이 있어도 인질을 내놓는 데는 의견을 동의하시기 어렵다고 말씀하셨사옵니다. 그래서 조콘이 말씀드리기를, "과연 산사이님의 의견을 중히 여기시는 것은 확실히 현명한 여자임에는 틀림없습니다. 하지만 이것은 호소카와가의 대사大事로, 설령 성내에는 가시지 않는다 하더라도 이웃 댁 우키타 주나곤님에게 가시지 않겠습니까? 우키타 주나곤님의 부인은 요이치로님과 자매 사이시라 그런 관계는 산사이님에게도 아마 허물이 되지 않을 것이니 그렇게 하십시오."라는 것이었사옵니다. 조콘은 제가 제일 싫어하는 너구리 할멈이긴 합니다만, 조콘이 이야기한 것은 일리 있다고 생각하옵니다. 이웃 댁 우키타 주나곤님에게 옮기신다면 첫째로 세상의 평판도 좋고, 둘째로 저희들의 목숨도 무사하고 그 이상 묘안은 없을 것이옵니다.

11. 그런데 슈린인님이 말씀하시기를 아무리 우키타 주나곤님이 가문이기는 하지만, 그이도 지부쇼와 한패라는 걸 이미 듣고 있으니, 그렇게까지 하여도 인질은 인질이라 의견을 같이하기 어렵다고 말씀하셨사옵니다. 조콘은 더욱이 반복하여 여러 가지로 계속 설득했사옵니다만, 전혀 승낙하지 않으시고, 결국은 조콘의 묘안도 물거품으로 사라져 버렸사옵니다. 그때도 또 슈린인님은 공자, '에소포', 다치바나 공주, '기리스토' 등 일본, 중국은 말할 것도 없고 남만국의 이야기까지도 들려주시어 대단한 조콘도 그 능변에는 깊이 놀란 듯이 보였사옵니다.

12. 이날 땅거미 질 때, 시모는 마당 앞 소나무 가지에 금색 십자가가 하늘에서 내려오는 모습을 꿈과 같이 바라보았던바, 어떤 흉사凶事의 징조인가라고 슬프게 저에게 이야기했사옵니다. 원래 시모는 근시안에다가 요즘 모두에게 놀림을 당하는 겁쟁이라서 샛별을 십자가로 잘못 본 것인지 불안할 뿐이라고 생각되옵니다.

13. 십오일에 또 조콘이 와서 어제와 같은 것을 말씀 드렸사옵니다. 슈린인님께서 말씀하시기를 "설령 몇 번이나 말해도 각오는 변하지 않는다."고 말씀하셨사옵니다. 그러니 조콘도 화가 났던지 어전을 물러갈 때에는, "마음 아프셨음에 틀림없다. 어쨌든 얼굴도 사십은 넘게 보인다."라고 했사옵니다. 슈린인님도 적지 않게 화가 나셔서 이후는 조콘의 알현도 필요 없다고 전달하라고 말씀하셨사옵니다. 또 이날도 한시가 바쁘게 '오랏시요'를 외고 계셨사옵니다만, 은밀하게 두 사람이 만나는 것도 드디어 끊어졌기에 모두 마음이 편치 못하였고, 우메조차 웃지 않고 삼가고 있었사옵니다.

14. 이날은 또 가와키타 이와미가, 이나토미 이가(스케나오)와 입씨름을 했는데, 이가는 포술이 능하므로 다른 집안에도 제자 수가 적지 않고, 여러모로 평판이 좋기 때문에, 쇼사이, 이와미는 이를 질투하여 어쨌든 걸핏하면 입씨름을 하는 것이었사옵니다.

15. 이날, 한밤중, 시모는 꿈에 인질 잡는 사람이 오는 것을 보고, 간이 서늘해져, 큰 소리로 무언가 외치면서 복도 네다섯 칸을 뛰어

다녔사옵니다.

16. 십육일 오전 열 시쯤, 쇼사이, 이와미 두 사람이 다시 시모에게 말씀하신 것은 지금 지부쇼 쪽에서 공식적인 사자使者가 와서 반드시 슈린인님을 건네라. 만약 건네주지 않으면 쳐들어가서 잡겠다고 했는데, 사정을 알고 보니 제 맘대로 떠드는 것도 가관이고, 게다가 우리는 할복을 할지라도 건네줄 수 없다고 했다 하옵니다. 그러니 슈린인님께도 각오를 하시기 바란다고 하였사옵니다. 그때 공교롭게 쇼사이는 뺀 이를 앓고 있어서, 이와미에게 말을 부탁하였고, 또 이와미는 화가 난 나머지 시모를 죽일 듯이 보셨다는 것, 모두 시모의 이야기에 있사옵니다.

17. 슈린인님은 시모로부터 자세히 이야기를 들으시고, 바로 요이치로님의 부인과 은밀히 이야기하시게 되었사옵니다. 후에 들어보니 요이치로님의 부인에게도 자결을 권하셨기에, 왠지 모르게 애처롭게 생각하였사옵니다. 대개 이번 큰 변란은 어쩔 수 없는 사태라고는 할 수 있지만, 첫째는 가신의 무분별로 일이 깨어졌고, 둘째는 또 슈린인님 자신의 천성 때문에 최후를 앞당기신 것은 서로 같은 형편이옵니다. 그런데도 요이치로님의 부인에게도 자결을 권하신 이상에는 저희들에게조차도 자살을 하도록 분부하실지는 예측하기 어려워, 점점 괴롭다 생각하고 있던 때, 전부 어전에 부름을 받았기에, 어떤 분부를 받을지 적지 않게 걱정하였사옵니다.

18. 이윽고 어전에 갔더니, 슈린인님이 분부하신 것은, 드디어 '하라이소'라고 하는 극락에 가야 할 시간이 다가와 일단 기쁘다고 말씀하셨습니다. 하지만 얼굴색은 새파랗게 질렸고 목소리도 상당히 떨고 계셔서, 처음부터 이것은 거짓말이라고 생각하였사옵니다. 슈린인님은 또 말씀하시기를 단지 황천길에 지장이 되는 것은 너희들의 미래이니, 너희들은 마음씨가 나빠서 기리시탄 종문宗門에도 귀의하지 않아, 미래에는 '인헤루노'라는 지옥에 떨어져 악마의 먹이가 될 것이다. 그에 관해서는 오늘부터 마음을 고쳐 천주의 가르침을 지켜라. 만약 또 그렇지 않으면 전부 동반 자살을 하여 우리들과 함께 예토를 떠나자. 그때는 우리들이 '아루간조(대천사)'에게 부탁하고, '아루간조'는 또 주님 '에스 기리스토'에 부탁하여, 일동이 '하라이소'의 장엄함을 볼 것이라고 말씀하셨사옵니다. 그리하여 우리들은 감격의 눈물에 목이 메고, 모두 그 자리에서 기리시탄 종문에 귀의한다는 뜻, 이구동성으로 말씀드렸던 바, 슈린인님은 기분이 좋으셨고, 이로 황천길 지장도 없어 안도했으니, 동반 자살은 필요 없다고 말씀하셨습니다.

19. 더욱이 또 슈린인님은 산사이님과 요이치로님에게 유서를 쓰셔서 두통을 모두 시모에게 건네주시었사옵니다. 그 후 교토의 '그레고리야'라고 하는 신부님에게도 뭔지 횡문자 유서를 쓰시고 이것을 저에게 건네 주셨사옵니다. 횡문자 유서는 오륙 행이었습니다만, 슈린인님이 쓰신 것은 한 시간도 넘게 걸렸사옵니다. 이것도 나온 김에 말씀드리겠습니다만, 이 유서를 '그레고리야에 건넸을 때, 일본인

'이루만(역승)' 한 사람이 엄숙하게 말씀하기를, 대개 자살은 기리시탄 종문이 금하고 있는 바이므로, 슈린인님도 '하라이소'에는 올라가실 수 없지만, 단지 '미샤'라는 기도를 드리면 그 공덕이 광대하여 지옥을 면케 할 수 있다고 하였사옵니다. 만약 미사를 드리고자하면 은 한 장을 받겠다는 것이었사옵니다.

20. 인질 잡는 사람이 들이닥친 것은 밤 열시 경이라고 생각되옵니다. 집 바깥은 가와키타 이와미가 맡고, 안쪽 문은 이나토미 이가가 맡고, 안은 오가사와라 쇼사이가 맡도록 정해져 있었사옵니다. 적이 다가온다고 듣고, 슈린인님은 우메를 보내시어, 요이치로님의 부인을 부르셨사옵니다만, 이미 어딘가 피신해 버렸는지 방은 허물을 벗은 껍데기가 되어 있어서, 저희들은 모두 기뻤사옵니다. 하지만 슈린인님은 분함이 적지 않아, 저희들에게 말씀하시기는, 태어나서는 야마자키 싸움에서 다이코 전하와 천하를 다투셨던 고레토 장군 미쓰히데를 아버지로 의지하고, 죽어서는 '하라이소'에 계시는 '마리야'님을 어머니로 의지하고자 하는 우리에게 최후의 치욕을 준 것, 거듭거듭 기괴한 하급 영주의 딸이라고 말씀하셨사옵니다. 이때 그 모습의 상스러움은 지금도 눈에 보이는 듯한 심경이옵니다.

21. 머지않아 오가사하라 쇼사이가 감색 실 갑옷에 언월도를 손에 들고, 옆방까지 할복 후에 목을 치러 왔사옵니다. 아직 빠진 이의 아픔이 심하여 왼쪽 뺨 끝이 부어올라 무사다움도 약간은 덧없이 보였사옵니다. 쇼사이가 말씀드리기를, 거처방 문지방을 넘는 것도 황

송하오니, 거처방 너머에서 목을 치고, 뒤따라 자기도 할복하고자 하는 것이었사옵니다. 운명의 갈림길을 끝까지 보고 확인하는 역은 시모와 저로 정해져 있었기 때문에, 이때는 모두 어딘가에 도망치고 우리들만 남아 있었사옵니다. 슈린인님은 쇼사이를 보시고 목을 쳐주는 것도 중대한 의식이라고 말씀하시었습니다. 호소가와 가에 시집오신 이래 부부, 친자에게는 각별하셨지만, 외간 남자 얼굴을 보신 것은 오늘 쇼사이가 처음이라는 것, 후에 시모에게 들었사옵니다. 쇼사이는 뒤이어 양손을 짚고 운명의 시간이 온 것을 알렸사옵니다. 그렇긴 하지만 한쪽 뺨이 부어올라 있어 말도 명확하지 못하니 슈린인님도 당혹하셔서 큰소리로 말하라고 말씀하시었사옵니다.

22. 그때 누군가 젊은이 한 사람이 연두 빛 갑옷에 큰칼을 손에 늘어뜨리고 옆방에 들어오자마자, 곧 이나토미 이가가 모반하여 적은 뒷문에서 들이닥칠 터이니 빨리 각오하시라고 말씀드렸사옵니다. 슈린인님은 오른쪽 손으로 머리를 빙글빙글 감아올리시고 각오한 모습으로 보였사옵니다만, 젊은이의 모습을 보시고 부끄럽다고 생각하셨는지 곧 바로 얼굴이 귀밑까지 빨갛게 물들었사옵니다. 제 일생에 이때만큼 슈린인님의 모습이 아름답다고 생각한 적은 한 번도 기억하고 있지 않사옵니다.

23. 저희들이 문을 나갈 때는 벌써 집에 불길이 올랐고, 문 밖에도 사람들이 빛 가운데 많이 모여 있었사옵니다. 이들은 적은 아니었고, 화재를 보러 모인 사람들이었으며, 또 적은 이가를 끌고 갔고,

슈린인님 운명 이전에 퇴각하였다는 것, 어느 것이나 후에 들었사옵니다. 우선은 슈린인님의 돌아가신 경위를 생생하게 말씀드리는 바이옵니다.

■ 1923. 12

18

유혹

- 어떤 시나리오 -

-1-

천주교도의 옛 달력 한 장, 그 위에 보이는 것은 이 같은 문자다.──
탄신 후 천육백삼십사 년. 세바스치안 기록해 올리다.

　　이월 소.

이십육일. 산타마리야 계시의 날.

이십칠일. 도미이고.

　　삼월 대.

오일. 도미이고, 후란시스코.

십이일……………

–2–

일본 남부의 어느 산길. 큰 장목나무 가지가 뻗은 저쪽에 동굴 입구가 하나 보인다. 잠시 지나서 나무꾼이 두 사람, 이 산길을 내려온다. 나무꾼 한 사람은 동굴을 가리키고, 또 한 사람은 무언가 이야기한다. 그리고 두 사람이 함께 십자를 긋고 먼 동굴을 예배한다.

–3–

이 큰 장목나무 가지 끝. 꼬리가 긴 원숭이가 한 마리, 어떤 가지 위에 앉은 채, 가만히 먼 바다를 지켜보고 있다. 바다 위에는 범선帆船이 한 척. 범선은 이쪽으로 다가오는 것 같다.

–4–

바다를 달리고 있는 범선 한 척.

–5–

이 범선 내부. 홍모인紅毛人 수부水夫가 두 사람, 돛대 밑에서 주사위를 던지고 있다. 그러던 중에 승부 싸움이 일어나 수부 한 사람이 일어서기가 무섭게, 다른 한 사람 수부 옆구리를 푹 하고 나이프로 찔러 버린다. 많은 수부는 두 사람 주위로 사방팔방에서 모여든다.

–6–

하늘을 향하고 있던 수부의 죽은 얼굴. 갑자기 그 콧구멍에서 꼬리 긴 원숭이가 한 마리, 턱 위로 기어 나온다. 그러나 주위를 둘러

보자마자 바로 또 콧구멍 속으로 들어가 버린다.

-7-

위에서 비스듬히 내려다보이는 해면. 갑자기 어딘가 공중에서 수부의 시체가 하나 떨어진다. 시체는 물보라가 치는 가운데 갑자기 모습을 감춰버린다. 그러고는 단지 물결 위에 원숭이가 한 마리 발버둥치고 있을 뿐.

-8-

바다 저쪽에 보이는 반도.

-9-

앞 산길에 있는 장목나무 가지 끝. 원숭이는 역시 열심히 바다 위 범선을 바라보고 있다. 하지만 이윽고 양손을 들고 얼굴에는 기쁨을 띄운다. 그러자 다른 원숭이 한 마리가, 어느새 같은 가지 위에 출렁하고 앉아 있다. 두 마리 원숭이는 손짓을 하면서 잠시 무언가 이야기를 계속한다. 그리고 나서 나중에 왔던 원숭이는 긴 꼬리를 가지에 감고 대롱대롱 공중에 매달린 채, 장목나무 가지와 잎에 가로막힌 저 쪽을 눈 위에 손을 얹고 바라보기 시작한다.

-10-

이전의 동굴 외부. 파초와 대나무가 울창한 외에는 아무 것도 거기에 움직이고 있지 않다. 그 동안에 점점 날이 저문다. 그러자 동굴

안에서 박쥐 한 마리가 펄럭펄럭 공중에 날아 올라간다.

-11-

이 동굴 내부. '산 세바스치안'이 오로지 혼자 암벽 위에 걸린 십자가 앞에서 기도하고 있다. '산 세바스치안'은 검은 승복을 입은, 사십에 가까운 일본인. 불이 켜진 한 자루 초는 책상과 물병을 비추고 있다.

-12-

촛불 그림자가 비친 암벽. 거기에는 물론 분명하게 '산 세바스치안'의 옆얼굴도 비추고 있다. 그 옆얼굴의 목덜미를 타고, 꼬리가 긴 원숭이 그림자가 하나 조용히 머리 위에 오르기 시작한다. 이어서 또 같은 원숭이의 그림자가 하나.

-13-

'산 세바스치안'의 합장을 한 양손. 그의 양손에는 어느새 홍모인의 파이프를 쥐고 있다. 파이프는 처음에는 불이 켜져 있지 않다. 하지만 순식간에 허공에 담배 연기가 피어오르기 시작한다…….

-14-

이전의 동굴 내부. '산 세바스치안'은 갑자기 일어서서, 파이프를 바위 위에 던져 버린다. 그러나 파이프에서는 변함없이 담배 연기가 피어오르고 있다. 그는 놀란 표정을 지은 채 다시는 파이프에 가까이 가지 않는다.

바위 위에 떨어진 파이프. 파이프는 서서히 술을 넣었던 '프라스코' 병으로 변해 버린다. 그뿐만 아니라 또 '프라스코' 병도 한 조각 '꽃 카스텔라'로 변해 버린다. 마지막으로 그 '꽃 카스텔라' 조차도 지금은 이미 음식물이 아니다. 거기에는 나이가 젊은 창녀가 한 사람 요염하게 앉은 채, 비스듬히 누군가의 얼굴을 올려다보고 있다…….

'산 세바스치안'의 상반신. 그는 급히 십자를 긋는다. 그리고서 '후유' 하는 표정을 짓는다.

꼬리가 긴 원숭이가 두 마리. 한 자루 초 밑에 웅크리고 있다. 두 마리 다 얼굴을 찡그리면서.

이전의 동굴 내부. '산 세바스치안'은 다시 한 번 십자가 앞에서 기도한다. 거기에 큰 올빼미가 한 마리 어디선가 휙 날아 내려와서, 날개를 한번 저어 촛불을 꺼버린다. 그러나 한 줄기 달빛은 희미하게 십자가를 비추고 있다.

암벽 위에 걸렸던 십자가. 십자가는 다시 십자 격자로 된 장방형의 창문으로 변하기 시작한다. 장방형의 창밖은 억새 지붕 집이 하나 있는 풍경. 집 주위에는 아무도 없다. 그 동안에 집은 저절로 창 앞으로 다가오기 시작한다. 동시에 또 집의 내부도 보이기 시작한다. 여기에는 '산 세바스치안'을 닮은 할머니가 한사람 한손으로 물레를 저으면서, 한손으로 열매 맺은 벚나무 가지를 들고, 두세 살 아이를 어르고 있다. 아이는 역시 그의 아이임에 틀림없다. 하지만 집 내부는 물론, 그들도 역시 안개처럼 장방형의 창을 빠져나가고 있다. 이번에 보이는 것은 집 뒤의 밭. 밭에는 사십에 가까운 여자가 혼자 열심히 이삭이 핀 보리를 베어 말리고 있다……

-20-

장방형의 창을 엿보고 있는 '산 세바스치안'의 상반신, 단지 비스듬히 뒷모습을 보이고 있다. 밝은 것은 창밖뿐. 창밖은 이미 밭은 아니다. 많은 남녀노소의 머리가 온통 거기에서 움직이고 있다. 또 많은 머리 위에는 십자가에 달린 남녀가 세 사람 드높이 양팔을 벌리고 있다. 한가운데 십자가에 달린 남자는 전연 그와 변함이 없다. 그는 창 앞을 떠나려다 엉겁결에 뜻하지 않게 비틀 비틀 쓰러지기 시작한다.──

-21-

이전의 동굴 내부. '산 세바스치안'은 십자가 밑 바위 위에 쓰러져 있다. 하지만 겨우 얼굴을 들고, 달빛이 비치는 십자가를 우러러

본다. 십자가는 어느새 앳된 강탄降誕의 석가로 변해 버린다. '산 세바스치안'은 놀란 듯이 이 석가를 지켜본 후, 갑자기 다시 일어나서 십자를 긋는다. 달빛 속을 스치는 한 마리 큰 휘파람새의 그림자. 강탄의 석가는 한 번 더 원래 십자가로 변한다…….

-22-

이전의 산길. 달빛이 비치는 산길은 검은 테이블로 변한다. 테이블 위에는 트럼프가 한 세트. 거기에 남자 손이 둘 나타나, 조용히 트럼프를 치고는 좌우로 카드를 나누기 시작한다.

-23-

이전의 동굴 내부. '산 세바스치안'은 머리를 드리우고 동굴 안을 걷고 있다. 그러자 그의 머리 위에 원광圓光이 하나 빛나기 시작한다. 동시에 또 동굴 안도 서서히 밝아지기 시작한다. 그는 문득 이 기적을 알아차리고 동굴 한가운데서 발을 멈춘다. 처음에는 놀란 표정. 그리고 서서히 기쁜 표정. 그는 십자가 앞에 엎드리고 한 번 더 열심히 기도를 드린다.

-24-

'산 세바스치안'의 오른쪽 귀. 귓불 속에는 수목이 한 그루. 겹겹이 둥근 열매를 맺고 있다. 귓구멍 안은 꽃이 핀 초원. 풀은 모두 산들바람에 흔들리고 있다.

25

이전의 동굴 내부. 그냥 이번에는 외부에 면해 있다. 원광을 받은 '산 세바스치안'은 십자가 앞에서 일어서서 조용히 동굴 밖을 걷고 있다. 그의 모습이 보이지 않게 된 후, 십자가는 저절로 바위 위에 떨어진다. 동시에 또 물동이 속에서 원숭이가 한 마리 튀어나오고, 조심조심 십자가에 다가가려고 한다. 그리고 나서 곧 또 한 마리.

이 동굴 외부. '산 세바스치안'은 달빛 속에서 서서히 이쪽으로 걸어온다. 그의 그림자는 왼쪽에는 물론 오른쪽에도 하나 더 있다. 더욱이 그 오른쪽 그림자는 차양이 넓은 모자를 쓰고 긴 망토를 두르고 있다. 그는 그 상반신으로 거의 동굴 밖을 막았을 때, 조금 멈추어 서서 하늘을 우러러본다.

별만 총총히 빛나던 하늘. 갑자기 큰 분도기가 하나 위에서부터 각을 크게 벌리고 내려온다. 그것은 점점 내려오면서 점차 각을 좁혀 드디어 양다리를 가지런히 하자마자 서서히 희미해져서 사라져 버린다.

넓은 어두움 속에 걸렸던 여러 개의 태양. 그들 태양 주위에는 지구가 또 여러 개 돌고 있다.

-29-

이전의 산길. 원광을 받았던 '산 세바스치안'은 두 개의 그림자를 떨어뜨린 채, 조용히 산길을 내려온다. 그리고 장목나무 그루터기에 서서 가만히 그의 발밑을 응시한다.

-30-

비스듬히 위에서 내려다보이는 산길. 산길에는 달빛 속에 자갈이 하나 구르고 있다. 자갈은 점차 돌도끼로 변하고, 그러고 나서 또 단검으로 변하고, 마지막에는 피스톨로 변해 버린다. 그리고 그것도 이미 피스톨은 아니다. 어느새 또 원래와 같이 보통 자갈로 변해 있다.

-31-

이전의 산길. '산 세바스치안'은 선 채로, 역시 발밑을 바라보고 있다. 그림자가 둘 있는 것도 변함은 없다. 그리고 이번에는 머리를 들고 장목나무 줄기를 바라보기 시작한다…….

-32-

달빛을 받은 장목나무 가지, 거친 나무껍질로 갑옷을 입은 가지는 처음에는 아무 것도 나타내지 않는다. 하지만, 점차로 그 위의 세계에 군림했던 신들의 얼굴이 하나씩 선명하게 떠오른다. 최후에는 수난의 그리스도 얼굴. 최후에는?——아니, '최후에는'이 아니다. 그것은 순식간에 네 번 접은 도쿄××신문으로 변해 버린다.

　이전의 산길 측면. 차양이 넓은 모자에 망토를 두른 그림자는 저절로 똑바로 일어선다. 하기야 일어나버렸을 때는 이미 그냥 그림자는 아니다. 염소와 같이 수염을 늘어뜨린 눈이 예리한 홍모인 선장이다.

　이 산길. '산 세바스치안'은 장목나무 아래서 선장과 무언가 이야기하고 있다. 그의 얼굴 색깔은 엄숙하다. 하지만 선장은 입술에 끊임없이 냉소를 띄우고 있다. 그들은 잠시 이야기 한 후, 같이 옆길로 들어간다.

　바다가 내려다보이는 곳 위. 그들은 거기에 멈춰선 채, 무언가 열심히 이야기하고 있다. 그 동안에 선장은 망토 속에서 망원경을 하나 꺼내, '산 세바스치안'에게 '보라'는 시늉을 한다. 그는 조금 멈칫한 후, 망원경으로 바다 위를 들여다본다. 그들 주위의 초목은 물론, '산 세바스치안'의 승복은 바닷바람에 끊임없이 나부끼고 있다. 하지만 선장의 망토는 움직이지 않는다.

　망원경에 비친 제 일의 광경. 여러 장의 그림을 걸어 놓은 방 가운데 홍모인 남녀가 두 사람 테이블을 가운데하고 이야기하고 있다.

촛불이 비치는 테이블 위에는 술잔과 기타와 장미꽃 등. 거기에 또 홍모인 남자 한 사람이 갑자기 이 방문을 열어젖히고 칼을 빼고 들어온다. 다른 한 사람 홍모인 남자는 눈 깜짝할 사이에 테이블을 떠나자마자 칼을 뺀 상대를 맞으려 한다. 그러나 이미 그때는 상대의 칼에 심장이 찔려 벌렁 바닥 위에 나자빠져 버린다. 홍모인 여자는 방구석으로 물러서고 양손으로 뺨을 누른 채, 가만히 이 비극을 쳐다보고 있다.

-37-

망원경에 비친 제 이의 광경. 큰 서가가 세워진 방안에 홍모인 남자가 혼자 멍하니 책상으로 향하고 있다. 전등 빛을 비추는 책상 위에는 서류와 장부와 잡지 등. 거기에 홍모인 아이가 한 사람 힘차게 문을 열고 들어온다. 홍모인은 이 아이를 껴안고 몇 번이나 얼굴에 뽀뽀를 한 후, '저 쪽으로 가라'는 시늉을 한다. 아이는 고분고분 나가버린다. 그리고 다시 홍모인은 책상을 향해 앉아, 서랍에서 무언가 꺼내는가 싶더니 급히 머리 주위에서 연기가 난다.

-38-

망원경에 비친 제 삼의 광경. 어떤 러시아인의 반신상을 붙박아 놓은 방안에 홍모인 여자가 혼자 열심히 타이프라이터를 두드리고 있다. 여기에 홍모인 할머니가 한 사람 조용히 문을 열고 여자에게 다가가, 한 통의 편지를 꺼내면서 '읽어 보라'는 시늉을 한다. 여자는 전등 불빛 속에서 이 편지를 읽자마자 심한 히스테리를 일으켜버린다. 할머니는 놀라서 뒷걸음질 쳐서 문으로 나가버린다.

-39-

망원경에 비친 제 사의 광경. 표현파 그림과 닮은 방안에 홍모인 남녀가 두 사람 테이블을 가운데하고 이야기하고 있다. 이상한 빛이 비친 테이블 위에는 시험관이랑 깔때기랑 풀무 등. 거기에 그들보다도 키가 큰 홍모인 남자인형이 하나 기분 나쁘게도 살짝 문을 밀어 열고 조화 꽃다발을 가지고 들어온다. 하지만 꽃다발을 건네주기도 전에 기계가 고장을 일으켰는지 갑자기 남자에게 달려들어 대수롭지 않게 바닥 위에 밀어 넘어뜨려버린다. 홍모인 여자는 방구석으로 비켜서고 양손으로 뺨을 누른 채 갑자기 끝없이 웃기 시작한다.——

-40-

망원경에 비친 제 오의 광경. 이번에도 또 아까 방과 변함이 없다. 단지 아까 방과 변한 것은 아무도 거기에 없다는 것이다. 그 동안에 갑자기 방 전체는 무서운 연기 속에 폭발해 버린다. 나중에는 단지 온통 타버린 벌판 뿐. 하지만 그것도 잠시 지나자 한 그루 버드나무가 강가에 자라고, 풀이 긴 들판으로 변하기 시작한다. 또 들판에서 날아 올라가는 몇 마리인지 알 수 없는 백로 한 무리…….

-41-

　이전의 곶 위. '산 세바스치안'은 망원경을 들고 무언가 선장과 이야기하고 있다. 선장은 약간 머리를 흔들고 별을 하나 따서 보인다. '산 세바스치안'은 몸을 뒤로 빼고서 서둘러 십자를 그으려고 한다. 하지만 이번에는 그을 수 없는 것 같다. 선장은 별을 손바닥에 올려놓고 그에게 '보라'는 시늉을 한다.

-42-

　별을 올려놓은 선장의 손바닥. 별은 서서히 자갈로 변하고, 자갈은 또 감자로 변하고, 감자는 세 번째로 나비로 변하고, 나비는 마지막으로 극히 작은 군복 차림의 나폴레옹으로 변해 버린다. 나폴레옹은 손바닥 한가운데 서서 잠시 주위를 살펴본 후, 획 이쪽으로 등을 돌리자 손바닥 밖에다 소변을 본다.

-43-

　이전의 산길. '산 세바스치안'은 선장 뒤에서 힘없이 거기로 돌아온다. 선장은 잠시 멈추어 서서, 마치 금반지라도 빼듯이 '산 세바스치안'의 원광을 떼버린다. 그리고 그들은 장목나무 아래에서 한 번 더 무언가 이야기하기 시작한다. 길 위에 떨어진 원광은 서서히 큰 회중시계가 된다. 시각은 두시 삼십분.

-44-

이 산길의 꾸불꾸불한 근처. 단지 이번에는 나무랑 바위는 물론 산길에 서있던 그들 자신도 비스듬히 위에서 내려다보고 있다. 달빛 속의 풍경은 어느새 무수한 남녀로 찬 근대의 카페로 변해 버린다. 그들 뒤는 악기의 숲. 가장 가운데 선 그들을 비롯하여 무엇이든 비 늘처럼 촘촘하다.

-45-

이 카페의 내부. '산 세바스치안'은 춤추는 많은 아이들에게 둘러 싸인 채, 당혹한 듯이 주위를 둘러보고 있다. 거기에 때때로 위에서 내려오는 꽃다발. 춤추는 아이들은 그에게 술을 권하기도 하고, 그의 목에 매달리기도 한다. 하지만 얼굴을 찡그린 그는 어쩔 수가 없는 것 같다. 홍모인 선장은 이런 그의 바로 뒤에 서서 변함없이 냉소를 머금은 얼굴을 정확히 반만 보이고 있다.

-46-

이전의 카페 바닥. 위에는 구두를 신은 다리가 여럿이 끊임없이 움직이고 있다. 그들의 다리는 또 어느새 말의 다리나, 학의 다리나, 사슴의 다리로 변한다.

-47-

이전의 카페 구석. 금단추 옷을 입은 흑인 한 사람이 큰 북을 치 고 있다. 이 흑인도 또 어느새 한 그루의 장목나무로 변해 버린다.

-48-

이전의 산길. 선장은 팔짱을 낀 채, 장목나무 그루터기 밑에서 정신을 잃은 '산 세바스치안'을 내려다보고 있다. 그리고는 그를 안아 올려, 반은 그를 끌듯이 저쪽 동굴로 올라간다.

-49-

이전의 동굴 내부. 그냥 이번에도 외부에 면해 있다. 달빛은 이미 비치고 있지 않다. 하지만, 그들이 돌아 왔을 때는 자연히 주위도 희붐하게 되어 있다. '산 세바스치안'은 선장을 붙잡고 한 번 더 열심히 이야기를 건다. 선장은 역시 냉소 지을 뿐, 무엇이든 그의 말에 대답하지 않는 것 같다. 그러나 겨우 두세 마디 이야기하자 아직도 희붐한 바위 그림자를 가리키며, 그에게 '보라'는 시늉을 한다.

-50-

동굴의 내부 구석. 턱수염이 있는 시체가 하나 암벽에 기대고 있다.

-51-

그들의 상반신. '산 세바스치안'은 놀람과 두려움을 나타내며 선장에게 무언가 이야기를 건다. 선장은 한 마디 대답을 한다. '산 세바스치안'은 몸을 뒤로 빼고 서둘러 십자를 그으려고 한다. 하지만 이번에도 그을 수가 없다.

270 담배와 악마

Judas……

이전의 시체,──유다의 옆얼굴. 누구가의 손은 이 얼굴을 붙잡고 마사지를 하듯 얼굴을 문지른다. 그러자 머리는 투명하게 되고 마치 한 장의 해부도처럼 선명하게 뇌수를 나타내고 만다. 뇌수는 처음에는 어렴풋이 삼십 매의 은을 투영하고 있다. 하지만 그 위에 어느새 각각 조소와 연민을 띤 사도들의 얼굴을 비추고 있다. 그뿐만 아니라 그것들 저쪽에는 집이랑, 호수랑, 십자가랑, 외설적인 모양을 한 손이랑, 감람의 가지랑, 노인이랑,──갖가지 것도 투영하고 있는 듯하다…….

이전의 동굴 내부 구석. 암벽에 기대어 있던 시체는 서서히 젊어지기 시작해 드디어 갓난아기로 변해 버린다. 그러나 이 갓난아기의 턱에도 수염만큼은 분명하게 남아 있다.

갓난아기의 시체 발 안쪽. 양쪽 발 안 한가운데 장미꽃을 한 송이씩 그리고 있다. 하지만 그것들은 순식간에 바위 위에 꽃잎을 떨어뜨려 버린다.

그들의 상반신. '산 세바스치안'은 점점 흥분하고, 무언가 또 선장에게 이야기를 건다. 선장은 아무런 대답을 하지 않는다. 하지만, 아주 엄숙하게 '산 세바스치안'의 얼굴을 응시하고 있다.

반쯤 모자의 그림자가 된, 눈이 예리한 선장의 얼굴. 선장은 서서히 혀를 내어 보인다. 혀 위에는 스핑크스가 한 마리.

이전의 동굴 내부 구석. 암벽에 기대었던 갓난아기 시체는 점차로 또 변하기 시작하여, 드디어 정확하게 목말을 탄 두 마리의 원숭이가 된다.

이전의 동굴 내부. 선장은 '산 세바스치안'에게 열심히 무언가 이야기를 걸고 있다. 하지만, '산 세바스치안'은 머리를 숙인 채, 선장의 말을 듣지 않고 있는 것 같다. 선장은 갑자기 그의 팔을 붙잡고 동굴 외부를 가리키며 그에게 '보라'는 시늉을 한다.

달빛을 받은 산 속 풍경. 이 풍경은 자연히 '말미잘'이 가득한 험한 바위 무더기로 변해 버린다. 허공에 떠도는 해파리 무리. 그러나

그것도 사라지고, 나중에는 작은 지구가 하나 넓은 어둠 속에서 돌고
있다.

-61-

넓은 어둠 속에서 돌고 있는 지구. 지구는 도는 속도를 느슨하게
하자 어느새 오렌지로 변한다. 거기에 나이프가 하나 나타나 딱 절
반으로 오렌지를 자른다. 흰 오렌지의 절단면은 한 자루의 자침을
나타내고 있다.

-62-

그들의 상반신. '산 세바스치안'은 선장에게 매달린 채, 가만히 허
공을 응시하고 있다. 무언가 광인에 가까운 표정. 선장은 역시 비웃
는 채로, 눈썹하나 까딱하지 않는다. 그뿐만 아니라 또 망토 속에서
해골을 하나 꺼내 보인다.

-63-

선장 손 위에 놓인 해골. 해골의 눈에서 불나방이 한 마리 펄럭
펄럭 공중으로 날아간다. 그리고 또 셋, 둘, 다섯.

-64-

이전의 동굴 내부 허공. 허공은 전후좌우로 어지러이 나는 무수
한 불나방으로 가득 차 있다.

그들 나방 하나. 나방은 공중을 날고 있는 동안에 한 마리 독수리로 변해 버린다.

이전의 동굴 내부. '산 세바스치안'은 역시 선장에게 매달려, 어느새 눈을 감고 있다. 뿐만 아니라 선장의 팔에서 떨어지자 바위 위에 쓰러지고 만다. 그러나 또 상반신을 일으켜, 한 번 더 선장의 얼굴을 올려본다.

바위 위에 쓰러진 '산 세바스치안'의 하반신. 그의 손은 몸을 지탱하면서 뜻밖에 바위 위의 십자가를 잡았다. 처음에는 아무래도 머뭇머뭇하게 그리고는 급히 힘차게.

십자가를 들어올린 '산 세바스치안'의 손.

뒤를 향한 선장의 상반신. 선장은 어깨 너머로 무엇을 들여다보고 실망에 찬 쓴웃음을 띄운다. 그리고 조용히 턱수염을 만진다.

이전의 동굴 내부. 선장은 재빨리 동굴을 나와 희뿌연 산길을 내려온다. 따라서 산길의 풍경도 점차로 아래로 옮겨온다. 선장의 뒤에 서는 원숭이가 두 마리. 선장은 장목나무 아래로 내려오자, 잠시 멈춰 서서 모자를 쥐고 누군가 보이지 않는 사람에게 절을 한다.

이전의 동굴 내부. 그냥 이번에도 외부로 면해 있다. 힘차게 십자가를 쥔 채, 바위 위에 쓰러져 있는 '산 세바스치안'. 동굴의 외부는 서서히 아침 햇빛을 띄우기 시작한다.

비스듬히 위에서 내려다 본 바위 위의 '산 세바스치안' 얼굴. 그의 얼굴은 뺨 위에 서서히 눈물을 흘리기 시작한다. 힘없는 아침 햇빛 속에서.

이전의 산길. 아침 햇빛이 비치는 산길은 저절로 다시 원래처럼 검은 테이블로 변해 버린다. 테이블의 왼쪽에 줄지어 있는 것은 스페이드의 일과 그림 카드 뿐.

아침 햇빛이 들어오는 방. 주인은 마침 문을 열고 누군가를 막

내보내었다. 이 방 구석 테이블 위에는 술병이랑, 술잔이랑, 트럼프 등. 주인은 테이블 앞에 앉고 궐련초에 한 개비 불을 붙인다. 그러고 나서 큰 하품을 한다. 턱수염을 기른 주인의 얼굴은 홍모인 선장과 차이가 없다.

* * * *

'산 세바스치안'은 전설적 색채를 띤 유일한 일본의 천주교도이다. 우라카와 와사부로 씨 저 『일본에서 공교회의 부활』 제18장 참조.

■ 1972. 3. 7

서방의 사람

• 이 사람을 보라

나는 그럭저럭 십 년쯤 전에 예술적으로 그리스도교를——특히 가톨릭교를 사랑하고 있었다. 나가사키의 '일본의 성모사聖母寺'는 아직도 내 기억에 남아 있다. 이렇게 말하는 나는 기타하라 하쿠슈나 기노시타 모쿠타로가 뿌렸던 씨를 열심히 쪼고 있는 까마귀에 지나지 않는다. 그러고 나서 또 몇 년 전에는 그리스도교를 위하여 순교한 그리스도교도들에게 어떤 흥미를 느끼고 있었다. 순교자의 심리는 나에게는 모든 광신자의 심리에 대하여 느끼는 병적인 흥미를 주었다. 나는 겨우 요즈음 들어서 네 명의 전기 작가가 우리들에게 전해준 그리스도라는 사람을 사랑하기 시작했다. 그리스도는 오늘날 나에게는 길가의 사람처럼 볼 수 없다. 그것은 홍모인紅毛人들은 물론 오늘날 청년들에게는 웃음거리가 될 것이다. 그러나 십구 세기 말에 태어난 나에게는 그네들이 이미 보기에도 질린,——오히려 거꾸러뜨리기를 주저하지 않는 십자가에 주목하기 시작했다. 일본에 태어난 '나의 그리스도'는 반드시 갈릴리 호수만을 바라보고 있지 않다. 빨갛게 익은 감나무 밑에서 나가사키의 후미진 곳도 보고 있다. 따라서 나는 역사적 사실이나 지리적 사실을 돌아보지 않을 것이다. (그것은 적어도 저널리스트에게는 곤란을 피하기 위함이 아니다. 만약 성실하게 대처하고자 한다면 대여섯 권의 그리스도전은 쉽게 이 역할을 다 해 줄 것이다.) 그리고 그리스도의 일언일행을 충실히 들추고 있을 여유도 없다. 나는 단지 내가 느낀 대로 '나의 그리스도'를 평론하였다. 엄격한 일본의 그리스도교도도 매문賣文의 도徒가 쓴 그리스도만은 아마 너그러이 봐 줄 것이다.

• 마리아

마리아는 보통 여인이었다. 하지만 어느 날 밤 성령을 느끼고 곧바로 그리스도를 낳았다. 우리들은 모든 여인들 속에서 다소의 마리아를 느낄 것이다. 동시에 또 모든 남자들 속에서도———. 아니, 우리들은 화로에 타고 있는 불이나, 밭의 야채나, 질그릇이나, 튼튼하게 만들어진 걸상 속에서도 다소의 마리아를 느낄 것이다. 마리아는 '영원히 여성적인 것'이 아니다. 단지 '영원히 지키고자 하는 것'이다. 그리스도의 어머니, 마리아의 일생도 역시 '눈물의 골짜기' 가운데를 지나고 있었다. 하지만 마리아는 인내를 거듭하여 이 일생을 걸어갔다. 세상 지혜와 우매함과 미덕은 그녀의 일생에서 하나가 되어 살고 있다. 니체의 반역은 그리스도에 대한 것이라기보다도 마리아에 대한 반역이었다.

• 성령

우리들은 바람이나 깃발 속에서도 다소의 성령을 느낄 것이다. 성령은 반드시 '성스러운 것'은 아니다. 단지 '영원히 넘고자 하는 것'이다. 괴테는 언제나 성령에 Daemon이라는 이름을 붙여주었다. 그뿐만 아니라 언제나 이 성령에 붙잡히지 않도록 경계하였다. 하지만 성령의 아들들은――모든 그리스도들은 성령에게 언젠가 붙잡힐 위험성을 안고 있다. 성령은 악마나 천사는 아니다. 물론 신과도 다른 것이다. 우리는 때때로 선악의 피안에 성령이 걷고 있는 것을 볼 것이다. 선악의 피안에,――그러나 롬브로조는 행인지 불행인지 정신병자의 뇌수 위에 성령이 걷고 있는 것을 발견하였다.

• 요셉

그리스도의 아버지, 목수 요셉은 실은 마리아 자신이었다. 그가 마리아만큼 존경받지 못하는 것은 이런 사실에 근거하고 있다. 요셉은 아무리 호의적인 눈으로 보아도 필경 쓸모없는 존재의 으뜸이었다.

• 엘리사벳

마리아는 엘리사벳의 친구였다. 세례 요한을 낳은 이는 이 사가랴의 남편, 엘리사벳이다. 보리 속에 양귀비꽃이 핀 것은 결국 우연이라고 할 수밖에 없다. 우리들의 일생을 지배하는 힘은 역시 거기에서도 움직이고 있다.

• 양치기들

마리아가 성령에 감화되어 잉태한 일은 양치기들을 떠들썩하게 할 정도로 추문이었던 것이 확실하다. 그리스도의 어머니, 아름다운 마리아는 이때부터 인생고人生苦의 길에 오르기 시작했다.

• 박사들

동방박사들은 그리스도의 별이 나타난 것을 보고, 황금과 유향과 몰약을 보배함에 넣어서 드리러 갔다. 하지만 그들은 박사들 중에서도 겨우 두 사람인가 세 사람이었다. 다른 박사들은 그리스도의 별이 나타난 것을 알아차리지 못했다. 그뿐만 아니라 알아차린 박사들 중 한 사람은 높은 망대 위에 멈춰 서서, (그는 누구보다도 나이가 많았다.) 눈부시도록 아름답게 떠오른 별을 우러러보고, 몹시도 그리스도를 불쌍히 여기고 있었다.

"또!"

• 헤롯

헤롯은 어떤 큰 기계였다. 이런 기계는 폭력에 의해, 다소의 수고를 덜기 위하여 언제나 우리들에게는 필요하다. 그는 그리스도를 두려워하여 베들레헴의 어린아이를 전부 죽이도록 했다. 물론 그리스도 이외의 그리스도도 그들 속에는 섞여 있었을 것이다. 헤롯의 양손은 그들의 피 때문에 새빨갛게 되어있었는지 모른다. 우리들은 아마 이 양손 앞에 불쾌함을 느끼지 않고는 배기지 못할 것이다. 그러나 그것은 몇 세기 전의 기로틴에 대한 불쾌함이다. 우리들은 헤롯을 증오하는 것은 물론 경멸할 수도 없다. 아니, 오히려 그에게 연민을 느낄 뿐이다. 헤롯은 언제나 옥좌 위에서 침울한 얼굴을 똑바로 한 채, 감람이나 무화과 속에 있는 베들레헴 나라를 내려다보고 있다. 한 줄의 시조차 남긴 것도 없이……

• 보헤미아 정신

어린 그리스도는 이집트에 가기도 하고, 더욱이 또 '갈릴리로 돌아가 본 동네 나사렛'에 머물기도 한다. 우리들은 이 같은 어린아이를 사세보나 요코스카로 전근 가는 해군 장교 가정에서도 찾아볼 수 있다. 그리스도의 보헤미아 정신은 그 자신의 성격 이전에 이러한 환경에도 숨어 있었는지 모른다.

• 아버지

그리스도는 나사렛에서 자란 후, 요셉의 아들이 아닌 것을 알았다. 혹은 성령의 아들인 것을,――그러나 그것은 전자보다도 결코 중대한 사건은 아니다. '사람의 아들' 그리스도는 이때부터 정말로 두 번째 탄생을 했다. '하녀의 자식' 스트린드베리는 우선 그의 가족에게 반역했다. 그것은 그의 불행이고 동시에 그의 행복이었다. 그리스도도 아마 마찬가지였을 것이다. 그는 이 같은 고독 속에서 다행스럽게도 그의 앞에 태어났던 그리스도——세례 요한과 조우遭遇했다. 우리들은 우리들 자신 속에서도 요한과 만나기 전 그리스도 마음의 음영陰影을 느끼고 있다. 요한은 석청과 메뚜기를 먹고 광야 가운데 살고 있었다. 하지만 그가 살고 있던 광야는 반드시 햇빛이 없는 것은 아니었다. 적어도 그리스도 자신 속에 있었던 어두컴컴한 광야에 비하여 보면…….

• 요한

세례 요한은 낭만주의를 이해하지 못하는 그리스도였다. 그의 위엄은 무쇠처럼 거기에 빛나고 있다. 그가 그리스도에 미치지 못했던 것도 아마 이 사실에 있을 것이다. 그리스도에게 세례를 주었던 요한은 떡갈나무처럼 억세 보였다. 그러나 옥중에 들어간 요한은 이미 가지나 잎이 무성한 떡갈나무의 힘을 잃었다. 그의 최후 통곡은 그리스도의 최후 통곡처럼 언제나 우리들을 움직이게 한다.——

"그리스도는 너였던가, 나였던가?"

요한의 최후 통곡은——아니, 반드시 통곡만은 아니다. 굵은 떡갈나무는 시들어 버렸지만, 아직까지 겉보기에는 가지를 뻗고 있다. 만약 이 기력조차 없었다고 한다면 스무 몇 살의 그리스도는 결코 냉담하게 이렇게 밀하지 않았을 것이다.

"너희가 가서 듣고 보는 것을 요한에게 고하라."

• 악마

그리스도는 사십일을 단식한 후, 주위 악마와 문답했다. 우리들도 악마와 문답하기 위해서는 얼마간의 단식을 필요로 한다. 우리들 중 어떤 사람은 이 문답 속에서 악마의 유혹에 질 것이다. 또 어떤 사람은 유혹에 지지 않고 우리들 자신을 지킬 것이다. 그러나 우리들은 일생을 통해 악마와 문답을 하지 않을 수도 있다. 그리스도는 제일 먼저 떡을 물리쳤다. 하지만, '떡으로만 살 것이 아니요'라는 주석다는 것을 잊지 않았다. 그리고 그 자신의 힘을 의지하라는 악마의 이상주의자적 충고를 물리쳤다. 그러나 또 '주 너의 하나님을 시험치 말라'는 변증법을 준비하고 있었다. 최후로 '천하만국과 그 영광'을 물리쳤다. 그것은 떡을 물리친 것과 혹 같은 일처럼 보일 것이다. 그러나 떡을 물리친 것은 현실적인 욕망을 물리친 것에 지나지 않는다. 그리스도는 이 제삼의 답 속에 우리들 자신 가운데 그치는 일이 없는 지상의 모든 꿈을 물리친 것이다. 이 논리 이상의 논리적 결투는 그리스도의 승리임에 틀림이 없었다. 야곱이 천사와 씨름한 것도 아마 이 같은 결투일 것이다. 악마는 결국 그리스도 앞에 머리를 숙일 수밖에 없었다. 하지만 그는 마리아라고 하는 여인의 아들인 것은 잊지 않았다. 이 악마와 문답은 어느새 중대한 의미를 부여받고 있다. 하지만 그리스도의 일생에서는 반드시 큰 사건이라고 할 수는 없다. 그는 그의 일생 동안 몇 번이고 '사탄아 물러가라'고 했다. 실제로 그의 전기 작가인 한 사람,――누가는 이 사건을 기록한 후, '마귀가 모든 시험을 다 한 후에 얼마 동안 떠나니라'고 덧붙이고 있다.

- 최초의 제자들

그리스도는 불과 열둘에 그의 천재성을 나타냈다. 하지만 세례를 받은 후에 아무도 제자가 되는 사람은 없었다. 마을에서 마을로 돌아다니던 그는 틀림없이 외로움을 느꼈을 것이다. 하지만 드디어 네 명의 제자들은——더구나 네 사람 어부들이 그의 좌우에 따르게 되었다. 그들에 대한 그리스도의 사랑은 그의 일생을 일관하고 있다. 그는 그들에게 둘러싸여 순식간에 예리한 혀를 휘두르는 고대의 저널리스트가 되어갔다.

- 성령의 아들

그리스도는 고대 저널리스트가 되었다. 동시에 또 고대 보헤미안이 되었다. 그의 천재는 비약을 계속하고, 그의 생활은 한 시대의 사회적 약속을 짓밟아버렸다. 그를 이해하지 못하는 제자들 속에서 때로는 히스테리를 일으키면서.——그러나 그것은 그 자신에게는 대체로 환희에 차 있었다. 그리스도는 그의 시 속에 상당한 정열을 느끼고 있었다. '산상수훈'은 스물 몇인 그의 감격에 넘친 산물이다. 그는 어떤 선인도 그와 같지 않음을 느끼고 있었다. 이 바다처럼 고조되었던 그의 천재적 저널리즘은 물론 적을 불렀다. 하지만 그들은 그리스도를 두려워하지 않으면 안 되었다. 실은 그들에게는——그리스도보다도 인생을 알고, 따라서 또 인생에 대한 공포를 안고 있는 그들에게는 이 천재의 생각이 납득되지 않았음에 틀림없었다.

• 여인

많은 여인들은 그리스도를 사랑했다. 그 중에서도 특히 막달라 마리아는 한번 그와 만난 것 때문에 일곱 귀신에게 공격당하는 것도 잊고, 그녀의 직업을 초월한 시적 연애마저 느끼기 시작했다. 그리스도의 목숨이 끊어진 후, 그녀가 맨 먼저 그를 보았던 것은 이런 연애의 힘이다. 그리스도도 또 많은 여인들을,——그 중에서도 특히 막달라 마리아를 사랑했다. 그들의 시적 연애는 아직도 제비붓꽃처럼 향기롭다. 그리스도는 가끔 그녀를 보는 것으로 그의 외로움을 달랬을 것이다. 후대는,——혹은 후대의 남자들은 그들의 시적 연애에 냉담했다. (다만 예술적 주제 외에는) 그러나 후대의 여인들은 언제나 이 마리아를 질투하고 있다.

"왜 그리스도님은 누구보다도 먼저 어머님이신 마리아님에게 부활을 보이시지 않으셨을까?"

이것은 그녀들이 입 밖에 내었던 가장 위선적인 탄식이었다.

• 기적

그리스도는 때때로 기적을 행했다. 하지만 그것은 그 자신에게는 하나의 비유를 만드는 것보다도 용이容易했다. 그는 그 때문에도 기적에 대한 혐오감을 품고 있었다. 그 때문에도——그리스도가 사명을 느끼고 있었던 것은 그의 도를 가르치는 것이었다. 그가 기적을 행하는 것은 후대에 루소가 흥분한 대로, 그의 도를 가르치는 데는 불편을 주는 것임에 틀림이 없었다. 그러나 그의 '어린양들'은 언제나 기적을 바라고 있었다. 그리스도도 또 세 번에 한번은 이 부탁에 따르지 않을 수가 없었다. 그의 인간적인, 너무나도 인간적인 성격은 이 같은 일면에도 나타나 있다. 하지만 그리스도는 기적을 행할 때마다 반드시 책임을 회피했다.

"네 믿음이 너를 구원하였다."

그러나 그것은 동시에 또 과학적 진리임에도 틀림없다. 그리스도는 또 어떤 때에는 어쩔 수 없이 기적을 행했기 때문에,——어떤 오랜 병에 괴로움을 받았던 여자가 그의 옷을 만졌기 때문에 그의 힘이 빠지는 것을 느꼈다. 그가 기적을 행하는 것에 언제나 다소 주저했던 것은 이 같은 실감實感에서도 명백하다. 그리스도는, 후대의 그리스도교도는 물론, 그의 열두 제자들보다도 훨씬 예리한 이지주의자였다.

• 배덕자

그리스도의 어머니, 아름다운 마리아는 그리스도에게는 반드시 어머니는 아니었다. 그가 가장 사랑했던 사람은 그의 도를 따르는 사람이었다. 그리스도는 또 정열에 타오른 채, 많은 사람들이 모인 앞에서 대담하게도 이 같은 그의 기분을 내뱉기조차 꺼리지 않았다. 마리아는 틀림없이 문 밖에서 그의 말을 들으면서 초연히 서있었을 것이다. 우리들은 우리 자신 속에서 마리아의 고통을 느끼고 있다. 설령 우리들 자신 속에 그리스도의 정열을 느끼고 있다 하더라도,——그러나 그리스도 자신도 또 때때로 마리아를 불쌍히 여겼을 것이다. 빛나는 천국 문을 보지 않고, 있는 그대로의 예루살렘을 바라보 았을 때는…….

• 그리스도교

그리스도교는 그리스도 자신도 실행할 수 없었던 역설에 찬 시적 종교다. 그는 그의 천재 때문에 인생마저도 웃으며 내던져 버리고 말았다. 와일드가 그에게서 낭만주의의 제일인자를 발견했던 것은 당연하다. 그가 가르친 바에 의하면, '솔로몬의 모든 영광으로도 입은 것'이 바람에 날리는 한 송이 백합화에 지나지 않았다. 그의 도는 단 지 시적으로──내일을 걱정하지 말고 생활하라는 것에 있다. 무엇 때문에?──그것은 물론 유대인들이 천국에 들어가기 위하여 틀림이 없었다. 하지만 모든 천국도 유전流轉하지 않고 있을 수는 없다. 비누 냄새가 나는 장미꽃으로 가득한 그리스도교의 천국은 어느새 공중으 로 사라져 버렸다. 하지만 우리들은 그 대신에 몇 개의 천국을 만들 어 내고 있다. 그리스도는 우리들에게 천국에 대하여 동경憧憬을 불 러일으킨 제일인자였다. 더욱이 또 그의 역설은 후대에 무수한 신학 자나 신비주의자를 만들고 있다. 그들의 논의는 그리스도를 망연자 실하게 하지 않을 수 없었다. 그러나 그들 중 어떤 이는 그리스도보 다도 더욱 그리스도교적이다. 어쨌든 그리스도는 우리들에게 현세의 저쪽에 있는 것을 가리켜 보여 주었다. 우리들은 언제나 그리스도 속에서 우리들이 구하고 있는 것을,──우리들을 무한의 길로 몰아 내는 나팔 소리를 느낄 것이다. 동시에 또 언제나 그리스도 속에서 우리들을 괴롭히는 것을,──근대가 겨우 표현한 세계고世界苦를 느끼지 않을 수 없을 것이다.

• 저널리스트

우리들은 단지 우리들 자신에 가까운 것 외에는 볼 수 없다. 적어도 우리들에게 다가오는 것은 우리들 자신에게 가까운 것뿐이다. 그리스도는 모든 저널리스트처럼 이 사실을 바로 적시하고 있었다. 신부, 포도원, 당나귀, 일꾼──그의 가르침은 주위에 있는 것을 한 번도 이용하지 않은 적이 없다. '선한 사마리아인'이나 '돌아온 탕자'는 이 같은 그의 시적 걸작이다. 추상적인 말만 쓰고 있는 후대의 그리스도교적인 저널리스트──목사들은 한 번도 이 그리스도의 저널리즘의 효과를 생각하지 않았다. 그는 그들에 비하면 물론, 후대의 그리스도들에게 비해서도 결코 손색이 없는 저널리스트이다. 그의 저널리즘은 그 때문에 서방의 고전과 어깨를 나란히 하고 있다. 그는 실로 꺼져 가는 불꽃에 새 장작을 넣은 저널리스트였다.

• 여호와

그리스도가 자주 말한 것은 물론 천상의 신이다. '우리들을 만든 이는 신이 아니다, 신이야말로 우리들이 만든 것이다.'──이렇게 말하는 유물주의자 구르몽의 말은 우리들의 마음을 기쁘게 할 것이다. 그것은 우리들 허리에 매달렸던 쇠사슬을 끊어버리는 말이다. 하지만 동시에 또 우리들 허리에 새로운 쇠사슬을 채우는 말이다. 그뿐만 아니라 이 새로운 쇠사슬은 낡은 쇠사슬보다도 강할는지 모른다. 신은 큰 구름 속에서 가느다란 신경 계통 속으로 내려오기 시작했다. 게다가 모든 이름하에 역시 거기에 자리하고 있다. 그리스도는 물론 주위에서 가끔 이 신을 보았을 것이다. (신과 만나지 않았던 그리스도가 악마를 만났다는 것은 생각할 수 없다.) 그의 신도 역시 모든 신처럼 사회적 색채가 강한 신이다. 그러나 어쨌든 우리들과 함께 태어난 '주되신 신'이였음에 틀림없다. 그리스도는 이 신을 위하여——시적 정의를 위하여 계속 싸웠다. 그의 모든 역설은 여기에 근원을 발하고 있다. 후대의 신학은 이 역설을 가장 시 이외의 것으로 해석하고자 했다. 그리고서,——누구도 읽은 일이 없는 지루한 수많은 책을 남겼다. 볼테르는 오늘날에는 우스꽝스러울 정도로 '신학'의 신을 죽이기 위하여 그의 칼을 휘두르고 있다. 그러나 '주되신 신'은 죽지 않았다. 동시에 또 그리스도도 죽지 않았다. 신은 콘크리트 벽에 이끼가 끼고 있는 한, 언제나 우리들 위에 임하고 있을 것이다. 단테는 프란체스카를 지옥에 떨어뜨렸다. 하지만 언젠가 이 여인을 불꽃 속에서 구했다. 한 번이라도 회개한 자는——아름다운 한 순간을 가졌던 사람은 언제나 '영원한 생명'에 들어가 있다. 감상주의의 신이라고 불리기 쉬운 것도 어쩌면 이 같은 사실 때문일 것이다.

• 고향

'선지자가 고향에서는 높임을 받지 못한다.'——이것은 어쩌면 그리스도에게는 제일의 십자가였는지 모른다. 그는 결국에는 온 유대를 고향으로 하지 않으면 안 되었다. 기차나, 자동차나, 기선이나, 비행기는 오늘날에는 모든 그리스도에게 온 세계를 고향으로 하게하고 있다. 물론 모든 그리스도는 고향에서 받아들여지지 않았음에 틀림없다. 실제로 포우를 받아들였던 것은 미국이 아닌 프랑스였다.

• 시인

그리스도는 한 그루의 백합꽃을 '솔로몬의 모든 영광' 보다도 더 아름답다고 느꼈다. (당연히 그의 제자들 중에도 그 만큼 백합화의 아름다움에 황홀해 했던 사람은 없었을 것이다.) 그러나 제자들과 서로 이야기할 때는 대화상의 예절을 깨고서라도 야만적인 이야기를 꺼려하지 않았다.──'무엇이든지 밖에서 들어가는 것이 능히 사람을 더럽게 하지 못함을 알지 못하느냐. 이는 마음에 들어가지 아니하고 배에 들어가 뒤로 나감이니라 하심으로 모든 식물을 깨끗하다……'

• 나사로

그리스도는 나사로의 죽음을 들었을 때, 지금까지 없던 눈물을 흘렸다. 지금까지는 없던──혹은 지금까지 보이지 않고 있던 눈물을. 나사로가 죽음에서 되살아났던 것은 이 같은 그의 감상주의 때문이다. 어머니인 마리아를 뒤돌아보지 않았던 그는 왜 나사로의 자매들,──마르다나 마리아 앞에서 눈물을 흘린 것일까? 이 모순을 이해하는 것은 그리스도의,──혹은 모든 그리스도의 천재적 이기주의를 이해하는 것이다.

- 가나의 향연

그리스도는 여인을 사랑했지만 여인과 관계하는 것은 생각지도 않았다. 그것은 마호메트가 네 명의 여인들과 관계함을 허용했던 것과 같다. 그들은 어느 쪽이나 한 시대를,——혹은 사회를 뛰어 넘을 수 없었다. 그러나 거기에는 무엇보다도 자유를 사랑하는 그의 마음도 작용하고 있었던 것은 확실하다. 후대의 초인은 개들 속에서 가면을 쓰는 것이 필요했다. 그러나 그리스도는 가면을 쓰는 것도 부자유스런 것으로 간주했다. 소위 '화롯가의 행복'의 거짓은 물론 그에게는 명백한 것이었다. 미국의 그리스도,——휘트먼은 역시 그 자유를 택한 한 사람이다. 우리들은 그의 시 속에서 자주 그리스도를 느낄 것이다. 그리스도는 아직도 크게 웃으면서, 무용수와 꽃다발과 악기로 가득한 가나의 향연을 내려다보고 있다. 그러나 물론 그 대신에 거기에는 그가 감당하지 않으면 안 되는 다소의 쓸쓸함은 있었을 것이다.

- 하늘에 가까운 산상의 문답

그리스도는 높은 산 위에서 그의 앞에 태어났던 그리스도들——모세와 엘리야와 이야기했다. 그것은 악마와 싸운 것보다도 더욱 의미 깊은 사건일 것이다. 그는 이 며칠 전에 그의 제자들에게 예루살렘에 가서 십자가에 달릴 것을 예언했다. 그가 모세나 엘리야와 만난 것은 그가 어떤 정신적 위기에 처해 있었다는 증거다. 그 얼굴이 '해 같이 빛나며 옷이 빛과 같이 희어졌던 것도 반드시 두 사람의 그리스도들이 그의 앞에 내려왔기 때문만은 아니다. 그는 그의 일생 중에서도 이때는 가장 엄숙했다. 그의 전기 작가는 그들 사이의 문답을 기록에 남기고 있지 않다. 그러나 그가 던진 물음은 '우리들은 어떻게 살 것인가?'이다. 그리스도의 일생은 짧았다. 하지만 그는 이때에,——겨우 서른에 이른 때에 그의 일생을 총결산하지 않으면 안 되는 고통을 맛보았다. 모세는, 나폴레옹도 말했듯이, 전략에 뛰어난 장군이다. 엘리야도 역시 그리스도보다도 정치적 천재였을 것이다. 그뿐만 아니라 오늘날은 옛날과 다르다. 오늘날에는 이미 홍해의 파도도 벽처럼 둘러서지 않으며, 불꽃 병거도 천상에서 내려오지 않는다. 그리스도는 그들과 문답하면서 점점 그의 볼꼴사나운 죽음이 다가오는 것을 느끼지 않을 수 없었다. 하늘에 가까운 산 위에는 얼음처럼 맑은 햇빛 속에 바위들이 솟아 있을 뿐이다. 그러나 깊은 계곡 아래에는 석류와 무화과도 향기를 내고 있다. 거기에는 또 집집마다 연기도 뿌옇게 솟아올랐는지 모른다. 그리스도도 역시 아마 이런 하계의 인생에게 그리움을 느끼지 않을 수는 없었을 것이다. 그러나 그의 길은 좋든 싫든 인기척 없는 하늘을 향하고 있다. 그의 탄생을 알렸던 별은——혹 그를 낳은 성령은 그에게 평화를 주려고 하지 않는다. '저희(베드로, 야곱, 그의 형제 요한)가 산에서 내려올 때에 예수께서 명하여 가라사대 인자人子가 죽은 자 가운데서 살아나기 전에는 본 것을 아무에게도 이르지 말라 하시니.'——하늘에 가까운 산 위에서 그리스도인 그가 앞선 '큰 죽은 자들'과 이야기했던 것은 실로 그의 일기에만 살짝 남기고 싶었던 일이었을 것이다.

• 어린아이와 같이

그리스도가 가르쳤던 역설의 하나는 '진실로 너희에게 이르노니 너희가 돌이켜 어린 아이들과 같이 되지 아니하면 결단코 천국에 들어가지 못하리라'이다. 이 말은 조금도 감상주의적이 아니다. 그리스도는 이 말 속에 그 자신이 누구보다도 어린아이에 가까운 것을 나타내고 있다. 동시에 또 성령의 아들이었던 그 자신의 처지를 분명히 하고 있다. 괴테는 그의《타소》중에 역시 성령의 아들이었던 그 자신의 고통을 노래하였다. '어린아이들과 같이 되는 것'은 유치원 시절로 돌아가는 것이다. 그리스도의 말에 따르면, 누군가의 보호를 받지 않으면 인생에 견딜 수 없는 자 외는 황금 문에 들어갈 수 없다. 거기에는 또 세상 지혜에 대한 그의 경멸도 들어 있다. 그의 제자들은 정직하게 (어린아이를 앞에 둔 그리스도의 그림이 우리들에게 불쾌함을 주는 것은 후대의 위선적 감상주의 때문이다.) 그의 앞에 섰던 어린아이들에게 놀라지 않을 리 없었을 것이다.

• 예루살렘으로

그리스도는 당대의 예언자가 되었다. 동시에 또 그 자신 속의 예언자는,——혹은 그를 낳은 성령은 스스로 그를 농락하기 시작했다. 우리들은 촛불에 타는 나방 속에서도 그를 느낄 것이다. 나방은 단지 나방으로 태어났기 때문에 촛불에 태워진다. 그리스도도 역시 나방과 다를 것이 없다. 쇼우는 십자가에 달리기 위하여 예루살렘으로 갔던 그리스도에게 번개와 흡사한 냉소를 보내고 있다. 그러나 그리스도는 예루살렘으로 당나귀를 타고 들어가기 전에 그의 십자가를 지고 있었다. 그것은 그에게는 어쩔 수 없는 운명에 가까운 것이었다. 그는 거기에서도 천재였음과 동시에 결국에는 '사람의 아들'이었다. 그뿐만 아니라 이 사실은 수세기를 거듭한 '메시아'라는 말이 그리스도를 지배하고 있었음을 가르치고 있다. 나뭇가지를 깐 길 위에 '호산나, 호산나'라는 소리에 감동하면서 당나귀를 타고 갔던 그리스도는 그 자신이었음과 동시에 모든 이스라엘의 예언자들이었다. 그의 뒤에 태어났던 그리스도의 한사람은 멀리 로마의 길 위에서 부활한 그리스도에게서 '어디로 가느냐?'라고 힐책 당했던 것을 전하고 있다. 그리스도도 역시 예루살렘에 가지 않았다면, 역시 누군가 예언자들의 한 사람에게 '어디로 가느냐?'라고 힐책 당했을 것이다.

• 예루살렘

그리스도는 예루살렘에 들어간 후, 그 최후의 투쟁을 했다. 그것은 싱그러움은 잃고 있었지만 무언가 격정에 찬 것이었다. 그는 길가의 무화과를 저주했다. 더욱이 그것은 무화과가 그의 예상을 뒤엎고 열매를 하나도 맺고 있지 않았기 때문이었다. 모든 것을 불쌍히 여겼던 그도 여기에는 반쯤 히스테릭하게 그의 파괴력을 휘둘렀다.

"가이사의 것은 가이사에게 바치라."

그것은 이미 정열에 불탔던 청년 그리스도의 말은 아니다. 그에게 복수하기 시작했던 인생에 대한 (그는 물론 인생보다도 천국을 중히 한 시인이었다.) 노성인老成人 그리스도의 말이다. 거기에 숨어 있는 것은 반드시 그의 세상 지혜만은 아니다. 그는 모세 이후 조금도 변하지 않는 인간의 우매함에 정나미가 떨어졌을 것이다. 하지만 그의 초조함은 그에게 여호와의 '성전에 들어가사 성전 안에서 매매하는 모든 자를 내어 쫓으시며, 돈 바꾸는 자들의 상과 비둘기 파는 자의 의자'를 둘러엎게 한다.

"이 큰 건물을 보느냐. 돌 하나도 돌 위에 남지 않고 다 무너뜨려지리라."

어떤 여인은 이 같은 그를 위하여 그의 이마에 향유를 붓기도 했다. 그리스도는 그의 제자들에게 이 여인을 나무라지 말기를 명했다. 그리고——십자가를 마주한 그리스도의 마음은, 그를 이해하지 못하는 그들에 대한 부드러운 말속에 들어 있다. 그는 향유 냄새를 풍긴 채, (그것은 먼지와 범벅이 되기 쉬운 그에게는 진귀한 일의 하나에 틀림없었다.) 조용히 그들에게 이야기를 걸었다.

"이 여자가 내 몸에 향유를 부은 것은 나를 장사지내기 위하여 함이니라. 나는 항상 함께 있지 아니 하리라."

겟세마네의 감람은 골고다의 십자가보다도 비장하다. 그리스도는 사력을 다하여, 거기에서 그 자신과,——그 자신 속의 성령과 싸우려고 했다. 골고다의 십자가는 그의 위에 점차로 그림자를 떨구려고 하고 있다. 그는 이 사실을 전부 알고 있었다. 하지만 그의 제자들은,——베드로조차 그의 마음을 이해할 수 없었다. 그리스도의 기도는 오늘날에도 우리들에게 다가오는 힘을 가지고 있다.——

"내 아버지여 만일 할만하시거든 이 잔을 내게서 지나가게 하옵소서. 그러나 나의 원대로 마옵시고 아버지의 원대로 하옵소서."

모든 그리스도는 인기척이 없는 한밤중에 틀림없이 이렇게 기도하고 있다. 동시에 또 모든 그리스도의 제자들은 '심히 고민하여 죽게 된' 그의 마음을 이해하지 못하고 감람나무 밑에서 자고 있다……

• 유다

후대는 언젠가 유다 위에 악의 원광圓光을 씌웠다. 그러나 유다가 반드시 열두 제자들 중에서 특히 나빴던 것은 아니다. 베드로조차 닭이 울기 전에 세 번 그리스도를 모른다고 했다. 유다가 그리스도를 판 것은 역시 오늘날 정치가들이 그들의 수령을 파는 것과 같다. 파파니도 역시 유다가 그리스도를 판 것을 큰 수수께끼로 보았다. 하지만 그리스도는 명백하게 누구에게라도 팔릴 위기에 처해 있었다. 제사장들은 유다 외에도 몇 명의 유다를 세고 있었다. 단지 유다는 이 도구가 될 여러 조건을 갖추고 있었다. 물론 그들 조건 외에 우연도 가세했다. 후대는 그리스도를 '신의 아들'로 만들었다. 그것은 또 동시에 유다 자신 속에서 악마를 발견하는 것이 되었다. 그러나 유다는 그리스도를 판 후, 백양목에 목매달고 말았다. 그가 그리스도의 제자였던 것은,──신의 소리를 들은 자였던 것은 어쩌면 거기에 보일지는 모른다. 유다는 누구보다도 그 자신을 미워했다. 십자가에 날린 그리스도는 물론 그를 괴롭혔을 것이다. 그러나 그를 이용했던 제사장의 냉소도 역시 그를 노하게 했을 것이다.

"네 하는 일을 속히 하라."

이렇게 말하는 유다에 대한 그리스도의 말은 경멸과 연민으로 넘쳐있다. '사람의 아들' 그리스도는 그 자신 속에서 혹 유다를 느끼고 있었는지 모른다. 그러나 유다는 불행하게도 그리스도의 아이러니를 이해하지는 못했다.

• 빌라도

빌라도는 그리스도의 일생에 단지 우연히 나타났던 자다. 그는 결국은 대명사에 지나지 않는다. 후대는 또 이 같은 관리에게 전설적 색채를 부여하고 있다. 그러나 아나톨 프랑스만은 이 같은 색채에 속지 않았다.

• 그리스도보다도 바라바를

그리스도보다도 바라바를――그것은 오늘날에도 마찬가지다. 바라바는 반역을 꾀했다. 동시에 또 사람들을 죽였다. 그러나 그들은 스스로 그의 나쁜 소행을 이해하고 있다. 니체는 후대의 바라바들을 길거리 개에게 비하기도 했다. 그들은 물론 바라바의 소행에 증오나 분노를 느끼고 있었을 것이다. 그러나 그리스도의 소행에는,――아마 아무 것도 느끼지 않았을 것이다. 만약 무언가 느끼고 있었다고 한다면, 그것은 그들이 사회적으로 느끼지 않으면 안 된다고 생각하고 있었던 것이다. 그들의 정신적 노예들은,――육체만 늠름한 병사들은 그리스도에게 가시관을 씌우고, 자색 옷을 입힌 데다가 '유대인의 왕이여, 평안할찌어다'고 외치기도 했다. 그리스도의 비극은 이 같은 희극 한가운데 있는 만큼 참혹하다. 그리스도는 진정 정신적으로 유대의 왕이었음에 틀림없다. 하지만 천재를 믿지 않는 개들은——아니, 천재를 발견하는 것은 쉽다고 믿는 개들은, 유대의 왕이라는 이름하에 참 유대 왕을 조롱하고 있다. '한마디도 대답지 아니하시니 총독이 심히 기이히 여기더라.'——그리스도는 전기 작가가 기록한대로 그들의 심문이나 조소에는 아무 대답도 하지 않았다. 그뿐만 아니라 아무 대답도 할 수가 없었던 것이 분명하다. 그러나 바라바는 머리를 들고 무슨 일이나 분명히 대답했을 것이다. 바라바는 단지 그의 적에게 반역하고 있다. 그러나 그리스도는 그 자신에게,——그 자신 속의 마리아에게 반역하고 있다. 그것은 바라바의 반역보다도 더욱 근본적인 반역이었다. 동시에 또 '인간적인, 너무나 인간적인' 반역이었다.

• 골고다

십자가 위의 그리스도는 결국 '사람의 아들'에 지나지 않았다.

"나의 하나님, 나의 하나님, 어찌하여 나를 버리셨나이까?"

물론 영웅 숭배자들은 그의 말에 냉소를 보낼 것이다. 하물며 성령의 자녀가 아닌 사람은 단지 그의 말속에 '자업자득'을 발견할 뿐이다. '엘리 엘리 라마 사박다니'는 사실상 그리스도의 비명에 지나지 않는다. 그러나 그리스도는 이 비명 때문에 한층 우리들에게 가까워졌다. 그뿐만 아니라 그의 일생의 비극을 한층 현실적으로 가르쳐 주었다.

- 피에타

그리스도의 어머니, 나이가 든 마리아는 그리스도의 시신 앞에서 울부짖고 있다.──이 같은 그림이 piéta라 불리는 것은 반드시 감상주의적이라고 할 수만은 없다. 단지 피에타를 그리고자 한 화가들은 마리아 한 사람만을 그리지 않으면 안 된다.

- 그리스도의 친구들

그리스도는 열두 명의 제자들을 가지고 있었다. 그러나 친구는 한 사람도 가지고 있지 않았다. 만약 한 사람이라도 있었다고 한다면 그것은 아리마대 요셉이다. '저물었을 때에 아리마대 사람 요셉이 와서 당돌히 빌라도에게 들어가 예수의 시체를 달라 하니 이 사람은 존귀한 공회원이요 하나님의 나라를 기다리는 자라.'──마태보다도 오래되었다고 전해지는 마가는 그의 그리스도 전기 속에 이 같은 의미 깊은 한절을 남기고 있다. 이 한절은 그리스도의 제자들이 '모든 것을 버려두고 예수를 좇으니라'고 한 말과 전연 취지를 달리하고 있다. 요셉은 아마 그리스도보다도 더욱 세상 지혜가 풍부했던 그리스도였을 것이다. 그는 '당돌히 빌라도에게 들어가 예수의 시체를 달라'고 했던 것은 그리스도에 대한 그의 동정이 얼마나 깊은가를 나타내고 있다. 교양을 쌓은 의원 요셉은 이때에는 솔직함 그 자체였다. 후대는 빌라도나 유다보다도 훨씬 그에게 냉담하다. 그러나 그는 열두 제자들보다도 어쩌면 그를 더 잘 알고 있었을 것이다. 요한의 목을 쟁반에 담았던 것은 잔혹하게도 아름다운 살로메다. 그러나 그리스도는 목숨이 끊어진 후, 그를 장사지낼 사람들 중에 아라마대 요셉을 꼽고 있었다. 그는 이 점에서 요한보다도 그래도 행복하다. 요셉도 역시 의원이 아니었더라면,——그것은 모든 '만약 ……이라면'과 같이 결국 묻지 않아도 좋을 것인지 모른다. 하지만 그는 무화과 아래나 상감 술잔 앞에서 때때로 그의 친구인 그리스도를 생각해내고 있을 것이다.

• 부활

르낭은 그리스도의 부활을 보았던 것을 막달라 마리아의 상상력 때문이라고 했다. 상상력 때문에,——그러나 그녀의 상상력에 비약을 주었던 이는 그리스도이다. 그녀의 자녀를 잃은 어머니는 가끔 그의 부활을——그가 무언가로 환생한 것을 본다. 그는 혹은 영주가 되기도 하고, 혹은 연못 위의 오리가 되기도 하고, 혹은 또 연꽃이 되기도 한다. 하지만 그리스도는 마리아 외에도 사후에 그 자신을 나타내었다. 이 사실은 그리스도를 사랑했던 사람들이 얼마나 많았던가를 나타내는 것이다. 그는 삼일 후에 부활했다. 하지만 육체를 잃어버린 그가 온 세계를 움직이기에는 더욱 긴 세월을 필요로 했다. 이를 위하여 가장 힘이 있었던 이는 그리스도의 천재를 전신으로 느꼈던 저널리스트인 바울이다. 그리스도를 십자가에 달았던 그들은 몇 세기가 흘러 지나감에 따라서 셰익스피어의 부활을 인정하듯이 그리스도의 부활을 인정하기 시작했다. 하지만 사후의 그리스도도 유전流轉을 거듭했던 것은 분명하다. 모든 것을 지배하는 유행은 역시 그리스도도 지배했다. 클라라가 사랑했던 그리스도는 파스칼이 존경했던 그리스도가 아니다. 하지만 그리스도가 부활한 후에, 개들이 그를 우상으로 삼는 것은,──그리고 또 그리스도의 이름 아래 폭행을 휘두르는 것은 변하지 않았다. 그리스도의 이후에 태어난 그리스도들이 그의 적이 되었던 것은 이 때문이었다. 그러나 그들도 마찬가지로 다메섹으로 향하던 도상途上에서 반드시 그들의 적 속에서 성령을 보지 않을 수 없었다.

"사울아, 사울아, 네가 어찌하여 나를 핍박하느냐? 가시채를 뒷발질하기가 네게 고생이니라."

우리들은 단지 망망한 인생 가운데 머물러 서 있다. 우리들에게 평화를 주는 것은 잠 외에 있을 리가 없다. 모든 자연주의자는 외과 의사처럼 잔혹하게 이 사실을 해부하고 있다. 그러나 성령의 아들들은 언제나 이 같은 인생 위에 무언가 아름다운 것을 남기고 갔다. 무언가 '영원히 넘고자 하는 것'을.

• 그리스도의 일생

물론 그리스도의 일생은 모든 천재의 일생처럼 정열에 타올랐던 일생이다. 그는 어머니인 마리아보다도 아버지인 성령의 지배를 받고 있다. 그의 십자가 위에서의 비극은 실로 여기에 있었다. 그의 뒤에 태어난 그리스도들의 한 사람,──괴테는 '서서히 늙는 것보다 지체 없이 지옥에 가고 싶다'고 원하기도 했다. 하지만 서서히 늙어 갔던 끝에, 스트린드베리가 말한 것처럼 만년에는 신비주의자가 되기도 했다. 성령은 이 시인 속에 마리아와 균형을 잡고 살고 있다. 그의 '큰 이교도'란 이름은 반드시 합당하지 않는 것이 아니다. 그는 실로 인생에 있어서는 그리스도보다도 훨씬 컸다. 하물며 다른 그리스도들보다도 컸던 것은 물론이다. 그의 탄생을 알리는 별은 그리스도의 탄생을 알리는 별보다 둥글게 빛나고 있었을 것이다. 그러나 우리들이 괴테를 사랑하는 것은 마리아의 아들이었기 때문은 아니다. 마리아의 아들들은 보리 밭 속이나, 긴 의자 위에도 가득 차 있다. 아니, 병영이나, 공장이나, 감옥 속에도 많다. 우리들이 괴테를 사랑하는 것은 단지 성령의 아들이었기 때문이다. 우리들은 우리들의 일생 중에 언젠가 그리스도와 함께 있을 것이다. 괴테도 역시 그의 시중에서 자주 그리스도의 수염을 뽑고 있다. 그리스도의 일생은 참혹했다. 하지만 그의 뒤에 태어난 성령의 아들들의 일생을 상징하고 있다. (괴테조차도 실은 이 예에서 벗어나지 않는다.) 그리스도교는 어쩌면 망할 것이다. 적어도 끊임없이 변화하고 있다. 하지만 그리스도의 일생은 언제나 우리들을 움직일 것이다. 그것은 천상에서 지상으로 오르기 위해 무참히도 부서진 사다리이다. 어두컴컴한 하늘에서 세차게 내리는 억수 같은 비속에 기울어진 채로…….

• 동방의 사람

　　니체는 종교를 '위생학'이라고 불렀다. 그것은 종교만이 아니다. 도덕이나 경제도 '위생학'이다. 그것은 우리들에게 자연히 죽을 때까지 건강을 유지시킬 것이다. '동방의 사람'은 이 '위생학'을 대체로 열반 위에 세우려고 했다. 노자는 때때로 무하유無何有의 마을에서 불타와 인사를 나누고 있다. 그러나 우리들은 피부색과 같이 확실하게 동서를 나누고 있지 않다. 그리스도의,――혹은 그리스도들의 일생이 우리들을 움직이는 것은 이 때문이다. '고래로 영웅인 자, 모두 산아山阿에 귀歸한다'는 노래는 언제나 우리들에게 계속 전해졌다. 하지만, '천국이 가까웠느니라'는 소리도 역시 우리들에게 용기를 주지 않고 있지는 않다. 노자는 여기에 연소한 공자와,――혹은 중국의 그리스도와 문답하고 있다. 야만인인 인생은 그리스도들을 언제나 다소는 괴롭힐 것이다. 태평한 초목이 되기를 원했던 '동방의 사람'들도 이 예에서 벗어나지 않는다. 그리스도는 '여우도 굴이 있고 공중의 새도 거처가 있으되 오직 인자는 머리 둘 곳이 없다'고 했다. 그의 말은 아마 그 자신도 의식하지 않았던 무서운 사실을 배태胚胎하고 있다. 우리들은 여우나 새가 되지 않는 한 쉽게 보금자리를 발견할 수 있지는 않다.

■ 1922. 7. 10

속 서방의 사람

• 다시 이 사람을 보라

그리스도는 '만인의 거울'이다. '만인의 거울'이라는 의미는 만인이 그리스도에게 배우라는 것은 아니다. 단지 한 사람 그리스도 속에 만인이 그들 자신을 발견하기 때문이다. 나는 나의 그리스도를 그렸고, 잡지 마감일이 임박해 펜을 놓지 않으면 안 되었다. 지금은 다소 여유가 있어서 한 번 더 나의 그리스도를 그려 덧붙이려고 한다. 누구도 내가 쓴 것에,——특히 그리스도를 그리는 따위에 흥미를 느끼는 사람은 없을 것이다. 그러나 나는 사복음서 중에서 또렷이 나를 부르고 있는 그리스도의 모습을 느끼고 있다. 나의 그리스도를 그려 덧붙이는 것도 나 자신으로서는 그만둘 수 없다.

• 그의 전기 작가

요한은 그리스도 전기 작가 중에서 가장 그 자신에게 교태를 부리고 있는 자이다. 야만적인 아름다움에 빛나는 마태나 마가에 비하면,――아니, 기교로 그리스도의 일생을 이야기하는 누가에 비해도, 근대에 태어난 우리들에게는 인공의 감로미甘露味를 맛보지 않도록 놓아두지 않는다. 그러나 요한도 그리스도 일생의 의미에 대해 많은 사실을 전하고 있다. 우리들은 요한의 그리스도 전기에 어떤 초조감을 느낄 것이다. 하지만 세 사람의 전기 작가들에게 다른 매력도 느낄 것이다. 인생에 실패했던 그리스도는 독특한 색채를 가하지 않는 한 쉽게 '하나님의 아들'이 될 수 없다. 요한은 이 색채를 가하는데 적어도 당대에는 최고로 up to date의 수단을 취했다. 요한이 전했던 그리스도는 마가나 마태가 전했던 그리스도와 같이 천재적 비약을 갖추고 있지 않다. 하지만 장엄하고도 부드러운 것은 틀림없다. 그리스도의 일생을 전하는 데에 무엇보다도 간결함을 중요시했던 마가는 아마 그의 전기 작가 중에서 가장 그리스도를 잘 알고 있었을 것이다. 마가가 전하는 그리스도는 현실주의적으로 생생하다. 우리들은 여기서 그리스도와 악수하고, 그리스도를 껴안고,――더욱이 다소의 과장을 한다면 그리스도의 수염 냄새를 맡을 수 있을 것이다. 그러나 장엄하고도 노고가 많은 요한의 그리스도도 배척할 수는 없다. 어쨌든 그들이 전한 그리스도에 비하면, 후대가 전한 그리스도는,――특히 그를 데카당으로 만든 어떤 러시아인의 그리스도는 쓸데없이 그를 상처 낼뿐이다. 그리스도는 한 시대의 사회적 약속을 유린하기를 서슴지 않았다. (매춘부나 세리나 문둥병자는 언제나 그의 이야기 상대이다.) 그러나 천국을 보지 않았던 것은 아니다. 그리스도를 l'enfant으로 그렸던 화가들은 스스로 이런 그리스도에게 연민에 가까운 것을 느끼고 있었다. (이것은 모태를 떠난 후, '유아독존'이라고 사자후를 토했던 불타보다도 훨씬 믿음직스럽지 못하다.) 하지만 유아였던 그리스도에 대한 그들의 연민은 다소이긴 하지만 데카당이었던 그리스도에 대한 그의 동정보다도 나았다. 그리스도는 아무리 포도주에 취해도, 무언가 그 자신 안에 있는 것은 천국을 보지 않고는 안 되었다. 그의 비극은 이 때문에,——단순히 이 때문에 일어났다. 어떤 러시아인은 어느 때의 그리스도가 어떻게 신에 가까웠던가를 알고 있지 않다. 하지만 네 명의 전기 작가들은 누구나 이 사실에 주목하고 있다.

• 공산주의자

그리스도는 모든 그리스도들처럼 공산주의적 정신을 가지고 있다. 만약 공산주의자의 눈으로 본다면 그리스도의 말은 전부 공산주의적 선언으로 변할 것이다. 그에 앞섰던 요한조차도 '옷 두 벌 있는 자는 옷 없는 자에게 나눠줄 것이요'라고 소리쳤다. 그러나 그리스도는 무정부주의자는 아니다. 우리들 인간은 그의 앞에 스스로 본체를 드러내고 있다. (무엇보다도 그는 우리들 인간을 조종할 수는 없었다,——혹은 우리들 인간에게 조종당할 수는 없었다. 그것은 그가 요셉이 아닌 성령의 아들이었기 때문이다.) 그러나 그리스도 속에 있었던 공산주의자를 논하는 것은 스위스에서 먼 일본에서는 적어도 불편을 동반하고 있다. 적어도 그리스도교 교도들 때문에.

• 무저항주의자

그리스도는 또 무저항주의자였다. 그것은 그가 동지조차 신용하지 않았기 때문이다. 근대에는 마치 톨스토이가 타인의 진실을 의심했던 것처럼.──그러나 그리스도의 무저항주의는 무언가 부드럽다. 조용히 잠자고 있는 눈처럼 차기도 하지만 부드럽기도 하다…….

• 생활자

그리스도는 최고 속도의 생활자이다. 불타는 성도成道하기 위하여 몇 년인가를 설산 속에서 살았다. 그러나 그리스도는 세례를 받고 사십일 단식 후에 금세 고대의 저널리스트가 되었다. 그는 스스로 타서 없어지려고 하는 한 자루의 초를 꼭 닮았다. 그의 행위나 저널리즘은 즉 이 초의 눈물이었다.

• 저널리즘 지상주의자

그리스도가 가장 사랑했던 것은 눈부신 그의 저널리즘이다. 만약 다른 것을 사랑했다고 하면 그는 큰 무화과 그늘에서 나이 든 예언자가 되어 있었을 것이다. 평화는 그때 그리스도 위에도 찾아왔음에 틀림없다. 그는 이미 그때에는 마치 고대의 현인들처럼 온갖 타협 아래에 미소 짓고 있었을 것이다. 그러나 운명은 행인지 불행인지 그에게 이런 편안한 만년을 가져다주지 않았다. 그것이 수난이란 이름으로 주어진다고 해도 실로 그의 비극이었으리라. 하지만 그리스도는 이 비극 때문에 영원히 젊디젊은 얼굴을 하고 있다.

• 그리스도의 지갑

이런 그리스도의 수입은 대충 저널리즘에 의한 것이다. 하지만 그는 '내일 일을 위하여 염려하지 말라'라고 할 정도로 보헤미안이었다. 보헤미안?——우리들은 여기에서도 그리스도 속의 공산주의를 보는 것이 어렵지 않다. 그러나 그는 어쨌든 그의 천재가 비약하는 대로 내일 일을 돌아보지 않았다. 〈욥기〉를 쓴 저널리스트는 어쩌면 그보다 웅대했는지도 모른다. 그러나 그는 〈욥기〉에 없는 부드러움을 몰래 집어넣는 수완을 가지고 있었다. 이 수완은 적지 않게 그의 수입을 도왔을 것이다. 그의 저널리즘은 십자가에 달리기 전에 최고의 시가를 점하고 있었다. 그러나 그의 사후에 비하면,——실제 미국 성서공회는 신성하게도 매년 이익을 남기고 있다…….

• 어떤 때의 마리아

그리스도는 이미 열둘에 그의 천재를 나타내었다. 그의 전기 작가인 한 사람,——누가의 말에 의하면 '아이 예수는 예루실렘에 머무셨더라. 그 부모는 이를 알지 못하고 사흘 후에 성전에서 만난즉 그가 선생들 중에 앉으사 저희에게 듣기도 하시며 묻기도 하시니 듣는 자가 다 그 지혜와 대답을 기이히 여기더라.' 이것은 논리학을 배우지 않고 논리에 뛰어난 학생 시대의 스위프트와 같다. 이 같은 조숙한 천재의 예는 물론 온 세계에 흔하지는 않다. 그리스도의 부모는 그를 발견하고 '너를 찾았노라'고 말했다. 그러자 그는 의외로 아무렇지도 않은 듯이 '어찌하여 나를 찾으셨나이까. 내가 내 아버지 집에 있어야 될 줄을 알지 못하셨나이까'라고 했다. '하지만 양친이 그 하신 말씀을 깨닫지 못하더라'라는 것도 아마 사실에 가까웠을 것이다. 하지만 우리들을 움직이는 것은 '그 모친은 이 모든 말을 마음에 두니라'라는 한절이다. 아름다운 마리아는 그리스도가 성령의 아들인 줄을 알고 있었다. 이때에 마리아의 마음은 안쓰러움과 동시에 애처로움이었다. 마리아는 그리스도의 말 때문에 요셉에게 부끄러워하지 않으면 안 되었다. 그리고 그녀 자신의 과거도 생각해 보지 않으면 안 되었다. 최후로——어쩌면 인기척이 없는 밤중에 갑자기 그녀를 놀라게 했던 성령의 모습도 떠올렸는지 모른다. '인간은 전무全無, 일은 전부全部'라고 한 플로베르의 기분은 어린 그리스도 속에도 넘치고 있었다. 그러나 목수의 아내였던 마리아는 이때에도 어두컴컴한 '눈물의 골짜기'로 향하지 않으면 안 되었을 것이다.

• 그리스도의 확신

그리스도는 그의 저널리즘이 언젠가 많은 독자에게 인기가 있을 것임을 확신했다. 그의 저널리즘에 위력이 있었던 것은 이런 확신이 있었기 때문이다. 따라서 그는 최후의 심판,——즉 그의 저널리즘이 승리할 것도 확신하고 있었다. 그러나 이런 확신도 때때로 흔들리지 않는 것은 아니었다. 그러나 대체로는 이 확신 위에서 자유로이 그는 저널리즘을 공공연히 했다. '어찌하여 나를 선하다 일컫느냐. 하나님 한분 외에는 선한 이가 없느니라'——이것은 그의 심중心中을 정직하게 이야기하는 것이다. 그러나 그리스도는 그 자신도 '선한 이'가 아니라는 것을 알면서 시적 정의를 위해서 싸웠다. 그의 확신은 사실이 되었지만, 물론 그의 허영심이기도 하다. 그리스도도 또 모든 그리스도들처럼 언제나 미래를 꿈꾸고 있는 초바보의 한사람이었다. 만약 초인이라고 하는 단어에 대해서 초바보라는 말을 만든다면……

• 요한의 말

'보라 세상 죄를 지고 가는 하나님의 어린양이로다. 내 뒤에 오는 사람이 있는데 나보다 앞서니라.——세례 요한은 그리스도를 보고 그의 주위에 있던 사람들에게 이렇게 이야기했다고 전해진다. 벽 위에다 스트린드베리의 초상을 걸고 '여기에 나보다도 나은 자가 있다'고 했던 다부진 입센의 마음은 요한의 마음과 비슷할 것이다. 여기에 가시에 가까운 질투보다도 오히려 장미꽃을 닮은 이해의 아름다움을 느낄 뿐이다. 이런 나이 어린 그리스도가 얼마나 천재적이었던가는 말하지 않아도 좋다. 그러나 요한도 역시 이때에는 최고로 천재적이었다. 마치 키가 작은 요르단의 갈대가 한들한들 별을 애무하고 있는 것처럼……

• 어떤 때의 그리스도

그리스도는 십자가에 달리기 전에 그의 제자들의 발을 씻어 주었다. '솔로몬보다도 더 큰이'라고 스스로 자처하던 그리스도가 이 같은 겸손을 보인 것은 우리들의 마음을 감동시키지 않을 수 없다. 그것은 그의 제자들에게 교훈을 주기 위한 것은 아니었다. 그도 그들과 다름없는 '사람의 아들'이었다는 것을 느꼈기 때문에 스스로 그런 행위를 한 것이다. 그것은 요한이 그리스도를 보고 '보라 하나님의 어린 양이로다'고 한 것보다도 장엄하다. 평화에 이르는 길은 어느 누구나 그리스도보다도 마리아에게 배우지 않으면 안 된다. 마리아는 오직 현세를 인내하며 걸어갔던 여인이다. (가톨릭교는 그리스도에 도달하기 위하여 마리아를 통하는 것이 상식으로 되어 있다. 그것은 반드시 우연이 아니다. 바로 그리스도에 도달하려는 것은 인생에게는 언제나 위험하다.) 어쩌면 그리스도의 어머니였다고 하는 이외에는 소위 보도 가치가 없는 여인이었다. 제자들의 발까지 씻어준 그리스도는 물론 마리아의 발아래 꿇어 엎드렸을 것이다. 그러나 그의 제자들은 이때도 이해하지 못했다.

"너희는 이미 깨끗하였으니."

그것은 그의 겸손 중에 사후死後에 승리할 그의 희망 (혹은 그의 허영심)이 하나로 녹아 있던 말이다. 그리스도는 사실상 역설적으로 바로 이 순간에는 그들에게 뒤떨어져 있음과 동시에 그들보다 백 배 뛰어나 있었다.

• 최대의 모순

그리스도 일생의 최대 모순은 그가 우리들 인간을 이해하고 있음에도 불구하고 그 자신을 이해할 수 없었다는 것이다. 그는 닭이 울기 전에 베드로마저 세 번 그리스도를 모른다고 할 것을 알고 있었다. 그의 말은 그 외에도 우리들 인간이 얼마나 약한지를 가르치고 있다. 그러나 그는 그 자신도 역시 약하다는 것을 잊고 있었다. 그리스도의 일생을 배경으로 한 그리스도교를 이해하는 것은 이 때문에 하나하나 그의 행위를 '예언자 X·Y·Z로 하신 말씀을 이루려 하심이니'라는 궤변을 쓰지 않으면 안 되었다. 뿐만 아니라 결국 이와 같은 궤변이 낡은 화폐가 된 뒤에는 모든 철학이나 자연과학의 힘을 빌지 않으면 안 되었다. 그리스도교는 결국 그리스도가 만들었던 교훈주의적인 문예에 지나지 않는다. 만약 그의 (그리스도의) 낭만주의적 색채를 제하면 톨스토이 만연의 작품은 이 고대 교훈주의적인 작품에 가장 가까운 문예일 것이다.

• 그리스도의 말

그리스도는 그의 제자들에게 '사람들이 인자를 누구라 하느냐'라고 물었다. 이 물음에 답하는 것은 어렵지 않다. 그는 저널리스트임과 동시에 저널리즘 속의 인물――혹은 '비유'라고 불리는 단편소설의 작가임과 동시에 《신약전서》라고 불리는 소설적 전기의 주인공이었다. 우리들은 많은 그리스도들 중에서도 이런 사실을 발견할 것이다. 그리스도도 그의 일생을 그의 작품 색인에 붙이지 않고는 안 되는 한 사람이었다.

• 외로운 몸

'예수께서…… 한 집에 들어가 아무도 모르게 하시려하나 숨길 수 없더라.' 이 마가의 말은 또 다른 전기 작가의 말이다. 그리스도는 자주 숨으려고 했다. 하지만 그의 저널리즘이나 기적은 그에게로 사람들을 모이게 했다. 그가 예루살렘으로 향했던 것도 베드로가 그를 '메시아'라고 불렀던 영향이 전혀 없는 것은 아니다. 그러나 그리스도는 열두 제자보다도 감람나무 숲이나 바위산 등을 사랑했다. 더구나 저널리즘이나 기적을 행했던 것은 그의 성격의 힘이다. 그는 여기서도 우리들처럼 모순을 범하지 않고서는 안 되었다. 하지만 저널리스트가 된 후, 그가 고독을 사랑했던 것은 의심의 여지가 없는 사실이다. 톨스토이는 그가 죽을 때, '온 세상에 고통을 당하고 있는 사람들은 많다. 그런데 왜 나만 소란을 피우는가?'라고 했다. 이 명성이 높음과 동시에 스스로 편안하지 않은 마음은 우리들에게도 결코 없는 것은 아니다. 그리스도는 명성 있는 저널리스트가 되었다. 그러나 때때로 목수의 아들이었던 옛날을 그리워하고 있었는지도 모른다. 괴테는 이런 심정을 파우스트를 통해 말하고 있다. 파우스트의 제2부 제1막은 실로 이 한숨이 만든 것이라고 해도 좋다. 하지만 파우스트는 다행히도 초화草花가 핀 산 위에 서 있었다……

• 그리스도의 탄성

그리스도는 비유로 이야기한 뒤, '너희가 아직도 깨닫지 못하느냐'라고 말했다. 이 탄성은 역시 자주 되풀이되고 있다. 그것은 그만큼 우리들 인간을 알고, 그만큼 보헤미안적 생활을 계속했던 자에게는 어쩌면 골계滑稽로 보일 것이다. 그러나 그는 히스테릭하게 때때로 이렇게 외치지 않고는 안 되었다. 바보들은 그를 죽인 후에 온 세상에 큰 사원을 짓고 있다. 하지만 우리들은 그 사원에서 역시 그의 탄성을 느낄 것이다. '너희가 아직도 깨닫지 못하느냐?'——그것은 그리스도 한사람의 탄성은 아니다. 후대에도 참혹하게 죽어갔던 모든 그리스도들의 탄성이다.

• 사두개인과 바리새인

사두개인과 바리새인은 그리스도보다도 사실상 불멸의 존재이다. 이 사실을 지적한 것은 '진화론'의 저자 다윈이었다. 그들은 앞으로도 지의류처럼 언제까지나 지상에 생존할 것이다. '적자생존適者生存'은 그들에게는 꼭 들어맞는 말이다. 그들만큼 지상에 적자는 없다. 그들은 아무런 감격도 없는, 부주의도 없는 처세술을 짜내고 있다. 마리아는 아마 그리스도가 그들 중의 한 사람이 아닌 것을 슬퍼했을 것이다. 베토벤이 괴테를 매도한 것은 정말로 괴테 자신 속에 있는 사두개인과 바리새인을 매도한 것이었다.

• 가야바

제사장이었던 가야바에게도 후대의 미움은 모이고 있다. 그는 그리스도를 미워하고 있었을 것이다. 하지만 반드시 이 미움은 그 한 사람에게 있었던 것은 아니다. 단지 그를 내세우는 것은 그리스도를 미워하고 질투한 많은 사람에게 편리했기 때문이다. 가야바는 번쩍 번쩍하게 제사장복을 차려입고 차갑게 그리스도를 바라보고 있었을 것이다. 현세는 여기에 빌라도와 더불어 패기 없는 성령의 아들을 조롱하고 있다. 타오르는 횃불 빛 가운데서…….

• 두 명의 도둑들

그리스도의 죽음이 평판이 좋지 않았던 것은, 그가 십자가에 달렸을 때에 도둑들과 같이 달렸던 것에서도 분명하다. 도둑 중의 한 사람은 그리스도 매도하기를 꺼리지 않았다. 그의 말은 그 자신 속에서 역시 인생을 위해 때려눕혀진 그리스도를 발견한 것을 나타내고 있다. 그러나 또 한 사람의 도둑은 그 보다도 더욱 망상을 가지고 있었다. 그리스도는 그 도둑의 말에 그의 마음을 움직였을 것이다. 이 도둑을 위로했던 그의 말은 동시에 또 그 자신을 위로하고 있다.

"네가 나와 함께 낙원에 있으리라."

후대는 이 도둑에게 그들의 동정을 나타내고 있다. 하지만 또 한 사람의 도둑에게는,——그리스도를 매도했던 도둑에게는 경멸을 나타내는 데에 불과하다. 그것은 정말 그리스도가 가르쳤던 시적 정의의 승리를 나타내는 것이다. 하지만 그들은,——사두개인과 바리새인은 오늘날에도 몰래 이 도둑에 찬성하고 있다. 사실상 천국에 들어가는 것은 그들에게 무화과나 참외 즙을 마시는 것만큼 중대하지 않다.

• 병사들

병사들은 십자가 밑에서 그리스도의 옷을 서로 나누었다. 그들에게는 그가 옷 외에 가지고 있었던 것은 보이지 않았다. 그들은 분명 어깨가 넓은 모범적인 병사들이었음에 틀림없다. 그리스도는 그들을 내려다보고 그들의 소행을 경멸했을 것이다. 그러나 또 동시에 시인했을 것이다. 그리스도는 그리스도 자신 외에 우리들 인간을 이해하고 있다. 그가 가르쳤던 말에 의하면 감상주의적 영탄은 그리스도가 가장 싫어했던 것이었다.

• 수난

십자가에 달린 그리스도는 다소 허영심을 가지고 있긴 했지만, 그에게 육체적 고통과 더불어 정신적 고통도 덮쳤을 것이다. 특히 십자가를 지켜보고 있던 마리아를 바라보는 것은 괴로웠다. 하지만 그는 '엘리 엘리 라마 사박다니'라는 필사의 소리를 지른 후에도(설령 그것은 그가 사랑하는 찬송가의 한 절이었다고 하자) 그의 숨이 끊어지기 전에는 무언가 '아' 하고 소리를 질렀다. 우리들은 이 '아' 소리 중에 죽음에 임박한 힘을 느낄 따름이다. 그러나 마태의 말에 의

하면 '이에 성소 휘장이 위에서 아래까지 찢어져 둘이 되고 땅이 진동하며 바위가 터지고 무덤이 열리며 자던 성도의 몸이 많이 일어났다. 그의 죽음은 확실히 많은 사람들에게 이와 같이 쇼크를 주었을 것이다. (마리아가 뇌빈혈을 일으켰던 사실을 기록하지 않은 것은 신약성서의 위엄을 존중했기 때문이다.) 그리스도의 일언일행에 영원한 주석을 달고 있는 파피니조차 이 사실은 마태복음을 인용하고 있는 데 불과하다. 그 자신을 속이고 있는 파피니의 시적 정열은 여기에서도 또 본색을 드러내고 있다. 그리스도의 죽음은, 사실상 그의 예언자적 천재를 맹신했던 사람들에게는——그 자신 속에 엘리야를 보았던 사람들에게는 너무나 우리들에게 가까운 것이었다. 따라서 또 불 수레를 타고 천상으로 사라지는 것보다도 두려웠다. 그들은 단지 그 때문에 쇼크를 받지 않을 수 없었다. 그러나 나이들은 제사장은 이 쇼크에 속지 않았다.

"그것, 본 일이잖아!"

그들의 말은 예루살렘에서 뉴욕이나 도쿄에도 전해졌다. 예루살렘을 둘러 싼 감람산들을 가장 산문적으로 뛰어넘으면서.

• 문화적인 그리스도

그리스도가 제자들에게 이해되지 않았던 것은 그가 너무나도 문화인이었기 때문이다. (그의 천재를 별도로 하고서도) 그들 대부분은 적어도 그에게 기적을 구하였다. 철학이 성행했던 마카다국의 왕자는 그리스도보다도 기적을 행하지 않았다. 그것은 그리스도의 죄라기보다도 오히려 유대의 죄였다. 그는 로마의 시인들에게도 뒤지지 않는 일류의 저널리스트였다. 동시에 또 그는 애국적 정신마저 내던져 버리고 돌아보지 않은 문화인이었다. (마가는 마가복음 제7장 25절 이하에 이 사실을 기록하고 있다.) 세례 요한은 그의 앞에 낙타 털옷과 메뚜기와 석청으로 야인의 면목을 드러내고 있다. 그리스도는 요한이 말한 것처럼 세례에 단지 성령을 이용하고 있었다. 그뿐만 아니라 그의 세례(?)를 받은 자는 열두 제자들 외에도 매춘부나 세리나 죄인이었다. 우리들은 이런 사실에도 그에게 부드러운 심장이 있었다는 것을 저절로 발견할 것이다. 그는 또 그가 행했던 기적 중에서 곧잘 예민한 신경을 보이고 있다. 문화적인 그리스도는 십자가 위에서 가장 야만적인 죽음을 당하게 되었다. 그러나 야만적인 세례 요한은 문화적인 살로메 때문에 쟁반 위에 머리가 놓여진다. 운명은 여기에서도 그들에게 역설적인 장난을 잊지 않았다…….

- 가난한 사람들에게

그리스도의 저널리즘은 가난한 사람들이나 노예를 위로하는 것이 되었다. 그것은 물론 천국 따위에 가고자 생각하지 않는 귀족이나 부자에게 그 편이 좋았던 탓도 있을 것이다. 그러나 그의 천재는 그들을 움직이지 않을 수 없었다. 아니 그들만이 아니다. 우리들도 그의 저널리즘 속에 무언가 아름다운 것을 발견해 내고 있다. 몇 번이고 두드려도 열리지 않는 문이 있는 것은 우리들도 역시 모르는 바가 아니다. 좁은 문으로 들어가는 것도 역시 우리들에게는 반드시 행복한 것이 아님을 나타내고 있다. 그러나 그의 저널리즘은 언제나 무화과처럼 달콤함을 가지고 있다. 그는 실로 이스라엘 민족이 낳은 고금에 드문 저널리스트였다. 동시에 또 우리 인간이 낳은 고금에 드문 천재였다. 그 이후에는 '예언자'는 유행하지 않는다. 그러나 그의 일생은 언제나 우리들을 움직일 것이다. 그는 십자가에 달리기 위하여,──저널리즘 지상주의를 세우기 위하여 모든 것을 희생했다. 괴테는 완곡하게 그리스도에 대한 그의 경멸을 나타내고 있다. 마치 후대의 그리스도들이 다소는 괴테를 질투하고 있는 것처럼.──
──우리들은 엠마오의 나그네들처럼 우리 마음을 뜨겁게 하는 그리스도를 구하지 않고는 견딜 수 없을 것이다.

■ 1927. 7.23
[유고]

아쿠타가와 류노스케와 그리스도교

　나는 그럭저럭 십 년쯤 전에 예술적으로 그리스도교를—특히 가톨릭교를 사랑하고 있었다. 나가사키의 '일본의 성모사'는 아직도 내 기억에 남아 있다. 이렇게 말하는 나는 기타하라 하쿠슈나 기노시타 모쿠타로가 뿌렸던 씨를 열심히 줍고 있는 까마귀에 지나지 않는다. 그러고 나서 또 몇 년 전에는 그리스도교를 위하여 순교한 그리스도교 교도들에게 어떤 흥미를 느끼고 있었다. 순교자의 심리는 나에게는 모든 광신자의 심리처럼 병적인 흥미를 주었다. 나는 겨우 요즘 들어서 네 명의 전기 작가가 우리들에게 전했던 그리스도라는 사람을 사랑하기 시작했다. 그리스도는 오늘날 나에게는 길가의 사람과 같이 볼 수 없다.

　이 한절은 아쿠타가와 류노스케와 그리스도교의 관련을 논할 때 자주 인용되는 『서방의 사람』의 「1 이 사람을 보라」의 모두이다. 또 그 보충 자료로서 유고인 『단편』의 「어떤 채찍」도 자주 인용된다.

　나는 연소했을 때, 스테인드글라스나 향로나 콘타스 때문에 그리스도교를 사랑했다. 그 후 나의 마음을 사로잡은 것은 성인이나 복자의 전기였다. 나는 그들의 순교 사적에 심리적 혹은 희곡적 흥미를 느끼고, 또 그 때문에 그리스도교를 사랑했다. 즉 나는 그리스도교를 사랑하면서도 그리스도교 신앙에는 철두철미 냉담했다. 그러나 그것은 그런 대로 좋았다. 나는 1922년 이래, 그리스도교 신앙 혹은 그리스도교도를 조롱하기 위해 가끔 단편이나 아포리즘을 썼다. 더욱이 그들 단편은 역시 언제나 그리스도교의 예술적 장엄함을 도구로 하고 있었다.

이 두 문장을 합하면 아쿠타가와 〈기리시탄모노〉의 분류가 가능해진다. 즉, '그럭저럭 십 년쯤'에 해당하는 1916년, 1917년경의 초기 〈기리시탄모노〉에는 『담배와 악마』(1916.11), 『오가타 료사이 상신서』 (1917.1), 『방랑하는 유대인』(1917.6)이 있다. 또 '몇 년 전'의 중기 작품으로서는 『악마』(1918.6), 『봉교인의 죽음』(1918.9), 『루시헤루』 (1918.11), 『사종문』(1916.10~12), 『기리시토호로 상인전』(1919.3.9), 『주리아노 기치스케』(1919.9), 『검은 옷의 성모』(1920.5), 『남경의 그리스도』(1920.7)가 있다. 또 「어떤 채찍」의 '1922년 이래'는 다이쇼 11년 이래가 되고, 이 후기의 작품으로서는 『신들의 미소』(1922.1), 『보은기』(1922.1), 『나가사키 소품』(1922.6), 『오긴』(1922.9), 『오시노』 (1923.4), 『이토조 상신서』(1924.1), 『유혹』(1927.4)이 있다.

이상 18편의 작품을 〈기리시탄모노〉라고 분류하고, 또 이들을 초기, 중기, 후기의 3기로 나누어서 생각하는 것은 이미 일반적인 설로 되어 있다. 또 이 3기를 각각 특징짓는 시도도 있었다. 사사키 게이 이치에 의하면 초기는 '기리시탄을 남만 취미, 이국취미, 이단적 대상으로 인정하고 있는 작품', 중기는 '순교, 불교와 대립, 기리시탄 긍정, 심미적 경향을 띠고 있다고 인정되는 작품', 후기는 기리시탄에 대해서는 '부정적 내지 명확하게 부정하고 있다고 인정되는 작품'[1]이라고 각 시기의 특징을 기술하고, 이같이 분류한 근거를 앞에서 든 『서방의 사람』의 모두와 「어떤 채찍」에서 인용하고 있다.

　이들 작품이 쓰인 시기적 순서에 따라서 3기로 나누는 데에 무리는 없다. 그러나 그와 같이 이 3기의 작품을 〈남만 취미 수용〉——〈기리시탄 긍정〉——〈기리시탄 부정〉으로 규정함에는 상당한 문제점이 있다. 이같이 생각하는 다수 논자의 일치된 의견은, 아쿠타가와가 본래 그리스도교라는 종교적 과제와 상관할 때는 윤리적, 종교적, 더욱이 전인적인 측면과는 무관한, 소위 심미적, 지적, 기교적인 작가였다는 점이다. 그러나 이는 상당히 편향된 일방적 이해에 지나지 않는다.

　아쿠타가와에게는 〈기리시탄모노〉 이외에 가칭 〈그리스도교 작품〉이라고 부를 수 있는 몇 편의 작품이 있다. 『미친 늙은이』(1911 추정), 『그리스도에 관한 단편』(1914.4 추정)이 그것인데, 이 두 작품은 작가 데뷔 이전의 것으로 그의 그리스도교에 대한 관심이 굴절 없이 나타나 있다. 또 〈그리스도교 작품〉과 다른 일군의 작품은 아쿠타가와 최만년의 것이다. 『톱니바퀴』(1927.10), 『서방의 사람』(1927.8), 『속 서방의 사람』(1927.9), 『암중문답』(1927.9) 등이 그것인데, 이 작품은 죽음을 앞두고 쓴 유고와 같은 성격의 것이어서, 그의 '믿음'의 양태를 쉽게 알아볼 수 있다.

　이 초기의 미정고 2편과 최만년의 3편을 아쿠타가와의 〈기리시탄모노〉와 구별하여, 〈그리스도교 작품〉이라고 부를 수 있다. 〈그리스도교 작품〉이라는 것은 '기리시탄'시대의 가톨릭 신자의 신앙이나 행위만을 소재로 한 것이 아니고, 성서와 넓은 의미에서 그리스도교의 '믿음'에 관계하는 작품의 일군을 의미한다. 따라서 아쿠타가와와 그리스도교를 생각할 때, 『담배와 악마』에서 『유혹』까지의 〈기리시탄 모노〉만을 대상으로 하지 않고 소위 〈그리스도교 작품〉까지 시야에 넣어서 생각한다면 아쿠타가와에게 그리스도교라는 문제도 또 다른 양상으로 떠오른다.

*

작가 데뷔 이전의 아쿠타가와에게는 그리스도교에 깊은 관심을 가졌던 한 시기가 있었다. 최초는 1908·9년경이고, 두 번째는 1914·5년경으로 추정할 수 있다. 그 흔적은 구즈마키 요시토시편 『아쿠타가와 류노스케 미정고집』에 수록된 『미친 늙은이』(1911년경으로 추정)와 『그리스도에 관한 단편』(1914·5년경으로 추정)이다.

『미친 늙은이』에는 아무래도 어린 나이에 쓴 것 같은 소박한 친근감이 있는, 장식 없는 표현이 보인다. 이 작품을 평하여 사토 야스마사가 '이 습작 한 편에, 그의 전 생애를 관통하는――무구한 소형을 본다'[2]라고 한 것도, 이 한 작품 속에 이후에 전개될 아쿠타가와 문학의 원형을 볼 수 있음을 시사하는 말이다.

고군에게 꾀여서 히데바가가 울고 있는 것을 엿보고는 둘이서 킥킥거리고 웃으면서 '이상한 놈이다'라고 비웃었던 자신을 지금에 와서는 부끄럽게 생각한다고 작품은 끝맺고 있다. 이것은 유고 「어떤 채찍」이나 「침」에서 기술한 것과 그대로 결부된다. '즉 나는 그리스도교를 업신여기기 위하여 오히려 그리스도교를 사랑했다. 내가 벌을 받는 것은 반드시 그 때문만은 아닐 것이다. 하지만 나는 그 때문에라도 벌을 받았다고 믿고 있다'는 「어떤 채찍」에 기술한 바이고, 또 '하늘을 향하여 내뱉은 침은 반드시 자기 얼굴에 떨어지지 않으면 안 된다. 나는 이 한 장을 쓸 때도, 한 마음으로 하나님께 염원하고 있다.——"하나님께서 구하시는 제사는 상한 심령이라. 하나님이여, 상하고 통회하는 마음을 주께서 멸시하지 아니하시리이다"'는 「침」에 기술한 바이다. 이렇게 보면 『미친 늙은이』에서부터 일관된 아쿠타가와와 그리스도교, 혹은 종교적 과제에 대한 그의 진솔한 자세를 읽을 수가 있다.

미정고인 『그리스도에 관한 단편』에는 짧은 네 편의 희곡이 수록되어 있다. 「새벽」은 대동소이한 것이 회람잡지 「형제」에도 보이는데, 「형제」와 「새벽」의 차이는, 같은 예수 수난의 기사를 배경으로 하고 있지만, 가혹한 치욕을 묵묵히 참는 예수에 주목하여, '묘한 남자다. 나는 지금까지 저런 놈을 만난 일이 없다'고 악마에게 말하게 하는 점이 「형제」와 차이이다. 이 수난의 예수가 보여준 침묵의 무세를 묘사하는 작자의 감개도 또한 깊다. 「막달라 마리아」에서 아쿠타가와의 주안은, 보통 인간의 힘을 넘어서 인간을 끌어들여, 인간의 마음을 포로로 만드는 예수의, 초자연적인 힘에 대한 소박한 놀라움에 있다. 이것은 또 정속 『서방의 사람』에서 반복하여 언급하는, 그리스도는 비할 데 없는 저널리스트, '그는 실로 이스라엘 백성이 낳은, 고금에 드문 저널리스트'라고 하고, 또 '고금에 드문 천재'였다는 점에 그대로 연결된다. 「PIETA」에는 고난을 웃음으로 넘기고, 죽음마저 승리하고 부활한 예수에게 아쿠타가와가 상당한 관심을 보이고 있었음을 잘 나타내고 있다. 「살로메」에서는 친구와 대화를 통하여, 성서가 이야기하는 점을, 소위 살로메의 내면에 작가 자신을 오버랩하여 그리고 있다. 일부러 '나'라는 내레이터 속에서 아쿠타가와가 이 장면을 현대에 맞추고, 또 자기 자신에게 오버랩하여 이야기하고자 하는 강한 충동이라고 할 무엇을 느낄 수 있다.

심미적 작가라고도 하고, 지적 작가라고도 불리는 아쿠타가와의 밑바닥에는 이와 같이 '믿음'의 세계에 대한 뜨거운 공감과 관심이 있었다는 것을 놓쳐서는 안 된다. 이 아쿠타가와의 마음속에 저류하는 것이 후일 문단 등장 이후 그의 마음의 움직임과 어떻게 관련되는가. 그 내적 갈등·상극이야말로 그의 기리시탄모노, 그 뿐만 아니라 그 외의 작품을 보는 하나의 시각으로서 매우 중요한 점임에는 틀림없다.

*

'믿음'에 대한 소박한 관심을 보이고 있던 아쿠타가와가 작가로서 데뷔한 이후에는 그리스도교를 예술적, 심미적 필치로 그린다. 예를 들자면 사사부치 도모이치는 '(기리시탄모노는) 아쿠타가와의 주체적 문제에는 조금도 관계가 없는, 따라서 그리스도교의 본질에도 전혀 접한 일이 없는, 소위 스테인드글라스 속의 한 풍경인 엑조티시즘의 대상'[3] 밖에 아무 것도 아니었다는 비판을 하게 된다. 『담배와 악마』,

『악마』, 『루시헤루』 등이 여기에 해당되는 작품이다.

> 그는 한번 이 범종 소리를 듣고는 성 바울 사원의 종소리를 듣는 것보다
> 도 한층 불쾌하게 얼굴을 찡그리며 공연히 밭을 파헤치기 시작했다. 왜냐하
> 면 이 태평스러운 종소리를 듣고 이 따뜻한 일광을 쪼이고 있으면 이상하게
> 마음이 느슨해져 온다.

위 문장은 『담배와 악마』의 한절로, 여기에 아쿠타가와 특유의
비교 문화적 고찰, 바꾸어 말하자면, 자기류의 문화비평을 암암리에
작품 속에 넣으려는 의도가 보인다. '범종'과 '성 바울 사원의 종소리'
의 비교에는 동과 서, 구와 신, 불교와 그리스도교의 대비가 있고,
또 설령 악마라고 해도 풍토, 환경은 거역할 수 없고 동화되어 버림
을 나타낸다. 이 풍자는 도덕과 풍토의 상관성을 시사하는 것으로,
이후에 쓰인 『신들의 미소』에 연결되는 주제이기도 하다. 이 비교
문화적 시점의 문명비평은 아쿠타가와 〈기리시탄모노〉의 주제의 하
나이다. 이 같은 비교 문화적인 탁월한 비평은 아쿠타가와가 단순히
하쿠슈나 모쿠타로의 아류가 아님을 증명한다.

『담배와 악마』에는 또 하나의 주제가 있다. '그리고 보면 소장수
의 구원이 일면 타락을 동반하고 있는 것처럼, 악마의 실패도 한편
성공을 동반하고 있는 것은 아닌가', '유혹에 이겼다고 생각할 때도
인간은 의외로 지는 일이 있지는 않은가'라고 하는 것과 같이 선과
악의 짓궂은 관계가 강조되어 있다. '자신에게는 선과 악이 상반적이
아니라 상관적으로 되어 있는 듯한 느낌이 든다'(1914.1.21 쓰네토 교

에게)는 아쿠타가와 고유의 선악상관의 인식과 얽혀, 〈기리시탄모노〉 첫 작품인 『담배와 악마』는 쓰이게 되고, 이것이 『악마』, 『루시헤루』, 『보은기』로 통하는 테마가 된다.

'저는 저 공주를 타락시키려고 생각했습니다. 그러나 그와 동시에 타락시키고 싶지 않다고도 생각했습니다', '타락시키고 싶지 않은 것일수록 더 타락시키고 싶습니다'는 『악마』의 한절이고, '오른쪽 눈은 "인헤르노"의 무간 지옥의 어두움을 본다고 하지만, 왼쪽 눈은 지금도 "하라이소"의 빛이 아름답다고 항상 천상을 바라보오'는 『루시헤루』의 한절이다. 여기에서 공히 악마는 다름 아닌 '인간의 마음'의 내실, 또는 그 모순 자체를 그렸고, 더욱이 악마인 '인간의 마음'에는 선과 악이 하나가 되어 존재함을 이야기하고 있다.

『방랑하는 유태인』은 어떠한가. '죄를 알면 저주도 받는다', '벌을 받으면 속죄도 있기에'라는 것은 그의 서간과 궤를 같이하여, '총명'함을 가지고 있는 인간만이 '괴로움'을 맛보고, '괴로움'을 맛본 인간만이 구원을 얻는다는 선악상관을 이야기하는 것이다. 이것은 그대로 중기에 쓰인 『보은기』에도 연결되어, 야사부로가 말하는 '진나이를 돕는 동시에 진나이의 명예를 죽이고, 한 집안의 은혜를 갚음과 동시에 저의 한을 푸는' 점에서 선악상관의 인식이 여기에서도 선명하게 그려져 있다. 이것은 실로 사도 바울이 '그러므로 내가 한 법을 깨달았노니, 곧 선을 행하기 원하는 나에게 악이 함께 있는 것이로다'(「로마서」 제7장 21절)라고 고백하고 있는 점과 상통한다.

아쿠타가와의 〈기리시탄모노〉는 단순히 엑조티시즘에 머무르지 않는다. 『봉교인의 죽음』에서는 순교의 감동을, 『오가타 료사이 상신서』와 『오긴』에서는 기교의 애통을 자신의 일처럼 그리고 있다. 『봉교인의 죽음』을 평하여 미요시 유키오는 '그리스도교 신앙에 대한 종교적 감동도 아니고, 박해를 견디는 순교의 찬미도 아니다'고 하며, '말하자면 인생에 충실했던 순간을 살 수 있었던 행복한 인간과, 그 행복한 인간에 대한 자기 자신의 감동을 그렸다'[4]고 한다. 그러나 원전인 「성마리나」와 달리 『봉교인의 죽음』에 작자가 창조적으로 첨가해 그려 넣은 것은 나가사키의 큰 화재의 장면이며, 맹화 속에서 자기 자식이 살기를 바라는 모친의 친자에 대한 정[필리아]을, 이 미워해야 할 여자아이를 생명을 걸고 구하고, 스스로는 화상을 입고 생사를 가늠할 수 없는 상태가 된 로렌조의 묘사이다. 원전과 너무나 다르게 작품 속에서 그리고자 했던 이 클라이맥스 장면에서 순교[아가페]에 대한 생각을 작자는 조금도 감추지 않는다. 그뿐만 아니라 작자는 순교의 우연함을 피하기 위하여 용의주도한 복선까지 준비하고 있다. 로렌조가 파문을 당해 교회에서 추방될 때, 형제와 같이 지내던 시메온이 로렌조를 쓰러 넘어뜨렸지만, 로렌조는 일어나자 눈물 머금은 눈으로 하늘을 우러러보면서 '주님 용서하시옵소서. 시메온은 자기의 소행도 분별치 못하는 자이옵니다'라고 부르르 떠는 목소리로 기도하는 한절에는 십자가 위의 예수의 최후의 기도인 '아버지, 저들을 사하여 주옵소서. 자기들이 하는 것을 알지 못함이니이다'(누가복음 제23장 34절)에서 따온 흔적이 역력하며, 이것은 그야말로 아쿠타가와의 순교에 대한 감동의 소재를 증명하는 것이다. 그뿐만 아니라 작자가 한층 격앙된 목소리로 '너무나 아름다운 소년의 가슴에는 타서 찢어진 옷 틈새로 깨끗한 유방이 옥과 같이 드러나 있지 않은가'라고 맹화 속에 비춰진 로렌조의 여인 몸매에 대한 에로스의 감촉도 선명하게 표현하고 있다. 여기에는 필리아, 아가페, 에로스라는 사랑의 세 가지 형태를 하나로 묶어 작자는 무언가를 이야기하고자 한다.

순교에 대한 감동을 그렸던 작자에게는 『오가타 료사이 상신서』, 『오긴』에서 기교의 애절함을 그려 뜨거운 데가 있다. 『오가타 료사이 상신서』에서 '사종문의 신도라고 하지만 부모 마음 다름없는 모습이 보여 다소 불쌍하게 생각했습니다'는 의사 료사이가 술회한 바이고, '한번 배교한 이상 저의 혼과 몸은 공히 영영세세토록 망한다고 합니다'는 모친 시노의 말이다. 그러나 딸의 목숨을 건지기 위하여 시노는 감히 십자가를 세 번 밟는다. 그러나 그 보람도 없이 딸의 목숨을 건지지 못함을 알고 '딸의 목숨과 데우스 여래 둘 다 잃어버리는 꼴이 되었습니다'라고 후회하며 탄식한다. 시노의 고뇌를 그리는 작자의 필치는 억제되어 있으면서도 그 사이로 침통함이 스며나온다. 아마 작자가 묻고자 하는 바는, 딸의 생명을 버리고라도 가르침을 지킬 것인가. 그 때문에 믿음을 버린 모친을 누가 배교자로서 재단할 것인가. 더욱이 제도로서의 배교를 재단하는 거기에 육적인 사랑[필리아]을 뛰어넘는 아가페는 얻어지는가 하는 근원적인 물음이 있다.

『오긴』에서는 실부모가 불교도로 죽어서 지옥에 떨어져 있는 이상, 자기만 천국에 들어갈 수 없어 기교한다는 오긴에게 작자는 "'유인이 된 하와의 자식", 모든 인간의 마음'을 보고 있다. 이 한절에, 이교도에게는 구원은 없고 지옥에 떨어질 수밖에 없다는 종교적 도

그마를 인간 보편의 문제로서 받아들일 수 있는가 하는 물음이 그 근저에 있다. '모든 인간의 마음'이라는 문제는 한 종교의 신앙이나 교의의 외부에 있는 자의 문제만이 아니라, 한 인간의 심정을 관통하는 모든 사람의 마음속의 움직임을 포괄하는 문제가 된다. 이 때 아가페, 에로스, 필리아라는 심정의 수직구조에서 인간성의 근원으로서의 필리아의 역할이 물어진다. 여기에서 작자는 기교와 순교를 등가에 두고, 그 감동의 뜨거움을 동일한 벡터로 그려내고 있다.

근대 지식인의 최첨단에 서 있던 아쿠타가와에게 인식의 능력이 없는 자, 즉 우인은 그가 강렬하게 동경심을 품었던 인간상이었다. 천하무쌍의 강자를 찾다가, 악마보다도 강하다는 예수 그리스도야말로 받들어 모실 강자라고 믿은 레푸로보스를 그린 『그리스도호로 상인전』, 그리스도가 상사병으로 죽었다고 믿고 자신과 같은 고뇌를 이해해 주리라고 생각하여 기리시탄이 되어, 책형을 받게 되는, 아쿠타가와가 '내가 가장 사랑하는 신성한 우인'이라고 한 기치스케를 그린 『주리아노 기치스케』, 그리스도가 남경에 내려와 자기의 병을 치유하는 기적을 행하셨다고 믿는 금화를 그린 『남경의 그리스도』가 이 일군의 작품이다.

『그리스도호로 상인전』의 주인공 레푸로보스는 아쿠타가와가 동경한 인물상이었음에 틀림없다. 이 레푸로보스의 일생은 오로지 강한 자를 찾아서 달려온 도정이다. 레푸로보스 자신은 자신이 추구하는 세계를 자각할 만큼 영리하지 못하였다. 세상모르는 인간이었다. 그 순진하고 소박한 인간성 때문에 생애의 최후에 하나님과 만나고, 하나님이 사랑하는 자가 될 수 있었던 '심령이 가난한 자' 즉 '신성한 우인'이었다. 동시에 여기에는 아쿠타가와의 무구한 신뢰와 순진 소박함에 대한 한없는 동경과 희구가 들어있음은 말할 나위도 없다. 호리 다쓰오가 스승인 아쿠타가와를 평하여 '그는 모든 것을 보고, 사랑하고, 이해했기 때문에 "잡다"하다'⁵고 술회한 바 있지만, 과연 아쿠타가와의 비극의 하나는 이 '잡다'함, 바꾸어 말하자면 아쿠타가와 자신의 박식, 다재가 거꾸로 그를 괴롭혔음에 틀림없다. 그는 그의 지식, 지력의 압박이 무거우면 무거울수록 그 반대의 극점인 '우인'의 세계를 찾지 않으면 안 되었다는 것을 이 작품은 여실히 이야기하고 있다.

『주리아노 기치스케』에서 핵심은 포도대장과 기치스케의 문답에 있는데, 이 문답 속에 기치스케가 진술하는 내용은 분명히 기괴하며 황당무계하다고 할 수밖에 없다. 이 우직한 '믿음'의 모습을 통하여 작자가 이야기하고자 하는 것은 무엇일까. 이것을 푸는 열쇠는, 분출하여 돌아온 기치스케가 이미 유부녀가 되어 있는 가네에 대하여 '기르는 개보다도 더욱 충실했다'라고 하는 점에 있다. '특히 딸인 가네에 대해서는'이라는 한마디는 이미 사랑의 정념은 보다 높은 대자에 대한 정화된 사랑이 되어 그의 속에 태어났음을 말한다. 작품의 끝부분에 '베렌국의 왕자님, 지금은 어디에 계시옵니까? 찬양 드리옵니다'라는 기도도 또 종문신의 수난에 자기 동화를 고하는 것이다. 이 기치스케의 '믿음'의 내실을 기술하여, 아니, 만들어내어 아쿠타가와가 이야기하고자 하는 것은 무엇인가. 그것은 손바닥을 뒤집으면 근대인은 믿어야할 어떠한 신도 구원의 주체도 가지고 있지 않는, 공허한 존재라는 것이 된다. 이 때 '믿음'이라는 것은 만들어진 어떤 교의에 있는 것이 아니라, 아무리 황당무계하더라도 믿어서 의심치 않는 '믿음'의 행위 그 자체에 있다고 하는 것 외는 다름 아니다.

『남경의 그리스도』의 「1」, 「2」는 금화의 신상 설명으로, 다음을 묘사하려고 설정되었다. 즉 금화는 나이 어린 소녀의 봄으로 매춘이 천업인 줄은 알고 있으면서도 그것을 악 혹은 죄로서는 인식하고 있지 않다. 그러던 어느 날 밤 금화는 무뢰한 혼혈아를 그리스도로 착각하고 하룻밤 연애의 환희를 느낀다. 이 장면에서 작자는 금화에게 무한한 애정을 불어넣어 그리고 있다. 즉 가타오카 뎃페이의 '아쿠타가와의 로맨티시즘의, 최고의 표현을 우리들은 『남경의 그리스도』에서 본다'[6]는 것은 이것을 이야기하는 것이고, '자네 자신 그러한 마음을 느낄 정도 잔혹한 인생을 대한 일은 없는가'(1920.7.15 난부 슈타로에게)라고 아쿠타가와가 난부의 작평을 반문한 곳에서도 그것이 역력하게 나타나 있다. 금화는 스스로 채웠던 긴 금기를 깨고 손님을 십자가의 그리스도와 '꼭 닮았다'는 이유 하나로 몸을 맡기고, 그리스도가 병을 고쳐주었다고 확신하는, 아쿠타가와가 계속 써 온 소위 '신성한 우인'의 한 사람이었다. 그러나 「3」에서 작자는 그 '믿음'의 허망함을 찌르는 이지의 역할도 놓치지 않는다. 하지만 아쿠타가와가 '이성이 나에게 가르쳐주었던 것은 마침내 이성의 무력이었다'(「이성」 『난쟁이의 말』)고 술회한다. 이것은 또 이 작품이 묘사하는 점과 무관하지 않다. 『남경의 그리스도』에서 작자가 이야기하고자 하는 점은 분명하다. 하나는 '우인'에 대한 한없는 동경과, 또 하나는 이 세계를 재단하고자 하는 자신의 이성의 한계에 대한 자각이다.

『검은 옷의 성모』에서는 조모가 손자의 병을 낫게 하려고 성모에게 기도한다. '하다못해 제 목숨이 있는 한 모사쿠의 생명을 구해 주십시오', '어쨌든 제가 눈을 감기까지라도 좋으니 죽음의 천사의 칼이 모사쿠의 몸에 닿지 않도록 자비를 내려 주십시오'라고 기도하는 한가운데, 손자에게 향하여야 할 사랑은 부지불식간에 자신의 생명의 안존으로 향하여 타인에 대한 사랑 대신에 자기에 대한 사랑, 즉 에고이즘이 순박한 기도 속에 숨어들어 있음을 그린다. 작품의 끝 부근에 모사쿠의 죽음을 고하는 말에 이어, '마리야 관음은 약속대로 조모의 생명이 있는 동안 모사쿠를 죽이지 않고 두었던 것입니다'라는 한절을 덧붙이고, 또 마지막의 조각 받침에 쓰인 라틴문자에 '너의 기도, 신이 정한 것을 움직일 수 있다고 바라지 말라'고 주를 첨가해 두었던 점에서 작자는 주제의 소재를 강하게 나타낸다고 볼 수 있다. 소박한 신앙, 혹은 신심 속으로 부지불식간에 숨어드는 에고이즘의 소재로 향하는 아쿠타가와의 눈에는 차갑기까지 한 예리함이 있다.

『오시노』에서는 자기 아들의 생명을 구하고자 신부를 찾아간 오시노가 십자가 그리스도의 연약함을 알고 이에 실망하여 거친 욕설을 신부에게 퍼붓고는 사라져간다. 이 소품 중에서 작자가 이야기하고자 하는 점은 분명하다. 그것은 양자는 생각도, 이해도, 입장도 무엇 하나 서로 맞지 않다는 것이다. 따라서 작자는 이 양자의 주고받는 말을 거의 골계라고 해도 좋을 만큼 냉랭하게 감정 없이 그려 보인다. 최후에 오시노가 그리스도를 가리켜 '겁쟁이'라고 한 심한 반발은 그 모든 것을 나타내는 것이지만, 그 비판조차 신부의 가슴에는 와 닿지 않고 단지 신부를 아연실색하게 할뿐이다. 물론 신부의 설교도 오시노의 마음에 닿아있지 않다. 또 작자는 양자의 생각이 다름을 그리는 그 가운데서 이 작품의 또 하나의 주제를 드러내고 있다. 그것은 교만하고 고압적인 그리스도교에 대한 오시노의 통렬한 비판이다.

『이토조 상신서』에는 두 가지의 테마가 있다. 하나는 골계화의 이면에 숨은, 일본의 열녀라고 하는 호소카와 부인의 진실한 모습을 추구하는 것이다. 여기에는 미즈타니 아키오가 말하는 '아쿠타가와 특유의 우상 기피'[7] 현상도 작용하고 있다. 또 하나는 호소카와 가라시야 부인의 최후가 야유적인 시녀의 눈을 통하여 기술되어 그 '믿음'의 독선이 풍자의 대상이 된다. '너희들은 마음씨가 나빠서 기리시탄 종문에도 귀의하지 않은 채, 미래에는 "인헤르노"라는 지옥에 떨어져 악마의 먹이가 될 것이다. 그 일에 관해서는 오늘부터 마음을 고쳐 천주의 가르침을 지켜라'는 한절에는 종교가 가질 수 있는 모순, 즉 독선이 내재되어 있다. 신임하는 신하들에게 '악마의 먹이'가 되지 않도록 배려하는 자애심의 한가운데 부지불식간에 자신이 믿는 신앙에 의해서만 신하를 구원하고자 하는 배타적 독선이 있다. 이 독선은 오만을 동반한다. 부인 자신에게 매달리는 자만을 구원해 준다고 하는 심리는 각각의 종교가 가진 부의 일면으로서의 오만함을 변하기 어렵다. 아쿠타가와는 그리스도교에 대하여 양면의 인식이 있었다. 그것이 예수와 교회이다. 예수에 대해서는 자신의 선인으로서 마음을 열고 고개를 숙인다. 그러나 제도로서의 교회에 대해서는 매우 비판적이다. 『이토조 상신서』는 이 제도로서의 교회에 대하여 적지 않은 비판을 노정하고 있다고 보아도 좋다.

아쿠타가와가 남긴 문제를 이어받아 자신의 작품 세계에 받아들이고, 특히 『침묵』에서 선명하게 형상화했던 엔도 슈사쿠는 아쿠타가와를 일컬어 '위대한 선인'(『인생의 동반자』)이라고 칭했다. 확실히 아쿠타가와에게는 후의 엔도 슈사쿠가 취급한 동과 서, 그리스도교와 범신사상, 신과 구를 주제로 한 일군의 작품이 있다. 일찍이 『담배와 악마』에서 '범종'과 '성 바울 사원의 종'을 대비시켜, 일류의 문명비판을 보여주었던 아쿠타가와가 이 시기의 작품 중에서는 그것을 보다 선명하게 그리고 있다.

『사종문』에는 나카미카도 쇼나곤의 아가씨라는 '비너스'를 둘러싸고 이것을 초월하고자 하는 풍류인 와카토노와 신앙적인 사랑을 가지고 아가씨와 인간관계를 수립하고자 하는 마리시노법사 사이에서 생기는 대립이 작품의 중심적인 테마로 되어 있다. 이것을 그리스도교와 불교의 마찰 문제로서 보는 것도 가능하지만 여기에는 오히려 그리스도교와 '일본적인 풍토'의 대결이 보다 선명하게 문제점으로 그려져 있다. '외곬으로 신앙심을 잘 일으키는 말하자면 곧은 사람이지. 그래서 내가 세존의 경전도 실은 연가나 같은 것이라고 비웃을 때는 화가 나서 번뇌 외도하는 것은 바로 나라고 거듭거듭 매도했지'라는 데서 마리시노법사의 성격이 잘 나타나 있다. 매우 직정적이고 절대적인 것, 내세적인 것에 가치를 두는 인물로 보인다. 이에 대하여 와카토노는 '이 좁은 장안에도 상전벽해의 변화는 자주 있지. 세상 일체의 법은 그대로 끊임없이 생멸천류하여 찰나도 머문다고 할 것이 없네', '우리들 인간이 만법의 무상도 잊고, 연화장세계의 묘약을 잠시라도 맛보는 것은 단지 사랑을 하고 있는 순간뿐이지……',

'아미타도 여인도 내 앞에서는 모두 우리들의 슬픔을 잊게 해 주는 꼭두각시에 지니지 않아……'라고 한다. 실로 온화 원만하며 연애 삼매가 이 세상에서 지상의 것이고, 어디까지나 현세적인 것, 상대적인 것에 가치를 두는 인생관의 소유자다. 사가의 아미타당 건립일, 요코카와의 스님을 패배시키고 승리에 취해 있는 법사 앞에 유유히 나타난 것은 호리카와의 와카토노였다. 작품은 여기서 중절되어 그 후의 일은 단순한 추측에 지나지 않지만 여기에 이르러 와카토노와 법사의 대결은 불가피하고 양자의 승패가 물어진다. 이 두 사람의 대결의 상징은 사랑의 정념을 둘러싼 에로스적 갈등과 종교적 에토스를 둘러싼 이원의 상극이라고도 하지만, 이것은 오히려 서양의 신과 일본의 미의식의 대립으로 보는 쪽이 타당하다. 이 대결의 결말다운 것은 『신들의 미소』에 그대로 연결되어 신들의 광연의 환상에 괴로움을 당하는 오르간티노의 귀에 '이 나라의 영과 싸우는 것은……', '지지요'라고 하는 장면에서 훌륭하게 묘사되어 있다.

　『신들의 미소』는 아쿠타가와의 〈기리시탄모노〉 중에서도 문명 비판적인 주장이 가장 단적으로 나타나 있는 작품이다. 엔도 슈사쿠는 '이 『신들의 미소』의 무서움은 아쿠타가와 류노스케가 노인의 입을 빌어, 어떤 외국의 종교도 사상도 거기에 이식되면 그 뿌리가 썩어 그 실체는 소멸하고, 외형만은 확실히 옛날 그대로이지만 실은 사이비로 바뀌어버리는 일본의 정신적 풍토를 지적하고 있는 점이다'[8]라고 술회하며, 이 한 작품의 주제를 분명하고도 적확하게 표현하고 있다. 또 여기에 후쿠타 쓰네아리가 말하는 '일본적 우정'도 베어 나온다. '유야무야하는 가운데 삼켜버리고 마는 희미한 안개와 같은 일본의 풍토[9]에 향수를 느끼는 아쿠타가와의 심정이 잘 나타나 있다. '데우스가 이길 것인가, 오히루메무치가 이길 것인가'는 작자 자신도 '그것은 아직 현재로서는 용이하게 단정할 수 없을는지 모른 다'고 하지만 이 작자의 물음에 대한 대답은 『나가사키 소품』의 '정 말 일본산 남만 물건에는 서양산 물건에는 없는 독특한 맛이 있지요' 라고 하여, 서양과 대결에서 이미 승리한 일본, 게다가 '거기에서 오 늘날의 문명도 태어났지요. 장래는 보다 위대한 것이 태어날 거구요' 라는 대화에서 아쿠타가와 사고방식의 하나의 결론을 볼 수 있다. 여기서는 서양적인 것의 일본화를 시인하는 태도를 아쿠타가와는 명 확하게 하고 있다.

아쿠타가와의 〈기리시탄모노〉가 오직 기리시탄취미, 엑조티시즘, 호사벽만이 아니라는 증좌로 작가 이전의 일련의 작품군을 들었는 데, 또 하나의 증거는 죽음을 앞에 둔 최만년의 작품군에 있다. 『유 혹』, 『톱니바퀴』에서 아쿠타가와는 죄 많은 자신의 영혼을 응시하고 있다. '죄'에 대한 인식, 그것은 아쿠타가와가 최만년이 되어서 또렷 이 본 인간의 실상이다.

47개의 장면으로 나누어져 있는 『유혹』은, 배경이 된 장소와, 거 기에서 행해지는 인물의 행동에 의해, 다시 다섯 단으로 나눌 수 있 어 분명한 구성을 가진 작품이라고 할 수 있다. 주인공 산세바스치 안은 굳게 신앙을 지키고 있지만, 무언가에 의해 차례차례로 유혹을 당한다. 홍모인의 선장과 만나 망원경을 보도록 권유 당한다. 거기에 보이는 것은 인간의 추악함이다. 이 인간의 추악함이란 한 사람 산 세바스치안만의 것이 아니라 아쿠타가와 자신의 것이고, 인간이 보편적으로 공유하는 근원적인 것이다. 그리고 이 작품의 끝부분에, '주인은 마침 문을 열고 누군가를 막 보내었다. 이 방 구석 테이블 위에는 술병이랑, 술잔이랑, 트럼프 등. 주인은 테이블 앞에 앉고 궐련초에 한 개비 불을 붙인다. 그리고 나서 큰 하품을 한다'로 묘사하여 작품을 끝맺고 있다. 그 때 방에서 사라진 '누군가'는 무엇일까. 주인의 얼굴은 저 '홍모인의 선장과 변함이 없다'고 한다. 이것은 명확하게 『신들의 미소』에도 연결된다. 그가 바라보는 십자가가 '강탄의 석가'로 변한다. 또 더욱이 신들의 얼굴 중의 하나로 떠오른 '수난의 그리스도 얼굴'이 '순식간에 네 번 접은 도쿄××신문'으로 변할 때, 이 작품의 어떤 종말적인 현대성도 여기에서 읽을 수 있다. 모든 대립하는 문제가 또 갈등이 항상 변화하고, 용해하고, 사라져 간다. 아니 문제와 갈등이라고 해서는 안 된다. 모든 것은 단지 사라져 가는 이미지와 그림자에 지나지 않는다. 이것이 아쿠타가와가 만년에 주창했던 "'이야기'다운 이야기가 없는 소설'과 합치되는 것은 물론이지만, 오히려 그 주장을 철저히 하고 순화해 가면 아마 이렇게 될 수밖에 없다는 하나의 실험이기도 하다. 레제시나리오라고 하는 대로 확실히 '시나리오'의 한 수법, 형태가 이 작품을 만들어 내었지만, 그러나 이 주제는 명백하게 '기리시탄'에 연결되어, 형태는 바뀌었지만 여기에서도 악마의 유혹을 둘러싼 영육이원의 갈등이 명백하게 보인다.

*

호리 다쓰오는 아쿠타가와의 『톱니바퀴』를 가리켜, '그의 생애 최대 걸작——이라기보다는 가장 오리지널한(개성적인) 걸작이라고 단언함에 주저하지 않는다'고 하고, '그의 병적인 예리한 신경에 닿아오는 것——보통 신경으로는 거의 느낄 수 없는 것——이 얼마나 그의 육체 속에, 그의 영혼 속에 찌릿찌릿한 전파처럼 퍼져가는 것인가가, 가늘게, 그 신경 그 자체처럼 찌릿찌릿한 단어로서 고통스럽게도 쓰여 있다'[10]라고 한다. 확실히 이 『톱니바퀴』는 지금까지의 형식에서 일전하여, "'이야기'다운 이야기가 없는 소설'(『문예적인 너무나 문예적인』) 즉 의식의 흐름을 기술한 것이고, 그 내실에는 존재의 위기에 있는 자신의 심상, 즉 죄와 죽음의 불안에 떠는 인간을 극히 상대화하여 분석적으로 포착하고 있다.

불면증과 신경쇠약에 고뇌하는 '나', 즉 아쿠타가와가 광기 직전의 지옥과 같은 생활을 예감하고, 그것에 의해 벌 받고 있는 자기를 인식하는, 환언하면, 여러 가지 우연한 일치에 의해 집요하게 '나'를 괴롭히는 '복수의 신'의 정체는 무엇인가라는 점에 작품 전반부의 초점은 맞추어져 있다. 이 수많은 우연의 일치는 하나의 중심점을 향하여 총괄된다. 그것은 '나'가 '나'를 조롱하는 '무언가'를 느끼고, 이 '무언가'가 '복수의 신'이라는 것을 깨닫고, 또 그 '복수의 신'은 '어떤 광인의 딸'이라는 것을 인식하기까지 도달 과정이라고 할 수 있다. 그리하여 이 작품 속에 '끝임 없이 나를 노리고 있는', '광인의 딸'은 현실에서는 아쿠타가와에게는 히데 시게코라는 존재이고, 적어도 이 작품 전반에는 이 시게코와 저지른 실수의 후회를 중심으로 한 윤리적인 죄와, 그 죄를 통감하는 아쿠타가와의 모습이 그려져 있다. 그 죄의 한가운데 있는 작자의 입에서 중얼거리는 '하나님이시여, 나를 벌하소서. 화내지 마소서. 대개 나는 망할 것이옵니다'라는 기도는, 성서와 정면으로 부딪히지 않으면 나올 수 없는 것이다. 따라서 이미 작자는 인간관계의 심연까지 내려가 그리스도교와 깊이 관계하면서 실존적으로 자기 자신을 이야기하고 있다고 할 수 있다.

아쿠타가와에게 윤리적인 죄의식은 상당한 고통이었음에 틀림없다. 그러나 이 작품이 단지 윤리적인 죄 때문에 고뇌하는 '나'를 그렸다고 하기에는 너무나도 무겁고 깊은 것이 내재되어 있다. 후반부에서 '나'를 불안하게 하는 것에는 다른 무엇인가가 존재한다. 그것을 용이하게 푸는 것은 쉽지 않지만, '세기말'도 그 한 요소임에 틀림없다. 「5 적광」에 나오는 어떤 노인과의 대화에서는 쇠잔하였으면서도 또한 생생한 세기말의 악마에 잡혀 있는 자아의식의 표백이 보인다. '나'는 노인과 헤어져 밤의 거리를 걸으면서 '라스코르니코프를 떠올리고, 무슨 일이든 참회하고 싶은 욕망을 느낀'다. 그러나 결국 참회는 안 된다. 그래서 실은 '나'는 세기말의 악귀에 붙잡혀버린 원죄적인 죄인임을 깨닫고, 신의 심판을 통절하게 느낀다. 여기에 이르러 '나'는 윤리적인 죄인만이 아닌, 인간의 원천적인 죄, 즉 신에게 등을 돌릴 수밖에 없었던 인간 본유의 죄를 자각한다. 전·후반부가 하나가 되어 아쿠타가와의 윤리적인 죄와, 악마는 믿어도 신을 믿기를 거부하는 세기말이라는 악귀가 쓰인 죄의 공포와 고백과 구원을 구하는 소리가 하나가 되어 울려 퍼져온다.

'죄'를 인식한 아쿠타가와의 눈이 향한 곳은 그리스도였다. 『서방의 사람』에서 말하는 '그리스도는 오늘날 나에게는 길가의 사람'이 아니라, '현대인이 간과하고 거꾸러뜨리기를 주저하지 않는 십자가에 주목하기 시작했다'고 하는 의미 깊은 고백, 더욱이 『속 서방의 사람』의 모두에서 '나는 사복음서 중에서 또렷이 나를 부르고 있는 그리스도의 모습을 느껴', '나의 그리스도를 그려 덧붙이'는 것을 '그만둘 수 없다'고 하는 대목에서도 구원을 바라는 그의 육성이 느껴져, 설령 이 작품을 아쿠타가와 자신의 아날로지로서 보는 견해가 많음에도 불구하고, 죽음을 앞에 둔 그의 '믿음'의 양태가 어떠하였는지를 엿볼 수 있는 계기가 된다.

정속 『서방의 사람』에서 아쿠타가와는 그 일류의 탁월한 그리스도론을 전개하고 있지만, 이 작품에서 아쿠타가와가 그리고자 한 것은 그리스도에 가탁한 자신의 모습이었다고 한다면, 도대체 '그리스도'의 정신적 혈통이란 무엇인가가 물어진다. 동시에 그것은 그대로 아쿠타가와 자신의 자기 해석도 된다. 왜냐하면 아쿠타가와는 '그리스도'를 마리아가 어느 날 밤 성령을 느껴서 낳은 '성령의 아들'이고, 또 '마리아의 아들'로 생각하고 있기 때문이다.

아쿠타가와가 마리아를 '모든 여인들 속에서' 또 '모든 남자들 중에서'라고 표현했을 때, 그것은 우리 인간 모든 일상성 그 자체를 가리키는 것이고, 지상적인 평범함도 의미한다. 그 때문에 '영원히 지키고자 하는 것'이 지상의 일상적 현실 그 자체의 긍정을 의미함은 명백하다. 그것은 이 일상성의 변혁, 또 현실을 넘어서 비상하고자 하는 일체의 낭만적 지향과는 완전히 대극적인 것이다. 이에 대하여 성령을 아쿠타가와는 '성스러운 것'이 아니라, 단지 '영원히 넘고자 하는 것'이라고 하고, 현실을 넘고자 하는 정신의 비상을 성령이라고 부른다. 그는 '다소의 성령'을 '우리들은 바람이나 깃발 속에서도' 느낀다고 한다. 이 '바람'이란 성서 여러 군데에서 보이는 종교적인 의미를 넘어, 일체의 낭만적 정신 그 자체를 의미한다. 또 '성령'이란 『암중문답』에서 말하는 '우리들을 넘는 힘'이고, 『서방의 사람』에서 반복되고 있는 '천재'라고도 그 의미를 붙일 수 있지만, '실생활'에 대한 '정신적 지향'[11] '대중적인 것'에 대한 '지식인'[12]의 상징임에 다름 아니다.

성령과 마리아를 부모로 하여 태어났다고 하는 아쿠타가와의 '나의 그리스도'는 천재적 저널리스트이고, 역설의 시인이었다. 이 그리스도가 목적하는 것은 저널리즘의 고양이고, 시적 정의이다. 아쿠타가와가 이 한 작품에서 그리고자 한 것은 '구세주'가 아닌, 예술가로서 수난당한 선인의 비극이다. 아쿠타가와는 그 뜨거운 공감을 감추려고 하지 않는다. 이 그리스도의 일생을,

> 그리스도교는 어쩌면 망할 것이다. 적어도 끊임없이 변화하고 있다. 하지만 그리스도의 일생은 언제나 우리들을 움직일 것이다. 그것은 천상에서 지상으로 오르기 위해 무참히도 부서진 사다리이다. 어두컴컴한 하늘에서 세차게 내리는 억수 같은 비속에 기우려진 채…….

라고 적고 있다. 그리스도의 일생을 압축하여 최고로 훌륭하게 나타내었지만, 여기에서도 '아쿠타가와와 그리스도교'라는 문제가 제도로

서의 그리스도교가 아닌, 나의 '그리스도'와의 대면 그 자체에 있었다는 것을 웅변적으로 이야기해 주고 있다.

'천상에서 지상'을 둘러싸고 오랫동안, 또 많이 논쟁되어 온 이 한절에는 확실히 아쿠타가와의 작가로서의 의미를 압축하는 것이 들어 있다. 논자는 아쿠타가와가 그린 그리스도를 '우리들에게 천국에 대하여 동경을 불러일으켰던 제일인이었다'라고 하고, '우리들에게 현세의 저쪽에 있는 것을 가리켜 보여 주었던' 자라고 하였던 것에 구애되어 아쿠타가와가 그렸던 그리스도전의 기본을 보고자 한다. 여기에서 '천상에서 지상으로'가 아닌 '지상에서 천상으로'를 가리켰던 그리스도라는 해석도 생겨난다. 그러나 아쿠타가와의 유고 중에 그려져 있는 것은 무엇인가. 예를 들면, 『어떤 바보의 일생』의 「19 인공의 날개」에는 아쿠타가와 자신의 생애를, 또는 그 숙명을 가장 비유적으로 나타낸 한절이 있다. '인공의 날개'를 펴서 '거뜬하게 하늘로 날아올랐다'고 한다. '인공의 날개'로 하늘을 날아올랐을 때, 그의 눈에 보였던 것은 '초라한 마을들'이었다. 지금 그 위에 떨어뜨렸던 '반어나 미소'란 무엇이었을까. 지금 자신이 작가로서의 영위를 모조리 되묻는다고 한다면, 그의 눈은 이 '초라한' 현실 그 자체로 향할 수밖에 없다는 것이다. 더욱이 그 길이 '쉽게' 날아오를 수 있는 길이 아니고, 험하고 위험한 길이라고 한다면, '천상에서 지상으로 오른다'는 것은 안이한 역설이 아닌, 그의 신심에 파고드는 진솔한 고백 그 자체로 보아야 할 것이다.

『속 서방의 사람』의 최종장의 「22 가난한 사람들에게」에서 '우리들은 엠마오의 나그네들처럼 우리 마음을 달아오르게 하는 그리스도를 구하지 않고는 견딜 수 없다'라는 한절로서 끝맺는다. 이것은 이미 아쿠타가와 혼자의 문제는 아니고, 진실로 새로운 문학의 탄생을 후대에 당부하고자 하는 아쿠타가와의 메시지로 볼 수도 있다. 그리하여 아쿠타가와의 최후의 말은 다자이 오사무나 호리 다쓰오 등 뛰어난 쇼와기의 문학자들에게 전수되어 가게 된다.

*

아쿠타가와의 그리스도교 인식은 무엇보다도 성서 그 자체에 있고, 또 '인간존재' 그 자체에 있다. 그가 소중히 했던 것은 그리스도교의 도그마도 아니고, 또 제도로서의 교회나 신도의 신앙행위도 아니었다. 무엇보다도 그리스도라는 존재에서 '세계고' 그 자체를 짊어진 수난의 모습, 또 인간 존재 그 자체의 실존적인 형상의 근원을 그는 찾아내었다. 그와 동시에 '믿음'이라는 존재 방식을 둘러싸고서는 어린아이와 같은 순박한 믿음의 모습에 깊이 감동했다. '이르시되 진실로 너희에게 이르노니 너희가 돌이켜 어린 아이들과 같이 되지 아니하면 결단코 천국에 들어가지 못하리라'(「마태복음 제18장 3절」)라는 한절은 그가 깊이 공감을 얻어 성서에 방선을 그은 바 있고, '그리스도의 말에 따르면, 누군가의 보호를 받지 않으면 인생을 견딜 수 없는 자 외는 황금문에 들어갈 수 없다'(26 어린아이와 같이)라는 한절도 그가 『서방의 사람』에 적은 바이다. 이것은 또 '하나님께서 구하시는 제사는 상한 심령이라. 하나님이여, 상하고 통회하는 마음을 주께서 멸시치 아니하시리이다'(「침」)라는 유고의 한절에서 말하는 바와도 상통한다.

거기에는 부지불식간에 빠지는 근대인의 '지'에 선 교만의 자세가 통렬하게 물어지고 있지만, 이 자성의 염도 또 성서로부터의 물음 외에 다름이 아닐 것이다. 더욱이 그 소박한 '믿음'에 숨어 있는 굳은 자기애, 에고이즘의 모순도 선명하게 척결하고 있다.

이같이 아쿠타가와의 눈은 항상 복안적이고 또 중층적으로 작용하고 있다. 선과 악은 '상반'적인 것이 아니라 '상관'적이라는 인식에 서있다. 이 이원상관의 이치는 그의 그리스도교관도 선명하게 꿰뚫고 있다. 『미친 늙은이』, 『그리스도에 관한 단편』에서 소박한 '믿음'에 대한 동경을 품고 있었던 그는 『담배와 악마』, 『악마』, 『루시헤루』에서는 선과 악이 상반적이 아닌 상관적인 것을, 『방랑하는 유대인』에서는 죄와 벌, 벌과 구원이 맞물리듯이 상관적 과제로 되어 있는 것을 그려 보이고 있다.

엑조티시즘을 좋아한다고 할 수 있는 경향이 전혀 없는 것은 아니지만 단지 그 세계에 머물지 않고 그는 『봉교인의 죽음』에서 순교에 대한 동경을 감추지 않는다. 그것과 동시에 그 반대의 세계, 기교도 동일선상에서 그린다. 『오가타 료사이 상신서』와 『오긴』은 실로 그러한 작품이다. 이 순교와 기교의 세계를 만들어낸 그는 같은 필치로 우인도 그린다. 근대 지식인의 최첨단에 서있는 아쿠타가와에게 인식의 능력이 없는 자, 즉 우인은 그가 강렬한 동경을 품고 있던 인간상이었기 때문이다.

그러나 아쿠타가와의 그리스도교가 성서, 인간존재, 특히 어린아이에 그 기반이 있었다고 하더라도 부지불식간에 초래하지 않을 수 없는 종교의 부의 일면을 비판하는 것도 잊지 않고 있다. 『검은 옷의 성모』는 이 부의 일면을 선명하게 그려낸 것이다. 『오시노』, 『이토조 상신서』에서도 '믿음'에 숨어 있는 독선이 풍자의 대상이 되고, 비판의 표적이 된다. 『신들의 미소』, 『나가사키 소품』에서는 그 일류의 문명비판의 칼날을 휘두른다. 여기서 그는 일본의 풍토에 동화되는 그리스도교의 양태를 명확하게 파악하고 있다.

그러나 아쿠타가와는 여기에 머물지 않고 '죄'를 인식하여, 『유혹』과 『톱니바퀴』에서는 그가 인간 원죄의 심연까지 내려가 실존적으로 자기 자신을 이야기하고 있다. 그 뿐만 아니라 최후로 그는 정속 『서방의 사람』에서 그리스도에게 한없는 애정을 가지고 응시하고 있다.

이같이 아쿠타가와에게 그리스도교란 제도로서의 그리스도교가 아니고, 나의 그리스도와의 대면 그 자치에 있었다는 것은 재언할 필요가 없다. 그 뿐만 아니라 그가 그리스도교를 보는 눈은 단순히 감동뿐만 아니며, 또 오로지 비판적도 아니다. 그는 실로 다각도에서 그리스도교를 보고, 때로는 뜨거운 마음으로 종교적 감동을 노래하며, 때로는 차갑고 깨어 있는 눈으로 비판을 가한다. 이 냉열이면의 눈을 그는 작품세계에 번갈아 나타낸다. 이것이야말로 아쿠타가와와 그리스도교의 문제를 푸는 열쇠가 되며, 그 한쪽을 없애고는 바르게 아쿠타가와를 이해하고 논할 수 없다. 그의 그리스도교, 아니 세계를 보는 눈은 중층적이고 복안적이었다는 것을 재언할 필요는 없으며 이

전제 위에서 다시 한 번 아쿠타가와와 그리스도교의 관계를 재검토해야 하지 않을까 하는 의구심을 뿌리칠 수 없다.

1 佐々木啓一「芥川龍之介のキリスト教観(1)」[「論究日本文学」1958.11 p.31]
2 佐藤泰正「編年史・芥川龍之介〈作家以前〉」[「国文学」1968.12 p55]
3 笹淵友一「芥川龍之介とキリスト教思想」[「解釈と鑑賞」1958.8 p.11]
4 三好行雄「奉教人の死 三」[「解釋と鑑賞」1962.1 p.158]
5 堀辰雄「芥川龍之介論」東大卒論 1929 [『堀辰雄全集 第四巻』筑摩書房 1978 p.567]
6 片岡鉄兵「作家としての芥川氏」[「文芸春秋」1927.9 p.23]
7 水谷昭夫「芥川龍之介『糸女覚え書』」[「国文学 三月臨増」1974.3 p.157]
8 遠藤周作「『神々の微笑』の意味」[『日本近代文学大系』月報4 1970.2 p.1]
9 福田恒存編『芥川龍之介研究』[新潮社 1957 p.61]
10 堀辰雄「芥川龍之介論」東大卒論 1929 [『堀辰雄全集 第四巻』筑摩書房 1978 p.601]
11 磯田光一「芥川龍之介と昭和文学—『西方の人』を中心に—」[「国文学」1968.12 p.103]
12 梶木剛「芥川龍之介のなかの知識人と大衆—『西方の人』をめぐって—」[「国文学」
1970.11 p.55]

담배와
악마